NICOLA VOLLKOMMER

DIE RÜCKKEHR DES ERBEN

SCM
Hänssler

SCM

Stiftung Christliche Medien

SCM Hänssler ist ein Imprint der SCM Verlagsgruppe, die zur Stiftung Christliche Medien gehört, einer gemeinnützigen Stiftung, die sich für die Förderung und Verbreitung christlicher Bücher, Zeitschriften, Filme und Musik einsetzt.

MIX
Papier aus verantwortungsvollen Quellen
FSC® C014496

Max-Eyth-Straße 41 · 71088 Holzgerlingen
Internet: www.scm-haenssler.de; E-Mail: info@scm-haenssler.de

Umschlaggestaltung: Kathrin Spiegelberg, Weil im Schönbuch
Titelbild: Hintergrund: iStock.com/JohnGollop, Möwen: shutterstock.com,
Illustrationen: Kathrin Spiegelberg
Satz: Satz & Medien Wieser, Stolberg
Druck und Bindung: GGP Media GmbH, Pößneck
Gedruckt in Deutschland
ISBN 978-3-7751-5785-8
Bestell-Nr. 395.785

Vorwort

Die Bösewichte sind zur Rechenschaft gezogen worden, die Guten feiern den Anbruch fröhlicherer Zeiten, so endet mein Roman *Wie Möwen im Wind*, wie es sich für eine schöne Geschichte gehört. Lady Charlotte Greenwold wird zur rechtmäßigen Erbin des Landsitzes »Birch Hollow« (Birkenmulde) an der Küste Cornwalls ernannt und krönt die Wende ihres Schicksals mit der Umbenennung des Landguts in »Birch Heights« (Birkenhöhe) und der Heirat mit ihrer großen Liebe, Jake Fenton. Das dunkelste Kapitel in der Geschichte des Anwesens Birch Hollow ist zu Ende, seine Bewohner dürfen wieder aufatmen.

Als eine Leserin fragte, was wohl aus dem kleinen Jungen Eduard geworden sei, dem unehelichen Sohn des selbst ernannten Erben Malcolm Forsythe-Drake, beschloss ich, dieser Frage in der Fortsetzung *Die Rückkehr des Erben* nachzugehen. Meine Gedanken führten mich von der Küstenidylle Cornwalls in die dunklen Gassen Londons, wo Elend und Ausbeutung an der Tagesordnung waren. Historischer Hintergrund für diesen Band sind die Armenhäuser in den Großstädten Englands, die durch die industrielle Revolution entstanden waren. Verwahrloste Kinder waren den Grausamkeiten jener Anstalten schutzlos ausgeliefert und verarmten jungen Frauen blieb oft kein anderer Broterwerb übrig als die Arbeit in einem Bordell. Erst langsam wurden in der ersten Hälfte des 19. Jahrhunderts Reformen eingeleitet, durch die das Los der Armen verbessert werden sollte. Trotzdem brachten es ruchlose Vorsteher der Armenhäuser fertig, auch diese Fortschritte zum eigenen Vorteil zu nützen, so wie Mr Creek in der Geschichte.

Leser von *Möwen im Wind* werden die Charaktere wiedertreffen, die sie im ersten Buch kennen und lieben gelernt haben. Die Hauptrolle im Geschehen übernehmen jedoch neue Figuren, allen voran

Elinor, die halb blinde Tochter der Greenwolds, ihr Kindermädchen Marie und der seit Langem verschwundene Junge Eduard. Vorkenntnisse aus dem ersten Roman sind nicht notwendig, um den zweiten Band zu verstehen.

Nicola Vollkommer
Reutlingen, im Mai 2017

Prolog

Deshalb liege ich wohl richtig in meiner Annahme, dass ich nur noch wenige Tage zu leben habe …

Der Schreiber legte seine Schreibfeder auf den Tisch und lehnte sich zurück, seine Arme hinter seinem Kopf verschränkt. Er blickte zum Fenster hinaus, durch dessen staubige Scheiben ein paar fahle Lichtstrahlen von der Gaslaterne ihren Weg durch den Nieselregen in den dunklen Raum fanden. Neben einem Papierbogen, der auf dem Tisch lag, flackerte das Licht einer einzigen Kerze. Der Mann bückte sich wieder nach vorne über den Tisch, tauchte seine Feder in das Tintenfass hinein, ungeachtet der schwarzen Tropfen, die auf den Tisch und auf seine Jacke spritzten, und kratzte weiter auf dem Papier. Sein üppiger Oberkörper war in eine grüne Weste hineingezwängt, die bessere Zeiten gekannt hatte. Dunkle, zusammengezogene Augenbrauen, die wie ein Dach über zwei kleinen, blinzelnden Augen hingen, stachen aus einem aufgedunsenen Gesicht heraus. Seine Haut glänzte rötlich im Kerzenschein. Blonde Haarsträhnen, feucht von Schweiß, guckten unter einer dreckigen Schlafmütze hervor. Mehrere leere Weingläser lagen auf der Tischfläche verstreut.

Der Regen verwandelte sich in Sturzfluten; die Wolken schütteten ihren angestauten Ärger auf die Dächer der Großstadt hinaus, um auch die verborgensten Winkel Londons in ihrer Niedertracht bloßzustellen. Die Straßenränder rächten sich. Rinnsteine, die sonst mit Kot und den verwesenden Leichen von Ratten verstopft waren, spuckten ihren Unrat auf das Kopfsteinpflaster. Alles, was sich auf den schmuddeligen Straßen bewegte, suchte Deckung. Streunende Hunde und Katzen kauerten sich in Hauseingängen und unter verlassenen Fuhrwerken. Menschen hockten in den Winkeln von verfallenen Hütten, die wie aufgestapelte Kisten die engen Straßen säumten. Fensterläden, die lose in den Angeln hingen, schlugen gegen die Hauswände. Noch saß die frostige Luft des vergangenen Winters zwischen den feuchten Mauern der Häuser. Noch gewährten die brüchigen Hausdächer jedem eisigen und stürmischen Unwetter Einlass, das über London fegte. Die warmen Strahlen eines anbrechenden Frühlings hatten ihre Mühe, diesen widerlichen Fleck Englands zu erreichen.

Der Schreiber füllte einen zweiten Briefbogen mit hastig geschriebenen Sätzen. Er schien weder das tobende Gewitter zu bemerken noch den trägen Nieselregen, der darauf folgte und der wie eine feuchte Decke über der müden Stadt schwebte. Er blickte von seinem Papier hoch, nahm die Kerze in die Hand und hielt sie zum Fenster hoch. Nur das laute Triefen von den Dächern, das Platschen auf dem Kopfsteinpflaster und das gelegentliche Bellen eines Straßenhundes waren zu hören. Er erschrak kurz, als das Grölen eines Betrunkenen die Geräusche des Wassers übertönte. Es folgte ein Gurgeln, Stöhnen und Spucken. Der Briefschreiber rümpfte die Nase, griff nach der Flasche, die auf dem Tisch stand, neigte seinen Kopf nach hinten und kippte sich den Inhalt in einem Zug in den offenen Mund. Er schmatzte, rieb sich die Augen, hielt die Kerze zum Papier hin und bewegte seine Lippen, während er die Worte las, die er geschrieben hatte:

Ich hoffe, durch dieses Schreiben einen endgültigen Strich unter unseren Familienzwist zu ziehen und den von mir verursachten Ärger mit ins Grab zu nehmen.

Seine Gesichtsmuskeln verzerrten sich zu einem breiten, krummen Grinsen. Er legte Kerze und Papier wieder auf den Tisch und kritzelte die Worte *In tiefer, dankbarer Verbundenheit* und seinen Namen unter das Geschriebene.

»Das Siegel besorgen wir uns morgen, dann haben wir die erste Etappe unseres Abenteuers hinter uns«, sagte er laut. Mit einem Funkeln in den Augen faltete er den Brief und steckte ihn in einen Umschlag, den er in eine Schublade unter dem Tisch legte. Danach knöpfte er seinen Samtrock zu, zog halblange Schnürstiefel über seine Strümpfe, ohne diese festzubinden, blies die Kerze aus und schlurfte aus dem Raum.

Kapitel eins

»Diese verflixte Wolle! Sie bringt mich ins Grab!« Harriet warf ihr Strickzeug auf den Küchentisch, verschränkte die Arme und betrachtete ein Knäuel verworrener Wollsträhnen, das neben ihrem angefangenen Werk lag. »Einmal blicke ich in die falsche Richtung, Franny, und die Wollfäden verheddern sich wie von alleine. Die Strähnen zu entwirren, dauert eine Ewigkeit.«

»Wie alles Böse in der Welt«, antwortete Franny, die am anderen Ende des Tisches Geschirrtücher sortierte und aufeinanderlegte. »Einmal blickt man weg und das Leben verheddert sich. Und es dauert eine Ewigkeit, es wieder zu entwirren.«

Sie erhob sich und wühlte in einer Schublade nach einem Zündholz. »Jetzt zünden wir die Kerze an, Harriet, damit du deine Wolle wenigstens sehen kannst und nicht mehr so grimmig dreinschauen musst. Dieses Abendlicht ist nichts für müde Augen. Den ganzen Tag Brühe kochen, Fleisch anbraten und Kartoffeln schälen und dann abends noch stricken. Du bist nicht mehr die Jüngste und solltest hin und wieder an dich denken.«

»An mich denken?«, empörte sich Harriet, die ihr Strickzeug wieder in die Hand genommen hatte. »Wie verwerflich. Wenn Nachwuchs im Haus erwartet wird, dann wird gestrickt, Alter hin oder her.«

Plötzlich hielt sie inne. Sie legte das Strickzeug auf den Tisch und wandte ihren Kopf zur Tür hin. »Hat es geklopft oder spielen meine Ohren Streiche?«

»Irgendwas habe ich auch gehört«, sagte Franny.

»Das wird der Junge vom Dorf sein, Franny. Er holt Kräuter für seine kranke Mutter. Lady Charlotte hat getrocknete Minze und Petersilie zusammengeschnürt. Auf dem Regal über dem Herd.«

Franny holte die Kräuter, zog den Türriegel zurück und schob das

Bündel durch den offenen Spalt. »Das nächste Mal kommst du um eine Zeit, in der anständige Leute auf den Beinen sind, mein Junge.« Sie hielt mitten im Satz an und öffnete die Tür weit. »Du lieber Himmel … was … wer in aller Welt bist du?«

Im düsteren Licht der Abenddämmerung war die zierliche Gestalt einer Frau zu sehen, deren Kopf unter einer großen Kapuze verborgen war. »Lady Charlotte Greenwold? Ich muss dringend mit Ihnen reden!« Die Stimme war heiser, dringlich und hechelte. Zwei zitternde Hände schauten unter dem schwarzen Umhang hervor.

»Du irrst dich, Mädchen. Ich bin nicht Lady Greenwold und ich versichere dir, Lady Greenwold erwartet keinen Besuch. Nicht zu dieser verfluchten Stunde und bestimmt nicht an der Tür zum Gemüsegarten. Ich wünsche dir eine gute Nacht.«

Die Frau klammerte sich mit beiden Händen am Türgriff fest. »Wenn es jetzt nicht passt, komme ich morgen wieder, Ma'am!«

»Morgen hat Lady Greenwold auch keine Zeit. Nimm um Gottes willen die Hände von der Tür! Da kann ja wohl jeder wie ein Gespenst aus dem Nebel aufsteigen und nach der Lady des Hauses verlangen! Wenn du nicht loslässt, hole ich den Wachmann vom Dorf.«

Bevor Franny die Tür zuziehen konnte, warf die Frau, die sich mit einer Hand immer noch am Griff festhielt, ihre Kapuze nach hinten. Das Licht, das durch die Tür schien, offenbarte blasse Gesichtszüge und eine Stirn, in der blaue Adern durch eine hauchdünne Haut schimmerten. Aus einem hohlwangigen Gesicht starrten große Augen, in denen Tränen schimmerten.

»Ich heiße Marie.«

»Schön zu wissen, dass du einen Namen hast. Es gibt eine Unterkunft für Durchreisende in Sedgeworth, Marie. Durch Hipperclove hindurch, an der Küste entlang, zwanzig Minuten zu Fuß.«

Franny drückte ihre Hände gegen die Schulter der fremden Frau, schob sie nach hinten in den Garten und sprang in die Küche zurück. Sie schlug die Tür hinter sich zu, schob den Riegel vor und drückte ihren Rücken gegen die Innenseite, als ob sie Angst hätte, dass die Frau magische Kräfte besitzen und durch die geschlossene Tür hineindringen könnte.

»So kratzbürstig, Franny?«, fragte Harriet, die ihren Kampf mit der Wolle wieder aufgenommen hatte. »Du hattest versprochen, das Wort ›verflucht‹ nicht mehr zu sagen. Du rufst den Zorn Gottes auf uns hernieder.«

»Der liebe Gott weiß, wie ich es meine, Harriet.«

»Du hättest der Dame wenigstens eine Brotkruste in die Hand drücken können.«

»Dann kommt sie erst recht wieder. Im Dorf wird ihr jemand etwas zuwerfen, abgemagert, wie sie aussieht.«

Harriet schüttelte nur den Kopf. Franny zeigte mit dem Daumen über ihre Schulter auf die Tür und kehrte zum Tisch zurück. »Ha! Brauchst nicht so mitleidig tun, Harriet. Leg dir ein dickeres Fell zu. Sie ist nicht die Erste und wird nicht die Letzte sein, die Gefälligkeiten bei Lady Greenwold sucht.«

Sie zündete eine zweite Kerze an und setzte sich zu Harriet an den Tisch. »Jetzt hast du genug Licht, um deine rebellische Wolle in geordnete Bahnen zu lenken, Harriet! Blau und rosa gemischt. So darf es ein Junge oder ein Mädchen werden. Ich ahne, dass Lord Jake gerne einen Jungen hätte.«

Harriet kratzte mit einer Stricknadel auf dem Tisch herum und blickte hoch. »Woher willst du wissen, dass Lady Charlotte die Frau abgewiesen hätte, Franny?«

»Dir geht die Frau immer noch im Kopf herum, Harriet, stimmt's? Genau das ist das Problem. Du bist wie Lady Charlotte. Sie kann nicht einmal einen Hund von der Tür weisen. Es streunen in letzter Zeit seltsame Gestalten in der Gegend herum. Die Grenzen zu Birch Heights sind undicht, Lady Charlotte ist fahrlässig mit ihrer Großzügigkeit, irgendwann geht etwas schief. Gestern musste ich mit meinen rheumatischen Händen Zentner von Kartoffeln schleppen, nur weil Mrs Madisons Mann das Bein gebrochen hat und sie ihren Jungen schickte, um Hilfe zu holen. Lady Charlotte würde den Teufel selber zu Tisch bitten, wenn er um Almosen betteln würde!«

Die beiden Frauen arbeiteten in Ruhe weiter. Plötzlich klopfte es wieder, dieses Mal an der anderen Tür, die zum Hauptteil des Herrenhauses führte.

»Du lieber Himmel, kann eine Frau keine zwei Minuten Wolle bearbeiten, ohne dass jemand was von ihr will?«, schimpfte Franny.

Ein stämmiger, dunkelhaariger Mann erschien mit einem lachenden Gesicht an der Tür.

»Ach du bist es, Dickon. Ich helfe Harriet, dann komme ich gleich.«

»Ich rufe dich, sobald meine Füße im Bett gewärmt werden müssen, meine Liebe!«, antwortete Dickon. »Lady Charlotte braucht dich dringender. Lady Elinor schlägt um sich und verlangt nach einem zweiten Abendgetränk!«

Durch die offene Tür drang das ferne Geschrei eines Streitgesprächs. Franny warf Harriet einen bedeutsamen Blick zu und legte die Wolle in den Korb. »Ich gehe hoch, Harriet. Ein zweites Abendgetränk gibt es nicht, dafür aber klare Worte. Schon wieder ein freier Abend im Eimer. Ich bin gleich wieder da!«

Dickon hielt die Tür auf und folgte seiner Frau die Steintreppe hoch. Das Geschrei wurde lauter.

»Diese bockige Ziege soll eines Tages Lady von Birch Heights werden? Tolle Aussichten!« Franny begleitete jede Silbe mit einem stampfenden Fuß auf der nächsten Stufe der Treppe.

»Mit etwas Glück hat der Storch dieses Mal einen Jungen mitgebracht«, antwortete Dickon. »Damit wäre *das* Problem zumindest gelöst.«

Franny warf einen Blick nach hinten über ihre Schulter und verdrehte die Augen. »Willst du andeuten, dass nur ein Junge Birch Heights richtig führen kann, Dickon?«

»Ich deute nichts an, Franny. Hab aber Nachsehen mit Lady Elinor. Sie ist erst zehn und trägt ein hartes Schicksal. Ich möchte nicht wissen, wie du herumtoben würdest, wenn du blind wärst.«

»Erst zehn? In dem Alter habe ich mühelos einen ganzen Haushalt geführt. Ordentlich, fleißig und mit einem Blick für das Notwendige. Auch blind hätte ich das geschafft. Allerdings war ich abends zu müde, um so spät noch ein Getränk zu verlangen und meine Mutter anzubrüllen!«

Dickon klopfte seiner Frau mitfühlend auf die Schulter und sprang zur nächsten Treppe, die zu den Räumen der Bediensteten führte. Dort hatten Franny und Dickon ihr bescheidenes Zuhause. Er grinste, als eine laute Stimme aus einem der nahe gelegenen Räume ertönte.

»Ich hasse Franny, ich hasse Dickon, ich hasse Harriet, ich hasse alle!«

»Langsam, langsam, Elinor. Bald bekommst du eine neue Gouvernante, dann wird alles gut.«

Das war Lady Charlottes Stimme. Das Geschrei wurde lauter. Franny klopfte an die Tür. Sie hörte schnelle Tritte, die Türklinke bewegte sich und Lady Charlotte stand im Türrahmen. Ihre hellbraunen Haare hingen lose um ihr Gesicht, Spuren von Tränen waren auf ihren blassen Wangen zu sehen und die Ärmel ihres Nachthemds waren hochgekrempelt.

»Franny, schon wieder findest du mich ungeschminkt, verzweifelt und völlig aufgelöst vor. Elinor tobt wie eine Wildkatze. Lord Jake kommt erst morgen wieder. Ich bin erschöpft und habe mindestens sechs weitere graue Haare gezählt, als ich heute Abend meine Haube losgebunden habe.«

»Mylady, seien Sie dankbar, dass Sie die grauen Haare noch zählen können. Ich finde auf meinem Kopf kaum Haare, die *nicht* grau sind. Ganz zu schweigen von meinen stöhnenden Knochen. Bald brauche ich drei Männer, die meinen schweren Körper die Treppe hochschleppen. Und wenn ich etwas über Ihre Tochter sagen darf … «

»Du sagst, was du willst, ob du darfst oder nicht!«

»Ein zweites Abendgetränk ist das Letzte, was das Kind braucht!«

Lady Charlotte zog die Tür hinter sich zu und führte Franny zurück zur Treppe. Hier war Elinors Geschrei nicht mehr so laut zu hören. »Sobald wir eine neue Gouvernante haben, bist du deiner Verantwortung für Elinor entledigt und kannst dich ganz dem Haushalt widmen. Wir holen Jungen und Mädchen aus dem Dorf, um im Haus und im Park mitzuhelfen. Dann kannst du die Füße öfter hochlegen. Dickon bekommt so viele freie Tage, wie er möchte, als Lohn für seine Arbeit unter den Felsen.«

Franny tippte mit dem Fuß auf den Boden. »Ist es Ihnen etwa nicht aufgefallen, dass Ihre Tochter kein großes Interesse an einer Gouvernante hat, Mylady?«

»Sie bekommt eine, ob sie Interesse hat oder nicht. Hier setze ich mich durch.«

»Na so was. Wird auch Zeit. Das Kind braucht eine feste Hand.«

»Ich hatte auf deine feste Hand gehofft, Franny.«

»Es gibt elterliche Pflichten, die man nicht auf andere abwälzen kann, Mylady. Wenn Sie nur mehr Zucht …«

»Bitte, Franny«, sagte Charlotte. »Ich brauche nicht schon wieder eine Predigt über Zucht.« Sie griff Franny an beiden Armen. »Liebe Franny, du bist für uns mehr als eine Haushälterin. Du gehörst zur Familie. Ich leide darunter, dass du so überlastet bist. Wir tun etwas dagegen. Hab bitte Geduld.«

Franny seufzte. »Ich habe Geduld, Mylady.«

Ihre Stimme wurde sanfter. »Wenn es nur so bleiben würde, wie es jetzt ist, wäre es zu verkraften, Mylady. Aber der Besuch der Stadtkinder im Frühsommer? Die Idee ist nobel, aber die Kräfte reichen nicht aus. Mein Rheuma wird nicht besser. Ich komme mir manchmal vor wie eine alte Frau. Harriet ist bald blind wie eine Fledermaus.«

»Das habe ich an der Suppe bemerkt«, sagte Charlotte.

»Sie werden es an vielen Sachen merken, wenn es so weitergeht, Mylady. Harriet braucht mich in der Küche lieber heute als morgen. Sie selber sind in anderen Umständen und müssen sich schonen.«

Charlotte ließ ihre Hände wieder fallen und ihr Gesicht hellte sich auf. »Auch daran haben wir gedacht, Franny. Es kommen weniger Kinder als zunächst geplant. Nur fünfzehn. Beschluss von Lord Jake. Vier Buben, elf Mädchen. Für drei Wochen. Nicht hundert Kinder für den ganzen Sommer, wie ich es wollte.«

»Gott sei Dank, dass wenigstens Lord Jake ein Gehirn zwischen den Ohren hat!«, antwortete Franny trocken.

Das Geschrei aus dem Kinderzimmer hatte aufgehört.

»Sie ist ruhig. Vielleicht ist sie aus Versehen eingeschlafen. Du kannst gehen, Franny. Ich wünsche dir eine gute Nacht.«

»Bleibt nur zu hoffen, dass die Herrschaften eine Gouvernante finden, die es mit dem Wildfang aufnehmen kann«, bemerkte Franny, als sie in die Küche zurückkehrte.

Harriet blickte hoch von den Wollsträngen, die sie um die Hand wickelte. »Ruhig?«, fragte sie.

»Schneller als gestern«, antwortete Franny. Sie setzte sich hin und begutachtete Harriets Fortschritte mit der Wolle.

»Ich muss immer noch an die arme Frau an der Tür denken, Franny«, fing Harriet noch einmal an. »Ich habe Angst, dass wir die falschen Leute auf die Straße setzen.«

»Die richtigen kommen wieder. Diese kommt bestimmt nicht wieder.«

»So wie du mit ihr umgegangen bist, auf keinen Fall.«

»Gönn deiner Wolle eine Pause, Harriet. Bei Tageslicht lässt es sich besser stricken. Bis Lady Charlotte die kleinen Strümpfe braucht, geht die Sonne noch einige Male auf und unter.«

»Recht hast du«, stimmte Harriet zu. »Bringen wir diesen müden Tag zum Abschluss. Er hatte genug Sorgen, morgen kommen neue.«

»Sag das bloß nicht, Harriet. Du forderst das Schicksal heraus.«

Beide waren aufgestanden und hatten begonnen, Wolle und Stricknadeln zusammenzupacken.

»Das Schicksal treibt, was es will, Franny, ob wir es herausfordern oder nicht.«

Franny blies die Kerzen aus, zog den Spitzenvorhang am Fenster zur Seite und warf einen Blick in den Garten, der in Dunkelheit verhüllt war. »Ich muss Frederik sagen, dass er seinen Spaten vergessen hat«, murmelte sie, bevor sie ein letztes Mal prüfte, ob die Tür auch wirklich fest verriegelt war.

Draußen schlich eine verhüllte Figur an der Außenmauer des Gemüsegartens entlang, wartete, bis das Licht in der Küche erloschen war, und huschte über die weite Rasenfläche des Parks. Sie verschwand im Waldgestrüpp am anderen Ende des Rasens. Dort trennte eine Gruppe von Birken das Anwesen von der gewölbten Steinbrücke, die über den Fluss zum nahe gelegenen Dorf Hipperclove führte.

Kapitel zwei

»Beweg deinen Hintern, du Miststück, und rasch!«

Dass heute kein guter Tag sein würde, hatte Eduard vor Sonnenaufgang geahnt, als er mit einer Ohrfeige geweckt worden war. Etwas brodelte in der Seele des Mannes, den er »Vater« nannte.

»Mit leerem Magen geht die Arbeit schneller, Junge. Kein Frühstück!!«

Das hatte für Eduard Vorteile. Wenigstens würde er sich nicht übergeben müssen. Er warf eine abgenützte Filzjacke über seine Schultern und schob seine Arme in die Ärmel, während er hinter seinem Vater hertrottete. Sie verließen ein hohes, verfallenes Reihenhaus, über dessen Eingang ein Schild mit den Worten *Drake & Birch Bestatter* an einer einzigen Schraube befestigt war und in dessen staubigem Schaufenster schwarze Tücher über Särgen und Kisten in verschiedenen Längen und Größen hingen. Ein dichter Nebel hatte sich auf die Gassen Londons gelegt und verhüllte die oberen Stockwerke der Häuser in einen milchigen, weißen Dunst. Eduard sank bis zu den Knöcheln in den Schlamm, der durch das Gewitter in der Nacht angeschwemmt worden war.

Der Leichenbestatter schleppte einen Holzkarren hinter sich her, auf dem der Name *Drake & Birch* in der gleichen Schriftart wie auf dem Schild blass zu erkennen war. Die Holzräder rumpelten und spritzten auf allen Seiten Dreck hoch. Eduard versuchte, mit den großen Schritten seines Vaters mitzuhalten. Er stolperte durch die gewundenen Gassen hinter dem Karren her, bis sein Vater an einer schmalen Tür anhielt. Dort ließ er den Karren stehen, zerrte Eduard durch den offenen Eingang und zog ihn mit sich, drei Holztreppen hinauf bis zu einer Tür, die im Schatten des Treppenhauses kaum zu erkennen war.

»Was sträubst du dich so, du elender Lausbub? Rein mit dir!«

Ein mörderischer Gestank schlug Eduard entgegen, als er durch die Tür strauchelte: Fäulnis, Kot, verwestes Fleisch von Tieren oder Menschen. Er presste eine Hand über Mund und Nase und suchte mit der anderen nach etwas Festem, woran er Halt finden konnte. Das einzige Licht im Raum kam aus einem hohen Fenster, das mit einer alten Wolldecke halb zugedeckt war. Die Stille war beklemmend. Kein Geräusch war zu hören außer einem gelegentlichen Wassertropfen, der in einen Eimer unter dem Fenster platschte. Ein Holzbrett am Boden knarrte laut, als Eduards Vater mit festen Schritten den Raum ablief. Eine Ratte huschte vorbei und verschwand in einem Loch in der Wand. Eduard atmete tief durch und stützte sich am Türrahmen. Zwei Haufen von Lumpen waren in dem schwachen Licht, das vom Fenster kam, an zwei Wänden gerade noch sichtbar.

»Mir wurde eine gemeldet«, brummte Eduards Vater. »Niemand hier, der bezahlt. Wir halten es kurz.« Er wandte sich Eduard zu. »Auf, los, an die Arbeit, fang mit der da an!«

Er deutete auf die entfernteren Lumpen und wandte sich dem Haufen zu, der direkt neben der Tür lag.

Eduard wusste, was er zu tun hatte. Er überquerte auf Zehenspitzen den Raum. Er streckte seine zitternde Hand aus und zog die Decke blitzschnell weg, aus der ein verfilztes Haarbüschel herauslugte. Ein Käfer rannte über seinen Ärmel, er zuckte mit einem Schrei zusammen. Er zwang sich, das Gesicht anzuschauen, das unter der Decke lag. Zwei Zähne ragten über eine blau angelaufene Unterlippe hinaus. Zwei Wangenknochen stachen beinahe durch die Haut. Das Gesicht war eingefallen und totenblass.

Plötzlich schrie Eduard auf und sprang rückwärts nach hinten, in Richtung Tür. »Vater, er hat sich bewegt. Er lebt noch! Ich schwöre es!«

Er stolperte über die Türschwelle und sank stöhnend und hustend zu Boden, wo er sein Gesicht gegen die Bretter fallen ließ, seine Hände über dem Kopf zusammenlegte und wie gelähmt kauerte. Sein Vater schritt energisch auf ihn zu, packte ihn am Kragen, erteilte ihm eine Ohrfeige und schleppte ihn zurück zu der durchgelegenen Matratze, auf der die leblosen menschlichen Überreste lagen.

»Und wenn?«, brüllte er. »Dann hatte ich doch recht, dass ich nur für die eine Leiche bestellt war. Du hältst hier Wache, ich richte den Toten da drüben. Wenn die erbärmliche Gestalt hier bis nachher mausetot ist, nehmen wir sie auch mit.«

Eduard klammerte sich ans Bein seines Vaters. »Ich kann nicht mehr, Vater! Lass mich draußen warten! Ich will nicht mehr Tote abholen! Gib mir eine andere Arbeit!«

»Jetzt reicht es aber, du faules Mistvieh!!«

Die nächste Ohrfeige war so scharf, dass sie Eduard auf den Boden warf. Noch eine und dann noch eine. »Meinst du, ich habe mir diese Arbeit freiwillig ausgesucht, Junge? Häh?«

Sein Ton wurde auf einmal leiser. »Wenn du eine bessere Zukunft haben willst, dann tue, was ich dir sage. Es ist nicht für immer.«

Er wandte sich wieder seiner Arbeit zu.

Zitternd am ganzen Leib, richtete Eduard seinen Blick wieder auf das gespenstische Gesicht, das im Schatten vor ihm lag. Er schluckte und beugte sich über die Matratze. »Lieber einem Schrecken ins Gesicht schauen, als es hinter dem Rücken zu haben«, tröstete er sich.

Er hielt sich die Hand über den Mund, um nicht wieder schreien zu müssen. Die Augenlider des Kranken zuckten. Auf einmal verschwanden sie und zwei weit aufgerissene Augen starrten zur Decke, Schaum bildete sich vor dem Mund. Der Kranke versuchte, seinen Kopf aufzurichten und etwas zu sagen. Eine Sekunde lang blickte er Eduard direkt in die Augen. Anstatt zu reden, fing er an, wie ein Irrsinniger zu kichern und zu husten. Plötzlich sank er stöhnend nach hinten, warf einen Arm auf die Decke, drehte seinen Kopf zur Seite und wurde still. Sein Mund hing offen, dunkler Schaum tröpfelte auf den Boden, seine Augen waren immer noch offen. Den toten Ratten, die an der Wand lagen, sah er auf grauenhafte Weise ähnlich.

Der Bestatter hatte die erste Leiche in ein graues Tuch eingewickelt, das in fernen Urzeiten weiß gewesen war, holte aus seiner Tasche ein zweites Tuch und wickelte die andere Leiche ein. Zu zweit trugen sie zuerst die eine und dann die andere die schmale Treppe hinunter und legten sie in den Holzkarren.

»Wir suchen den Raum noch einmal ab!«, rief der Leichenbestatter. Er zog Eduard die Treppe wieder hinauf in die verkommene Hütte, riss die Türen von Schränken und Schubladen auf, warf einen Blick unter die Matratzen und prüfte, ob alle Fußbodenbretter festgenagelt waren.

»Steck deinen dummen kleinen Kopf in den Herd hinein, ob da Geldsäcke sind«, befahl er und redete weiter zu sich selber, während er die Wände abklopfte. »Man weiß nie, auf welcher Beute bettelarme Leute liegen, wenn die Maden in ihre Leichen hineinkrabbeln, auch wenn sie den Winter über keinen Krümel gegessen haben. Schade, keine Bezahlung, aber die Leichen könnten mir dienlich sein. Immerhin.«

Sie verließen das Elendsquartier, ohne einen Fund gemacht zu haben. Die Schränke und Schubladen blieben offen, und die Lumpen, in denen die Bewohner gelegen hatten, lagen verstreut auf dem Boden. Letzte übel riechende Reste eines Lebens, das keiner würdigen würde, und eines Sterbens, das keiner betrauern würde.

Bis die Glocken der St.-Pauls-Kathedrale neunmal schlugen und die Luft vom Poltern der Räder auf dem Kopfsteinpflaster und von den Stimmen der Käufer und Verkäufer auf dem Markt in Monkton Gardens hallte, hatte der Bestatter die zwei klapperdürren Leichen mit Wasser abgespritzt und sie in Grabtücher eingewickelt.

Zwei Tage später lag ein neuer Sarg auf dem langen Tisch im Ausstellungsraum von *Drake & Birch,* wo die letzte Wache für die Toten gehalten wurde – oder vielmehr nicht gehalten wurde, weil *Drake & Birch* meist für Armenbegräbnisse zuständig war. Der Sarg war zugenagelt und mit einem kleinen bronzenen Schild versehen, auf dem die Worte standen: »Sir Malcolm Forsythe-Drake, gestorben am …«

Der Bestatter stand daneben. Er musterte die Kiste und fuhr mit einer Hand über das Holz und das Schild.

Danach zog er seinen Mantel an, setzte einen Hut auf, griff nach dem Koffer, der neben ihm auf dem Boden stand, und marschierte zur Tür hinaus. Es nieselte draußen. Eine feuchte, klebrige Decke hing über der Stadt, ein giftiger Dampf stieg aus den Rinnen am Straßenrand, in denen das Abwasser aus den brüchigen Häusern langsam Richtung Themse floss. Er warf einen Blick in beide Richtungen, zog die Tür zu und hängte ein Schild an den Türgriff: »Inhaber verstorben, Bestattungsinstitut bis auf Weiteres geschlossen.«

Er winkte eine Kutsche herbei. »Blanche House«, rief er dem Postillion zu und stieg ein.

Der Postillion grinste und nickte. Die Pferde wieherten und die Räder setzten sich in Bewegung.

»Gründliche Arbeit hast du geleistet!«, rief Dickon.

»Hast du was gesagt?«, rief Frederik zurück.

Dickon winkte als Antwort mit der Hand und stieg langsam die Steintreppe hinauf. Mit der anderen Hand hielt er eine Laterne in die Höhe.

Der unterirdische Gang, durch den die zwei Männer liefen, gehörte zu einem Labyrinth von Höhlen, die unter den hohen Küstenfelsen vom Anwesen Birch Heights zum Meer führten. Das Donnern der Wellen unter den Felsen war so ohrenbetäubend, dass selbst hartgesottene Höhlengänger immer wieder ängstlich um sich blickten in der Erwartung, jede Sekunde von tobenden Wassermassen überrollt zu werden.

Dickon blies die Kerze aus, als die Männer sich dem Höhleneingang näherten. Ein Strahl des Tageslichts warf einen gelbbraunen Schimmer auf die alte Steintreppe. Mulden in den Stufen waren die einzig verbliebenen Zeugen von Mönchen, die diesen Weg in früheren Zeiten als Zugang zu unterirdischen Lagern am Meer benützt hatten, bevor die ersten Herren von Birch Heights diesen Teil der Cornwallküste in Besitz nahmen.

Frederik klopfte mit der Hand auf ein Holzgeländer, das beide Seiten der Steintreppe säumte. Der Lärm der Wellen war inzwischen nur noch aus der Ferne zu hören. »Kaum zu glauben, dass sich jahrelang Mörder und Schmuggler hier herumgetrieben haben«, sagte er mit zusammengepressten Lippen.

»War Zeit, dass wieder frische Luft in die Höhlen hineindringt«, antwortete Dickon. »Lady Charlotte will unter die unrühmliche Vergangenheit ihrer Familie einen Schlussstrich ziehen und hofft, dass das Getrappel von Kinderfüßen in den Höhlen dazu beiträgt. Laut meiner Franny versinkt Lady Charlotte nach wie vor immer wieder in tiefe Grübeleien und quält sich mit der Vorstellung, dass ihr Vater ein Mörder war und dass ihre geliebte Schwester unter den Opfern der letzten Schiffsplünderung war.«

Frederik senkte seinen Blick und schüttelte den Kopf. »Ob man so eine Vorstellung jemals ganz aus dem Gedächtnis verbannen kann?«

Als Antwort zeigte Dickon mit der Hand auf die Felswand. »Mich schaudert, wenn ich daran denke, dass hier die Toten aus den Schiffen aufgestapelt waren. Diejenigen, die dann die Toten nach und nach je nach Phase der Zersetzung in eine Höhle weiter hinten tragen mussten, damit der Gestank nicht nach außen dringen konnte, beneide ich nicht um ihre Tätigkeit. Auch wenn der alte Greenwold sie vielleicht gut dafür bezahlte.«

»An solche Grausamkeiten erinnerst du, ohne auch nur mit der Wimper zu zucken?«

»Ich erzähle nur Tatsachen, Frederik. Bist du nicht auch stolz auf unser Werk? Schließlich haben wir mit dem neuen Holzgeländer an der Treppe und der Befestigung der unteren Wege nicht nur einen sicheren Zugang zum Strand gebaut, sondern auch ein paar Gespenster verscheucht und einen gruseligen Friedhof in einen Kinderspielplatz verwandelt. Ich bin glücklich darüber, dass die dunklen Hallen nach Seetang und Möwenkot duften und die Natur ihr Hoheitsgebiet zurückerobert hat. Lady Charlotte kann von Kinderscharen träumen, die am Strand spielen, anstatt von den grausamen Taten ihrer Väter geplagt zu sein.«

Die Männer traten durch die offene Tür eines alten Turms heraus, der einzige Überrest des Klosters, das früher hier gestanden hatte. Vom Licht der Sonne geblendet, warfen sie einen Blick zurück. Die Stufen waren in Dunkelheit gehüllt.

»Wie in einer anderen Welt ist es dort unten«, flüsterte Frederik, »eine Welt, die immer noch ihre Geheimnisse hütet.«

Dickon nickte. »Sag so was ja nicht in Hörweite meiner Franny, sonst wittert sie wieder Einbrecher von allen Seiten.«

»Die Frau, die gestern Abend vor der Tür stand, ist sie wieder aufgetaucht?«

»Gott sei Dank, nein. Meine Franny hat sie gründlich weggejagt. Ich habe meine Frau selten aufgebrachter gesehen.«

Sie drehten sich von dem Höhleneingang weg und blickten in die andere Richtung. Kaum ein Mensch blieb auf dieser Anhöhe stehen, ohne schweigend innezuhalten. Im Tal unter ihnen schmiegten sich die Mauern von Birch Heights in sanfte Rasenflächen. Die drei Flügel des Herrenhauses, aus verschiedenen Epochen stammend, sahen aus, als ob sie zufällig zusammengewürfelt wären. Die angelegten Gärten um das Haus herum ergaben ein Bild von gepflegter Schönheit, während das Gestrüpp, das den Park umsäumte, die willkürliche Handschrift einer sich selbst überlassenen Waldlandschaft trug. Entlang der Berghänge am fernen Rand des Parks reihten sich Weinstöcke in schnurgeraden Linien aneinander, wie Soldaten, die auf den Marschbefehl warteten. Tausende von winzigen Knospen an den Weinreben trotzten dem Grau der Hügel mit einem Schimmer von Grün. Schon jetzt waren die Grasflächen mit Farbtupfern in Lila, Weiß, Gelb und Blau übersät. Sie sahen aus wie kleine Edelsteine, die eine Gartenfee freudig hingeschleudert hatte, bevor sie im Schatten der riesigen Eichen wieder verschwunden war. Wiesenschaumkraut und Buschwindröschen, Schlüsselblumen und Vergissmeinnicht breiteten sich wie ein Flickenteppich am Fuß des Hügels aus, auf dem die Turmruine stand. Nicht mehr lange und die Fliederbüsche, die den Birkenwald am Rande des Parks säumten, würden in Weiß und Lila erstrahlen.

Frederik und Dickon schlenderten den Berghang hinunter auf ein kleines Lattentor in einer alten Steinmauer zu. Auf der anderen Seite der Mauer lagen Haufen von Sträuchern und Zweigen.

»Die Wiese habe ich freigeräumt«, sagte Frederik. »Hier bauen wir die Wrackteile auf.«

Dickon durchmaß die Fläche mit langen Schritten. »Ein Mann für alles bist du, dazu noch einer mit Köpfchen«, grinste er. »Nicht nur hochgewachsen, stark und gut aussehend. Ich bin beeindruckt!«

»Und ich bin von deinen Schmeicheleien weniger beeindruckt, Dickon. Wir holen das alte Schiff aus der Fischerhöhle und bauen es hier wieder auf. Ein Paradies für Kinder. Sobald ich die Felswand zur Fischerhöhle von innen durchbrochen habe, können wir über der Hochwasserlinie eine Anlegestelle für ein Fischerboot errichten.«

Dickon blieb stehen und ließ seinen Blick über die Wiese schweifen. »Lord Jake werden die Augen leuchten. Seitdem er im Armenhaus in Plymouth war, denkt er Tag und Nacht an das Schicksal der Waisenkinder. Die Zustände in den Häusern sind elend. Die Kinder bekommen eine Brühe zu essen mit Knochenresten, die kein Hund fressen würde, und müssen vierzehn Stunden am Tag arbeiten. Kein Wunder, dass der kleinste Husten sie umhaut und sie wie die Fliegen sterben.«

»Ein Wunder, dass sie überhaupt hierherkommen dürfen«, erwiderte Frederik. »Ob es ihnen wirklich hilft, ein Stück Paradies zu erleben und danach in die Hölle zurückzukehren?«

Dickon antwortete mit einem Achselzucken. »Wenn sie Glück haben, nehmen sie ein Stück Paradies mit, wenn sie wieder gehen.«

Sie liefen durch den Birkenhain zum Rand des Parks und blieben an einer Kreuzung stehen, an der der Weg nach rechts über die gewölbte Brücke in Richtung Dorf und der andere über den Rasen zum Haupteingang von Birch Heights führte. Frederik hob seine Kappe mit einer Hand und klopfte Dickon mit der anderen auf die Schulter.

»Ich gehe nach Hipperclove, Dickon. Bis morgen.«

»Und ich erfahre von meiner Franny, welche Entgleisungen die junge Lady Greenwold sich heute erlaubt hat, danach falle ich nach diesem langen Tag nur noch ins Bett. Danke nochmals für jeden Sandsack, jedes Holzbrett, jeden Spatenstich.«

Frederik winkte, drehte sich auf dem Absatz um und lief zur Brücke hin.

Nachdem er den Fluss überquert hatte, hörte Frederik plötzlich ein aufgeregtes Wortgefecht, das aus der Richtung kam, aus der er gekommen war. Er blieb stehen. Dickons Stimme, laut und zornig, wechselte sich mit den schrillen Worten und schluchzenden Klagen einer Frau ab.

»Ist da was?«, rief Frederik in den Wald zurück. Er drehte sich um und eilte über die Brücke wieder in den Birkenhain zurück. Die Stimmen wurden lauter.

»Dies ist ein privates Grundstück, Miss. Verschwinden Sie! Sofort!«

»Reden Sie nicht so barsch mit mir, Sir! Ich will nur *einmal* mit Lady Charlotte sprechen!«

Frederik erreichte die Lichtung. Die zarte Gestalt einer Frau stand vor Dickon. Sie hatte die Kapuze ihres Mantels nach hinten geworfen. Ihre zierlichen Gesichtszüge waren nass von Tränen und dünne, verfilzte Fransen hellbrauner Haare hingen ihr in die Augen. Sie strich sich die Haare ungeduldig aus der Stirn und griff Dickons Arm. Dickon sprang zurück.

»He, he, langsam, Miss!«, rief er und schob sie von sich. »Alles, was hier läuft, läuft über mich. Wenn Lady Charlotte Sie nicht bestellt hat, dann gehen Sie auch nicht hin. So einfach ist das.«

»Sagen Sie mir nur, wo ich Lady Charlotte finde, Sir. Ich will nur ein paar Minuten mit ihr sprechen, dann gehe ich wieder, wenn sie es so will. Ich verspreche es.«

Dickon packte die Frau am Arm, führte sie zur Brücke und zeigte auf den Weg, der ins Dorf führte. »Für was halten Sie sich eigentlich, Miss? Mitten auf dem Waldweg tauchen Sie plötzlich auf wie ein Gespenst und wollen unangemeldet ins Herrenhaus hineinstürmen, dessen Wächter und wichtigster Bediensteter ich seit Jahren bin. Im Dorf gibt es Gasthäuser, in denen man für ein paar Pfennig übernachten kann. Wer Arbeit sucht, findet bestimmt eine Bauersfrau, die froh ist, wenn jemand ihr die Möhren schält und die Kinder hütet. Leben Sie wohl.«

Die Frau klammerte sich an Dickon. Frederik, der bis dahin nur zugeschaut hatte, griff sie von hinten an den Schultern und zog sie sanft, aber fest, aus Dickons Armen.

»Dickon, geh zurück ins Haus. Du bist müde und Franny wartet. Ich kümmere mich um das Mädchen. Sie ist krank. Ich bringe sie ins Dorf zu Frau Earling. Dort bekommt sie wenigstens ein Bett für diese Nacht.«

»Ich bin dir sehr verpflichtet, Frederik!«

Dickon hob seine Kappe, verdrehte die Augen und marschierte davon. Die junge Frau hatte ihr Gesicht in den Händen vergraben. Ihre Schultern bebten. Frederik legte seine Hand auf ihren Arm und erschrak, als er fühlte, wie dünn er war. Sie nahm eine Hand vom Gesicht und stöberte in ihrer Rocktasche, zog ein dreckiges Taschentuch heraus und rieb damit Augen und Nase. Aus mageren Wangen, die rot vom Weinen waren, starrten große tränennasse blaue Augen. Es war schwierig zu sagen, wie alt sie war. Ihre Kleider waren alt und verblichen, die Säume ihres Rocks von Schlamm und Grasresten verkrustet.

»Kommen Sie mit«, sagte Frederik.

Er führte sie zur Brücke, erleichtert, dass sie dem Druck seiner Finger nachgab und mit seinen Schritten mithielt.

»Hören Sie auf zu weinen und sagen Sie Ihren Namen!«

»Ich bin Marie«, schniefte sie.

»Und wo kommen Sie her, Marie?«

»Das kann ich nicht sagen!«

Frederik schüttelte den Kopf. Sie liefen auf der anderen Seite der Brücke am Fluss entlang und näherten sich dem Dorf. Frederik beschleunigte seine Schritte, als Passanten stirnrunzelnde Blicke in seine Richtung warfen. Er wollte niemandem Erklärungen liefern, warum er mit einer fremden Frau, die nicht sagen konnte, was sie wollte und woher sie kam, durchs Dorf wanderte. Das war ein klarer Fall für Lydia Earling.

Es kam anders.

»Du willst behaupten, Dickon, dass diese Frau seit gestern krank, verwahrlost und auf Haut und Knochen abgemagert auf meinem Anwesen herumläuft – und keiner sieht die Notwendigkeit, mich davon in Kenntnis zu setzen?« Lady Charlotte Greenwold erhob sich von dem Stuhl, auf dem sie an ihrem Sekretär gesessen hatte, stemmte ihre Hände in die Hüften und heftete einen feurigen Blick auf den Diener, der von einem Fuß auf den anderen trat und auf den Boden starrte.

»Mylady, wir wissen nicht, wer sie ist und woher sie kommt. Sie gab uns keine Auskünfte.«

»Ihr habt euch nicht sehr darum bemüht, es herauszufinden, Dickon.«

»Sie hat uns einen Schrecken eingejagt, Mylady. Sie ist verwirrt. Von Sinnen. Und es sind in den vergangenen Tagen immer wieder seltsame Gestalten an der Tür erschienen. Wir wollten … ich meine, Frederik hatte die Idee, sie zu Frau Earling zu bringen.«

Charlottes Gesichtszüge entspannten sich. »Ihr habt es gut gemeint. Ihr konntet nicht ahnen, dass Lydia Earling krank im Bett liegt. Gott sei Dank war ich gerade zu der Stunde bei ihr zu Besuch, als Frederik die Fremde brachte, und konnte die arme Wanderin auffangen und hierherbringen. Sie konnte kaum noch gehen vor lauter Schwäche.«

Dickons Kinnlade fiel herunter. »Hierher, Mylady? Sind Sie sicher?«

Charlotte trat zum Fenster und blickte auf den Rasen. »Ja, Dickon. Ich bin mir sicher. Das Mädchen ist weder verwirrt noch von Sinnen, aber sie muss etwas Grauenhaftes erlebt haben. Unseren Namen hatte sie von irgendjemandem gehört. Sie suchte uns, bis sie uns fand. Wochenlang, so wie sie aussieht. Gerne würde ich wissen, von wem sie über uns wusste, aber das hat noch Zeit.«

Sie blieb am Fenster stehen und ihre Augen schweiften in die Ferne. Es war eine Weile still im Raum, bis sie sich vom Fenster abwandte und Dickon anschaute. »Ich schätze deine Mühe um unsere Sicherheit, Dickon. Danke.«

»Mylady, verzeihen Sie meine deutliche Redeweise. Mein inneres Gefühl führt mich manchmal auf Irrwege. Frannys aber nicht. Uns beiden kribbelt es im Bauch, wenn wir diese Frau nur anschauen. Und wenn es uns beiden im Bauch kribbelt, dann horchen wir auf die innere Stimme, Mylady, aber flugs.«

»Ich habe vor eurem gemeinsamen Bauchkribbeln große Achtung«, antwortete Charlotte. »Aber manchmal muss ich auf meine innere Stimme hören. Wir füllen ihren Magen mit gesunder Kost, schicken sie mit einem dicken Stück Seife in die Badewanne und behalten sie hier für die Nacht. Morgen sehen wir weiter und suchen so bald wie möglich nach einer Unterkunft im Dorf. Bis wir wissen, wer sie ist.«

Erleichterung machte sich auf Dickons Gesicht breit.

»Du kannst gehen«, sagte Charlotte schließlich.

Sie schaute in den Spiegel, der an der Wand hing, und schob einige lose hellbraune Haarsträhnen unter ihre Haube. »Vergiss bitte nicht, Dickon, dass ich nicht mehr das drahtige kleine Mädchen mit den Zöpfen bin, das du erzogen hast.«

»Sie sehen in meinen Augen keinen Tag älter aus als damals, Mylady. Und ich fühle mich heute genauso verantwortlich für Sie wie damals.«

»Ich danke dir für das Kompliment, aber ich bin trotzdem die Herrin von Birch Heights und habe hier das Sagen.«

»Verstehe, Mylady.«

Er verneigte seinen Kopf, drehte sich um und verließ den Raum.

Kapitel drei

Ein eigenartiger Geruch begrüßte Eduard, als er den Raum betrat. Erst nach einigen Sekunden fiel ihm auf, dass er von einer Zigarre kam, die auf dem Rand eines Aschenbechers schwelte. Der Vorsteher des Armenhauses blickte von seinem Schreibtisch hoch.

»Ach, Eduard. Komm herein, Junge, und setz dich hin. Minna, lass uns allein. Hol seine Sachen vom Beerdigungsunternehmen und lass sie an der Treppe.«

»Sofort, Mr Creek.«

»Moment, ich begleite dich hinaus. So einem koketten Blick kann auch der anständigste Mann nicht widerstehen.«

Er erhob sich, legte einen Arm um die junge Hotelbedienstete, die Eduard zum Armenhaus gebracht hatte, und tänzelte mit ihr zur Tür.

Eduard setzte sich auf den Holzstuhl, auf den Mr Creek gedeutet hatte, und blickte um sich. Der Raum war spärlich möbliert. Alles schien einen grauen Anstrich zu haben, obwohl ein roter Samtvorhang am Fenster hing, ein grüner Teppich den Boden bedeckte und zwei gelb überzogene Stühle hinter dem Schreibtisch standen. Er las die Worte *Edel Mélange* auf der Zigarrenschachtel, die offen auf dem Schreibtisch lag.

Aus dem Geflüster im Gang wurde zunächst Gekicher, dann Schweigen, gelegentlich unterbrochen von Grunzen und Schmatzen.

»Hör auf, du wildes Kätzchen«, erklang Mr Creeks Stimme hinter der halb offenen Tür.

Eduard fing an, die Zigarren laut zu zählen. Zwei Schichten, das wären zweimal zehn. Eine fehlte. Das wären neunzehn Zigarren. Er zählte noch einmal, lauter, um nicht hören zu müssen, was sich hinter der Tür abspielte. Als die Tür plötzlich zufiel und Mr Creek wieder im Raum stand, schreckte er auf.

»So, jetzt zu dir, mein Junge.« Der Vorsteher zupfte seine Jacke zurecht, ging zu seinem Schreibtisch zurück und setzte sich hin. Nicht nur alles in dem Raum wirkte grau. Auch Mr Creek selbst. Seine Jacke war blau, seine Strümpfe grün, aber trotzdem wirkte er grau. Er war groß und hager und hatte spärliche, dunkelgraue Haare, die mit Resten einer anderen Farbe durchsetzt waren – mit welcher, das war schwer zu erkennen. Seine schmalen Gesichtszüge mit ihrer pockennarbigen Haut sahen ebenfalls grau aus, obwohl seine Wangen jetzt knallrot waren. Er setzte eine Brille auf die Nase, räusperte sich, legte seine Finger aneinander und schaute Eduard durch seine zusammengekniffenen Schlitzaugen an.

»Herzlich willkommen in Hoddington Place, mein Junge«, fing er an, »dem fortschrittlichsten Armenhaus in ganz London, wenn nicht in ganz England, auch wenn der Anlass deines Aufenthalts hier kein fröhlicher ist. Du musst tapfer sein, mein Junge. Dass dein lieber, fürsorglicher Papa gestern nicht nach Hause zurückgekehrt ist, wird dir nicht entgangen sein.«

Eduard musste kurz überlegen, wen Mr Creek mit dem »lieben, fürsorglichen Papa« meinte. »Sie meinen meinen Vater?«

»Deinen Vater meine ich in der Tat«, antwortete Mr Creek.

Nein, es war Eduard nicht aufgefallen, dass sein Vater nicht nach Hause gekommen war. Er blieb öfters nachts weg. Und stolperte betrunken und fluchend am nächsten Vormittag in die zwei schäbigen Zimmer über dem Bestattungsinstitut, die er mit seinem Sohn teilte. Mehr war ihnen nicht geblieben, da sein Vater das kleinere Vermögen, das er einmal hatte, vertrunken und verspielt hatte. Eduard war froh, wenn sein Vater betrunken war. Dann schlief er länger und die Ohrfeigen und Schläge blieben aus.

Mr Creek stand auf und lief hinter seinem Schreibtisch hin und her. Er hob immer wieder einen Finger, als wollte er anfangen zu reden, hielt aber inne, schüttelte den Kopf und lief weiter. Eduard rutschte vorwärts und rückwärts auf seinem Stuhl. Mr Creek schien vergessen zu haben, dass er da war. Doch dann drehte er sich schlagartig um und sprach weiter.

»Kurzum, Eduard. Er ist tot. Er wird nicht mehr zurückkommen. Ich bedaure zutiefst, dir das mitteilen zu müssen.« Er legte seine

Hand auf Eduards Schulter, ließ sie dort und drückte die Schulter immer fester nach unten. Wie eine Kralle, deren eiserne Spitzen sich in Eduards Haut eingraben wollten und ihn nie wieder loslassen würden.

»Wir haben alle unsere Lasten im Leben zu tragen, mein Sohn.« Die Rede klang feierlich, künstlich, geprobt. »Aber die Zeit heilt alle Wunden. Sein Tod kam schneller als erwartet.«

Endlich war die Hand wieder weg. Eduard fand schließlich seine Stimme wieder. »Mein Vater wusste, dass er sterben wird?«

»Er war krank, mein Junge, schwer krank. Aus Rücksicht auf dich wollte er dir nichts sagen. Er war nie einer, der an sich selber dachte, dein Vater. ›Eduards Wohl muss immer an erster Stelle sein‹, so sprach er. ›Der Junge ist erst dreizehn und verliert schon seinen Vater.‹ Das waren fast seine letzten Worte.«

Eduard hatte das Gefühl, er sollte mehr nach den Umständen vom Tod seines Vaters fragen, wunderte sich aber, wie wenig ihn das interessierte. Mr Creek ersparte ihm die Mühe.

»Er wurde auf offener Straße entdeckt. Gestern Nachmittag. Er war zusammengebrochen. Starb allein. Keiner hielt seine Hand oder redete ihm tröstende Worte zu.«

Mr Creek drehte wieder seine Runden hinter dem Schreibtisch. »Auch für mich ist es schwer zu ertragen. Nicht nur für dich als seinen Sohn.«

Eduard starrte ihn entsetzt an.

»Du erschrickst, mein Junge. Ich auch. Dein Vater war für mich mehr als ein Bekannter. Er war ein Freund. Er holte nach jeder Seuche die Leichen der Kinder ab – Gottes Friede sei auf ihnen. Gerade durch diese traurige Aufgabe entstand eine innige Freundschaft, die ich vermissen werde. Wenn es für mich schon so erschütternd ist, wie erschütternd muss es erst für dich als sein einziges Kind sein!«

Er holte ein Taschentuch aus seiner Westentasche und wischte sich eine Träne aus dem Augenwinkel. Gewissensbisse überkamen Eduard. Er empfand nach wie vor nicht die geringste Spur von Trauer. Das Entsetzen, das er empfand, entstammte nicht einem Gefühl von Verlust, sondern kam von der Angst, was nun aus ihm werden würde.

Mr Creek schien seine Gedanken zu lesen. »Dein Vater hat dich uns anvertraut und dich damit in guten Händen gelassen.«

Das war der Satz, der Eduard endlich aus seiner Gefühlsstarre herauszerrte. »Ich bleibe hier, bei Ihnen?«

Mr Creek nickte. Bilder schossen durch Eduards Kopf und es wurde ihm schwindelig. Ein Krankensaal voller Pritschen, eine neben der anderen. Ein Stöhnen, Winseln, Jammern, Schreien. Kleine Körper, noch warm. Hauchdünne Haut, durchsichtig, fahl, über Knochen gespannt, weit aufgerissene Augen, die dem Tod ins Gesicht schauten. Kinderleichen waren einfach zu verarbeiten. Schnell ausziehen, Kleider alle auf einen Stapel, sie wurden gleich weiterverwendet. Den Betreibern des Armenhauses war es egal, ob andere Kinder sich ansteckten. Nase zuhalten, Kot, Eiter und Blut von Hemden und Hosen abkratzen. Die schlaffen Überreste von Haut und Knochen in den Karren werfen.

Die Umrisse von Mr Creeks Kopf drehten sich in verschwommenen, grauen Kreisen in Eduards Kopf. Der Kopf nickte weiter, immer weiter. Er löste sich vom Hals, schwebte in der Luft und dann war das Gesicht zu einer grinsenden Fratze entstellt. Die Worte »in guten Händen« klangen in Eduards Ohren nach wie ein Widerhall, der immer lauter wurde, bis Eduard von ihm verschluckt wurde.

»Hier, ein Taschentuch, Junge. Es wird dir bei uns gut gehen, keine Sorge. Schäme dich nicht, wenn du weinen musst. Seinen Vater zu verlieren, ist ein Hammerschlag im Leben eines Jungen.«

Mr Creeks Gesicht sah plötzlich wieder normal aus, und Eduard dachte, er sei eigentlich ganz nett. »Es gab irgendwelche Verwandte von meinem Vater«, berichtete er. »Weit weg, in Cornwall. Reiche Leute.«

Zu seiner Empörung brach Mr Creek in ein hämisches Lachen aus. Es klang seltsam aus dem Mund eines Mannes, der gerade noch den Tod seines besten Freundes beklagt hatte.

»Ach, die. Dass du auf so einen Gedanken kommst! Sie haben deinem Vater großes Unrecht getan. Weißt du das? Hast du dich nie gefragt, warum er ein ›Sir‹ vor seinem Namen hatte? Und mit Recht darauf stolz war?«

»Ja, sie haben ihm sein Erbe weggenommen. Aber das ist kein Problem mehr, Mr Creek. Er braucht es jetzt nicht mehr.«

Mr Creek setzte sich wieder an seinen Tisch, blickte Eduard stirnrunzelnd an und streichelte sich das Kinn. »Es sind böse Menschen«, sagte er. »Mit dir werden sie nichts zu tun haben wollen. Sie werden Angst haben, dass du das Vermögen erst recht an dich reißen willst. Es würde dir nach dem Ableben deines Vaters zustehen, musst du wissen. Eigentlich wärst du jetzt ein reicher Junge.«

Das war Eduard in der Tat nicht eingefallen.

»Dein Vater hatte Pläne, die Verbindung nach Cornwall wieder aufzunehmen.« Das seltsame Flackern in Mr Creeks Augen stand in starkem Gegensatz zu der Beiläufigkeit seiner Worte. »Mehr dazu ein anderes Mal. Jetzt zeige ich dir dein Bett. Du bekommst ein Zimmer für dich allein, in meiner Nähe, damit ich mich persönlich um dich kümmern kann.«

Er plauderte unentwegt weiter, als er sich erhob, Eduard an der Hand nahm, ihn aus dem Raum und eine Treppe hochführte. »Bist überrascht, Junge, wie fein es hier oben ist, was?«

»Ich kenne bisher nur den Krankensaal, Mr Creek.«

Er wurde in ein sauberes kleines Zimmer geführt, mit einem Fenster zur Straße hin, hellen Vorhängen, einem weichen Teppich, einem bezogenen Bett und einem Tisch, auf dem Bücher, ein Tintenfass und ungebrauchte Schreibfedern lagen.

Mr. Creek klopfte auf den Tisch. »Das ist für deine Schularbeit«, erklärte er.

»Ich gehe in die Schule?«, rief Eduard freudig.

»Ha! Dein Vater wollte aus dir einen Gentleman machen. Er hörte nie auf, auf das verlorene Erbe zu hoffen. Ich bin der beste Freund deines Vaters, ich nehme seinen Platz ein und führe seine Pläne weiter. Ich verabschiede mich fürs Erste. Minna bringt deine Sachen. Du nimmst deine Mahlzeiten mit mir und meinen Helfern zusammen im oberen Esssaal ein.«

Eduard setzte sich auf den Stuhl und zog diesen an den Tisch. War das alles ein Traum? Wenn nicht, war es gar keine so schlechte Sache, einen Vater zu verlieren, dachte er.

»Guten Morgen, Marie! Wie ist dein Wohlbefinden heute?«

Marie sprang vom Stuhl in der Küche auf, als die Tür aufging, hielt ihre Hände hinter den Rücken und blickte Charlotte mit großen Augen an. »Es war nur ein Schwächeanfall, Mylady. Ich hatte eine lange Reise und seit Langem nichts gegessen. Mir geht es heute besser. Nie in meinem Leben habe ich eine so fein schmeckende Suppe gegessen und in so einem samtweichen Bett gelegen. Es war, als läge ich in Wolken aus weichem, fein duftendem Schaum. Und …«

»Marie«, unterbrach Charlotte, »ich bin nicht in die Küche gekommen, um über die Bettwäsche im Gästezimmer zu reden. Setz dich hin und beruhige dich. Schau mich nicht an, als ob ich dir den Kopf abreißen würde.«

»Aber wenn Sie mich fortschicken, ist es schlimmer, als wenn Sie mir den Kopf abreißen würden, Mylady.«

Charlottes Ton wurde schärfer. »Wir müssen reden, Marie.«

»In Ordnung, Mylady.« Marie nahm wieder Platz, stützte ihre Ellbogen auf den Tisch und verfolgte mit den Augen jede Bewegung, die Charlotte machte. Charlotte setzte sich ihr gegenüber.

»Kommen wir gleich auf den Punkt, Marie.«

»Bitte sagen Sie, dass ich bleiben darf!«, flehte die junge Frau. »Ich verspreche Ihnen, in Windeseile wieder zu Kräften zu kommen. Ich werde alles machen, was Sie von mir wollen. Ich kann arbeiten, Mylady. Böden schrubben, Fenster so sauber wischen, dass jeder sich fragt, ob da überhaupt eine Glasscheibe ist, Laken waschen, bügeln und stärken, dass sie wie neu aussehen. Ich kann Samen aussäen und mit einer Harke die Erde bearbeiten. Nur kochen und backen kann ich nicht.«

»Du greifst vor, Marie!«, sagte Charlotte. »Mein Mann ist gestern spät von einer Reise zurückgekommen und hat beschlossen, dass wir gegenwärtig niemanden beherbergen können. Unsere Diener sind überlastet, die Arbeit ist zu viel. Ich gebe dir Geld und ein Stück Brot. Du bist, wie ich sehe, heute gesund genug, um ins Dorf zu laufen. Mrs Massey wohnt am Ende der Straße, die vom Marktplatz Richtung Sedgeworth führt. Sie erwartet bald ihre Niederkunft und schätzt sicher ein fleißiges Paar Hände. Nenne meinen Namen und sie gibt dir bestimmt eine Chance.«

Marie senkte ihren Kopf, legte ihre Stirn auf den Tisch, ballte ihre Hände zu Fäusten und stöhnte. »Bitte lassen Sie mich hierbleiben. Ich mache Ihnen doch keine Arbeit, ich nehme Ihnen Arbeit ab.«

Charlotte seufzte. Sie beobachtete eine Ameise, die an einer Holzfaser auf dem Tisch entlangraste. Nachdem sie eine Weile geschwiegen hatte, stand sie auf, ging auf Marie zu und legte ihr eine Hand auf die Schulter. »Wir wissen nichts über dich, Marie. Warum bist du nach Birch Heights gekommen? Gestern wolltest du es nicht sagen.«

»Jemand hat den Namen Lady Charlotte Greenwold in meinem Beisein erwähnt und Birch Heights genannt. Ab dem Moment habe ich gewusst, dass ich hierherkommen muss, Mylady. Einfach so. Nennen Sie es Schicksal, nennen Sie es Gott. Aber schicken Sie mich bitte nicht weg.«

»Und darf ich wissen, in welchem Zusammenhang und von wem mein Name und mein Haus genannt wurden?«

Marie schluckte. »Das kann ich Ihnen nicht sagen, Mylady.«

»Kannst du nicht oder willst du nicht? Wie überrede ich Lord Greenwold, eine Frau in unserem Haus aufzunehmen, die uns von irgendwoher kennt, aber nicht sagen will, von wo? Verstehst du, warum das misstrauisch macht?«

»Ich führe nichts Böses im Schilde, Mylady, wirklich, glauben Sie mir!«

Charlotte kaute an ihrer Lippe und blieb eine Weile still. »Ich sehe, dass du nicht schauspielerst. Kannst du mir wenigstens sagen, aus welcher Stadt du kommst?«

Marie schüttelte den Kopf. Sie blickte hoch in Charlottes Augen und fuhr sich mit dem Handrücken über das Gesicht. Eine Träne lief an ihrer Wange hinunter. Eine zweite Träne folgte und eine dritte. Sie bedeckte ihr Gesicht mit dem Taschentuch, das Charlotte ihr reichte, und weinte, bis das Tuch durchnässt war. Charlotte griff nach ihrer Hand und drückte sie.

»Hör auf zu weinen, Mädchen. Du musst nichts sagen, was du noch nicht sagen willst. Wir finden eine Lösung.«

Marie rieb sich die Nase mit dem Taschentuch und legte ihr Gesicht erneut auf die Arme. Nach und nach ließen die Tränen nach. Das dumpfe Schlagen einer Hacke auf der harten Erde im Küchengarten war durch das offene Fenster zu hören. Erdbrocken wurden in die Luft geschleudert und der Geruch von frisch gehackten Beeten wehte in die Küche.

»Hörst du, Marie, wie Frederik bei der anstrengenden Gartenarbeit stöhnt und keucht? Jeder hier muss praktisch Hand anlegen, jeder muss ein Mann- oder eine Frau-für-alles sein. So ist das Leben hier auf dem Lande. Die Erde muss ihren Ertrag liefern. Ein harter Winter muss durchgestanden werden, die Ernte rechtzeitig eingeholt. Manchmal arbeiten wir Tag und Nacht. Ist das wirklich ein Leben, das du dir vorstellen kannst? Deiner Rede nach zu urteilen, bist du ein Stadtmensch. Das passt hier nicht.«

»Ich kann alles lernen, Lady Greenwold«, schniefte Marie.

Charlotte nahm auf der anderen Seite des Tisches wieder Platz und schaute eine Weile zum Fenster hinaus, ohne etwas zu sagen. Schließlich wandte sie sich wieder zu Marie. »Wir machen es so. Du bist erschöpft und hast, aus was für Gründen auch immer, harte Zeiten durchlebt.«

Marie blickte hoch, Hoffnung leuchtete in ihren Augen auf.

»Du bleibst hier, bis du Fleisch auf deinen Knochen und Farbe im Gesicht hast und bis wir dich kennengelernt haben. Du unterstützt Franny in ihrer Arbeit, soweit deine Kräfte es dir ermöglichen. Allerdings können wir dir ohne Auskünfte und Empfehlungen keine feste Arbeit geben. Dafür musst du Verständnis haben. Es gibt andere, die hier arbeiten wollen und schon früher gefragt haben. Sobald du gesund bist, fragen wir Mrs Massey, ob sie für ihren Säugling

Hilfe braucht. Im Dorf ist außerdem eine Mrs Willow, die für ihre Hühnerzucht zusätzliche Hände sucht. Wenn ich dich empfehle, nimmt sie dich bestimmt. Hilft dir das?«

Marie nickte. »Es wäre mir noch lieber, wenn ich gleich für immer bleiben könnte, Mylady. Ich bin Ihnen aber zu Dank verpflichtet und werde versuchen, Sie nicht zu enttäuschen.«

»Jetzt gehst du auf dein Zimmer, wäschst dein Gesicht und ruhst dich ein wenig aus. Ich rede mit Franny und mit meinem Mann.«

Marie erhob sich, machte einen Knicks und eilte aus der Küche.

»Sag mal, Mädchen. Kannst du nicht mal schauen, wo du hinläufst?« Es war Franny, die mit einem Stapel Wäsche an der Tür erschienen war.

Charlotte sprang herbei, um der Haushälterin die Last abzunehmen. »Wie oft muss ich dir sagen, dass du aufhören sollst, so viele Tischdecken, Handtücher und Laken auf einmal zu tragen, Franny?«, tadelte sie.

»Jeder Gang vom Waschraum in die Küche ist beschwerlich, Mylady. Ich muss mich entscheiden, ob ich meine Beine belaste oder lieber meine Arme. Heute sind die Arme an der Reihe.«

Charlotte legte einen Stapel nach dem anderen sorgfältig auf den Küchentisch.

»Na? Haben wir dieses verwahrloste Frauenzimmer los, Mylady?«

»Wenn du damit Marie meinst, dann noch nicht«, antwortete Charlotte. »Sie bleibt fürs Erste hier. Zumindest, bis sie gesund ist. Es blieb mir nichts anderes übrig.«

Franny öffnete den Mund, um etwas zu sagen, klappte ihn aber wieder zu und schüttelte den Kopf.

»Irgendetwas Schreckliches muss sie erlebt haben«, fügte Charlotte hinzu. »Ich tue alles, damit sie dir nicht zur Last fällt. Du legst ihr bitte zwei meiner alten Arbeitskleider ins Zimmer, damit sie etwas Ordentliches zum Anziehen hat, und überlegst dir, wie sie dir behilflich sein kann. Ich muss jetzt hochgehen.« Sie ging eilig zur Tür.

»Warten Sie kurz, Mylady!«

Charlotte hielt noch mal an. »Hast du ein Problem, Franny?«

»Mylady, erlauben Sie mir zu fragen, ob die Frau wenigstens gesagt hat, warum sie hier ist?«

Charlotte schüttelte den Kopf. »Sie ist weder eine Diebin noch eine entflohene Gefangene noch eine Mörderin noch gefährlich. Ich weiß, was du gerade denkst, Franny. Nein, ich schicke sie nicht ins Armenhaus. So wie sie heult … «

»Pah! Heulen! Sie wäre nicht die Erste, die weiche Herzen durch meisterhaftes Heulen ins Wanken bringt, Mylady!«

»Ihre Tränen waren echt, Franny«, entgegnete Charlotte. »Irgendeine Arbeit finden wir für sie. Dumm ist sie nicht. Ihre Sprache ist gebildet. Irgendjemand hat das Mädchen erzogen. Wir wollen Leute aus den Armenhäusern herausholen, nicht noch mehr in dieses Elend schicken, nicht wahr?«

Es war einen Moment still.

»Sie wissen, was mir mein Gefühl sagt, Mylady. Aber Sie sind hier die Herrin. Ich werde mich fügen.«

»Ich wünschte manchmal, ich wäre nicht die Herrin, Franny. Heute sagt mein Gefühl etwas anderes als deins und das gefällt mir nicht. Aber das letzte Wort ist nicht gesprochen. Wenn du recht hast, bin ich die Erste, die es zugibt.«

»In Ordnung, Mylady. Für wie lange bleibt sie hier?«

»Bis Harriets Kochkünste, verbunden mit frischer Luft und harter Arbeit, sie auf die Füße bringen und ihre Wangen dick und rosig machen. Danach geht sie entweder zu Mrs Massey, um ihr bei der Versorgung ihrer Kinder zu helfen, oder zu Mrs Willow, um sie bei der Hühnerzucht zu unterstützen.«

Franny seufzte, legte einen letzten Stapel Geschirrtücher energisch auf den Tisch und fing an, mit lautem Geklapper das Frühstücksgeschirr in das Spülbecken zu räumen.

»Franny, schone die Tassen. Sie sind nicht schuld. Der Essensplan für nächste Woche liegt auf dem Tisch. Ich muss Lord Jake suchen.«

»Und ich hatte gehofft, das Leben hier würde ruhiger werden«, stöhnte Franny, holte ihre Spülschürze vom Haken neben der Tür und band sie um ihre Taille. »Lady Elinor tobt und eine wildfremde

Frau von irgendwoher setzt sich an meinen Küchentisch. Wir fangen wieder von vorne an.«

Unter Maries Füßen knackten die Äste, die das Ufer des Weihers bedeckten. Sie blieb stehen, als sie eine schrille Stimme mitten aus dem Schilf hörte.

»Musst du immer wie ein unbeholfener Elefant durch den Sumpf trampeln, Franny? Du schreckst die Kaulquappen auf. Ich bin hier, falls du mich suchst. Und ich bleibe auch hier, falls du das wissen willst.«

An einer Stelle nahe dem Wasser bewegten sich die Gräser und ein blonder Lockenkopf mit einer blauen Schürze tauchte auf.

»Ich bin nicht Franny, aber du bist wohl Elinor«, stellte Marie fest.

»Wer bist du und was suchst du hier?«, fragte Elinor.

»Ich bin Marie und ich suche dich. Du sollst zum Essen kommen. Deine Mutter ist nicht da und wir essen in der Küche.«

»Ach, Franny hat Angst, selber zu kommen, und lässt mich holen. So geht das jetzt.«

»So geht das jetzt nicht. Ich habe gefragt, ob ich ihr helfen kann, und sie sagte, ich solle Elinor holen, weil sie Harriet beim Hantieren mit den schweren Kochtöpfen hilft. Wenn du Elinor heißt, dann bist du die, die ich holen soll.«

»Und wenn ich dir sage, dass Franny mich nicht mag und ich deshalb nicht komme?« Elinor verschränkte ihre Arme und blieb an Ort und Stelle stehen.

»Dann bist du in guter Gesellschaft, weil Franny mich auch nicht mag. Aber ich habe Hunger, weil ich in den letzten Tagen nur wenig zu essen hatte. So versuche ich, Franny zu mögen, weil sie Harriet in der Küche unterstützt.«

Anstelle einer Antwort war ein Rauschen von Schilfgräsern und ein Knistern von Zweigen zu hören und plötzlich stand Elinor direkt vor Marie und blickte hoch in ihr Gesicht. »Wer bist du?«, fragte sie.

»Ich bin Marie. Ich bleibe ein paar Tage in eurem Haus und versuche, mich nützlich zu machen. Wenn du deine Hände hochstreckst, dann fühlst du, wie ich aussehe.«

»Woher weißt du, dass ich nicht sehen kann?«

»Ich sehe es dir an. Du hast bildhübsche Augen, aber sie haben kein Licht.«

Elinor zögerte und tastete mit einer Hand nach oben. Marie bückte sich und hielt die ausgestreckten Finger an ihre Wange.

»Du bist sehr dünn, hast hohle Wangen und ich vermute, eine blasse Stirn«, sagte Elinor.

»Richtig. Deshalb möchte ich schnell zurück in die Küche und etwas essen. Und ich freue mich, wenn du mitkommst, denn dann fühle ich mich nicht so alleine«, antwortete Marie.

»Sind deine Hände auch so dünn?«, fragte Elinor.

»Nimm meine Hand in deine und du siehst es selber.«

Elinor gehorchte. Sie fuhr mit ihrem Finger über Maries hervorstehende Fingerknochen. »So dünn!«, rief sie. »Solche knochigen Finger habe ich in meinem ganzen Leben noch nie gefühlt. Warum bist du so dünn?«

»Wenn du mitkommst, erzähle ich es dir vielleicht.«

Elinor zögerte, legte ihre Hand in Maries Hand und lief mit ihr in den Park.

Lord und Lady Greenwold schlenderten Arm in Arm den sanften, grasigen Hang zu den alten Mauerresten des Turms hinauf. Der Weg schlängelte sich in sanften Kurven bergauf. Ein Schubkarren voller Steine, auf halber Höhe stehen geblieben, erinnerte an die Arbeit, die Dickon und Frederik unter den Felsen verrichtet hatten. Hinter der Ruine ragten dunkle Felsen in die Höhe und das Rauschen von Meereswellen war in der Ferne zu hören. Die letzten Strahlen der Abendsonne warfen einen rötlichglühenden Schein auf den Turm und die grünen Hänge, die ihn umgaben. Noch wirkten die zackigen Spitzen der Klippen überhaupt nicht bedrohlich, noch wurde das ferne Geräusch der Wellen nur von gelegentlichen Schreien der Möwen unterbrochen, die über die Köpfe der Spaziergänger hinweg in Richtung Meer schossen.

»Jeden Tag ein anderes Schauspiel«, sagte Charlotte leise. »Auch nach Jahren erzählt jeder Sonnenuntergang eine neue Geschichte.«

»Und was erzählt er heute?«, fragte Jake.

»Du bist doch der Meisterdichter, der die Sprache der Wolken und die Melodien des Windes versteht, nicht ich!«

Jake blickte lachend auf Charlottes Gesicht herunter, das zur Sonne gewandt war. Ihre Haut spiegelte das Leuchten der Farben wider. Er küsste ihre Stirn und fuhr mit seinen Fingern über ihre Wange. »Seitdem ich Rechnungen bezahlen und ein großes Anwesen führen muss, habe ich wenig Zeit, auf die Sprache der Wolken zu achten. Erst recht, nachdem ich mich auf neue Vaterpflichten freuen darf.« Er legte seinen Arm um Charlottes Schulter und blickte auf die Rundungen, die unter ihrem Umhang sichtbar waren. »Ich kümmere mich um das Brot auf dem Tisch, liebe Frau, und du bleibst der schöpferische Geist der Familie!«

»Niemals, Jake! In den Dichter in dir habe ich mich verliebt, nicht in den Geschäftsmann!«

»Oh, dann wird's schwierig«, lachte Jake. »Dann müssen wir uns noch mehr beeilen eine Gouvernante für Elinor finden, damit wir wieder in trauter Zweisamkeit Zeit zum Träumen haben.«

»Träumen können wir erst, wenn unsere Stadtkinder wieder gegangen sind, Jake. Trampelnde Füße in den Schmugglergängen und in der Bucht – da haben auch die letzten dunklen Geister aus der Vergangenheit keine Chance mehr. Wenn das nicht ein Traum ist, der in Erfüllung geht. Der liebe Gott meint es gut mit uns!«

Sie liefen schweigend, jeder in Gedanken versunken, bis sie die Turmruine erreicht hatten und vor der Tür anhielten, die in den Berg hineinführte. Jake bückte sich und blickte in den offenen Eingang, wo die Stufen im Schatten des unterirdischen Gangs verschwanden.

»Sollen wir schauen, was Dickon und Frederik gemacht haben?«, fragte er.

»Nein!«, antwortete Charlotte. Sie schauderte und zog ihren Umhang um ihre Schulter enger zusammen. »Das darfst du machen. Ich bin noch nicht so weit. Ich muss immerzu an die Menschen denken, die hier ihr Leben lassen mussten. Es waren nicht irgendwelche Menschen. «

Jake drückte sie fest an sich. »Hilft es dir, das alles schon wieder ins Gedächtnis zu rufen, Charlotte? Trübe Gedanken bringen die Opfer nicht zurück. Irgendwann gehen wir mit Elinor und mit dem Kind, das du unter dem Herzen trägst, in die Höhlen hinunter und schaffen neue Erinnerungen!«

Charlottes Stimme wurde ernst. »Elinor war aufsässiger denn je, als du fort warst, Jake. Träge, lustlos und missmutig. Das Einzige, was sie interessiert, ist das, was Dickon und Frederik in den Höhlen machen. Sie würde sofort durch diese Tür gehen und die Treppe runterspringen, wenn sie dürfte.«

»Deshalb wolltest du spazieren gehen, um über Elinor zu reden?«

»Nicht direkt.«

Charlotte setzte sich auf die niedrige Mauer neben dem alten Turm. Jake setzte sich neben sie.

»Es geht um die junge Frau«, sagte sie plötzlich.

»Die Landstreicherin, die Franny vor die Tür gesetzt hat? Wir haben sie fortgeschickt. Wo liegt das Problem?«

»Eben nicht.«

»Was meinst du, eben nicht?«

»Ich habe sie nicht fortgeschickt.«

»Charlotte, du willst mir nicht sagen, dass …«

Charlotte wandte sich zu Jake und ergriff seinen Arm. »Jake, ich bringe es nicht übers Herz. Ich wollte ihr Geld geben und sie ins Dorf schicken, aber du hättest sehen sollen, wie sie geschluchzt hat. Krank ist sie, verwahrlost, dünn wie eine Gerte. Du vergisst, dass auch ich ein verwaistes Kind war. Ich habe dem lieben Gott versprochen, dass ich niemals einem einsamen Herzen die Tür weisen werde.«

»Wie oft noch müssen wir dieses Gespräch führen?«, rief Jake aus. »Wir haben die kleine Lisel auf deinen Wunsch hin aufgenommen, auf einmal hatten alle Bediensteten Läuse und Flöhe in ihren Kleidern und Betten. Danach die Mathilda von irgendwoher, die eine Tierquälerin war. Dann den humpelnden Andreas, der in Wahrheit kerngesund war und sich mit dem Silber davonmachen wollte. Jetzt ist Schluss damit!«

Er erhob sich von der Mauer, klopfte den Staub von seiner Weste, stellte sich mit dem Rücken zu seiner Frau hin und betrachtete mit einem Stirnrunzeln das Anwesen, das zu seinen Füßen lag. Zu seiner Linken ging gerade die Sonne hinter den Schornsteinen des Herrenhauses unter, die Gitterfenster funkelten wie winzige Sterne im Abendlicht in dem schimmernden Rot der Backsteine. Über dem Haus färbten sich die Wolken gelb und purpurn, der Himmel war aus purem Gold. Ein Falke segelte plötzlich in das strahlende Meer von Farbe und blieb flügelschlagend längere Zeit auf einem Fleck stehen, dann tauchte er in den purpurnen Schatten der Schonung unter ihnen. Nach einer Minute des Schweigens drehte Jake sich wieder zu Charlotte hin.

»Charlotte, der liebe Herrgott hat uns ein wunderbares Anwesen anvertraut. Wenn wir alle einsamen Herzen dieser Welt beherbergen, gibt es bald kein Birch Heights mehr und uns auch nicht. Unsere Bediensteten stecken bis zum Hals in Arbeit, wir bekommen ein zweites Kind, Elinor gerät aus den Fugen. Unsere Großzügigkeit muss Grenzen haben!«

»Aber Menschen, die zu uns gesandt werden, müssen wir aufnehmen, Jake!«

»Und ist das Mädchen nur deshalb zu uns gesandt, weil es spindeldürr ist? Und weil es dich mit Tränen um den kleinen Finger wickelt? Großzügigkeit, ja. Fahrlässigkeit, nein. Neider und Bösewichte beäugen das, was wir hier zuwege gebracht haben, sehr missgünstig. Der Mann, der letzte Woche als Bettler vor der Tür jammerte, wäre fast mit zwei der Zuchtfohlen auf und davon gegangen. Franny und Dickon haben recht. Wir müssen unsere Eingänge bewachen.«

Charlotte blickte nach unten, schaukelte mit den Beinen und schlug ihre Fersen gegen die Mauer.

»Es wird kalt«, sagte Jake. »Gehen wir. Ich regle die Sache.«

Schon eilte er mit langen Schritten den Hang hinunter. Charlotte hechelte hinterher.

»Jake, warte! Du hast mich nicht zu Ende angehört!«

»Ich will nichts zu Ende hören! Wir hatten beschlossen, dass das Mädchen geht, und dabei bleibt es.«

Charlotte hatte ihren Mann eingeholt und hakte sich bei ihm ein. »*Wir* hatten beschlossen? *Du* hattest beschlossen!«, rief sie außer Atem. »Weißt du was? Du redest gerade genau wie mein Vater früher. Schroff, abweisend.«

Jake blieb stehen und blickte scharf auf sie herab. »Charlotte, was ist in dich gefahren? Wie kannst du so etwas behaupten?«

»Weil du mir nicht zuhörst! Hast nur Buchhaltungen, Weinbestände und Pferdemärkte im Kopf. Und außerdem vergisst du, dass ich hier die Herrin bin, nicht du!«

»Und du vergisst, dass die guten alten Zeiten vorbei sind, in denen Birch Heights seine Einnahmen aus Piraten- und Schmugglergeschäften eingefahren hat. Der jetzige Lord von Birch Heights muss schwer arbeiten, um seine Ländereien halten zu können!«

»Jetzt reicht es, Jake! Hatten wir nicht versprochen, Vergangenheit Vergangenheit sein zu lassen?« Charlotte zog ihre Hand von Jakes Arm zurück.

Er stellte sich vor sie hin und stemmte beide Hände in die Hüften. »Kaum ist das Mädchen in unserem Leben aufgetaucht, Charlotte, und schon verbreitet es Unruhe. Kein gutes Omen!«

Tränen stiegen in Charlottes Augen auf. »Nicht sie, *du* verbreitest Unruhe!«

Jake blickte nach unten und ließ seine Arme hängen. »Setzen wir uns wieder hin, Charlotte. Einen Streit mit dir ertrage ich nicht.«

Sie waren durch das Lattentor in der Steinmauer gelaufen, hinter der Frederik die Wiese freigeräumt hatte. Charlotte stapfte festen Schrittes auf einen alten Baumstamm zu, der quer über einer Lichtung lag, und zog Jake zu sich hinunter.

»Hör zu, Jake«, sagte sie mit Nachdruck. »Ich habe mich deiner Verordnung nicht widersetzt. Marie bleibt nur vorübergehend. Bis sie zu Kräften gekommen ist. Mit Franny habe ich es schon besprochen.«

Jake lehnte sich nach vorne, pflückte ein Kleeblatt zu seinen Füßen und zupfte ein Blatt nach dem anderen ab. Charlottes Stimme war aufgeregt, ihre Augen feurig.

»Und Franny war sicher außer sich vor Begeisterung«, bemerkte Jake trocken.

»Sie hat es mit Fassung getragen«, antwortete Charlotte. »Es gibt Frauen im Dorf, die Hilfe brauchen. Dort kann Marie hin, sobald sie wieder gesund ist.«

Jake sagte nichts. Charlotte ergriff wieder das Wort. Sie redete schnell und ihre Stimme zitterte.

»Die Frau ist gebildet, Jake, und sie hat eine feine, poetische Ausdrucksweise. Sie kann lesen und schreiben.«

»Und das soll mich weniger misstrauisch machen?«

»Sie könnte uns bei der Arbeit mit den Kindern aus den Armenhäusern helfen, mit ihnen malen oder lesen.«

»Du willst damit sagen, dass ich mich zu schnell aufgeregt habe und dass dein Beschluss gründlich durchdacht ist.«

Charlotte nickte. Beide schwiegen eine Weile. Schließlich erhob sich Jake, strich seiner Frau über die Haare, nahm ihre Hand in die seine und zog sie hoch.

»Du bist entschlossen und so bleibt uns wohl nichts anderes übrig«, seufzte er. »Wir behalten sie aber sorgfältig im Blick. Ich war voreilig in meinem Aufbrausen. Bitte verzeih mir. Vergangenheit bleibt Vergangenheit.«

Charlotte nahm seinen Arm und sie liefen langsam durch das Gestrüpp auf das Haus zu.

»Jake, ich bin auf der Hut und handle sofort, sollte etwas Bedenkliches ans Licht kommen.«

Sie erreichten die eichene Doppeltür des Herrenhauses. Charlotte hielt an und blickte zu ihrem Mann hoch. »Aber bevor wir hineingehen, zeig mir, dass immer noch ein Dichter in dir lebt. Du wolltest mir sagen, welche Geschichte der Sonnenuntergang heute erzählt hat.«

»Jetzt ist es zu spät, meine Liebe. Die Sonne ist weg. Und sie hat kein Gedächtnis. Die Geschichte kann nur erzählt werden, solange sie passiert, sie kann nicht nacherzählt werden! Genau das ist der Zauber der Natur. Man muss ihn mitten im Geschehen erwischen.«

»Das klingt wieder wie mein Jake«, lachte Charlotte.

Jake wölbte seine Hände um ihr Gesicht, kniff ihr spielerisch in die Wange, küsste sie auf den Mund und verschwand ins Haus. »Ich bin in der Bibliothek, falls du mich brauchst!«

Kapitel vier

Einer Beute im Visier eines Jägers gleich kauerte Eduard in seinem Stuhl und beobachtete wie hypnotisiert jede Bewegung, die Mr Creek machte.

»Du musst dich als lernwillig und gut geraten zeigen.« Mr Creek lief wieder einmal hinter seinem Schreibtisch auf und ab. Nach jedem Satz, den er sprach, presste er seine Fingerspitzen zusammen, so fest, dass seine Fingerknöchel knacksten. Er schien nur aus Ecken, Winkeln und kantigen Bewegungen zu bestehen, als ob er mehr Glieder hätte, als sein Körper unterbringen konnte. Er legte einen Finger auf den Mund, als wolle er verhindern, dass ein unbedachtes Wort herausrutschte, und richtete seinen durchdringenden Blick auf Eduard. »Du musst das Herz von Lady Charlotte im Sturm erobern. Verstehst du?«

Eduard nickte.

»Und was darfst du nicht vergessen, mein Junge?«

»Dass sie meine Feinde sind, Sir. Und meinem Vater ein gewaltiges Unrecht angetan haben.«

»Warum?«

»Weil ich der rechtmäßige Erbe von Birch Heights bin und sie meinen Vater und mich ums Erbe beraubt haben.«

Mr Creek nahm seinen Finger vom Mund und lächelte. »Gut gemerkt, Eduard. Noch eine Frage. Was machst du, wenn sie sich bei dir einschmeicheln, dich verwöhnen, sich erfreut zeigen, dich zu sehen, den verloren geglaubten kleinen Bruder, der zurückgekehrt ist?«

»Alles nur Schauspiel. Sie versuchen, ihr schlechtes Gewissen zu verbergen, mich unter ihre Herrschaft zu bringen und zu verhindern, dass ihr Verbrechen aufgedeckt wird. Ich darf auf ihre Schliche nicht hereinfallen.«

»Wie aus der Pistole geschossen, mein Junge. Fein.« Mr Creeks

Augen blitzten. Mit Daumen und Zeigefinger seiner rechten Hand zog er langsam an allen Fingern der linken Hand. Eduard zuckte zusammen. Das Knacksen war unheimlich.

»Und deine Aufgabe, wenn du dort bist?«

»Zu beobachten, Sir. Auskünfte zu sammeln. Das Vertrauen der Familie zu gewinnen. Ihnen alles weiterzuleiten, was ich herausgefunden habe.«

»Zum Beispiel?«

»Zugänge zum Haus, Gewohnheiten der Tochter, Schubladen, in denen Schmuck, Tafelsilber und wichtige Papiere aufbewahrt werden.«

»Wenn du weich wirst, Junge, wenn du schwach wirst und Angst bekommst?«

»Ich bin mutig und stark und spiele meine Rolle weiter.«

»Deine Belohnung, falls der Plan aufgeht?«

»Ich werde nie wieder zu den Leichen gehen, ich werde ein reicher Gentleman und Herr eines großen Anwesens sein, tun und lassen, was ich will, und ein Heer von Dienern haben, die mir jeden Wunsch von den Augen ablesen.«

Prompt, flüssig, wie eine auswendig gelernte Liturgie kamen Eduards Antworten. Seine Stimme war matt und gefühllos.

»Hervorragend! Und wenn du dich von deinen Verwandten blenden lässt, ihnen von unseren Gesprächen hier in diesem Raum erzählst und mich verrätst – was sind die Folgen?«

Eduards Lippen zitterten. Zum ersten Mal seit dem Beginn des Gesprächs zögerte er. »Ich verbringe den Rest meines Lebens damit, den Kot und das Blut von Leichen wegzuwischen. Ich nage am Hungertuch und schlafe ohne Decke auf einem eiskalten Boden. Ich halte mich für glücklich, wenn ich nur eine Ohrfeige bekomme, weil ich öfter blutig geschlagen werde.«

Seine Stimme verwandelte sich in ein Schluchzen, als er diese Worte sprach. Er hielt sich an der Stuhllehne fest.

»Und die letzte Frage. Woher weiß ich, dass ich dir vertrauen kann?«

Eduard schauderte und zog seine Schultern zusammen. Seine

Stimme wurde leise. »Ich werde beobachtet. Von wem, wo und wie, erfahre ich nicht. Überall verfolgen mich unsichtbare Augen und Ohren. Sie hängen an der Decke, sie stieren mich aus den Wänden an, sie hören jedes Wort, das ich sage.«

Diesen Teil der Lektion hätte Eduard im Schlaf aufsagen können. Sein Vater hatte ihn mit denselben Augen und Ohren bedroht, wenn er ihn in den Keller sperrte oder davor warnen wollte, die Flucht zu ergreifen. Eduards Augen weiteten sich, während er redete. Bis er den Satz zu Ende gesprochen hatte, war seine Stimme hysterisch. Mr Creek nickte. Er beugte sich vor, stemmte seine Hände in die Knie und starrte mit seinem stechenden Blick direkt in Eduards Augen. Eduard drückte seinen Rücken so fest in die Lehne, dass der Stuhl fast nach hinten kippte. Mr Creeks Stimme wurde leise und rau.

»Und irgendwann kommt der Tag, mein Junge …?«

»… an dem wir zusammen das Unrecht, das meinem verstorbenen Vater angetan wurde, wiedergutmachen, die Ehre und Würde unseres Familiennamens wiederherstellen und uns auf eine glorreiche Zukunft freuen werden.« Die Worte entrangen sich einer Kehle, die wie zugeschnürt war.

Mr Creek richtete sich auf, kniff seine Augen zu dünnen Schlitzen zusammen und kehrte zu seinem Schreibtisch zurück. Er nahm eine Zigarre aus der Holzschachtel, die offen auf dem Tisch lag. »Das reicht für heute, Eduard. Die Mathematik- und Schreibaufgaben übst du in deinem Zimmer, Körperhaltung, vornehmes Reden und Manieren wiederholen wir morgen. Am Spätnachmittag habe ich eine wichtige Verabredung, wir sehen uns heute nicht mehr.«

Schon war er in die Papiere vertieft, die auf seinem Schreibtisch lagen, und zog zwischendrin an seiner Zigarre. Eduard schlich aus dem Raum mit dem gleichen Gefühl der Erleichterung, wie er es früher gehabt hatte, wenn sein Vater besoffen nach Hause kam. Wenigstens würde er jetzt seine Ruhe haben. Für wie lange, das wusste er nicht.

Mr Creeks Verabredungen am späten Nachmittag dauerten meist bis zum nächsten Morgen. Wenn der Vorsteher von Hoddington

Place das Haus verließ, bekam jeder Bewohner es mit. Das Quietschen des Schlüssels an der Haupttür des Hauses hallte im ganzen Treppenhaus. Eduard vermutete, dass das Schloss absichtlich nicht geölt wurde zur täglichen Erinnerung für die Bewohner, dass sie eigentlich in einem Gefängnis wohnten.

»Wie ich sehe, hast du eine Aufgabe für Marie gefunden«, sagte Charlotte.

Franny war in der Tür des Salons erschienen, in dem Lady Greenwold sich tagsüber aufhielt, wenn sie nicht Kranke im Dorf besuchte, mit ihrer Tochter zusammen las, Stickarbeiten machte oder die Aufsicht über Arbeiten in Haus und Park führte. Franny legte Deckchen für die Beistelltische auf die Sofalehne und folgte Charlottes Blick zum Fenster hinaus.

Marie und Elinor saßen auf einer Decke auf dem Rasen. Marie hatte ein Buch in der Hand und las aus ihm vor, während Elinor immer wieder aufsprang, gestikulierte und sich wieder hinsetzte.

»Ihre Tochter war so ungestüm, Mylady, dass wir nach dem Frühstück gewetteifert haben, wer am lautesten brüllen kann.«

»Ich habe es gehört«, antwortete Charlotte. »Elinor hat gewonnen.«

»Ich habe Marie ein Buch in die eine Hand gedrückt und Ihre Tochter in die andere geschoben. Hauptsache, ich habe eine halbe Stunde Ruhe.«

»Ist es verantwortlich, sie allein mit Elinor zu lassen?«

»Ich lasse sie nicht lange allein, Mylady. Marie wird schnell genug das Handtuch werfen. Die Frau ist noch halb krank, obwohl man dran zweifeln könnte, wenn man sieht, wie sie mit dem Kind herumspringt. Von wegen krank. Ich halte ein Auge darauf. Von hier aus sehe ich schon, dass Elinor ihre feine Sonntagsschürze anhat, die auf keinen Fall in Berührung mit dem Gras kommen darf. Ein Unding. So ist es, wenn man ein Weibsbild aus der Gosse ins Haus lässt.

Marie macht mir schon jetzt mehr Arbeit, als dass sie mir Arbeit abnimmt.«

»Gib ihr eine Chance, Franny. Hauptsache, Elinor ist beschäftigt. Hör auf, dich so viel zu sorgen. Ich schaue von hier aus nach dem Rechten. Übrigens, eine Miss Caraway stellt sich heute Nachmittag vor. Sie behauptet in ihrem Bewerbungsschreiben, ein besonderes Geschick für lebhafte Kinder zu haben.«

Charlotte blätterte einige Briefbögen durch, die auf ihrem Sekretär lagen. »Eine Miss Keller kennt sich mit Botanik und jeder Art von Vogelleben gut aus. Das dient uns weniger. Aber schau her. Eine Miss Dinkworth ist im Dienst eines kleineren Herrenhauses in Yorkshire groß geworden und in jeder Art der Verwaltung von Weingärten und in der Pferdezucht bewandert. Sie ist in der Lage, sowohl selber mit Hand anzulegen als auch junge Menschen darin anzuleiten. Das wäre die Richtige, um unsere Elinor auf zukünftige Aufgaben vorzubereiten. Meinst du nicht auch?«

Franny nahm den Brief in die Hand und las vor. »Von mir lernt Ihr Kind, wie man Pferdehufe auskratzt, morsche Äpfel von gesunden Äpfeln trennt und Kräuter bündelt und zum Trocknen aufhängt – neben den üblichen Fächern wie Lesen, Rechnen und Schreiben natürlich. Und selbstverständlich gehören auch Malen, Tanzen und Singen zum Programm.«

»Ob sie einem Mädchen, das kaum etwas sehen kann, das alles beibringen kann?«, fragte Charlotte. »Sie klingt praktisch veranlagt.«

»Praktisch veranlagt muss die Dame allemal sein«, meinte Franny. »Und wenn möglich den Unterschied zwischen einer Bohne und einer Erbse wissen. Anders als diese Marie dort draußen. Sie muss in der Lage sein, Elinor zu helfen, ihre körperlichen Hindernisse mit schlauer Kopfarbeit auszugleichen. Haben Sie in der Ausschreibung auf die Einschränkungen der Lady Elinor hingewiesen?«

»Nein, ich hatte Angst, aussichtsreiche Anwärterinnen dadurch abzuschrecken. Wenn sie das Kind erst kennenlernt, erwärmt sie sich. Vielleicht.«

»Oder ist erst recht abge … Verzeihen Sie, Mylady, ich wollte Sie nicht wieder beunruhigen. Aber die Dame muss bereit sein, unseren kleinen Feuerfunken rund um die Uhr zu bewachen. Das soll sie lieber wissen, bevor sie zum Gespräch eingeladen wird.«

»Ist gut, Franny. Das erfährt sie schnell genug. Du nimmst diese Einkaufsliste und vergisst nicht, die Frühlingszwiebeln bei Mrs Earling vorbeizubringen. Gib ihr diesen Umschlag mit einem Gruß von mir. Diese Frau tut so viel Gutes und hilft, wo immer sie Not sieht.«

»In Ordnung, Mylady.« Franny machte einen Knicks und wandte sich zur Tür. Als sie den Raum verließ, ertönte ein lautes Gelächter von draußen. Charlotte runzelte die Stirn, lief zum Fenster und öffnete es weit. Sie versteckte sich halb hinter dem Vorhang, um zu lauschen. Marie hatte sich erhoben, hielt das kleine Buch in der Hand und las mit lauter Stimme:

»Das frische, satte Grün der Wiese war wie Balsam für die müden Augen der Prinzessin, die jahrelang nur die Finsternis ihres Kerkers gesehen hatten! Jetzt bist du an der Reihe, Elinor!«

»Sie bückte sich«, trug Elinor vor, *»nahm das Kleeblatt in die Hand und staunte, wie viel Wunderkraft in jedem noch so winzigen Teil der Natur steckte. ›Meine Seele besitzt nicht genug Kräfte, um so viel Schönheit aufzunehmen und zu bewahren‹, rief die Prinzessin verzweifelt!«*

Charlotte blieb lange stehen. »Dass Elinor einen Text so schnell auswendig lernen kann?«, flüsterte sie kopfschüttelnd. »Ich glaube, wir haben in Marie in der Tat jemand, der uns bei der Arbeit mit den Stadtkindern helfen kann. Das muss ich nachher gleich Jake erzählen.«

Sie schloss leise das Fenster, zog sich vom Vorhang zurück und setzte sich wieder an ihren Sekretär. »Ich werde Mrs Massey fragen, ob sie in den drei Wochen, in denen die Kinder da sind, auf Marie verzichten kann. Man kann über Marie sagen, was man will. Ein Mädchen aus der Gosse ist sie nicht.«

»Keine Gouvernante hält es mit mir aus«, erklärte Elinor. »Ich will, dass es so bleibt.«

»Das erzählst du mir so stolz, als ob es eine große Errungenschaft wäre, Gouvernanten das Leben schwer zu machen?«

Marie und Elinor liefen Hand in Hand durch den Birkenwald auf das Tor zum Turmhügel zu.

»Die Gouvernanten machen *mir* das Leben schwer, Miss Marie. Aber ich finde immer einen Weg, um sie wieder loszuwerden. Falls Mama keinen Jungen bekommt, bin ich später Lady Greenwold. Das müssen Mädchen bei uns machen, wenn es keine Jungen gibt. Ich bete jeden Tag, dass es ein Junge wird. Franny sagt immer, ich muss den Ernst des Lebens kennenlernen.«

»Und das bedeutet?«

Elinor zählte mit einem tiefen Seufzer die Punkte an ihren Fingern ab, als ob sie einen geprobten Text aufsagen würde. »Dass ich weiß, wann die Gerstenernte eingebracht wird, wann die Trauben reif für Eiswein sind, wie man Fohlen auf dem Markt versteigert und viel Geld mit dem Weinhandel mit Frankreich macht.«

Marie schluckte. »Solche erwachsenen Dinge«, staunte sie. »Nicht schlecht, wenn man das alles weiß.«

»Aber ich will solche nichtigen Dinge nicht wissen. Und dann werde ich wütend. Sie wissen alle nicht, wie schrecklich es ist, kaum irgendetwas zu sehen. Ich muss immer alles raten. Ich kann nicht mitlachen, wenn andere etwas lustig oder schön finden, weil ich nur Schatten sehe. Und dann muss ich weinen. Fast blind zu sein, ist die schrecklichste Sache der ganzen Welt.«

»Bist du schon immer fast blind gewesen?« fragte Marie.

»Nein. Ich war einmal todkrank, als ich klein war«, erzählte Elinor. »Masern oder so was. Das ist das Schlimme. Ich weiß noch ganz genau, wie es ist, nicht blind zu sein. Daran zu denken, tut unendlich weh. Ich muss alles aus meinem Gedächtnis herausholen – Farben, Gestalten, Gesichter. Irgendwann wird mein Gedächtnis leer sein. Und dann kann ich mir die Dinge nicht einmal mehr vorstellen.«

Marie führte Elinor zu dem alten Baumstamm, der quer über einer Lichtung im Wald lag. Sie pflückte ein Gänseblümchen, das zu ihren Füßen wuchs, und streichelte damit Elinors Gesicht. »Hast du nie daran gedacht, dass es andere Wege gibt, wie man sehen kann – ohne Augen?«

Elinor wandte ihr Gesicht zu Marie. »Wie? Andere Wege zu sehen?«

»Zum Beispiel mit den Händen, mit der Nase, mit den Füßen, mit den Ohren. Mit der Vorstellungskraft. Das machst du die ganze Zeit schon. Springst zum Weiher ganz alleine. Da siehst du mit den Füßen. Sagst Verse auf, wie gerade eben. Da siehst du mit der Vorstellungskraft. Mit den Ohren siehst du jetzt im Moment. Blumen pflückst du mit der Nase und mit der Haut, weil du fühlst und tastest und riechst. Eine ganze Menge ist das. Manche Menschen behaupten, dass blinde Menschen sogar besser hören und fühlen können als Menschen, die sehen können. Sie sind nicht so abgelenkt.«

Elinor war eine Weile still.

»Und trotzdem bleibt mein Herz traurig.«

»Traurig sein ist auch nicht nur schlecht.«

»Du hast aber eine Antwort für alles, Miss Marie. Warum bist du so schlau?«

»Schlau bin ich überhaupt nicht. Aber ich habe viel erlebt. Unter anderem, dass man mit einem traurigen Herzen besser sieht als mit einem fröhlichen.«

»Wie kann ein Herz sehen? Franny sagt zu solchen Sachen immer papperlapapp.«

»Unser Herz hat auch Augen. Ein trauriges Herz sieht mehr, weil es mehr fühlt. Wenn du zum Beispiel selber viel geweint hast, siehst du das Gesicht eines Menschen vielleicht nicht, aber du spürst die Tränen, die seine Seele weint.« Während sie redete, flocht sie weitere Gänseblümchen zu einem Kränzchen zusammen und legte es in Elinors Hand.

»Woher weißt du, wie man schöne Kränze macht, wenn du ein Gassenkind bist?«, fragte Elinor.

Marie blickte sie scharf an.

»Wer sagt, dass ich ein Gassenkind bin?«

»Franny hat es Harriet erzählt und Harriet hat es mir erzählt. Und dass du den Unterschied zwischen einem Salatblatt und einem Putzlappen nicht kennst, das hat Harriet auch gesagt.«

Marie hatte keine Zeit, aufgebracht zu sein. Ein Schatten fiel von hinten auf die Wiese vor ihr. Sie zuckte zusammen und drehte sich um. Es war Franny.

»Nachdem man den halben Park abgesucht hat, findet man euch endlich. Mit Grasflecken auf deiner Schürze, Elinor. Besteht dein Gedächtnis nur aus Löchern oder was? Und ist es dir nicht aufgefallen, Marie, dass hier auf dem Lande Kleider ordentlich gewaschen werden und dass das Arbeit macht und ich diese Arbeit tun muss?«

Der Vulkan spuckte sein ganzes Feuer aus und beruhigte sich wieder. Es war aber die Ruhe vor dem Sturm. Elinor kreischte ohrenbetäubend und klammerte sich an Marie fest.

»Geh weg, böse Franny!«, brüllte sie. »Wir haben uns so schöne Dinge erzählt, dass die Waldfeen bald getanzt hätten, und jetzt machst du alles kaputt!«

»Sch, Elinor«, mahnte Marie. Sie beugte sich hinunter, legte beide Arme um das Mädchen und drückte es an ihre Schulter, bis das Heulen einem leisen Schniefen wich. Erst dann wandte sie sich wieder zu Franny, die einen Schritt nach hinten getan hatte und sie mit grimmiger Miene beobachtete. »Franny, ich bemühe mich. Ich bleibe nur noch wenige Tage hier, danach ist alles beim Alten. Bitte hab Nachsehen und sag mir nur die wichtigsten Dinge, die zu beachten sind. Ich kann mir nicht so viel Neues auf einmal merken.«

»Was war heute nicht wichtig?«, fragte Franny. Sie schüttelte ihre Schürze aus und schob ihre Haube zurecht. »Eine Kolonne von Ameisen hat sich in der Küche bedient, weil du die Krümel nicht weggefegt hast. Die Katze hat im Milcheimer gebadet, weil du es nicht für nötig gehalten hast, den Deckel daraufzulegen, und ich musste alles wegschütten. Solche Dinge muss man nicht lernen, meine Liebe. Das sind Dinge, für die man einen gesunden Menschenverstand braucht. Du machst mir mehr Ärger in drei Tagen als alle anderen Bediensteten in einem Jahr. Ich hoffe, dass Mrs Massey überhaupt noch Kinder und Mrs Willow überhaupt noch Hühner hat, nachdem du deine Zeit dort abgeleistet hast.«

Elinor fing erneut zu heulen an. »Jetzt kommen die Waldfeen heute nicht mehr, nur wegen dir, böse Franny!«

»Mit Waldfeen kann man keine Küche und keinen Garten in einem ordentlichen Zustand halten, und dein Vater hat gesagt, du sollst aufhören, von Feen zu träumen. Wir können nur auf eine Gouvernante hoffen, die etwas von Erziehung versteht und dir nicht noch mehr nutzlose Flöhe in den Kopf setzt.« Franny packte Elinors Hand, zog das schreiende und strampelnde Kind hinter sich her und marschierte Richtung Küche. Marie lief mit hängendem Kopf hinterher.

'Tis the merry Nightingale
That crowds and hurries, and precipitates
With fast thick warble his delicious notes,
As he were fearful that an April night
Would be too short for him to utter forth
His love-chant, and disburthen his full soul
Of all its music!
(Samuel Taylor Coleridge)

Charlotte las mit feierlicher Stimme vor, hielt an, schwieg einen Augenblick und klappte das Buch zu. Einige Tage waren seit Maries erster Begegnung mit Elinor vergangen. Elinor durfte nur in dringendsten Fällen von Marie beaufsichtigt werden. Da so ein Ernstfall mehrmals am Tag eintraf, war die Betreuung von Elinor Maries wichtigste Aufgabe geworden. Noch zwei Wochen sollten verstreichen, bis Miss Dinkworth in Birch Heights erwartet würde. Die Gouvernante hatte wohlwollend auf die Einladung der Greenwolds geantwortet, sie freue sich darauf, die Familie und vor allem Elinor kennenzulernen.

Stille herrschte in Charlottes Salon, dessen Tür normalerweise offen war und in dem fast zu jeder Zeit ein reges Treiben herrschte. An diesem Abend war die Tür geschlossen.

»So, das war es für heute, Elinor. Eine ganze Stunde mit Mama allein. Und ein Gedicht für einen Aprilabend. Du hast aufmerksam zugehört. Hast du es verstanden?«

»Nein, aber gefühlt. Es war wunderbar«, antwortete Elinor.

Charlotte hob eine Augenbraue. »So was Nettes aus deinem Mund, mein Kind. Bald zündet Franny die Lampen an, und es ist Zeit für dich, ins Bett zu gehen und die Sorgen in deiner kleinen Seele für ein paar Stunden auszupusten. Wie eine Kerze.«

»Tränen kann man nicht auspusten, Mama.«

»Versuchen wir es mit Wegschmelzen. Wenn du am Fenster stehst, spürst du die letzten Sonnenstrahlen.« Sie drückte ihre Tochter, die sich an sie geschmiegt hatte, kurz an sich. Danach sprang Elinor von der Couch auf und rannte zum Fenster. Sie stützte ihre Ellbogen auf die Fensterbank und hielt ihr Gesicht zum Licht.

»Marie würde mich jetzt fragen, was ich sehen kann«, sagte sie mit Wehmut in der Stimme.

Charlotte seufzte. »Und deine Antwort wäre?«

»Der Rasen taucht in ein samtweiches Meer von leuchtendem Grün ein, überflutet vom warmen, goldenen Licht der untergehenden Sonne.« Ihre Stimme war verträumt, gefühlvoll. »Das haben wir heute auswendig gelernt. Die Feen kommen bald, um mich in den Schlaf zu wiegen, und Franny würde sagen: papperlapapp.«

Charlotte unterdrückte ein Lachen. »Sei nicht böse auf Franny, Elinor. Sie hat nur so eine raue Schale. Innen drin ist sie weich wie Butter und sie meint es gut. Jetzt rennst du in die Küche, sagst, dass all der Unfug, den du heute gemacht hast, dir leidtut, und erzählst ihr, dass du jetzt eine ganze Stunde lang brav warst. Wenn du das machst, darf Miss Marie dich ins Bett bringen.«

»Ich sage Franny hundertmal am Tag, dass es mir leidtut. Wann reicht es endlich?«

»Wenn du aufgehört hast, ihr Kummer zu machen. Aber immerhin sagst du ihr, dass es dir leidtut. Viele Menschen schaffen es nicht einmal so weit. Irgendwann wird es dir peinlich, dich immer entschuldigen zu müssen. Dann fällt dir die glorreiche Idee ein, nicht mehr so viel anzustellen.«

»Miss Marie hört auf, mit mir zu spielen, wenn ich etwas Böses zu Franny sage, und spielt erst weiter, wenn ich mich entschuldigt habe.«

»Miss Marie ist eine kluge Frau.« Charlotte hob ihre Tochter hoch, küsste ihre blonden Haare, setzte sie wieder auf den Boden und führte sie zur Tür. Sie blieb im Flur stehen und schaute zu, wie Elinor die Treppe zur Küche hinunterhüpfte. »Ein fremder Mensch würde nie darauf kommen, dass sie nur Schatten und Licht sehen kann«, murmelte sie.

Sie ging zum Fenster zurück, setzte sich auf die Fensterbank, nahm ein Stickbild aus dem Korb, der neben ihr lag, und fing an, mit flotten Handbewegungen winzige Kreuzstiche in ein Stück Leinenstoff zu nähen. Die Konturen eines Baumes, mit dunkelgrünem Faden gestickt, waren gerade noch zu sehen. Felder, Wiesen und Wolken waren im Hintergrund mit Bleistift angedeutet. Sie wollte das Bild bis zur Geburt ihres Kindes fertig haben, als Willkommensgeschenk einrahmen und über das Bettchen hängen.

»So wie eine neue kleine Welt in mir Form annimmt, so bekommt die Welt, die ich auf der Leinwand schaffe, Gesicht und Farbe«, hatte sie angekündigt, als sie erste kleine Stiche in den weißen Stoff genäht hatte. Jetzt stickte sie feine Schattierungen in Dunkelgrün in die gerundeten Ränder eines großen Baums hinein.

»*Der Rasen taucht in ein samtweiches Meer von leuchtendem Grün ein, überflutet vom warmen, goldenen Licht der untergehenden Sonne*«, sagte sie laut. »Diesen Rasen werde ich auf die Fläche vor dem Baum sticken.« Sie nahm einen Stift und zeichnete ein paar Striche mit kurzen, kreisenden Bewegungen vor dem Baum. »Aber eine aufgehende, nicht eine untergehende Sonne – das passt besser dazu. Das gibt ein Gefühl von Hoffnung, von Neuanfang, von aufkeimendem Leben.«

Hinter dem Baum entstanden Andeutungen eines Sonnenaufgangs, am Rande des Bildes schwarze Wolken und ein Regenbogen.

Als Charlotte sich zurücklehnte, um ihre Arbeit zu begutachten, hörte sie ein Stampfen von Stiefeln und laute Männerstimmen im Flur. »Jake und Dickon«, seufzte sie. »Hoffentlich gibt es nicht schon wieder Ärger zwischen Franny und Marie.« Sie faltete ihren Stoff zusammen, legte ihn in den Korb und lief schnell zur Tür. Jake stand draußen im Flur.

»Jake, ich hoffe, Franny regt sich nicht schon wieder über Marie auf. Es sind nur noch wenige Tage, bis Marie …«

Jake legte seine Hand auf Charlottes Arm und führte sie zur Couch. »Ich habe die Lösung gefunden, Charlotte«, sagte er. »Frannys Nerven liegen brach, sie nörgelt nur noch herum. Ich habe Franny und Dickon gesagt, dass sie das Haus meiner Mutter im Dorf nächste Woche schon beziehen dürfen, nicht erst im Herbst. Es ist höchste Zeit, dass das Haus wieder bewohnt wird, auch wenn es mir schwerfällt, alte Erinnerungen loszulassen. Meine Mutter würde es so wollen. Warum bis zum Herbst warten?«

»Aber Jake, Franny und Dickon dürfen nicht denken, dass sie in Birch Heights kein Zuhause mehr haben, nur weil Marie hier ist. Marie geht bald. Und wir wollten das kleine Haus doch noch schön machen und den Garten richten.«

Jake legte einen Finger auf Charlottes Mund. »Lass mich zu Ende reden. Franny ist außer sich vor Glück. Es ist ohnehin höchste Zeit, dass sie und Dickon abends an ihrem eigenen Kamin sitzen, nachdem sie ihre besten Jahre dem Aufbau von Birch Heights geschenkt haben.«

»Sie freuen sich? Wirklich? Jake, du bist ein Genie!« Charlotte warf sich um seinen Hals und bedeckte sein Gesicht mit Küssen.

»Franny ist sofort zu Mrs Phelps' Laden im Dorf gelaufen, um nach Stoff für ihre Vorhänge zu suchen. Frederik repariert morgen die Fensterläden und Dickon überprüft die alten Möbel. Frannys Gedanken sind in eine ganz neue Richtung gelenkt, und Elinor kann die Zeit mit Marie noch genießen, bis Miss Dinkworth kommt.«

»Wenn Franny und Dickon ihr eigenes Zuhause haben, gibt es keinen Grund, warum Marie nicht hierbleiben könnte, anstatt zu Mrs Massey oder Mrs Willow zu ziehen. Findest du nicht auch?«, fragte Charlotte behutsam.

»Auf gar keinen Fall!«, antwortete Jake. »Sie muss fort. Ein Humbug auf zwei Beinen, der in einer Scheune erzogen wurde, wird sie von Franny genannt. Wenn Franny von etwas überzeugt ist, gibt es kein Zurück mehr. Du kennst sie.«

Charlotte stand auf, holte ihren Stickkorb, setzte sich wieder zu Jake und blickte ihm in die Augen. »Hör zu, Jake«, sagte sie. »Wenn Elinor mit Marie zusammen ist, ist sie wie ausgewechselt. Artig, neugierig, in sich selbst ruhend.«

Jakes Stimme wurde scharf. »Franny sieht es anders, meine Liebe. Ein paar Minuten in Maries Nähe und das Kind hat nur noch Schaum und Watte im Kopf.«

»Und seit wann hat Frannys Meinung mehr Gewicht als meine?«

Jake stand auf und lief vor dem Sofa auf und ab. »Du ereiferst dich wieder, Charlotte. Dieses Mal halten wir uns an unsere Abmachung. Miss Dinkworth übernimmt die Sorge für Elinor und Marie geht zu Mrs Willow. Franny und Dickon ziehen in unser Haus in Hipperclove. Besser kann es nicht geregelt sein. Ich habe keinen Kopf mehr für Streitereien; davon hatten wir in letzter Zeit genug.«

Charlotte blickte hoch und griff nach Jakes Hand, als er an ihr vorbeihastete. »Aber Jake, Elinor sagt Gedichte auf. Marie bringt ihr bei, wie man die Welt bestaunen kann, auch ohne sie zu sehen, und erzählt ihr, wie man mit den Augen des Herzens sieht. Dass Menschen, die viel Not hatten, Dinge sehen, die normale Menschen nicht sehen.«

»Sehen diese gefühlvollen Augen auch die Paarungszeiten der Hengste, die aktuellen Preise des Getreides auf dem Markt, die baufälligen Stellen im Stall, die auszubessern sind?«

Charlotte sprang vom Sofa auf und presste ihre Hände zusammen. »Jake, du redest wie Franny! Elinor wartet darauf, die Welt zu entdecken. Sie ist redegewandt und klug, über ihre Jahre hinaus. Sie hat Flausen im Kopf, sie ist verträumt, aber sie darf es sein. So war auch ich. Hast du das vergessen?«

Jake war still, Charlotte den Tränen nahe.

»Jake, muss Elinor jetzt schon wissen, wie man einen baufälligen Stall instand setzt? Muss sie nicht lieber ans Herz gedrückt werden und spüren, dass sie trotz ihrer Blindheit geliebt ist?«

»Braucht es Marie dazu? Kann sie das nicht von uns lernen?«, fragte Jake zurück. »Ich werde mir mehr Mühe geben, ihr meine Zuneigung zu zeigen, wenn es dir hilft. Charlotte, wir wissen immer noch nichts über diese Frau. Sie ist ein Federkopf. Sie mag sich mit Feen und Traumwelten auskennen, aber das ist nicht das, was unser Kind braucht.«

»Marie ist kein Federkopf. Sie ist gebildet. Ihre Wortwahl ist flüssig, schlagfertig. Elinor erzählt viel mehr, seit sie Zeit mit Marie verbringt, sie öffnet ihr Herz, sie …«

»Genug, Charlotte! Marie bleibt, bis Miss Dinkworth eintrifft. Auch danach ist sie nicht aus der Welt und kann zu Besuch kommen. Und wenn sie ihre Geheimnisse gelüftet hat und sich als anständige Dame aus gutem Hause erweist, dann können wir die Angelegenheit noch einmal überdenken.«

»Mein Herz spricht eine andere Sprache, Jake.«

»In diesem Fall entscheidet mein Kopf, nicht dein Herz.«

Er erhob sich, tätschelte ihre Haare und lief zur Tür. Dort drehte er sich um. »Übrigens, ein Brief für dich. Aus London. Ich hatte ihn fast vergessen.«

Kapitel fünf

Eduard öffnete die Tür seines Zimmers, blickte in beide Richtungen und lief auf Zehenspitzen die Treppe hinunter. Er hielt ein Bündel in der Hand. Unten an der Treppe blickte er noch mal in den Gang, um sicherzustellen, dass die Haushälterin, Mrs Fimble, nicht im unteren Teil des Hauses lauerte. Das Abendessen war vorbei und die Buben lagen in ihren Schlafräumen. Kein Geräusch war zu hören. Wahrscheinlich saß die Haushälterin in der Küche und leerte eine Flasche Branntwein oder war neben dem Kamin eingeschlafen. Eduard hatte Glück. Zuerst warf er einen Blick in den Schlafsaal. Nur das leise Ein- und Ausatmen vieler erschöpfter Kinder war zu hören, unterbrochen von einem gelegentlichen Husten. Das Bett neben der Tür war leer. Er verließ den Raum und schlich durch zwei Gänge und dann eine Steintreppe hinunter. Schließlich saß er neben einer niedrigen Pritsche in einem kleinen Zimmer im Keller des Hauses. Unter einer abgewetzten, dünnen Decke lag ein schmaler Körper, der sich nicht bewegte.

»William, ich habe dir etwas mitgebracht!«, flüsterte Eduard.

Die Decke bewegte sich und ein zerzauster Kopf erschien an einem Ende der Liege. Das schwindende Tageslicht, das durch die graue Staubschicht eines hohen Gitterfensters schien, leuchtete auf zwei dünne Hände, die den Rand der Decke festhielten. Zwei große Augen blickten aus tiefen Höhlen, die Wangen auf dem kreideblassen Gesicht waren eingefallen. Eduard verdrängte flüchtige Erinnerungen, die durch seinen Kopf schossen und ihn erzittern ließen: Gedanken an schlaffe Kinderleichen, die er in den Holzkarren von *Drake & Birch* legte, an die Ermahnungen seines Vaters, sich vom Karren schnell wieder zurückzuziehen, damit er sich nicht ansteckte.

»Warum bist du nicht bei den anderen?«, fragte Eduard.

»Ich bin ansteckend.«

Ein Hustenanfall schüttelte den ausgemergelten Körper. Eduard ließ sein Bündel fallen und legte seine Arme um Williams bebende Schulter, klopfte ihm sanft auf den Rücken und schmiegte seinen Kopf an die Brust seines Freundes, bis das Husten nachließ.

»Du steckst dich an, Eduard. Geh lieber.«

»Ich musste dich sehen, William. Ich habe ein bisschen Brot und gekochten Schinken. Vom Frühstück gespart. Ein hart gekochtes Ei. Setz dich auf und iss etwas.«

William schaute das Bündel mit wilden Augen an, richtete sich mit Eduards Hilfe auf und stürzte sich auf den Schinken. Im Nu war auch das Ei weg, danach stopfte er das Brot in seinen Mund. Eduard beobachtete ihn mit einem erleichterten Lächeln im Gesicht.

»Ich komme wieder, sobald ich kann, William. Wenn du weiter so isst, wirst du im Nu wieder gesund, warte nur ab!«, versuchte er, seinen Freund aufzumuntern.

Die Jungen waren sich begegnet, als William die Aufgabe zugefallen war, täglich die Haustreppe zu schrubben. Ein leichtes Los, verglichen mit dem der anderen Bewohner des Armenhauses. Diese mussten in der Stadt Steine aus Baugruben schleppen oder Säcke und Seile in der Fabrik herstellen. William gelangte durch seine Arbeit in den vornehmen Teil des Hauses, in dem Mr Creek seine Räume hatte und Eduard sein Zimmer. Eduard hatte den fremden Jungen angesprochen und herausgefunden, dass er schon vierzehn Jahre alt war, obwohl er jünger aussah. Es dauerte nicht lange, bis eine innige Freundschaft die beiden Jungen verband.

William kaute nun langsam am Rest vom Brot.

»Wenn ich könnte, würde ich mit dir tauschen, William, damit du wenigstens für ein paar Tage ein warmes, helles Zimmer hättest und etwas anderes als nur dünne Brühe bekämst. Warum werden wir so unterschiedlich behandelt? Du wolltest es mir erklären. Sag es mir doch jetzt!«

William schluckte den letzten Bissen Brot hinunter und hustete wieder, bevor er sprechen konnte. »Du wirst gezüchtet, Eduard.«

»Gezüchtet?«

»Weil du hübsch bist. Blond. Blaue Augen. Glatte Haut. Und weil dein Vater Mr Creeks Verbündeter war. So wird es hier gemacht. Solche werden ausgesondert, gebildet, gut ernährt und dann in die Lusthäuser geschickt.«

Eduards Kinnlade fiel herunter, er schaute William ein paar Sekunden wortlos an. »Du meinst … da, wo Minna herkommt? Wo Mr Creek die Nächte verbringt?«

»Ja, da betrinken sich die Herren mit Schnaps und Wein, und danach brauchen sie junge Burschen oder hübsche Mädchen, um sich weiter zu belustigen.«

Eduard erinnerte sich an die Nächte, in denen sein Vater weg gewesen und erst spät am nächsten Morgen mit blutunterlaufenen Augen ins Haus zurückgetorkelt war.

»Oder sie werden für die reichen Leute gezüchtet«, erzählte William weiter. »Meist für solche, die keine Kinder haben. Als Spione. Mit großen Augen anschauen, sich einschmeicheln, sie weichmachen, sich von ihnen aufnehmen lassen, dann ausplündern, dazu ist blond und blauäugig gut. Eins von beiden hat er mit dir vor. Gebildet, gepflegt, gezüchtet – sag ich dir.«

Das Wort »gezüchtet« sprach er mit gewichtiger Miene, als ob er es selber erfunden hätte.

Ein eiskaltes Gefühl umklammerte Eduards Herz, und er dachte an den Unterricht bei Mr Creek, in dem er lernen musste, sich vornehm zu benehmen.

»Woher weißt du das, William?«

Eduard klammerte sich an William fest, als dieser von einem neuen Hustenanfall heimgesucht wurde. »Ruhig, William«, redete er auf ihn ein. »Du darfst nicht sprechen. Du erstickst ja fast.«

»Nein, es ist wichtig«, keuchte William. »Ich habe viel beobachtet.« Seine Stimme war schwach und er röchelte, sein Atem kam in kurzen Stößen. »Bin seit meiner Geburt hier. Habe Zeit gehabt, um zu begreifen, was hier läuft. Sehe, wie ein blonder Junge mit großen Augen geliefert wird, von Mr Creek gemustert, dann verschwindet er nach oben, so wie du. Nicht zu den Maschinen oder in die Baugruben oder in die Fabriken geschickt, so wie wir.«

Er machte eine kurze Pause, um noch mal Luft zu holen. »So, jetzt habe ich dich gewarnt. Ich habe dir meine Geschichte erzählt. Das war mein Leben, seit ich als Säugling in einer Kiste vor der Tür gelassen wurde. Du wolltest deine Geschichte erzählen. Deine Eltern?«

»Meine Eltern ...«, begann Eduard zaghaft. Seine Gedanken drehten sich in fieberhaften Kreisen – um das Wort »gezüchtet«, um seine Verwandten in Cornwall, um den gierigen Blick von Mr Creek, der tagtäglich auf ihn gerichtet war. »Mein Vater wurde tot auf der Straße gefunden. Seit Langem krank, ich habe nichts davon gemerkt. Meine Mutter kannte ich nicht. Sie muss so was wie adelig gewesen sein. Ich bin ein Bastard. Mehr will ich nicht wissen. Ansonsten böse Verwandte, die mich hassen.« Er überlegte kurz, ob er William von dem Vermögen erzählen sollte, das ihm und seinem Vater angeblich rechtmäßig gehörte. Er hielt es für klüger zu schweigen.

William hustete wieder. Eduard rieb seinen Rücken, bis er wieder Luft bekam, keuchte, spuckte und still wurde. Sie schwiegen eine Weile. Das Licht einer Gaslampe draußen auf der Straße schimmerte durch das Fenstergitter nah an der Decke und der Lärm der Stimmen und der Fußtritte auf der Straße ließ immer mehr nach.

»Versuche zu schlafen, William. Soll ich Mrs Fimble sagen, dass du kaum Luft bekommst?«

William griff nach Eduards Arm und fing wieder an zu husten. »Nein!«, flehte er. »Sonst bekomme ich noch weniger Luft. Komm du lieber wieder. So schnell wie möglich. Bitte! Aber steck dich nicht an!«

Eduard zitterte am ganzen Leib, als er in die verzweifelten Augen blickte und es ihm zum ersten Mal dämmerte, dass William der einzige und vielleicht letzte Freund war, den er auf Erden besaß. Am liebsten wäre er unter die Decke gekrochen und hätte sich zu ihm gelegt, um ihn in seiner Not nicht allein zu lassen. Er legte seinen Kopf auf Williams Schulter, erschrak, als er spürte, wie dünn die Haut war, die seine Knochen überzog, und flüsterte: »Ich komme wieder, William. So bald wie möglich. Ich verspreche es dir. Bald bist du gesund, dann schmieden wir unsere Pläne weiter. Wir kommen weg von hier.«

Auf einen spontanen Impuls hin griff er in seine Hosentasche und holte eine winzige Muschel heraus, die er William in die Hand drückte. Sie hatte ein Loch und hing an einer dünnen Schnur. »Das ist für dich. Mrs Fimble darf sie nicht sehen. Halte sie in deiner Hand und immer wenn du einsam bist, denke an mich.«

»Eine Muschel, Eduard? Ich hab noch nie eine in echt gesehen – nur auf einem Bild! Woher hast du sie?«

»Eine liebe Person hat sie mir geschenkt, als ich klein war. Ich kann mich nicht daran erinnern. Früher trug ich sie um meinen Hals, aber mein Vater wollte sie mir wegnehmen, und seitdem habe ich sie in meiner Hosentasche. Immer wenn ich sie berühre, denke ich daran, dass es einmal jemand gab, der mich lieb hatte. Jetzt darfst du das Gleiche machen.«

»Danke, Eduard«, sagte William. »Weißt du, mein größter Wunsch war es immer, einen Freund zu haben. Jetzt habe ich einen.«

Die Stimme klang seltsam fremd. Eduard küsste ihn auf die Stirn, drückte seine Hand und erhob sich, um zu gehen. William zupfte an seiner Hose. »Noch eine Sache«, flüsterte er. »Halt dein Ohr an meinen Mund, es ist wichtig.«

Eduard setzte sich wieder auf die Bettkante und legte sein Ohr an Williams Lippen.

»Diese Welt kann nicht alles sein, Eduard. Ich möchte glauben, dass ich in eine andere gehe, wenn ich von hier weggehe. Was denkst du? Ohne Schläge, dünne Brühe, eiskalte Nächte, Beschimpfungen? Strafen jeden Tag und man weiß nicht, wofür? Ich wurde ja nicht gefragt, ob ich leben will. Seltsam, oder? Es muss eine andere Welt geben.«

»Ich stelle mir jeden Tag die gleiche Frage, William. Mach es so wie ich. Stell dir die andere Welt einfach vor. Du nimmst die Muschel in die Hand und denkst an das blaue Meer, aus dem sie kam. Fische, Farben, Segelboote. Fröhliche Stimmen, Lachen. Nicht spöttisches Lachen, sondern herzhaftes, glückliches Lachen. Mollige Bettdecken, freundliche Worte, die dich begrüßen, wenn du morgens aufstehst. Warmes, weiches Brot auf dem Tisch mit Honig und cremiger Butter.«

»Das siehst du alles, wenn du die Muschel in der Hand hältst?«

»Ich male es mir so aus. Gibt es sicher auch, irgendwo. Bis wir es finden, müssen wir uns so ein Leben vorstellen. Zum Beispiel, dass jemand aus dieser anderen Welt kommt und uns einlädt, dorthin mitzugehen.«

Williams Atem wurde flach und regelmäßig. Er war eingeschlafen. Die Muschel hielt er fest in seiner Hand. Eduard erhob sich leise und schlich aus dem Zimmer.

Charlotte drehte den Brief bei ihrer vergeblichen Suche nach einem Absender um. Sie holte einen Brieföffner von ihrem Sekretär und schlitzte den Umschlag auf. Als sie den Namen unten auf dem Briefbogen las, fing ihre Hand an zu zittern. Sie wurde bleich und setzte sich hin. »Jake, bleib da. Hör zu.«

Jake kehrte in den Raum zurück und blickte über Charlottes Schulter, während sie las. »Er ist von unserem Verwandten Malcolm.«

»Beim Arzt … Diagnose … Meldet er sich nach zwölf Jahren wieder, nur um zu sagen, dass er beim Arzt war? Moment, er ist krank. *Deshalb liege ich wohl richtig in meiner Annahme, dass ich nur noch wenige Tage zu leben habe …*«

Charlotte legte den Brief auf ihren Schoß, holte tief Luft und legte ihre Hand auf die von Jake, die auf ihrer Schulter lag. Jake beugte sich hinunter, starrte auf die Worte und stieß einen leisen Pfiff aus.

»Du lieber Himmel! Kann es sein, dass dieser unverbesserliche Schurke uns nichts mehr anhaben kann?«, rief er aus. »Das wäre zu schön, um wahr zu sein! Sieht sich aber auf dem Sterbebett immer noch als rechtmäßiger Herr von Birch Heights, was?«

»Jake, sei nicht so ungnädig. Er hat schwere Zeiten hinter sich. Und er war immerhin der Vetter meines Vaters. Wenn wir das erste Testament nicht entdeckt hätten, hätte er seinen Anspruch geltend machen können. Selbst einen Schurken soll man in seinem Unglück nicht verhöhnen. Vielleicht kann er uns sagen, wo Eduard sich befindet.«

»Lies weiter«, drängte Jake.

»*Dass das Anwesen, das unter anderen Umständen meiner Person zugefallen wäre ...*«

»Ich hab's doch gesagt! Er betrachtet Birch Heights immer noch als sein rechtmäßiges Erbe!«

»Lass mich doch zu Ende lesen, Jake! *Dass das Anwesen, das unter anderen Umständen meiner Person zugefallen wäre, unter Ihrer Führung und mit der Hilfe des allmächtigen Gottes zu altem Glanz zurückgekehrt ist, kam mir selbst hier in London zu Ohren. Meine Krankheit hat mich veranlasst, in mich zu gehen und über mein Leben nachzudenken. Ich bin zu dem Schluss gekommen, dass ich mich in meinem Anspruch auf das Vermögen Ihres Vaters zutiefst geirrt habe, und möchte Sie um Verzeihung bitten für den Kummer, den ich Ihrer Familie dadurch bereitet habe.*«

Es war still im Raum.

»Sag nicht, dass das nicht echt klingt, Jake!« Charlottes Stimme war schwach.

»Verzeih mir mein Misstrauen, Charlotte. Aber es kommt selten vor, dass ein Mensch, der so viel Hass direkt aus der Hölle verbreitet hat wie Malcolm Forsythe-Drake, jemals ein Gespür für wahres Seelenheil bekommt.«

»Hier kommt etwas über Eduard!«, unterbrach ihn Charlotte.

Sie erhob sich, packte Jakes Arme und schüttelte ihn. »Ich kann es nicht glauben, Jake! Das Kind wird in den Wirren nach der Überschwemmung von seinem Vater aufgeschnappt und weggebracht, beide lösen sich in Luft auf und nach so vielen Jahren kommt ein Lebenszeichen. Das ist doch wunderbar!«

»Lies den Brief zu Ende, Charlotte.«

Der Rest des Schreibens war knapp und nüchtern. Eduard hatte bisher bei seinem Vater gelebt, würde nun bald verwaist sein und bräuchte ein neues Zuhause. Er hatte immer wieder nach seiner Verwandtschaft in Cornwall gefragt. Charlottes Stimme war von Tränen erstickt, als sie die Worte las. Sie legte den Brief auf die Sofalehne.

»Ich habe so lange auf eine Nachricht gehofft, Jake. Und jetzt kommt nicht nur eine Nachricht, sondern auch die Bitte, ihn bei uns aufzunehmen.«

Sie kramte ungeduldig in einer Schublade ihres Sekretärs nach Papier und einem Tintenfass. »Er kommt natürlich sofort hierher. Wir erziehen ihn wie unser eigenes Kind. Er wäre ein idealer Spielkamerad für Elinor. Er muss inzwischen dreizehn Jahre alt sein. Das ist fast zu gut, um wahr zu sein!«

Jake antwortete nicht. Er schritt langsam zum Fenster und blickte mit gerunzelter Stirn auf den Rasen. Plötzlich drehte er sich um. »Nicht so schnell, Charlotte. Wir wissen nicht, ob Malcolm die Wahrheit sagt. Eine ganze Reihe von Fragen muss geklärt werden, bevor wir irgendetwas unternehmen. Wenn Eduard wirklich so oft nach uns gefragt hätte, warum hat Malcolm die ganzen Jahre nichts von sich hören lassen? Der Junge war erst ein Jahr alt, als Malcolm sich mit ihm aus dem Staub gemacht hat. Eduard kann sich unmöglich an uns erinnern. Es tut mir leid. Ich rieche etwas Faules.«

Charlotte richtete sich auf, ließ den Brief auf den Boden fallen, ballte ihre Fäuste und brach in Tränen aus. »Du riechst immer etwas Faules, Jake!«, warf sie ihm vor. »Wie kannst du von so einem Brief unberührt sein? Hast du etwas gegen Eduard, nur weil er ein uneheliches Kind war?«

Jake drehte sich wieder zum Fenster und stemmte seine Arme gegen den Fenstersims. »Charlotte, warum so erzürnt? Was du sagst, ist nicht gerecht. Vor einigen Tagen habe ich wider besseres Wissen zugestimmt, dass Marie länger hierbleibt. Ich habe eine Anstellung für sie bei Mrs Willow besorgt. Ich habe angeboten, dass sie Elinor besuchen kann. Ich habe das Haus für Franny und Dickon hergerichtet. Wir haben für Elinor eine fähige Gouvernante gefunden. Was muss ich sonst noch machen, um hier für Frieden zu sorgen? Was ist bloß in dich gefahren, mein Liebling?«

»Eduard ist mein Halbbruder, Jake! Nach so vielen Jahren kommt endlich ein Lebenszeichen von ihm. Wie kannst du davon so unberührt sein?«

»Was ist Eduard für uns?«, fragte Jake. »Der Bastard, den deine

Mutter mit Malcolm, dem Erzfeind von Birch Heights, gezeugt hat, um deinen Vater zu bestrafen!«

»Jake, so wie du jetzt redest, erkenne ich dich nicht wieder!« Charlotte war schon zur Tür gerannt. Sie riss sie auf, nahm ihren Hut von einem Haken im Eingangsbereich und flüchtete in den Park.

Jake stürzte durch den Haupteingang von Birch Heights und bog scharf nach links ab, während er seine Reitjacke hastig über seine Arme zog. Er hatte nicht, wie es sonst vor einem Ausritt seine Gewohnheit war, nach Dickon gerufen. Er hatte den Blick nach unten gerichtet. »Carlos«, ordnete er in knappem Ton an, als Frederik ihn mit fragendem Blick an der Tür zum Pferdestall begrüßte. Frederik verschwand im Schatten des Pferdestalls. Bald darauf war das Klirren von Zaumzeug, das Klappern von Hufen auf dem Kopfsteinpflaster und das Schnauben eines Hengstes zu hören. Carlos schabte mit einem Huf auf dem Boden, als Jake in den Sattel sprang und ihm auf die Flanke klopfte. Der Hengst sprang davon, belebt durch die frische Frühlingsluft und die Eile, die in Jakes hastigen Bewegungen zu spüren war.

»Brrrr, Carlos!« Jake zügelte sein Pferd, um es langsam über die Brücke zu führen, und brachte es an der höchsten Stelle der Wölbung zum Stillstand. Der süße Duft der Winterkirsche, der in der milden Abendluft hing, lenkte seine Gedanken einen Augenblick von den Sorgen ab, die seine Seele beschwerten. Ein Fischreiher stieg zwischen den Bäumen vom Weiher auf und segelte über den Wald davon. Das Rosa und das Grau seines Gefieders waren gegen das helle Grün der Bäume deutlich zu erkennen. Eine leichte Brise wehte, die Blätter raschelten. Jake wurde ruhiger. Er ließ seinen Blick über Weiher und Bäume schweifen. Dann drückte er seine Fersen sanft in die Flanken seines Pferdes und ritt in schnellem Trab Richtung St. Ives. Bevor er den Marktplatz in der Stadtmitte erreichte, bog er in eine schmale Seitenstraße und hielt vor einem bescheidenen Holzhaus an, das durch einen Vorgarten von der Straße getrennt war. Hier sprang er vom Pferd und band die Zügel mit einem losen Knoten an einem Zaunpfahl fest. Der Geruch von Pfeifentabak begrüßte ihn, als er das Gartentor öffnete.

»Was bedrückt dich, mein Sohn?«

Ein alter Mann saß auf einer Gartenbank vor dem Haus, blickte geradeaus und zog langsam an seiner Pfeife, bevor er eine dünne Rauchspirale ausstieß und den kreisenden Bewegungen des Rauches mit seinen Augen folgte.

»Woher weißt du, dass mich etwas bedrückt?«, fragte Jake zurück. »Ich komme zum Gartentor herein, du schaust mich kaum an und fragst gleich, was mich bedrückt!«

»Ich hörte es an deinen Schritten.«

»Obwohl ich seit Jahren nicht mehr täglich in diesem Haus ein- und ausgehe? Onkel Theodor, du fehlst mir.«

An den Mundwinkeln des alten Mannes deuteten sich leise Spuren eines Lachens an. Er würdigte Jake immer noch keines Blickes, sondern zog weiter an seiner Pfeife. Ein paar wenige graue Strähnen hingen in seine Stirnfalten, ein Filzhut saß schräg auf seinem Kopf, als ob er jederzeit hinunterfallen würde. Alt wirkte Onkel Theodor nur in den Augen des Beobachters, der nicht in den Genuss kam, in seine Augen zu schauen. Es waren lebhafte, strahlende Augen, denen nichts entging. Augen, die über die Gebrechlichkeit seines Körpers und seine langsamen Bewegungen hinwegtäuschten und ihn jünger erscheinen ließen, als er wirklich war.

»Wie geht es Charlotte?«, fragte er. »Etwa vier Monate noch bis zu ihrer Niederkunft, meiner Rechnung nach.«

»Du bist aufmerksam wie immer, Onkel.«

Jake schwieg kurz und fügte dann hinzu: »Wir hatten neulich Besuch.«

»Ach was? Ihr habt doch die ganze Zeit Besuch.«

Jake schilderte die Geschehnisse der vergangenen Tage. Er erzählte von der mysteriösen Frau, die an der Küchentür aufgetaucht war, sich als Dauergast in Birch Heights eingenistet und Elinors Herz erobert hatte. Von dem Brief von Malcolm Forsythe-Drake mit der Nachricht von seiner Krankheit und seinem bevorstehenden Tod, von Charlottes Zornesausbruch, als ihr Mann sein Misstrauen geäußert hatte, von ihren Vorwürfen, er sei zu hart geworden.

»Und ich dachte, wir seien endlich in ruhiges Fahrwasser gesegelt, Onkel. Ich dachte, wir hätten das Glück endlich gefunden und auf der Asche eines Massengrabs einen Lebensbaum gepflanzt. Aber seit Miss Marie im Haus ist, erheben all die alten Geister ihre Häupter wieder. Die ganzen Jahre hatte ich mit Charlotte kaum Streit. Oder nur über Kleinigkeiten. Ob wir einen neuen Stall für die Hühner bauen sollen, ob Franny wirklich neue Kerzenständer für die Küche braucht. So einen Streit wie heute kenne ich nicht. Sie ist fahrlässig, emotional, unbesonnen geworden.«

Jake seufzte und drehte sich zu seinem Onkel hin, der seine Pfeife schmauchte und gerade vor sich hin schaute.

»Du hättest Franny in den letzten Tagen sehen sollen, Onkel. Aufgebracht wie noch nie. Ich habe das gleiche dumpfe Gefühl wie damals, als kurz darauf Charlottes Vater mit seiner Schmugglerbande entlarvt wurde. Irgendetwas stimmt nicht, aber man kann den Finger nicht darauflegen. Ich habe Angst, mich mit meinen Lieben bald wieder in so einer Lage zu befinden.«

Theodor blies eine frische Tabakwolke aus, kniff seine Augen zusammen und beobachtete die Wolke, wie sie über die Gartenhecke schwebte und sich auflöste. »Ich verstehe nicht, was das Problem ist, Junge.«

»Was meinst du damit?«

»Bis wir mehr erfahren, müssen wir davon ausgehen, dass Miss Marie eine ehrenhafte Person ist und so wohlgesonnen, wie Charlotte und Elinor sie empfinden. Kinder haben oft eine bessere Menschenkenntnis als Erwachsene. Vielleicht hat das Mädchen seine Gründe, Geheimnisse nicht preiszugeben.«

»Gerne würde ich die Gründe wissen, Onkel.«

»Erweist euch als vertrauenswürdig, sodass sie sich euch im Laufe der Zeit anvertrauen kann. Versprich deiner Frau und deiner Tochter, dass die Tür von Birch Heights für Marie immer offen bleibt, auch wenn sie ins Dorf gezogen ist. Außerdem ist der Instinkt einer Mutter für ihr leidendes Kind nicht gering zu schätzen, Jake. Gib

Elinor Menschen in ihre Nähe, die ihr helfen zu träumen. Ein schweres Schicksal hat sie in jungen Jahren getroffen. Wer weiß, wenn sie genug geträumt und einen Fuß zuversichtlich auf diese Erde gesetzt hat, vielleicht entdeckt sie dann die Reize von Obstwiesen und Pferdezucht.«

Jake schaute den Bewegungen der neuen Rauchspirale nach, die Onkel Theodor ausgestoßen hatte. »Und Eduard, Onkel Theodor? Jahrelang hat er keine Rolle mehr in unserem Leben gespielt, außer dass Charlotte sich hin und wieder gefragt hat, was wohl aus ihm geworden ist. Sie haben sich als Bruder und Schwester kaum gekannt. Auf einmal bricht sie beim Lesen seines Namens in Tränen aus und verlangt, dass er an Ort und Stelle nach Birch Heights geholt wird.«

»Ist das nicht verständlich, Jake? Sie haben die gleiche Mutter. Blutsbande sind stark. Und sie teilen das gleiche Schicksal. Sie sind beide von ihren Eltern als Spielbälle für böse Machenschaften missbraucht worden.«

Es war einen Moment lang still. Das Schnauben des Pferdes am Gartenzaun war das einzige Geräusch, das die Luft des noch jungen Abends füllte.

»Ich befürchte, ich war zu hart mit ihr, Onkel Theodor.«

»So wie du erzählst, könnt ihr ohnehin nichts machen, mein Sohn. Sir Malcolm hat weder Auskünfte zum Aufenthaltsort seines Sohnes gegeben noch Anweisungen, wie und wann der Junge aufzufinden ist. Bis auf Weiteres bleibt dir nichts übrig, als deine Frau zu trösten und unserem Gott zu vertrauen, dass er euch im Blick hat.«

Jake lehnte sich nach vorne und schüttelte den Kopf. Er spürte den sanften Druck von Onkel Theodors Hand auf seinem Arm.

»Du erteilst einer aufgebrachten Seele einen trockenen und nüchternen Rat, Onkel«, seufzte er. »Malcolm könnte jederzeit vor der Tür stehen. Es könnte eine Falle sein. Ich habe Angst, dass Charlotte auf seine Schliche hereinfällt, wie sie auch immer aussehen mögen. Sie handelt nach Gefühl, unüberlegt. Er muss wissen, was er in ihr anrichtet, wenn er Eduard nennt. Ich habe Angst, dass dunkle Mächte Birch Heights wieder heimsuchen wollen.«

Jake zeichnete mit dem Finger die knorrigen Furchen auf der Hand seines Onkels nach, die auf seinem Arm lag. Onkel Theodor legte seine Pfeife neben sich auf die Bank und richtete einen tiefsinnigen Blick auf Jake.

»Dunkle Ahnungen sind schlechte Ratgeber, Jake. Das Böse – wenn es hier überhaupt im Spiel ist – braucht manchmal seine Zeit, um offenbar zu werden, bevor es besiegt werden kann. Es lauern zu allen Zeiten dunkle Mächte unter der Oberfläche, ob wir sie wahrnehmen oder nicht. Sie wollen alles zunichtemachen, was in dieser Welt gedeiht, blüht und Glück verbreitet.«

»Bis das Böse offenbar wird, ist der Schaden meist schon entstanden, Onkel. Ich will es lieber verhindern.«

»Wer jedes Unglück verhindern will, verursacht unter Umständen noch mehr Unglück. Du musst achtsam sein, Jake, aber niemals hart und ungnädig. Gott mag die Fehler eines zu weichen Herzens übersehen. Aber nicht die Fehler eines harten Herzens.«

Onkel Theodors Ton wurde inbrünstiger. »Deine Frau trägt ein Kind unter ihrem Herzen. Ein Kind, auf das sie viele Jahre gewartet hat. Gleichzeitig trägt sie die Sorge um ein anderes Kind, das fast blind ist. Nicht zu reden von dem jungen Bruder, der jetzt wieder auftauchen könnte. Sie hat schwere Verluste in jungen Jahren beklagt, Dinge erlebt, die kein Kind erleben sollte. Ist es verwerflich, wenn sie Miss Marie lieb gewinnt und verhindern will, dass andere junge Seelen so geschändet werden, wie ihre Seele es einmal wurde? Hab Nachsicht mit ihr, Jake. Ihre Großzügigkeit ist eine feine Tugend, auch wenn sie dir fahrlässig erscheint. Es sind Herzen, mein Junge, nicht Taten, die Schicksale entscheiden. Sollte man einen Irrtum begehen, dann lieber auf der Seite der Großzügigkeit.«

Die beiden Männer schwiegen eine Weile, jeder in Gedanken versunken. Onkel Theodor griff wieder nach seiner Pfeife und drückte frischen Tabak in den Kopf hinein. Zwei Tauben gurrten in der Ferne ihr Abendlied. Carlos schnaubte und stampfte.

»Mein Pferd will sich auf den Weg machen, bevor wir Straße nicht mehr von Feld unterscheiden können«, sagte Jake und erhob sich. Er zögerte und blickte hoch zu dem Dachgiebel des kleinen Hauses, in dem er den größten Teil seiner Kindheit verbracht hatte. »Willst du dich nicht anders entscheiden und doch zu uns nach Birch Heights ziehen, Onkel?«

Onkel Theodor lachte, stützte sich auf die Banklehne, griff nach Jakes ausgestreckter Hand und zog sich hoch. »Als dein Vater starb, vertraute mir deine Mutter deine Kindheit an, nicht dein Erwachsensein. Du bist inzwischen mit einer adeligen Dame verheiratet, Familienvater und Vorsteher eines großen Anwesens, mein lieber, verehrter Lord Greenwold. Ich schätze, du kommst ohne meine Weisheit zurecht.«

»Manchmal bezweifle ich das«, antwortete Jake.

Er gab seinem Onkel einen festen Händedruck, hob seine Kappe und verließ den Garten.

Als Jake zurückkehrte, herrschte im Haus Ruhe. Er fand seine Frau in ihrem Salon, wo sie auf der Fensterbank saß und eine winzige Nadel hin und her auf ihrer Leinwand bewegte. Spuren von Tränen glänzten im Licht einer einzigen Kerze auf ihrem Gesicht. Der Brief von Sir Malcolm lag neben der Kerze. Sie blickte nicht hoch, als Jake in der Tür erschien.

»Ich habe die schwarzen Wolken am oberen Rand angefangen. Mit dem dunklen Faden lässt sich abends besser sticken«, sagte sie. Ihr Ton war matt und leblos. Jake trat näher.

»Und die dunklen Wolken in der Seele?«, fragte er.

»Sie haben sich gelichtet. Die frische Luft hat gutgetan.«

Jake setzte sich neben sie auf die Bank und hakte seine Hand in den Arm, der unbeweglich das Stickbild festhielt, während die andere Hand mit flinken Stichen den schwarzen Rand einer Gewitterwolke zeichnete.

»Es war ein unnötiger Streit, Charlotte. Verzeih mir.«

»Ist nicht jeder Streit unnötig, Jake? Ich habe mich umsonst aufgeregt, es tut mir leid. Der Brief enthält keine Auskünfte, wo und wie Eduard aufzufinden ist. Damit ist die Sache erledigt. Aber Jake …«

»Aber was, meine Liebe?« Er zog ihren Kopf auf seine Schulter und hielt ihn fest. Charlotte legte ihr Stickbild auf ihren Schoß und seufzte.

»Eduard. Er ist wieder hier drin.« Sie klopfte auf ihre Brust. »Ich meine, er war vorher schon drin, aber jetzt denke ich die ganze Zeit an ihn. Er war für mich nicht der Bastard meiner Mutter, er war mein kleiner Bruder. Verstehst du?«

Jake drückte ihren Kopf fester an seine Schulter und küsste ihre Haare.

»Irgendwo lebt er, leidet, alleine, verwaist«, fuhr sie fort. »Wer schaut nach ihm? Was für ein Leben hat er die ganzen Jahre geführt? Ist Malcolm ihm ein guter Vater gewesen? Es ist für mich unerträglich zu denken, dass er leidet und ich nichts für ihn tun kann. Ihn in London zu suchen, wäre wie eine Nadel in einem Heuhaufen suchen.«

Jake nahm den Brief stirnrunzelnd in die Hand. »Der Brief gibt nicht einmal einen Hinweis, wo Malcolm sich aufgehalten hat. Das ist das, was mich misstrauisch macht. Wir können nur hoffen, dass Eduard eine andere, nettere Seite an seinem Vater entdeckt hat, die wir nicht gesehen haben. Und dass er nach dem Tod seines Vaters unter die Obhut gutherziger Menschen gekommen ist.« Er wischte mit seiner Hand eine neue Träne weg, die sich aus Charlottes Augenwinkel geschlichen hatte.

»Carlos war nicht im Stall. Ich vermute, du warst bei Onkel Theodor?«, fragte sie.

Jake nickte.

»Und was sagt er?«

»Er lobte die Milde deines Herzens und die Großzügigkeit deines Tuns und mahnte, so wie du, mein hartes Herz. Wenn wir nicht wissen, was wir tun sollen, liebe Charlotte, dann machen wir die richtigen Dinge einfach weiter. Davon gibt es mehr als genug. Für dich ist jetzt das Richtige, dass du schlafen gehst und dich morgen fröhlich um die Menschen kümmerst, die das Glück haben, sich in deiner Nähe aufzuhalten. Wir überlassen es dem lieben Gott, ob und wie Eduard ein Teil unseres Lebens werden soll. Was hältst du davon?«

Charlotte löste sich von Jakes Griff, nahm ihre Nadel wieder in die Hand und stach in die angefangene Wolke hinein. »Ich kann noch nicht schlafen gehen«, widersprach sie. »Ich muss noch ein paar Gedanken zu Ende denken.«

»Aber jetzt fädelst du wenigstens einen Faden mit strahlendem Gelb in deine Nadel ein und wir sticken die aufgehende Sonne.«

Er zog ein gelbes Garn aus Charlottes Korb, spitzte ein Ende mit seinen Fingern und nahm eine Nadel aus dem Nadelkissen. Charlotte lächelte, fädelte das Garn ein und setzte vier zierliche gelbe Stiche mitten in die Sonne hinein.

»Damit haben wir Gott gebeten, die Sonne weiterhin über unserem Leben strahlen zu lassen, auch wenn es manch eine dunkle Wolke gibt. Auch über Eduard, wo immer er auch sein mag. Und Charlotte, noch was.«

Sie blickte hoch. »Ja?«

»Auch ich mochte den kleinen Kerl. Eduard, meine ich. Und es würde mich freuen zu wissen, dass er in guten Händen wäre.«

Der Postbote überreichte Dickon am nächsten Tag eine Karte, die er sofort Charlotte brachte. Die Nachricht war knapp. Sir Malcolm Forsythe-Drake hätte in der Woche davor dieses Leben für ein besseres getauscht, liege auf dem Friedhof in Elmstock Street in Ostlondon, sein Grab sei mit einem schlichten Holzkreuz geschmückt und könne jederzeit besichtigt werden. Anweisungen, wie das Grab zu finden sei, standen auf der anderen Seite der Karte. Die Unterschrift unter der Nachricht war unlesbar.

»Klingt glaubwürdig, wenn er uns sogar einlädt, das Grab zu besichtigen«, war Jakes knapper Kommentar.

»Elmstock Street. Ist das wenigstens ein Hinweis darauf, wo sie gelebt haben und wo wir nach Eduard suchen könnten?«, fragte Charlotte.

»Im Gegenteil. Das ist vermutlich das Ende unserer Suche nach Eduard«, antwortete Jake nüchtern. »Elmstock Street ist der bekannte Armenfriedhof in der Mitte Londons. Malcolm muss in der Tat harte Zeiten durchlebt haben. Tote aus der ganzen Großstadt werden dorthin gebracht. Eduard könnte überall sein. Bis wir ganz London abgesucht haben, sind wir selber reif für das Grab.«

»So werden Hoffnungen geweckt und gleich wieder zerschmettert. Ich war darauf vorbereitet, Jake. Mach dir um mich keine Sorgen mehr. Ich habe mich wieder beruhigt.«

»Ich bin in der Bibliothek.« Er küsste sie und verließ den Raum.

Von diesem Zeitpunkt an wurde Eduards Name nicht mehr erwähnt.

Kapitel sechs

Charlotte stürzte sich mit voller Kraft in ihre Vorbereitungen für den Besuch der Stadtkinder aus den Armenhäusern, erstellte Listen und brütete über Essensplänen, Tagesprogrammen und Schlafordnungen.

»In einem Monat ist es so weit, Franny«, erklärte sie eines Tages. »Es werden nicht mehr trockene Listen sein, sondern hoffentlich Gesichter und Namen. Ich kann es kaum erwarten!«

Franny wischte sich die Hände an der Schürze ab, stellte zwei Teetassen und eine Kanne auf den Tisch und nahm neben Charlotte Platz. Listen lagen verteilt auf dem Tisch. Charlotte kaute an einem Bleistift und legte drei Blätter nebeneinander.

»Die Buben schlafen im Stall, die Mädchen in der alten Waschküche. Frederik hat beide Räume ausgefegt und Dickon stellt morgen die Pritschen hinein. Wir richten sie mit einfachen Laken und Wolldecken. Ins Haus kommen die Kinder nicht. Sie brauchen nicht zu sehen, in welchem Wohlstand wir leben. Sie würden nur unzufrieden in ihre Waisenhäuser zurückkehren. Ein einfaches Leben, einfache Kost, viel Liebe und Zuwendung. Das ist das, was sie hier bekommen sollen.«

»Überlassen Sie mir und Dickon die Arbeit, Mylady. Hier, Ihr Tee. Sie haben genug Sorgen mit Ihrem eigenen Kind und müssen nicht die Sorgen von ganz England auf Ihren Schultern tragen. Vielleicht kann ich Elinor überreden, einen ordentlichen Besen oder einen Kochlöffel in die Hand zu nehmen. Bis dahin wird der gute Einfluss von Miss Dinkworth zu erkennen sein.«

Sie warf Charlotte einen scharfen Blick zu.

»Das ist ein Thema, über das ich mit dir reden muss, Franny. Miss Dinkworth hat heute geschrieben, dass sie nicht kommt.«

Franny stöhnte.

»Und das sagen Sie mit so einer Gelassenheit, Mylady? Ich hätte ahnen müssen, dass es wieder aus irgendeinem Grund nicht klappt! Und darf ich fragen, warum sie uns im Stich lässt?«

Charlotte verzog das Gesicht. »Fragen darfst du, aber ich weiß nicht, ob ich dir Antwort geben will.«

Franny verschränkte die Arme über der Brust, zog die Schultern in die Höhe und richtete einen durchdringenden Blick auf Charlotte. »Na gut. Sie hat bestimmt Miss Singleton oder Miss Galloway oder Miss Fribstreet irgendwo getroffen und wurde durch die Horrorgeschichten der ehemaligen Gouvernanten von Birch Heights abgeschreckt.«

Wenn Franny schon in Fahrt war, war sie kaum zu stoppen. »Tja, Kellerasseln in den Laken, Wutausbrüche am frühen Morgen, Trotzausbrüche am Nachmittag, Spielsachen im ganzen Haus verstreut. Solche Geschichten haben Flügel. Ich war sofort misstrauisch, als Sie erzählten, Miss Dinkworth sei von Elinor so angetan gewesen!«

»Alles nur Vermutungen, Franny«, sagte Charlotte. »Zurück zu den Mahlzeiten. Bis dahin sind die ersten Salatköpfe bereit zur Ernte. Etwas Frisches ist für die Kinder gesund.«

»Nach Miss Dinkworths Vorstellungsbesuch habe ich gesehen, wie Elinor mit ihr zur Brücke lief, Mylady, und ihr einen Umschlag in die Hand drückte. Ich vermute, da war kein gemaltes Willkommensbild drin. Ob da irgendein Humbug gelaufen ist?«

»Franny, ich versuche, das Thema zu wechseln. Wir waren bei den Salaten.«

»Bedeutet es, dass Marie bleibt, Mylady?«

»Du musst dich vorerst einmal mit Marie abfinden, Franny, bis wir die freie Stelle wieder bekannt gemacht haben. Lord Jake hat sich gleich daran gemacht, eine Anzeige aufzusetzen. Es wird nur eine kurze Verzögerung geben.«

Vorbei war die fröhliche Stimmung in der Küche. Franny setzte die Teetasse, die sie an die Lippen geführt hatte, wieder ab. »Mylady, ich bekomme nach wie vor einen Magenkrampf, wenn ich das widerliche Frauenzimmer nur aus der Ferne erblicke.«

»Hör auf, sie als widerliches Frauenzimmer zu bezeichnen«, fuhr Charlotte Franny an. »Kein Mensch verdient, so genannt zu werden.

Wir regeln es so. Wenn du anwesend bist, hast du das Sagen und Elinor muss dir gehorchen. Wenn du nicht anwesend bist, überlässt du mir die Sache. Du musst mit Marie nichts zu tun haben. Klingt das vernünftig?«

»Wenn Sie so meinen, Mylady. Ich habe zu diesem Thema nichts mehr zu sagen.«

»Ich erwarte nicht, dass du vor Freude Luftsprünge machst. Aber glaub mir, Marie hat mehr Angst vor dir als du vor ihr. Dem armen Mädchen bricht der Angstschweiß aus, sobald sie deinen Namen nur hört. Wenden wir uns angenehmeren Themen zu. Erzähl mir, wie es in deinem neuen Haus aussieht. Hast du schon eine Stelle vor dem Kamin für Dickons Pantoffeln gefunden?«

Franny lenkte ein, und die Frauen plauderten über Bodenbeläge, Vorhänge und Bettdecken und überlegten, ob Spitzendeckchen für den alltäglichen Gebrauch zu vornehm seien oder nicht. Franny fragte, ob sie ein Gemüsebeet oder ein Kräuterbeet im Garten anlegen solle und ob das untere Ende des Gartens von einer Ligusterhecke oder von Lavendelsträuchern begrenzt werden sollte.

»Ich glaube, Jakes liebe Mutter lacht vom Himmel herunter, wenn sie deine Pläne für ihr Haus sieht, Franny. Fülle bitte meine Tasse nach und wir trinken auf dein trautes Heim, auf mein zweites Kind, dass es nicht so ein launischer Wirbelwind wird wie das erste, auf eine baldige Gouvernante, die es mit unserer Elinor aufnehmen kann, und darauf, dass uns unbekümmerte Zeiten bevorstehen!«

Franny nahm die Teekanne in die Hand, füllte Lady Charlottes Tasse und hielt plötzlich inne. Sie starrte aus dem Fenster. »Man soll sich nicht zu früh freuen«, brummte sie. »Ich fürchte, die turbulenten Zeiten fangen erst an, Mylady, und kommen genau in diesem Augenblick angerannt.«

Mit grimmiger Miene trat sie zur Tür und öffnete sie. Marie stürzte in die Küche und packte Charlotte am Arm. Sie war verschwitzt und außer Atem, ihr Gesicht knallrot, ihre Haare flogen in alle Richtungen, ihr Hut hing an einem Bändchen auf ihrem Rücken. Franny runzelte die Stirn und schüttelte den Kopf.

»Elinor ist verschwunden, Mylady! Wir waren im Birkenwald.

Plötzlich war sie weg und kam nicht zurück, als ich rief. Sie ist bestimmt in den Höhlen verschwunden!«

»Und du stehst hier und wagst es, Lady Greenwold ins Gesicht zu sagen, dass das Kind, das in deiner Obhut steht, in einem unterirdischen Gang verschwunden ist, in dem sie zu Tode stürzen könnte! Schäm dich, du dumme Person!«

»Franny, Ruhe!« Charlottes Stimme erstickte. »Hol meine Sachen und lauf uns hinterher, ich gehe sofort hin.«

Franny war schon unterwegs. Charlotte stürmte in ihren Hausschuhen durch die Küchentür und rannte Marie hinterher.

»Um Gottes willen, warum bist du ihr nicht einfach nachgegangen, Marie?«, fragte sie außer Atem. »Und was hattet ihr dort überhaupt zu suchen? Du hattest Anweisungen, im Park zu bleiben. Wie kannst du mir das antun?«

»Mylady, wir bewunderten das Schiffswrack auf der Wiese und Elinor ist mir davongeflitzt. In die Höhlen kann ich nicht!«, stotterte Marie.

Sie eilten den Berg hoch zum Turm. Als sie die Ruine fast erreicht hatten, brüllte Marie: »Elinor, wo bist du?«

»Miss Marie, da bist du ja! Warum bist du nicht mitgekommen?«, kam eine helle Stimme zurück. Es war Elinor. Sie saß im Schatten des Turmeingangs neben Frederik, der sie in seiner Armbeuge hielt, während sie Reste von Möweneiern betastete und aufgeregt plauderte. Marie packte sie an den Schultern.

»Elinor, das machst du niemals, niemals wieder, das versprichst du mir!«

»Gott sei Dank, du bist in Sicherheit!«, rief Charlotte. »Du hättest in irgendeinen Abgrund stürzen können!«

»Nicht bei den sicheren Treppen, die Dickon und ich gebaut haben«, grinste Frederik. »Elinor springt wie eine Gazelle hinunter. Offensichtlich haben wir gute Arbeit geleistet!«

Franny kam völlig atemlos mit Charlottes Hut und Stiefeln in der Hand am Turm an. Charlotte zog die Stiefel über ihre Füße, setzte den Hut auf und drückte Franny ihre verdreckten Hausschuhe in die Hand. Dann wandte sie sich zu Marie. »Marie, du hast keine gute

Arbeit geleistet«, schalt sie. »Du gehst zurück ins Haus und wir reden in meinem Salon miteinander. Franny, du kümmerst dich um Elinor. Marie, du hörst gar nicht zu! Was hast du bloß?«

Marie lehnte am Holzrahmen der alten Tür, dem Eingang zu den Höhlen, und starrte gebannt in die Finsternis, in die die Treppe hinunterführte. Sie wischte ihre Stirn mit der Hand und schüttelte den Kopf. »Da ist irgendetwas, ich weiß nicht, was, Mylady. Etwas Dunkles, Unsichtbares schlägt mir entgegen, sobald ich in der Nähe dieser Ruine bin.«

Sie drehte sich um und lief mit hängenden Schultern den Berg wieder hinunter. Elinor klammerte sich an Frederik und wehrte sich strampelnd und heulend, als Franny versuchte, sie an der Hand zu greifen.

»Wo hast du sie gefunden, Frederik?«, fragte Charlotte.

»Unten in der Bucht, Mylady«, antwortete er. »Sie unterhielt sich mit den Fischersleuten. Sie können stolz auf Ihre Tochter sein. Furchtlos stieg sie den Weg durch die dunklen Gänge hinab. Bis ich sie fand, wusste sie, wann die besten Zeiten sind, aufs Meer zu fahren und wann Ebbe und Flut ist. Gerade unterhielten wir uns über Brutzeiten und Flugbewegungen der Möwen und unsere Fortschritte beim Durchgang in die Fischerhöhle. Sie haben eine schlaue Tochter, Mylady. Miss Marie lockt Schätze aus dem Kind heraus.«

»Eine fahrlässige, unartige Tochter unter der Obhut einer Frau, die genauso fahrlässig und unartig ist«, erwiderte Charlotte. Ihre Stimme zitterte immer noch. »Wenn ich deine Beobachtungen zur Erziehung meiner Tochter benötige, werde ich mich melden, Frederik.«

»Verzeihung, Mylady.«

Frederik biss sich auf die Lippen und schwieg. Charlotte schnappte sich ihre schreiende Tochter, zerrte sie hinter sich her und deutete Franny, ihr zu folgen. Sie warf einen ängstlichen Blick zurück auf den Eingang der Höhlen, bevor sie mit Elinor den Hang hinunterhastete.

»Ich will zu Miss Marie!«, schrie Elinor.

Charlotte blieb stehen und fasste sie energisch an beiden Schultern. »Wenn du weiterschreist, gehst du heute nicht mehr zu Miss

Marie. Wenn du sofort aufhörst, darfst du eine Gute-Nacht-Geschichte von Miss Marie hören.«

»Wahrscheinlich die letzte«, murmelte sie, aber nicht so laut, dass Elinor es hören konnte.

Elinor winselte, wägte beide Möglichkeiten noch einmal ab, schniefte und wurde ruhig.

»Das ist ein Teufelsweib, Mylady. Sehen Sie es jetzt immer noch nicht? Ich ahne Schlimmes«, zischte Franny in Charlottes Ohr.

»Ich weiß, dass du Schlimmes ahnst, Franny. Ich regle die Sache und brauche dazu deine Hilfe nicht.«

Franny schnalzte mit der Zunge und grummelte weiter über Kleidungsstücke, die in die falschen Schubladen gelegt, und Fensterläden, die abends nicht befestigt wurden, über Malstifte, die auf dem Tisch liegen blieben, und über Spuren von dreckigen Stiefeln, die im Eingangsflur gesichtet wurden.

»Das reicht, Franny«, wies Charlotte sie zurecht. »Ich möchte nichts mehr über Maries Missetaten hören.«

Sie liefen schweigend weiter. Franny folgte Charlotte in die Küche und Elinor wurde mit der Aussicht ruhig gehalten, Kekse backen zu dürfen. Charlotte lief in ihren Salon hoch, um auf Marie zu warten. Sie setzte sich an ihren Schreibtisch und schrieb mit zitternder Hand auf ein Blatt Papier die Worte: *Da ist irgendwas, ich weiß nicht, was. Etwas Dunkles und Unsichtbares, das mir entgegenschlägt, sobald ich in der Nähe der Ruine bin.* »Ich muss sie fragen, was sie damit meint. Warum spüre ich genau das Gleiche? Aber die Männer nicht? Und ich dachte, wir hätten dieses Kapitel unserer Geschichte endgültig abgeschlossen.«

Eduard wälzte sich in seinem Bett. In einem halb bewussten Zustand zwischen Wachsein und Schlafen träumte er, dass Mr Creek sich über ihn beugte, aus seinen Händen Krallen ausfahren ließ und damit tiefe Furchen in sein Gesicht graben wollte. Er wachte ruckartig auf, kurz bevor die Krallen seine Haut berührten. Vor lauter Angst wagte er nicht mehr einzuschlafen. Seine Gedanken schweiften hin und her und blieben schließlich bei William. Wie es ihm wohl ging, ob er eingeschlafen war?

Eine plötzliche Unruhe kam über ihn. Er zündete die Kerze an, die auf dem Beistelltisch neben seinem Bett stand, zog seine Jacke über das Nachthemd und Socken über die Füße, öffnete leise die Tür und schlüpfte aus seinem Zimmer. Mr Creeks Tür war zu, kein Licht schimmerte durch den Spalt zwischen Tür und Boden. Es war, wie erwartet, eine Verabredung mit Übernachtung. Das Licht des Vollmonds schien von einer Dachluke herunter auf die große Treppe. Die Schreie der Trunkenbolde klangen muffig und gedämpft von der Straße draußen.

Eduards Herz klopfte bis zum Hals, er klammerte sich an das Treppengeländer und setzte beide Füße nacheinander auf jede Stufe, bevor er wagte, die nächste zu betreten. Es kam ihm wie eine Ewigkeit vor, bis er an Williams Tür stand und den Griff leise nach unten drückte. Es war totenstill und eiskalt in dem kleinen Raum. William lag mit seinem Gesicht nach unten, die dünne Decke war hinuntergerutscht. Eduard stellte die Kerze auf den Steinboden, sank neben dem Bett auf die Knie und zog die Decke hoch über Williams Schulter.

»William, ich bin es wieder.«

Es kam keine Reaktion. Ein Gefühl von Panik kam über ihn. Er griff unter der Decke nach Williams Handgelenk und fühlte einen schwachen Puls. Er wusste wenig von dem, was normale Kinder mit dreizehn Jahren schon wussten. Aber ob ein regloser Körper noch Leben in sich hatte oder nicht, erkannte er auf Anhieb.

»William, nicht aufgeben, ich sage Mrs Fimble, sie soll einen Arzt holen.«

William drehte seinen Kopf zu Eduard hin und öffnete seine Augen. Sie sahen im Licht der flackernden Kerze zu groß aus für das dünne Gesicht und Tränen schimmerten an ihren Rändern.

»Nein, Eduard«, hauchte er. »Der Arzt war da. Er kann nichts mehr tun.« Seine Stimme raspelte.

»Dann hole ich dir noch was zu essen. Ich habe noch Brot im Zimmer. Ich bin gleich wieder da.«

»Nein, Eduard! Bleib! Ich will, dass es zu Ende geht, Eduard. Aber ich werde dich vermissen.«

»Nein, William! Du musst bleiben! Du darfst nicht sterben!« Eduard schüttelte ihn sanft an den Schultern und blickte in die Augen, die über den eingesunkenen Wangen fiebrig glänzten. »Wir haben uns gerade erst gefunden. Du darfst nicht wieder gehen! Wir zwei, wir schaffen es, hier wegzukommen, ehrlich. Unser Fluchtplan ist gut! Zu zweit schaffen wir es.«

William stieß ihn sanft von sich. »Lass, Eduard. Ich mache keine Pläne mehr. Wir haben von der anderen Welt gesprochen. Da gehe ich jetzt hin. Das ist der einzige Plan, den ich habe.«

»Dann lass mich mitkommen, William. Schick jemand, der mich holt. Du bist mein einziger Freund auf dieser Welt. Nur mit dir zusammen ist es erträglich geworden. Wenn du gehst, gehe ich auch.«

Er schluchzte in die Decke hinein, so leise er konnte, aus Angst, dass William sich aufregen würde. William sagte nichts, streichelte nur Eduards Haare mit Fingern, die sich kaum noch bewegen konnten.

Am nächsten Morgen steckte Mrs Fimble ihren Kopf in die Tür, um zu prüfen, ob der Patient noch atmete. Sie erschrak, als sie Eduard fand, neben dem Bett kniend, seine Arme um William geschlungen, seinen Kopf auf Williams Brust. Sein Gesicht war feucht von Tränen, aber er schlief tief und fest.

»Um Gottes willen, was machst du denn hier, du böser Schlingel?«, schrie sie. »Bist schlafgewandelt, was?« Sie griff ihn an den Schultern und zerrte ihn weg vom Bett.

»Willst du, dass die giftigen Gase aus seinem Maul« – sie deutete mit dem Kopf auf William – »sich im ganzen Haus verbreiten? Uns alle umbringen?«, kreischte sie und schleppte Eduard aus dem Zimmer und in einen nahe gelegenen Waschraum. Ein beißender Gestank von Schnaps füllte Eduards Nase und Mrs Fimbles rotes, aufgedunsenes Gesicht stierte ihn von oben an. Sie riss seine Kleider vom Leib, ließ ihn splitternackt, bibbernd vor Kälte und immer noch schlaftrunken mitten im Raum stehen und füllte ein Fass mit Wasser. Anschließend schrubbte sie seinen ganzen Körper mit einer rauen Bürste. Zuerst mit eiskaltem Wasser und Seife, danach holte sie einen Eisenkessel aus der Küche und schrubbte ihn ein zweites Mal mit kochend heißem Wasser. Er schrie vor Schmerzen und versuchte, sich frei zu strampeln. Je stärker er sich wehrte, desto fester wurde Mrs Fimbles Griff.

»Diese kleinen Mistbeutel, Bösewichte, elenden Ratten«, keifte sie, während sie schrubbte. »Der Fluch meines Lebens. Was tue ich alles für euch und was bekomme ich als Dank? Seuchen, Kot, Dreck! Pass du nur auf, dass ich dich nicht eines Tages aus Versehen in ein Fass voll kochendem Wasser hineinfallen lasse und du genauso mausetot daliegst wie dein Freund da drüben!«

William? Tot? Im Nu war Eduard ganz bei Sinnen. Nein, das konnte, das durfte nicht wahr sein. Plötzlich hatte er nur einen Gedanken im Kopf. Nur noch einmal William sehen. Sich Gewissheit verschaffen, dass er noch lebte. Ihn noch einmal drängen, wieder gesund zu werden. Vielleicht tat Mrs Fimble nur so, als ob er tot sei, weil sie ihn tot wünschte. Eduard hörte auf, sich zu wehren und wartete, bis seine Peinigerin ihm ein langes, grobes Baumwollhemd übergezogen hatte, das ihm bis zu den Knien reichte und seine Haut kratzte. Danach verließ sie den Raum und rief über ihre Schulter: »Und jetzt bleibst du kleines Dreckstück hier, bis jemand dich holt.«

Er hörte ihre schweren Tritte auf der Treppe, wartete, bis alles still war, blickte in den Gang in beide Richtungen und schlich zurück in das Zimmer, in dem William lag.

Nirgendwo war eine Spur von Marie. Charlotte lief rastlos in der Eingangshalle hin und her, blickte in den Park, seufzte, ließ die Tür zu ihrem Salon halboffen und setzte sich schließlich auf die Fensterbank. Das einzige Geräusch, das zu hören war, war das Ticken der Kaminuhr. Sie holte ihr Stickbild aus dem Korb, breitete die Leinwand auf ihrem Schoß aus und musterte die Wolke, die mit schwarzen Stichen umrandet war. Sie fädelte einen grauen Faden in die Nadel ein. »Schattierungen von Grau, Schwarz nur am Rand, dann sieht die Wolke nicht gar so düster aus«, beschloss sie. »Als Zeichen der Hoffnung, dass meine Fragen alle eine Antwort finden.«

Weiter kam sie nicht, es hatte an der Tür geklopft. Sie legte das Bild zurück in den Korb, ohne sich zu erheben. »Marie?«

»Sie hatten gerufen, Mylady.«

»Ich hatte nicht gerufen, ich hatte gesagt, du sollst hier oben auf mich warten. Marie, du musst lernen, auf Anweisungen zu achten. Wenn ich sofort sage, dann meine ich auch sofort.«

»Ist nicht mehr nötig«, antwortete Marie.

»Was meinst du, ist nicht mehr nötig?« Erst jetzt erhob sich Charlotte und wandte sich Marie zu. Diese stand immer noch hinter der Tür mit Hut, Mantel und Stiefeln und einer Tasche in der Hand.

»Und was soll das bedeuten, Marie?«

»Franny sagte, ich solle meinen Koffer packen, weitere Nachlässigkeiten werden die Herrschaften nicht dulden. Lord Jake schon gar nicht. Ich verlasse Birch Heights. Ich spare Ihnen die Mühe, mir schonend beizubringen, dass ich gehen muss. Franny sagt, ich darf die Kleider, die ich bekommen habe, und den Hut als Dank für meine Arbeit mitnehmen.«

Charlotte strich ihren Rock glatt, trat auf Marie zu und zog sie in den Raum. Sie schloss die Tür hinter ihr zu, wollte aber zuvor sichergehen, dass keine neugierigen Ohren in Reichweite waren, die sich gegen verschlossene Türen drücken würden, um ihrem Gespräch zu lauschen. »Woher willst du wissen, dass ich dich wegschicken will?«

»Ich muss sowieso bald gehen. Am besten bringe ich den Abschied gleich hinter mich. Es bleibt mir nur zu hoffen, dass Mrs Willow mich gleich nehmen kann.«

»Lord Jake kommt heute Abend von Pensance wieder, bis dahin bleibst du auf jeden Fall hier. Willst du ein Glas Wasser? Setz dich. Du bist völlig durchgeschwitzt. Nach wie vor dünn und blass. Die Aufregung bekommt dir nicht gut.«

Marie setzte sich auf den Rand des Stuhls, auf den Charlotte gedeutet hatte. Sie drehte an einem Knopf ihres Mantels und wartete auf Charlotte, die ein Glas mit Wasser aus einem Krug auf der Kommode füllte und ihr reichte. Danach zog sie den Stuhl von ihrem Sekretär heran und setzte sich Marie gegenüber.

»Sie sind nicht zornig mit mir, Mylady?«, fragte Marie zaghaft.

»Natürlich bin ich zornig. Genauso wie ich manchmal mit Franny, Dickon, Jake, gelegentlich mit Frederik, häufig mit Elinor und oft auch mit mir selbst zornig bin. Gerade jetzt bin ich zornig, weil du auf Franny hörst und dich vom Dienst abmelden willst. Mit welchem Recht tust du das?«

»Weil Franny mir jeden Tag sagt, ich sei hier am falschen Platz und ich würde mit meinem Federkopf den Untergang von Birch Heights einleiten. Jetzt kommt noch dazu, dass ich zu feige bin, in die Höhlen zu gehen.«

»Und wer ist hier die Herrin, Franny oder ich?«

»Sie natürlich, aber Franny behauptet, Lord Jake würde meinen Anblick nicht mögen, und er ist der Herr von Birch Heights. Und dann ist da Frederik.«

»Was hat Frederik mit der Sache zu tun?«

Marie kaute an ihrer Unterlippe und blickte aus dem Fenster. »Er hat mitbekommen, wie Sie mich geschimpft haben oben an der Ruine und dass ich mich nicht dazu durchringen konnte, auf seinem neu angelegten Weg unter die Felsen zu gehen, um nach Elinor zu suchen.«

»Warum hast du Angst vor den Höhlen, Marie?«

Marie zuckte mit den Achseln und wich Charlottes scharfem Blick aus. »Ich weiß es nicht. Wenn ich bleiben dürfte, würde ich versuchen, meine Angst zu überwinden. Ich würde mich zwingen runterzugehen, wenn es Ihnen wichtig wäre. «

»Kann es sein, dass du irgendetwas Schlimmes in einem dunklen Raum oder in einer Höhle erlebt hast? Versuche, dich zu erinnern, Marie. Was war da?«

Charlottes Blick wich nicht von Maries Gesicht. Marie erschauderte und blickte auf den Boden.

Charlotte füllte ihr Glas mit Wasser nach. »Elinor wird dir sicher gerne behilflich sein, deine Angst vor den Höhlen zu überwinden«, sagte sie in einem heiteren Ton. »Das heißt, bis die neue Gouvernante kommt. Dann bist du von deinem Dienst hier befreit, aber erst dann.«

»Ich dachte, sie kommt in wenigen Tagen, Mylady.«

»Du meinst Miss Dinkworth? Sie hat sich anders entschieden.«

»Warum?«

Charlotte seufzte. »Ich vermute, Elinor hatte ihre Finger im Spiel. Sie gab Frau Dinkworth wohl einen Umschlag. Ich kann nur vermuten, dass sie die Worte ›Ich hasse dich‹ auf einen Zettel geschrieben und in den Umschlag gesteckt hatte. Den Satz kann sie nämlich schreiben, auch ohne zu sehen. Aber ich frage lieber nicht nach. Und du und ich, wir wissen von nichts. Lord Jake versucht, einen Ersatz zu finden. Bis dahin brauchen wir dich. Du versuchst, unauffällig und fügsam zu sein und Franny aus dem Weg zu gehen.«

»Das bringt nichts, Mylady. Franny hätte Dinge an mir auszusetzen, auch wenn ich hundert Meilen von ihr entfernt wäre.«

»Weißt du, was man macht, wenn Menschen schlecht von einem denken und man meint, ihre Vorwürfe seien unberechtigt?«

»Nein, Mylady.«

»Man beweist ihnen, dass sie Unrecht haben. Dafür hast du jetzt Zeit. Wenn es weitere Zwistigkeiten mit Franny gibt, dann muss eine von euch beiden gehen, und ich befürchte, das bist du.«

»In Ordnung, Mylady. Ich bemühe mich.«

»Du packst deine Sachen wieder aus, holst Elinor aus der Küche und bittest Franny, zu mir hochzukommen. Das war alles.«

Marie erhob sich, machte einen hastigen Knicks, griff nach ihrer Tasche und eilte aus dem Raum. Sie hielt an der Tür an, als Charlotte sie zurückrief.

»Eine kleine Sache noch, Marie. Kann es sein, dass du zu viel Wert legst auf das, was Frederik über dich denkt?«

Marie traten Tränen in die Augen, die sie gleich fortblinzelte. »Noch nie ist ein Mann so gütig zu mir gewesen, Mylady.«

»Er ist zu allen gütig, zu Männern wie zu Frauen. Das solltest du vielleicht wissen.«

Marie nickte, drehte sich um und rannte die Treppe hoch zu ihrem Zimmer.

»Und jetzt kommt das schwierigere der beiden Gespräche«, stöhnte Charlotte.

Kapitel sieben

William lag noch da. Aber der zaghafte Herzschlag, den Eduard in der Nacht gespürt hatte, war nicht mehr zu hören. Williams Augen waren geschlossen. Ein Arm lag über seinem Kopf, der andere auf seiner Brust. Seine Hand war zur Faust geballt und umklammerte etwas. Vorsichtig öffnete Eduard die steifen, kalten Finger und befreite seine kleine Muschel.

»Ich würde dir meine Muschel mit ins Grab geben, William, aber ich fürchte, sie wird dir weggenommen, wenn sie hierbleibt«, flüsterte er. Er versuchte, die Weinkrämpfe zu unterdrücken, die seinen Körper schütteln wollten. Bald würde der Bestatter William holen. Mrs Fimble würde das Zimmer am Boden und an den Wänden nass spritzen. Nicht um die anderen Buben vor der Schwindsucht zu schützen, sondern sich selber. Ratten würden aus ihren Verstecken unter den brüchigen Bodenfliesen hervorkriechen und durch den Raum huschen.

Eduard wusste nur zu gut, wie es sich anfühlt, wenn man tote Haut berührt: klamm und feucht. Er kannte die bedrückende Atmosphäre eines Raumes, in dem der Todesengel gerade seine Beute abgeholt hatte. Seit frühester Kindheit hatte er seinen Vater in Todeskammern begleitet. Bevor Sir Malcolm in Spiel- und Trinksucht abgestürzt war, hatte Eduard die Reichen in ihren letzten Atemzügen beobachtet, umgeben von Angehörigen, die wie die Geier lauerten und sich noch am Sterbebett eines Vaters oder einer Mutter um das Tafelsilber stritten. Er kannte Särge aus feinstem Mahagoni, er kannte vorgetäuschte Tränen und heuchlerische Trauerreden, Weihrauch, singende Knaben. Manchmal hatte sein Vater ihn gezwungen, seine feinste Hose und sein sauberstes Hemd anzuziehen und eine Kerze vor dem Sarg herzutragen. Wenn er Glück hatte, durfte er nach dem »Staub zu Staub und Asche zu Asche«-Spruch des Priesters ein auswendig gelerntes Gebet am offenen Grab vortragen. An einem guten Tag bekam er dann von irgendeiner Dame in Schwarz mit Worten wie »hinreißend, der goldige Kerl« eine Münze überreicht. Sein Vater kassierte die bescheidene Belohnung gleich ein, tätschelte seinen Kopf und raunte ihm zu: »Nett gemacht, Junge, nett gemacht. Schauspielern kannst du gut. Das wird dir in Zukunft dienen. Immer wenn du etwas erreichen willst, musst du schauspielern. Dann bekommst du, was du willst.« Seit sein Vater die Firma heruntergewirtschaftet hatte, kannte Eduard nur noch Armenbegräbnisse. Schlaffe Leichname in alte Laken gewickelt, in ungeschliffene Holzkisten gelegt. Keine Trauerreden. Keine Leute, die trauerten. Oder die so taten, als ob sie trauern würden.

Diese Leiche war anders. Diese hatte eine Seele gehabt. Eine Seele, die auf den Schrei seines eigenen hungrigen Herzens geantwortet hatte mit etwas, was er bis dahin nie erlebt hatte: Freundschaft. Hoffnung war in ihm aufgekeimt, dass die Misere einer nie aufhörenden Hölle doch zu ertragen war, weil er nicht alleine war, weil er einen Seelenverwandten gefunden hatte. Aber so schnell, wie diese Hoffnung aus der fahlen Asche einer gebrochenen Existenz entsprungen war, so schnell war sie im Keim erstickt.

»Die Ortschaft Pensance bietet gute Aussichten«, berichtete Jake. »Mr Thompson will mehr Besucher an diesen Teil der Küste locken. Die Piratenlegende bringt Farbe und Atmosphäre in die Gegend. Und daneben ist es auch ein gutes Ausflugsziel für unsere Stadtkinder.«

Charlotte hatte ihren Mann zu einem Abendspaziergang eingeladen, damit er die Ereignisse des zurückliegenden Tages direkt von ihr erfahren konnte, bevor er Franny über den Weg lief. Sie spazierten Hand in Hand durch den Birkenwald und bewunderten die Veilchen und die Blaukissen, die von der Ferne leuchteten und das Grau der Steinmauer mit Farbtupfern schmückten.

»Und wie war es bei dir, Charlotte? War dein Tag ruhig oder plagst du dich mit neuen Sorgen?«

»Sorgen wird es immer geben, solange es Menschen gibt«, antwortete sie mit mehr äußerer Gelassenheit, als ihr Herz verspürte. »Ich versuche, die Sorgen schneller abzulegen. Langsam verstehe ich, was Onkel Theodor gemeint hat, als er einmal sagte: ›Je mehr Menschen ich kenne, desto mehr schätze ich mein Pferd.‹«

Jake lachte laut. »So etwas aus dem Mund einer Frau, die in allen Menschen, denen sie begegnet, nur Gutes sieht! Und was hat Elinor heute angestellt?«

»Du wirst stolz auf sie sein, Jake. Sie konnte heute Abend alle Namen der Fische aufsagen, die im Meer an der Küste Cornwalls schwimmen: Sandaal, Wolfsbarsch, Knurrhähne, Pollacks, Dorsche, Hummer, Garnelen. Sie wusste, warum der Seetang für die Lebewesen im Meer überlebenswichtig ist und welche Fische welche Preise auf dem Markt bringen.«

»Sag bloß! Und das hat sie von Marie?«

»Sie hat es von den Fischersleuten. Sie war unten bei den Kuttern. Heute, als ich ihr eine gute Nacht wünschen wollte, erzählte sie mir alles, was ein kundiges Fischerweib über den Fischfang wissen muss. Sie war außerdem in der Fischerhöhle und wusste sogar vom geplanten Durchgang in der Felswand.«

»Marie war in der Bucht nicht mit dabei?«, fragte Jake mit hochgezogenen Augenbrauen. Charlotte blickte ihn von der Seite an.

»Marie hat eine lähmende Angst vor den unterirdischen Gängen und vor der Bucht. Sie merkte erst zu spät, dass Elinor fort war. Frederik sammelte sie unten auf und brachte sie wieder nach oben. Franny ist außer sich vor Wut. Ich habe Marie eine letzte Chance gegeben. Noch ein solcher Zwischenfall oder ein Streit mit Franny, dann geht sie sofort zu Mrs Willow, ansonsten bleibt sie, bis wir eine Gouvernante haben.«

Jake und Charlotte hatten sich auf eine Gartenbank gesetzt, die Frederik in den Schatten der Mauer gestellt hatte. Von dort aus konnten Spaziergänger das frische Grün des Birkenhains und die

Blütenteppiche in aller Ruhe bewundern. Die rotbraune Backsteinmauer des großen Hauses schimmerte über die Rasenfläche hinweg und durch die Bäume hindurch. Jake nahm Charlottes Hand und schlang seine Finger um die ihren.

»Schade, dass Miss Dinkworth uns in Stich gelassen hat. Wenn Elinor die Namen der Fische von Marie gelernt hätte, wäre Marie in meinem Ansehen gestiegen.«

Charlottes Augen leuchteten auf, sie griff Jakes Arm mit beiden Händen. »Aber Jake, Marie verdanken wir auch das. Sie hat Elinors Neugierde geweckt, ihr eine Sprache gegeben. Sie redet mit dem Kind, zeigt ihm alles, lässt es alles abtasten. Welches andere halb blinde Kind würde sich trauen, alleine durch unterirdische Gänge zu laufen und sich von fremden Menschen Auskünfte über Fische geben zu lassen? Seit Marie hier ist, lebt Elinor wieder! Du darfst es Marie nicht zum Vorwurf machen, dass sie vor den Höhlen Angst hat. Ich habe auch Angst.«

»Marie hat aber die Aufgabe, auf unsere Tochter aufzupassen. Da kann man sich solche Empfindlichkeiten nicht leisten. Aufgabe ist Aufgabe.« Er sah auf ihre ineinander verschränkten Finger und drückte ihre Hand fester. »Aber streiten werden wir uns jetzt nicht. Du gehst mit Marie weise um. Ich hatte Angst, dass die Frau dich zu sehr in ihren Bann zieht. Außerdem nimmt sich Franny zu viele Freiheiten heraus. Sie vergisst, dass sie nicht deine Aufpasserin, sondern deine Haushälterin ist. Und es war an der Zeit, dass sie an ihre Stellung erinnert wird.«

»Sie meint es gut, Jake.«

»Zurück zu Marie, liebe Charlotte. Du hast ihr hoffentlich keine Lobreden gehalten, die ihr zu Kopfe steigen!«

»Keine Sorge!«, lachte Charlotte.

Jake holte einen Umschlag aus seiner Jackentasche heraus. »Hier eine weitere Antwort auf unsere Schreiben an die bekanntesten Armenhäuser Londons. Ein Brief von einem Mister Creek. Er hat von unserem Angebot gehört, Stadtkindern einen Aufenthalt an der Küste zu ermöglichen, und zeigt großes Interesse. Er scheint um die ihm anvertrauten Kinder sehr bemüht zu sein, will das Los der Straßenkinder verbessern und sein Armenhaus zu einem Vorbild für andere Großstädte entwickeln. Sucht nach Gleichgesinnten, die ihm helfen, Reformen voranzubringen. Er fragt, ob ausgewählte Kinder aus den Heimen, denen er vorsteht, sich an unserem Sommerangebot beteiligen dürfen. Auf so eine Antwort hatte ich gewartet. Da hätten wir gleich die vier Buben, die wir suchen.«

Charlotte blickte neugierig auf den Brief. »Ich kann nur staunen. Ich hatte befürchtet, dass niemand auf unser Angebot antwortet aus Angst davor, dass das Elend der Heime an die Öffentlichkeit gelangt. Dieser Mann ist mutig. Sollen wir ihm nicht gleich anbieten, dass wir mehr als vier Jungen nehmen?«

»Auf gar keinen Fall, Charlotte! Dickon meint, vier seien für das erste Mal genug. Buben sind anstrengender als Mädchen. Mr Creeks Offenheit spricht für ihn. Ich antworte morgen. Dickon soll die Kutschen organisieren. Es tut Franny und Dickon gut, ihre Köpfe mit anderen Dingen zu füllen als mit Marie.«

Der Himmel war verhangen, als Jake und Charlotte durch den Wald zurückschlenderten. Erste Regentropfen fielen und sie beschleunigten ihre Schritte. Als sie die Eingangstür erreichten, fing es an zu schütten.

Dickon erschien an der Treppe und half ihnen, Stiefel und Mäntel auszuziehen. Jake verschwand in die Bibliothek. Ein gemütliches Feuer begrüßte Charlotte in ihrem Salon und eine Öllampe beleuchtete ihren Schreibtisch.

»Danke, Dickon«, sagte sie. »Keine Post heute?«

»Nur der Brief von Mr Creek für Lord Jake, Mylady. Sie fragen jeden Tag. Erwarten Sie nach der Todesmeldung weitere Nachrichten aus London?«

Charlotte warf ihren Hut auf die Couch, setzte sich in den Sessel neben dem Kamin und wärmte ihre Finger nah am Feuer. »Meine Gedanken kreisen immer wieder um Eduard, Dickon. Wo finden wir ihn? Was macht er jetzt, während ich hier sitze? Zu wem sagt er heute Gute Nacht? Wer bereitet morgen sein Frühstück vor?«

»Denken Sie nur laut oder möchten Sie eine Antwort, Mylady?«, fragte Dickon.

»Ach Dickon, es tut mir leid. Du hast genug Lasten zu tragen, lass dies meine Last sein.«

»Ich konnte den kleinen Kerl auch gut leiden, Mylady. Falls dieser Mr Creek es mit seinem Plan ernst meint und wir nach London fahren, wer weiß? Vielleicht stoßen wir auf eine Nachricht von Eduard.«

»London ist eine große Stadt, Dickon. Ich habe alles, was ich brauche. Du darfst gehen.«

»Jawohl, Mylady. Guten Abend.« Er verneigte sich und verließ den Raum.

Charlotte starrte ins Feuer und brütete vor sich hin. Sie beobachtete, wie eine kleine Motte in Kreisen um die Flamme der Lampe flog. Als Jake seine Frau eine Stunde später aufsuchte, lag ihr Kopf auf ihren verschränkten Armen auf dem Tisch, ihr Gesicht war nass von Tränen.

Mr Creeks Augen verengten sich zu schmalen Schlitzen.

»Du bist heute nicht in Form, Eduard. Bemühe dich mehr. Die Zeit wird knapp. Jetzt noch einmal die Begrüßung. Du blickst mit großen Augen hoch, gibst deine Hand und sagst: ›Ich bin Eduard. Ich bin zutiefst dankbar, hier zu sein.‹ Versuch es noch mal. Überzeugender. Ich bin der Gastgeber, ich komme in den Raum. Du springst aus deinem Sitz und es geht los.«

Die täglichen Übungen mit Mr Creek waren länger geworden. Erst wenn er mit Eduards Fortschritten zufrieden war, ließ er den Jungen zur Küche gehen und von Mrs Fimble ein Stück Brot holen, das er alleine in seinem Zimmer verspeiste. Danach musste er Lese- und Rechenaufgaben machen.

Heute war Mr Creek gereizter als sonst. »Und was ist mit ›verdammt noch mal‹ oder ›zum Teufel‹?«

»Diese Worte sollen in vornehmer Gesellschaft nicht einmal gedacht, geschweige denn ausgesprochen werden, Sir«, antwortete Eduard. »Aber solche Dinge habe ich noch nie gesagt«, fügte er hinzu. »Sie und mein Vater, Sie sagen so etwas in jedem zweiten Satz!«

»Verdammt noch mal, so eine Unverschämtheit!«, brüllte Mr Creek. Eduard sprang einen Schritt zurück. »Und überhaupt, was lümmelst du heute so träge in der Gegend herum? Du sollst ein Musterkind sein. Du sollst der Beweis sein, wie gut unsere Arbeit hier im Armenhaus ist! Du sollst das Herz deiner Verwandten gewinnen und dann offenbaren, wer du bist. Im Moment kann man dich nur als Paradebeispiel für einen Nichtsnutz vorzeigen! Ist das der Dank für all die Mühe, die ich mir gemacht habe? Zum Teufel mit dir! Und hör mit den Tränen auf. Jungen in meinen Häusern weinen nicht. Weinen ist Undankbarkeit. Wer lange genug von Mr Creek erzogen worden ist, kennt Tränen nicht mehr. «

»Ich habe Kopfweh, Sir.« Eduard fuhr mit der Zunge über seine trockenen Lippen. Er senkte den Kopf, seine Augen brannten.

»Dann erst recht, Junge! Du musst schauspielern! Wie du es von deinem Vater gelernt hast! Die Rolle spielen! Auch wenn du noch so krank wärst, das Schauspiel geht weiter!«

Mr Creek packte Eduard an den Schultern, drückte ihn auf den Stuhl und umkreiste ihn mehrmals. Er beugte sich und schüttelte seinen Zeigefinger vor Eduards Gesicht. »Wenn du die Rolle nicht spielst? Wenn du nicht den braven, gut geratenen, gut versorgten Jungen spielst, was dann?«

»Augen, die Augen überall, die Ohren überall versteckt!«, stammelte Eduard. »Zurück zu den Särgen, zurück zu den Leichen, nie wieder raus!«

Er bekam eine Ohrfeige auf beide Backen, damit war die Lektion zu Ende. Er sollte ohne Mittagessen in sein Zimmer gehen, zur Besinnung kommen, sich danach als lernwilliger und gut gelaunter Schüler zeigen, dann gäbe es was zu essen.

Eduards Wangen glühten, sein Kopf pochte. Auch William hatte anfänglich Kopfweh und Fieber gehabt. Hatte er sich angesteckt? Sein Körper schmerzte, sein Magen verkrampfte sich vor Hunger. Er warf sich auf sein Bett. Die Tränen wollten nicht kommen. Nur Benommenheit und Leere. Er fühlte noch Williams dünne, kalte und feuchte Haut unter seinen Fingern und hatte seine hohlen Wangen vor Augen. Wo war er jetzt? Was hatte Mrs Fimble mit ihm gemacht? Mr Creeks knochiger Zeigefinger schwebte wieder vor seinem Gesicht und die harte Lehne des Stuhls drückte in seinen Rücken: ein Albtraum in mattem Grau. Auch William hatte grau ausgesehen, als er leblos dalag. Grau war doch eine harmlose Farbe, wie konnte sie hier in diesem Haus so bedrohlich sein? Erschöpft von den wirren Gedanken, die in seinem Kopf tobten, glitt Eduard nach einer Weile in einen unruhigen Dämmerschlaf.

Laute Stimmen im Treppenhaus drangen in sein Bewusstsein und weckten ihn wieder auf. Er öffnete die Augen. Er musste lange geschlafen haben. Ein trübes Nachmittagslicht zwang sich durch die schmutzigen Fensterscheiben, durch die nur die graue Fassade des gegenüberliegenden Hauses zu sehen war. Selbst in diesem dunkelsten Winkel Londons konnte man hin und wieder staubige Abbilder einer bunten Welt erblicken, in der die Sonne strahlte und die Blumen Farben hatten. Eduard kroch aus seinem Bett, lief auf Zehenspitzen zur Tür und legte sein Ohr ans Schlüsselloch.

»Wie konnten Sie den Kerl nur so zurichten, dass er kaum denken konnte, Mrs Fimble? Haben Sie ihn in kochendem Wasser gebadet oder warum ist seine Haut rot wie die eines Hummers? Da kann ich froh sein, dass Sie ihm die hübschen Haare nicht gleich abrasiert haben! Ansteckung hin oder her, Sie wissen, dass er gezüchtet wird. Er muss so entzückend sein, dass er Frauenherzen zum Schmelzen bringt. Ich hatte ihn fast so weit und jetzt kann ich von vorne wieder anfangen, was?«

»Was hätte ich tun sollen?«, winselte Mrs Fimble. »Die kleine Ratte muss runtergekrochen sein, als alle schliefen. Ich habe ihn nur sauber geschrubbt. Wollen Sie, dass wir alle krepieren, nur weil einer wieder 'n Fieber hatte?«

»Dann müssen Sie sein Zimmer in Zukunft nachts abschließen und tagsüber auch, Sie dummes Luder«, brüllte Mr Creek.

Seine Stimme wurde wieder ruhiger.

»Und lassen Sie besser von Ihrem Schnaps ab, damit Sie wenigstens ein halbes Ohr offen haben, wenn der Teufel direkt unter Ihrer Nase herumschleicht! Der Kerl wird nächste Woche abgeholt, die Sache hat Aussicht, auch für Sie, Mrs Fimble. Wollen Sie bis dahin einen Hackbraten aus ihm machen und unsere Chance auf den Goldtopf für immer verderben? Ich will ein gesundes, ausgeglichenes Kind vorzeigen. Und Sie sorgen dafür, dass er es bis dahin ist, Ma'am. Er wird gemästet, wie ein Tier. Ab jetzt nur das beste Essen als Belohnung für seine nächsten guten Leistungen.«

Eduard kehrte in sein Bett zurück und zog die Decke über den Kopf, um Schlaf vorzutäuschen, falls Mr Creek auf die Idee käme, nach ihm zu schauen. Der Streit wurde lauter und endete mit den Worten: »Dann suchen Sie sich doch eine andere Haushälterin, die bereit ist, diese elende Folterkammer zu überwachen! Aber da können Sie lange suchen!«

»Geh mir aus den Augen, du verfluchtes Weibsbild, und zwar sofort!«, schrie Mr Creek.

Eduard hörte, wie Mrs Fimble die Treppe runterstampfte. Die Tür zu Mr Creeks Zimmer schnappte zu. Eduards Gedanken überschlugen sich. Er richtete sich auf, schwang seine Beine aus dem Bett und blieb eine Weile sitzen, mit den Ellbogen auf den Knien und dem Kopf in den Händen.

»Jetzt oder nie«, beschloss er. Er stand auf und holte einen ausgebleichten und ausgefransten Stoffbeutel oben aus dem Kleiderschrank. Er atmete schnell und wischte eine gelegentliche Träne vom Gesicht, während er die einzigen Klamotten, die er besaß, in den Beutel hineinstopfte.

Jake blickte hinter dem Handelsblatt hervor, in dem er blätterte. »Ich habe eine Nachricht, die dich erfreuen wird.«

»Und die wäre?«, fragte Charlotte, die gerade an der Tür der Bibliothek erschienen war.

»Dickon ist mit dem Vierergespann nach London gereist, um die Jungen aus Mr Creeks Armenhäusern zu holen. Er ist früher gefahren als ursprünglich geplant, um nach Hinweisen auf Eduard zu suchen.«

Charlotte trat mit strahlendem Gesicht ins Zimmer und zog die

Tür hinter sich zu. »Das macht ihr für mich? Aber hat die Suche einen Sinn, wenn wir nicht einmal wissen, wo Malcolm vor seinem Tod gelebt hat?«

Jake erhob sich und legte seine Hände auf Charlottes Schulter. »Mach dir nicht zu viele Hoffnungen, meine Liebe. Aussichtslos ist das Unterfangen nach wie vor. Ich möchte es aber versucht haben. Ich fragte Mr Creek in meinem Brief, ob er zufällig von einem Eduard Forsythe-Drake etwas wüsste. Er kennt einige der Armenhäuser in London, aber diesen Namen kennt er nicht. Es gibt jedoch so etwas wie Armenregister. Vielleicht hat Dickon Glück und stolpert auf eine Auskunft, die uns weiterhelfen kann.«

Mit Tränen in den Augen küsste Charlotte Jakes Wange.

»Ich war mir nicht sicher, ob ich dir den Plan verraten soll, Charlotte. Ich habe Angst, dass du dir Hoffnungen machst und wieder enttäuscht wirst.«

»Ich werde bis zu meinem Todestag hoffen, dass wir Eduard finden, Jake. Danke, dass du mir von dem Plan erzählt hast. Das ist ein Liebesbeweis, nicht nur für Eduard, sondern auch für mich. Danke!«

Jake hielt sie einen Augenblick mit beiden Armen fest. »Glaub mir, Charlotte, der Gedanke an ihn tut auch mir weh. Hoffentlich glaubst du mir jetzt, dass ich nicht so hartherzig bin, wie ich manchmal erscheine.«

Charlotte löste sich aus seinem Griff und blickte ihn kopfschüttelnd an. »Aber warum tut Malcolm so etwas? Warum lässt er uns wissen, dass Eduard am Leben und verwaist ist, und lässt es dabei bewenden? Sein Siegel ist auf dem Umschlag, damit wir wissen, dass der Brief von ihm ist, aber keine Adresse. Ich begreife es nicht, Jake.«

»Entweder steckt Absicht dahinter, oder er war am Ende zu krank, um sich darum zu kümmern. Da mir nicht einfällt, welche Absicht es sein könnte, müssen wir von Letzterem ausgehen.« Er führte seine Frau zu seinem Schreibtisch, auf dem einige Papierbögen lagen, voll mit Aufschrieben.

»Aber da wir das Rätsel heute Abend nicht lösen werden«, fuhr er fort, »wenden wir uns anderen Themen zu, Themen, die wir besser lösen können! Du hast mit Franny gute Vorarbeit geleistet, wie ich sehe. Den genauen Tagesablauf von jedem Tag habe ich mit Dickon geregelt, bevor er sich nach London aufgemacht hat. Franny bietet für die Mädchen einen Lehrgang in Küchenführung an. Einfaches Kochen, Sauberkeit, Haushalt. Die Fleißigen sind am Ende in der Lage, ihre Dienste in einem Herrenhaus anzubieten.«

Charlotte griff nach einem der Papierbögen und schaute Jake mit strahlenden Augen an. »Jake, mir fällt was ein. Vielleicht können wir sie alle gleich hier …«

»Nein, meine liebe Frau. Wir behalten sie nicht alle gleich hier!«, unterbrach sie ihr Mann. »Schau, hier stehen Maries Aufgaben. Wichtig ist, dass sie und Franny sich nicht im Weg stehen. Marie befindet sich am anderen Ende des Anwesens, wo sie im Obstschuppen den Mädchen, die nicht in der Küche sind, Malen und Schreiben beibringt. Nach einer Woche werden die Gruppen getauscht. Franny ist dankbar, nicht alle Mädchen gleichzeitig beschäftigen zu müssen. Sie hat große Angst vor Gruppen, die aus mehr als einem Kind bestehen. Aber immerhin, sie hat heute zum ersten Mal etwas Nettes über Marie gesagt.«

»Das ist in der Tat eine gute Nachricht«, schmunzelte Charlotte. »Vielleicht entdeckt Franny doch noch Maries Vorzüge.«

Jake nickte und setzte sich an seinen Schreibtisch. »Verachte nicht den Tag der kleinen Anfänge, meine liebe Charlotte!«

Zwei Tage später saß Charlotte nachmittags allein auf der niedrigen Turmmauer und ließ ihren Blick über den Park, die Felder und die wuchernden Weingärten an den fernen Hängen schweifen. Das zaghafte Frühlingserwachen mit seinen bunten Wiesenteppichen war vorbei. Unter dem klaren Azur eines strahlenden Himmels waren Umrisse der kleinen, im Wind flatternden Blätter der fernen Birken sichtbar.

»Ich bekomme nie genug davon«, flüsterte sie.

Die Fenster des Herrenhauses funkelten wie kleine Augen in der

Nachmittagssonne. Heuschrecken zirpten auf der Wiese um die Ruine herum und Bienen, trunken von Klee, summten unter den Grashalmen. Der Duft von wildem Thymian und Holunderblüten hing in der Luft, kleinblütige Weidenröschen schmückten die Hecken und die Brombeeren waren in voller Blüte.

Marie war mit Elinor zum Weiher gelaufen. Seit Sommeranfang waren sie jeden Tag dort, um die gelben Teichrosen von der Brücke aus zu entdecken und die Kaulquappen zu verfolgen, die inzwischen Frösche geworden waren, über die Seerosen hüpften und jeden Tag dicker und lauter wurden.

»So wie ich das Rascheln des Schilfs und das Gequake der Frösche gerade beschrieben habe, genau so müssen wir es festhalten!«, hatte Elinor eines Tages zu Marie gesagt. So fing Marie an, jeden Abend eine Seite eines Tagesbuches mit den Erlebnissen des Tages zu füllen, die Elinor eine besondere Freude gemacht hatten. Elinor erzählte, Marie schrieb.

»Wer diese Aufschriebe liest, denkt nicht, dass sie die Dinge, die sie beschreibt, mit ihren natürlichen Augen nicht sehen kann«, hatte Jake am Abend davor bemerkt. Charlotte bewegte den Gedanken, die mühsame Suche nach einer Gouvernante einzustellen. Jake machte immerhin erste Anzeichen, von Maries Fähigkeiten überzeugt zu sein. Aber noch traute sich Charlotte nicht, die Idee laut zu äußern.

Sie warf nun ihre Haube nach hinten, griff in ihre Rocktasche und holte einen Brief heraus. Er war von Dickon, eine erste Nachricht aus London. Frederik war mitgefahren und die Männer waren seit vier Tagen unterwegs. Dickon erzählte von der Reise und von ihrer Unterkunft im Gasthof »Grünes Fass«. Er versicherte Lord und Lady Greenwold, dass die Pferde die Strapazen gut überstanden hatten und von einem hauseigenen Pferdewirt bestens versorgt wurden. Ein Wechsel der Pferde unterwegs sei nicht nötig gewesen, weil sie langsam und mit langen Pausen gereist seien.

»Komm schon, und Eduard?«, flüsterte Charlotte ungeduldig.

Es ist schwierig, etwas über die Forsythe-Drakes in Erfahrung zu bringen, las sie laut. *Wir fanden das Grab auf dem Friedhof, wie in der Nachricht beschrieben. Gestern bekam ich im »Grünen Fass« Besuch von Mr Creek, der die Abholung der Kinder regeln wollte. Beiläufig fragte ich, ob er Malcolm Forsythe-Drake gekannt hätte. Ihnen hatte er zwar gesagt, dass er nichts über Forsythe-Drake wüsste. Jetzt meinte er, er hätte den Namen doch irgendwo gehört. Seltsam. Über den Verbleib eines Sohnes konnte er jedoch keine Auskünfte geben. Ich vermute, der Verstorbene hat in der Reichweite dieses Stadtviertels gewohnt, sonst hätte Mr Creek nicht von ihm gewusst. Ich werde weitersuchen. Ich wünschte, ich hätte Erfreulicheres zu berichten.*

»Ich hätte es wissen müssen«, murmelte Charlotte.

Sie kämpfte gegen die Tränen, als sie den Brief schnell zu Ende las:

Unsere vier Jungen, von Mr Creek handverlesen, kommen aus den Armenhäusern, denen er vorsteht. Er hat hohe Erwartungen, dass sie einen großen Gewinn von ihrem Aufenthalt in Birch Heights ziehen werden und dass eine fruchtbare Zusammenarbeit für die Zukunft daraus entsteht, so seine Worte.

Charlotte steckte den Brief in ihre Rocktasche zurück, stützte sich mit den Händen auf der Mauer ab und ließ ihre Beine schaukeln. Sie blickte auf den grasigen Boden. Seit der Nachricht von Sir Malcolm war Eduard überall anwesend. Sie sah seinen blonden Lockenschopf morgens an der Küchentür, wo er früher auf der Stufe mit Steinen und Töpfen gespielt hatte. Seine großen blauen Augen blickten hoch vom Schaukelpferd im Spielzimmer, in dem Elinor jetzt malen lernte. Sie hörte seine Stimme vor Aufregung schreien, als er nach einem Ausflug zu den Felsen mit Muscheln und Möwenfedern in der Hand auf Frederiks Schultern getragen wurde. Er war nicht mehr das uneheliche Kind ihrer Mutter, das kurz anwesend und dann auf einmal wieder weg gewesen war. Er hatte sich wieder in ihr Herz eingenistet und sie wurde ihn nicht mehr los. Morgen würde sie wieder aufspringen, wenn der Postbote kam. Ihr Puls würde wieder schneller schlagen, wenn ein Brief von Dickon käme. Und wieder wäre sie enttäuscht, wenn keine Nachricht über Eduard darin enthalten wäre. Und morgen würde sie sich wieder fragen, wie er inzwischen aussehen würde, ob seine Augen immer noch so blau wären wie früher, seine Haare immer noch blond und gelockt. Elinors Gelächter aus der Ferne riss sie aus ihren Grübeleien. Charlottes Gesicht hellte sich auf, sie sprang von der Mauer herunter, band ihre Haube unter ihrem Kinn fest und spazierte den Hang hinunter. Als das fröhliche Geplauder lauter wurde, beschleunigte sie ihre Schritte.

Kapitel acht

Einmal bevor William krank wurde, hatten die zwei Freunde ihre Flucht geplant: Eduard würde Teile seines Essens aufbewahren und einen Vorrat anlegen, und sie würden auf einen Abend warten, an dem Mrs Fimble besonders viel Schnaps getrunken hatte. Nach einem Schlagabtausch mit Mr Creek trank sie meist mehr als sonst und die Streitereien kamen häufig vor. Nachdem sie eingeschlafen wäre, würden die Jungen den Schlüssel zur Hintertür in der Küche leise von ihrem Schlüsselbund lösen und das Haus verlassen. Sie würden eines der Viertel aufsuchen, in denen die Reichen lebten, von Tür zu Tür gehen und Anstellungen als Boten- oder Pferdejungen suchen. Essen hätten sie für ein paar Tage, falls sie nicht sofort fündig würden. Unter einer Brücke zu schlafen, wäre kein Problem, denn die wärmere Jahreszeit hatte schon begonnen.

»Dann eben ohne dich, lieber William«, sagte Eduard zu sich selbst. Wenn sein Zimmer heute Nacht schon zu einem Gefängnis werden sollte, dann war Eile geboten. Der Gedanke, als gezüchtetes Vorzeigekind feindliche Verwandte zu betrügen, damit Mr Creek und Mrs Fimble reich werden konnten, füllte ihn mit Grauen. Zum ersten Mal in seinem Leben hatte er einen anderen Menschen in sein Herz geschlossen und ihn wieder verloren. Gefühle der Trauer übermannten ihn und erschütterten sein Innerstes. In diesem Zustand gab es eine Sache, die er nicht mehr konnte: schauspielern. Sich bei Menschen einschmeicheln, die ihn von Grund auf hassen müssten. Alles war besser als die Aussicht, die vor ihn lag. Selbst die Widrigkeiten eines Lebens auf der Straße.

Nachdem er eine Hose und ein Hemd in den Beutel gestopft hatte, legte er seine restlichen Habseligkeiten auf den Tisch und steckte einen Becher, einen Löffel und ein Handtuch in den Beutel zu den

Kleidungsstücken dazu. Die Wolldecke von seinem Bett legte er um seine Schultern. Draußen im Gang war alles ruhig. Mr Creek und Mrs Fimble leckten nach dem Streit ihre Wunden. Mit etwas Glück konnte das lange dauern. Leise stahl er sich in den Flur und ließ seinen Blick auf das Treppenhaus und in die Gänge in beide Richtungen schweifen. Weit und breit war niemand zu sehen. Er schloss leise die Tür hinter sich und schlich die Treppe hinunter bis zur Küche. Dort lauschte er an der Tür. Sein Herz hüpfte, als er das Geräusch vernahm, das er am sehnlichsten hören wollte: das laute Schnarchen von Mrs Fimble. Er öffnete die Tür, Zentimeter um Zentimeter. An einer Stelle würde sie quietschen. Das wusste er von William.

Eduard konnte sein Glück kaum fassen. Die gut gebaute Form der Haushälterin lag quer über einem der Küchenstühle, ihr Kopf war nach hinten gekippt, die Beine nach vorne gestreckt. Eine leere Flasche stand neben ihr auf dem Tisch. Der Schlüsselbund hing hinten an ihrem Rock. Von William wusste Eduard, welchen Schlüssel er zur Tür brauchte. Den kleinen zackigen mit dem großen Loch. Er kroch auf allen Vieren hinter den Stuhl und fand den Schlüssel sofort. Ohne zu zögern und mit halb nach oben gerichtetem Blick, bereit zu springen, sobald die Haushälterin aus ihrem Schlummer erwachte, löste er den Schlüssel vom Bund. Er griff nach seinem Bündel und nach einem Stück Brot, das auf dem Tisch lag und das er gleich in den Mund stopfte, erhob sich leise und tapste zu der Tür, die von der Küche ins Freie führte. Das Schlüsselloch war seit Langem nicht geölt worden. Er zuckte zusammen, als der Schlüssel sich zunächst weigerte, sich zu drehen, und dann plötzlich quietschte, als er dem Druck von Eduards Fingern nachgab. Mrs Fimble fuhr kurz auf, warf einen Arm über die Stuhllehne, hustete und röchelte. Eduards Blut erstarrte in den Adern. Er kauerte wie angewurzelt neben der Tür, atmete jedoch wieder auf, als die Haushälterin wieder zu schnarchen begann, in einer anderen Tonart und in einem anderen Rhythmus. Der Schlüssel drehte sich und die Tür war offen. Nichts mehr stand zwischen Eduard und der Freiheit. Er warf einen Blick zurück auf die schlafende Haushälterin und zog die Tür leise hinter sich zu.

Eine dicke Schicht Schmutz bedeckte das Kopfsteinpflaster und ein finsterer Nebel hing über der Straße. Vor lauter Sorge darum, wie er Hoddington Place entkommen würde, hatte Eduard kaum einen Gedanken an das verschwendet, was danach kommen sollte. Er drückte sich verstohlen durch Nebel und Schmutz an den Mauern der benachbarten Häuser entlang, durch gewundene und dunkle Gassen, nicht wissend, wohin. Es nieselte, alles war kalt und klamm. Er warf immer wieder verängstigte Blicke hinter sich, um sich zu vergewissern, dass er nicht verfolgt wurde. In seiner Fantasie sah er Augen. Sie starrten ihn an, ohne Lider, verfolgten jeden Schritt, den er machte. Er sah Ohren, Münder, tuschelnd, schnalzend, schimpfend. Überall sah er sie: vor ihm auf dem Gehweg, an den schleimigen, schwarzen Mauern der Häuser, die weit über seinem Kopf in den grauen Himmel ragten, an den Hufen der Pferde, die vorbeitrotteten, an den Rädern der Karren, die laut polternd durch die Gassen fuhren.

»Natürlich sehe ich sie«, keuchte er beim Laufen. »Sie kommen doch mit. Ich komme von ihnen nie weg! Sie kleben sich überall dorthin, wo ich hingehe. Vater hat es gesagt, Mr Creek hat es gesagt!«

Er stolperte weiter, als ob wilde Tiere hinter ihm her wären. Er rutschte immer wieder auf dem nassen Weg aus, stand wieder auf, kroch auf allen Vieren weiter. Hauptsache, in Bewegung bleiben, so weit wie möglich fort von seinen Verfolgern. Keiner der Passanten, die unter ihren Regenschirmen vorbeischlichen, schien ihn wahrzunehmen. Als der Regen immer stärker herunterprasselte, suchte er Zuflucht unter einem überdachten Hauseingang. Dort kauerte er, hechelnd und zitternd vor Angst. Er zog seine Wolldecke über den Kopf in der Hoffnung, dadurch mit der grauen Fassade des Hauses zu verschmelzen. Wie spät es war, ob er schon stundenlang durch die Straßen Londons gestolpert war oder nur wenige Minuten lang, das wusste er nicht. In der Welt, in der er groß geworden war, herrschte auch tagsüber Dunkelheit. Entweder von den Regenwolken, die über der Stadt hingen, oder vom Rauch aus den Schornsteinen und Fabriken, der wie eine schwere Glocke über den Gassen schwebte.

Das Einzige, was der Sonnenaufgang erreichen konnte, war, das Grau ein wenig heller zu machen.

Es kamen keine Verfolger. Offensichtlich war die Tarnung wirksam. Eduard ließ die Ereignisse der vergangenen Stunden Revue passieren. Tränen schossen ihm in die Augen. Er versuchte, sie zurückzuhalten.

»William, warum musstest du von mir weggehen?«, stöhnte er.

Die Tränen, tief verstaut in einer schmerzerfüllten Seele, die kein Ventil hatte, flossen auf einmal. Vom Himmel herunter schüttete es Sturzbäche, der Regen wehte in den Hauseingang hinein, in dem Eduard hockte, und je mehr es regnete, desto heftiger schluchzte er. Mit dem Gebet, dass der liebe Herrgott, falls es ihn gäbe, auch ihn in die andere Welt mitnehmen solle, schlief Eduard auf dem kalten Pflaster ein und hoffte, dass er nicht wieder aufwachen würde. In seiner Hand hielt er die kleine Muschel.

Elinor sprang zu ihrer Mutter, griff nach ihrer Hand und zog sie lachend und hüpfend hinter sich her. Marie folgte den beiden durch den Birkenwald, über die Brücke und nach links auf den Pfad, der zu den Feldern führte.

»Hier werden wir spielen, Mama!«, verkündete Elinor.

»Wo und mit wem, wenn ich fragen darf?«

»Mit den Kindern, die kommen, natürlich! Ich werde ihnen alles beibringen! Miss Marie sagt, dass sie keine schönen Düfte oder Farben in ihren Städten haben. Ich werde mit ihnen Wettrennen auf den frisch gemähten Wiesen machen, ihnen zeigen, wie die Blütenknospen der Rosen sich entfalten, wir werden nach den Nestern der Schwalben suchen …«

»Ohne die kleinen Vögelchen zu stören«, warf Marie dazwischen.

»Sehr wichtig!«, lachte Charlotte.

Elinor redete weiter über die Drossel, die singen konnte wie die Engel, über Löwenzahn, Holunder, Minze und Heckenrosen. Die Mädchen würden von ihr lernen, wie man Girlanden aus Gänseblümchen macht und Strohpuppen aus liegen gebliebenem Trockengras. Wie der Weiher sich in eine Fantasiewelt verwandelte, in der die Bäume am Ufer Schlosstürme waren und die Seerosenblätter Schiffe, die einsame Prinzessinnen zu ihren Prinzen führten.

»Die Mädchen werden für immer hierbleiben müssen, um alles zu erleben, was du ihnen zeigen willst«, schmunzelte Charlotte.

»Das ist nur der Anfang, Mama. Es gibt auch noch die Pferde, die Möwen, die Krebse und Hummer und Fische, die Muscheln am Strand, das Brausen der Wellen, Ebbe und Flut und die Geschichten, die die Wolken am Himmel erzählen.«

»Aber jetzt gibt es eine andere spannende Geschichte, mein Schatz«, warf Charlotte ein und bückte sich, um ihre Tochter auf die Stirn zu küssen. »Sie heißt: Mit deiner Mama ins Haus kommen und unser Bild von der Sonne weitersticken, solange Miss Marie die gebügelten Sachen in deinen Kleiderschrank räumt. Was hältst du davon?«

Elinor verdrehte die Augen. »Die Geschichten draußen im Freien sind schöner, das sagt Miss Marie auch!«

»Die im Haus sind aber nötiger. Komm, los!«

Elinor hüpfte vor ihnen her, und Charlotte lief neben Marie, die schwungvoll dahin marschierte und ihre Haube in der Hand hin und her schwang.

Charlotte warf ihr einen Blick von der Seite zu.

»Marie, ich habe dich oft kritisiert. Jetzt möchte ich dir meine Anerkennung aussprechen. Du hast ganze Welten in der Seele meiner Tochter erweckt, die mir verborgen waren! Du gibst ihr dafür nicht nur Augen, die staunen können, sondern auch eine Sprache, mit der sie Bilder malt. Du machst uns damit eine große Freude, Marie. Du bewirkst Wunder an unserem Kind. Wie schaffst du das nur?«

Marie war sprachlos und ihr Gesicht wurde rot.

»Danke, Mylady«, stammelte sie. »Ich tue mein Bestes. Ich habe die Kleine ins Herz geschlossen. Ein Kind, das so wenig Augenlicht hat, nimmt nur das wahr, was es hört, tastet, riecht und fühlt. Ich zeige ihr das, was ihr guttut. Das Schlechte dieser Welt wird sie schnell genug entdecken, auch ohne Augen.« Sie blickte Charlotte schüchtern an. »Und Sie haben an mich geglaubt und waren geduldig mit mir, Mylady.«

Charlotte hielt an und legte ihre Hand auf Maries Arm. Ein Lächeln umspielte ihre Lippen. »Wir haben es dir nicht leicht gemacht. Das bedaure ich jetzt. Wir alle sind auf die Geduld anderer angewiesen. Ich bin diejenige, die dir für deine Geduld zu danken hat.«

Sie ging einige Schritte weiter, hielt aber noch einmal an.

»Marie, wir finden keine Gouvernante. Zumindest bisher nicht. Bist du bereit zu bleiben, bis die Kinder aus den Städten wieder fort sind?«

Als Antwort nickte Marie heftig und holte ein Taschentuch aus ihrer Schürzentasche, um eine Träne aus ihrem Augenwinkel zu wischen. »Nichts lieber als das, Mylady, das wissen Sie!«

»Franny muss noch nichts davon erfahren«, fuhr Charlotte fort, als sie den Rand des Parks erreichten. »Wenn sie etwas wissen will, dann schick sie zu mir. Elinor soll auch nichts erfahren, sonst plappert sie es überall herum. Wir regeln alles wie bisher und hoffen, dass alle sich daran gewöhnen und keine Fragen stellen.«

Sie warf Marie einen strengen Blick zu. »Sorge bitte dafür, dass du keinen Anlass dafür gibst.«

»Ich werde mein Bestes tun, um unverzichtbar zu werden. Sogar für Franny.«

Schnell eilten sie Elinor hinterher, die bereits über den Park und ins Haus gehüpft war.

»Eduard, du würdest so gut zu uns passen«, murmelte Charlotte, als sie ihre Haube losband und ihre Stiefel auszog.

Zum ersten Mal fiel ihr die Möglichkeit ein, dass Eduard sich vielleicht ganz anders entwickelt haben könnte, als sie es sich erträumte. Vielleicht war er in Verbrecherkreise hineingeraten oder saß hinter Schloss und Riegel oder er war mit den Kleindieben auf den Straßen Londons unterwegs. Ob das der Grund war, warum keine Nachricht sie erreicht hatte?

Es schüttete wie aus Kübeln, der Wind trieb den Regen quer über die enge Straße. Er peitschte wie tausend kleine Nadelstiche gegen Eduards Gesicht, prasselte eiskalt von der Seite gegen seine Mütze und tropfte direkt in seinen Nacken. Das schwache Licht der Gaslampen spiegelte sich auf den Schlammschichten wieder, die sich auf den Gassen gebildet hatten. Eduard war seit mehr als einer Woche unterwegs. Er hatte jedes Gefühl für Zeit verloren. Nun huschte er gebückt an den Mauern der Häuser entlang, die wie dunkle Riesen über ihm in die Höhe ragten. Er hinkte und hielt immer wieder an, um Luft zu holen. Weil er durch seine Schuhe Blasen und offene Wunden hatte, hatte er sie abgeworfen. Seine Füße waren seitdem in Stoffstreifen eingewickelt, die er von seinem Hemd abgerissen hatte. Die Tücher rieben an seinen wunden, nassen Fußsohlen. Schweißperlen bildeten sich an seiner Stirn. Ein durchdringender Schrei hob sich plötzlich vom lauten Prasseln des Regens ab. Flackernde Lampen beleuchteten die Pfützen auf dem schmalen Gehweg, auf dem er rannte.

»Da ist das kleine Dreckschwein! Da, am Torbogen! Schnappt es!«

Menschen johlten, Hunde bellten. Eduard rannte um sein Leben. Eine Seitengasse öffnete sich zu seiner Linken. Er stürzte hinein und schleppte seine erschöpften Beine durch ein Labyrinth von finsteren Torwegen und Höfen. Das Bellen rückte näher. Die Tiere hatten seine Fährte aufgenommen. Er hechelte und rang nach Luft. Bei jedem Atemzug fühlte es sich an, als würde es ihm die Lunge zerreißen. Die Hunde waren ihm dicht auf den Fersen, er hörte ihr Sabbern und Hecheln.

Auf einmal fuhr ein stechender Schmerz durch sein Bein. Spitze Zähne zogen ihn mit eisernem Griff auf den Boden und hielten ihn fest. Wedelnde Schwänze, japsende, gierig triefende Mäuler, schreiende Männerstimmen um ihn herum. Dazu ein ekelerregender Gestank. Eduard versuchte, sich aus dem Griff der Zähne zu befreien, doch jeder Widerstand war zwecklos. Es wurde ihm schwarz vor den Augen, die schreienden Stimmen verhallten in seinen Ohren und er verlor das Bewusstsein. Als er wieder zu sich kam, hörte er andere

Stimmen, zunächst undeutlich und gedämpft, wie aus der Ferne, aber nach und nach immer deutlicher.

»Die Wunde am Bein klafft. Wir müssen sie verbinden, damit er nicht noch mehr Blut verliert.«

»Hier, nimm diese Taschentücher. Ist er noch bei Bewusstsein?«

»Nein, aber er atmet noch. Ist aber schlimm zugerichtet. Wir tragen ihn gleich zum Gasthof und holen einen Arzt. Gott sei Dank, der Regen lässt nach. Aber der Kerl ist bis auf die Haut durchnässt. Wenn er nicht an den Wunden stirbt, stirbt er bald am Fieber.«

»Schau, es ist nur ein junger Knabe! Kann nicht viel mehr als zwölf Jahre alt sein!«

»Gut, dass wir zufällig vorbeikamen, bevor die Meute Hackfleisch aus ihm machte!«

»Er hätte keine Chance gehabt, der arme Kerl. Und bei diesem scheußlichen Wetter.«

»Diebstahl. Äpfel geklaut, hat es geheißen. Verwahrlost, wie er aussieht, hatte er es wohl nötig. Greif du ihn unter den Armen, ich trage seine Beine. Keine Sorge, kleiner Mann, wir werden dich wieder in Schuss bringen.«

Eduard schrie auf vor Schmerz, als feste Arme ihn vom nassen Boden hoben.

»Ruhig, Junge. Bist ja leichenblass und zitterst an allen Gliedern. Wir bringen dich aus diesem verdreckten Loch und schauen, wie viel die wilden Köter von dir übrig gelassen haben. Es wird kurz wehtun.«

Eine tiefe, undurchdringliche Finsternis überrollte den Jungen wieder, bis das gelbe Licht einer warmen Stube ihn aus der Dämmerung herausholte. Er öffnete seine Augen. Drei Köpfe waren über seinen Körper gebeugt, drei Stimmen unterhielten sich im Flüsterton. Er versuchte, seine Hand zu bewegen, spürte aber nur einen dumpfen Schmerz. Er wollte etwas sagen, aber seine Zunge klebte am Gaumen.

»Wir verlassen den Ort morgen, Doktor Smithson. Wo sollen wir den Jungen hinbringen?«

»Das Armenhaus ist leider die einzige Möglichkeit, Sir.«

Eduard zuckte zusammen, als er das Wort »Armenhaus« hörte. Er versuchte mit aller Kraft, den Kopf zu heben. Die Männer beachteten ihn nicht, sie waren zu sehr ins Gespräch vertieft.

»Es wäre wichtig, dass der Junge ordentlich ernährt wird und wieder zu voller Gesundheit kommt«, kam die erste Stimme wieder.

Der Arzt schwieg kurz und sagte schließlich: »Dann sollten Sie ihn lieber mitnehmen, so weit weg wie irgend möglich von dieser verfluchten Stadt.«

»Das ist unmöglich. Wir nehmen schon mehr Kinder auf, als wir verkraften können. Wir denken noch mal darüber nach. Es tut uns aufrichtig leid, Herr Doktor, dass wir Ihnen mitten in der Nacht Umstände gemacht haben. Danke für Ihre Hilfe!«

»Keine Ursache, meine Herren!«

Er warf einen Blick zurück auf den kranken Jungen, tätschelte mitleidig seine Hand und verließ den Raum. In seiner Eile sah er nicht, wie nass Eduards Gesicht von seinen Tränen war und wie sehr er versuchte zu reden.

»Willst du mir wirklich sagen, dass ihr ein halb totes, ausgehungertes und verlaustes Kind mit einer tiefen Bisswunde am Bein aus London mitgebracht habt? Bist du nun endgültig von Sinnen, Dickon? Er könnte irgendwer sein! Ein Verbrecher! Er könnte die Schwindsucht haben! Es könnte eine Falle sein!«

Franny marschierte in der Küche auf und ab und warf feurige Blicke auf ihren Mann, der mit seinem Hut in der Hand in der Tür stand und sein Gewicht von einem Bein aufs andere verlagerte.

»Franny, lass mich ausreden!«

»Was denkst du dir dabei?«, fuhr Franny unbeirrt fort. »Was wird Lord Jake sagen? Haben wir nicht genug Kinder, denen wir rund um die Uhr Brot in den Mund stopfen müssen? Elf junge Damen aus Plymouth und Exeter sind schon eingetroffen. Das Haus ist voll.

Und dazu noch Marie, die es immer noch nicht für nötig hält, uns zu sagen, aus welchem Loch sie ausgegraben wurde, und die tagtäglich eine Spur von Chaos hinterlässt!«

Franny wandte sich wieder dem Brotteig zu, der halb geknetet auf dem Tisch lag. Sie drückte ihre Hände in die weiche Masse, als ob sie ihren ganzen Ärger an dem Teig auslassen wollte. Frannys Klagen kamen nie vereinzelt. Ein kleiner Auslöser reichte, um die gesamte Latte aller Bitternisse der Vergangenheit hinter sich herzuziehen. Dickon hatte sich daran gewöhnt zu warten, bis die Luft raus war. Seine Frau zu unterbrechen, wenn sie in Fahrt war, hatte keinen Zweck.

»Franny, wir haben den Kerl ins Dorf gebracht und er ist bei Lydia Earling. Sie pflegt ihn, bis er erzählen kann, wer für ihn zuständig ist und zu wem wir ihn zurückschicken können, sobald er gesund ist.«

»Ach so, warum hast du das nicht gleich gesagt?«, fragte Franny in einem weicheren Ton.

Dickon trat in die Küche und schüttelte den Kopf. »Weil du mir keine Chance gegeben hast, meine Liebe.«

»Gibt es nicht genug Armenhäuser in London, in denen ihr ihn lassen konntet? Wenn euer Mr Creek so ein nobler Vater für Waisenkinder ist, dann hätte der Knabe doch gleich dortbleiben können.«

»Wir haben es versucht, Franny. Wir konnten ihn nicht in London lassen. Er schrie wie am Spieß und klammerte sich an Frederik, sobald wir nur das Wort ›Armenhaus‹ nannten, geradeso, als ob das seinen Tod bedeuten würde. Mr Creek hat mit seinen Reformen erst angefangen. Es wird eine Weile dauern, bis sie wirksam sind. Sei gnädig, Franny. Lord Jake und Lady Charlotte müssen mit der Angelegenheit nichts zu tun haben. Frederik und ich klären alles mit Mrs Earling. Du sagst den Herrschaften gefälligst kein Wort davon.«

»Da bin ich aber erleichtert«, antwortete Franny. »Lord Jake würde in Wut geraten, wenn er erfahren würde, dass schon wieder ein Fremdling von seinen Gnaden abhängig ist. Lady Charlotte würde in Tränen ausbrechen, den Jungen in ihr Himmelbett legen und sich höchstpersönlich um ihn kümmern.«

Sie blickte hoch von ihrem Teig und klopfte eine Schicht Mehl von ihren Armen weg. »Und was haben die anderen Buben von dem kranken Passagier gehalten?«

Dickon setzte sich an den Tisch, froh um den Themenwechsel. »Nichts gesagt, nur mit großen Augen geschaut, als wir das Häufchen Elend in die Kutsche legten. Die Burschen kommen aus verschiedenen Armenhäusern, kennen sich nicht. Der Zufall wollte es, dass nur drei zu uns gebracht wurden, einer war vor einigen Tagen abgehauen.«

»Undankbarer kleiner Dummkopf! Selber schuld, wenn er nicht weiß, was für ihn gut ist.«

»Aber jetzt haben wir mit diesem zusammen doch unsere vier Buben.« Dickon wollte das Gespräch zu Ende bringen.

Franny knetete weiter und schwieg eine Weile. »Na, wenigstens werden sie alle ein zünftiges Stück Brot zum Frühstück haben«, fügte sie noch hinzu.

Dickon trommelte mit seinen Fingern auf den Tisch. Nach einer Weile erhob er sich und nahm seinen Hut in die Hand.

»So ruhig?«, fragte seine Frau. »Nichts mehr zu berichten?«

»Ich schaue nach dem Knaben und komme gleich wieder«, war seine Antwort.

Franny schaute hoch und durchbohrte ihn mit ihrem Blick. »Warum das jetzt?«

»Du bist neugierig heute Abend, liebes Weib. Der Junge ist böse zugerichtet. Ich muss die ganze Zeit an ihn denken und will dafür sorgen, dass Mrs Earling alles hat, was sie braucht.«

»Aber sorge auch dafür, dass er sich nicht in deine gutmütige Seele einnistet.«

»Ist schon passiert«, flüsterte Dickon vor sich hin und lief die Treppe hoch.

Marie öffnete die Küchentür einen Spalt und zögerte, als sie Franny am Tisch sitzen sah, mit dem Rücken zur Tür. Ihr gegenüber saß eine alte Frau mit einem runden Gesicht, umrahmt von den Rüschen einer Haube. Wenn sie lachte, war ihre Haut übersät mit Falten, oder waren es Grübchen? Sie hatte etwas Mütterliches, Einladendes.

Wäre Franny nicht dagewesen, hätte sich Marie gleich zu ihr gesetzt. Stattdessen wandte sie sich ab und beschloss, später wiederzukommen. Die Eimer, die sie für den Nachmittag mit Elinor und den Stadtmädchen brauchte, konnten warten.

Plötzlich blieb sie stehen. Etwas, was die alte Frau sagte, fesselte ihre Aufmerksamkeit.

»Er will nicht sagen, wie er heißt und wo er herkommt, Franny.«

»Da kenne ich noch so 'nen Fall«, antwortete die Haushälterin. »Warum soll ein anständiger Mensch nicht sagen wollen, wo er herkommt? Wenn jemand etwas zu verbergen hat, da ist für mich schon der Wurm drin. Anständige Menschen wandeln im Licht und hüten keine Geheimnisse, das hat unser guter Herrgott in seinem Wort gesagt.«

Die Besucherin hatte ihren Stuhl näher an den Tisch gerückt und beugte sich nach vorne. Sie stützte beide Ellbogen auf den Tisch und verschränkte ihre Finger ineinander.

»Es ist nicht Hinterlist, Franny. Es ist panische Angst. Der nach Hilfe suchende Blick reißt mir fast das Herz aus dem Leib. Von irgendjemandem, von irgendetwas wird der Kerl verfolgt.«

Franny stand stirnrunzelnd auf und füllte den Kessel mit Wasser. »Trotzdem bin ich misstrauisch, Lydia. Zu viele Menschen behalten ihre Geheimnisse für sich und kommen mit den wundersamsten Ausreden daher. Wie oft bin ich hinterhältigen Gestalten begegnet, die sich als gut ausgaben, und herzensguten Leuten, die als böse verunglimpft wurden. Ich gehe sicherheitshalber vom Schlechten aus, bis das Gute bewiesen ist.«

Lydia Earling nickte und schwieg kurz, bevor sie weiterredete. »Vernünftig, Franny. Trotzdem wage ich es, an das Gute im Menschen zu glauben, bis das Böse bewiesen ist.«

»Du redest wie Onkel Theodor, Lydia. Eine gefährliche Art zu leben. Da kann man mächtig übers Ohr gehauen werden.«

»Deine Art zu leben ist gefährlicher, Franny. Da kann man Engel vor die Tür setzen, weil man sie für Dämonen hält. Und Dämonen ins Haus holen, nur weil sie schauspielern können.«

Franny schüttete zwei Löffel Teeblätter in die Kanne und goss das siedende Wasser darauf. »Die Zeit wird es zeigen, Lydia. Erzähl mir mehr, solange du deinen Tee trinkst.«

»Cynthia aus dem Dorf ist im Moment bei dem Jungen. Er schläft sicher noch eine Weile. Als Lohn darf sie aus dem Garten nehmen, was sie will.« Sie senkte ihre Stimme und flüsterte. Marie lehnte sich weiter nach vorne und hielt ihr Ohr an den Türspalt, um besser hören zu können.

»Franny, er träumt und redet dabei. Schreit plötzlich auf, in Schweiß gebadet, klammert sich an das Bettlaken. Er redet von Augen und Ohren, die an den Wänden und Decken hängen, die ihn verfolgen, ihm auflauern, ihn gefangen nehmen wollen. Er schluchzt: ›Sie kommen, sie kommen!‹«

Franny presste die Lippen zusammen und schüttelte den Kopf. Sie reichte ihrer Besucherin eine Teetasse und einen Löffel. »Und was machst du, wenn er so schreit?«

»Ich drücke ihn an meine Brust und wiege ihn auf meinem Schoß wie ein Kleinkind. Ich bräuchte mehr als zwei Hände, um seinen Rücken zu streicheln, seine Hände zu halten und ihn zu überzeugen, dass niemand an der Tür steht, um ihn zu holen.«

Die Frauen nippten an ihrem Tee und schwiegen.

»Dann redet er plötzlich davon, dass es eine andere Welt gibt«, fuhr Mrs Earling fort. »Er will, dass jemand ihn aus dieser Welt wegholt in die andere. Als ich ihm sagte, dass er sich bei Birch Heights in Cornwall befindet, schrie er und wollte flüchten. Er meinte, die Menschen hier würden ihn hassen, er müsse schnell weg. Er sprach so, als ob er uns von irgendwoher schon kennt, sich aber vor uns fürchtet. Ich redete auf ihn ein, dass alle hier ihn lieben würden. Er muss die ganze Zeit bewacht werden, sonst habe ich Angst, dass er tatsächlich zu fliehen versucht.«

»Tja, pass nur auf, Lydia, dass er nicht tot auf den Felsen da unten aufgesammelt wird, nachdem die Möwen sich an seiner Leiche satt gefressen haben.«

Als Lydia Earling sich nach einigen Minuten verabschiedete, drückte ihr Franny eine Tüte mit frisch gebackenen Brötchen in die Hand. Ein Topf warme Brühe kam dazu und ein Stück Apfelkuchen.

»Lass nur, Franny. Ich kann nicht mehr als das tragen!«

Franny nahm ihre Hand, blickte ihr in die Augen und sagte: »Lydia, ich wünschte, ich wäre so eine herzensgute Seele wie du. Der Kerl hat Glück, aus allen Häusern dieses Königsreichs ausgerechnet deines erwischt zu haben.«

»Das war das Verdienst deines lieben Mannes.« Lydia küsste Franny zum Abschied auf die Wange. »Dieses Dorf hat viele herzensgute Seelen. Manche ungehobelter als andere, aber deswegen nicht weniger gut. Da gehörst auch du dazu.«

Marie schob die Tür auf und der Spalt wurde breiter. Sie sah, wie Mrs Earling an der Tür zum Gemüsegarten stand, die Tüte zum Abschied in die Höhe hielt, zwischen den Tomatenpflanzen und den Bohnenstangen hindurchlief und in den Park verschwand.

Ihr Herz raste. Sie wandte sich von der Küche ab, schlich die Treppe hoch, setzte sich auf die oberste Stufe und legte ihren Kopf auf die Arme, bis sie wieder normal atmen konnte.

Kapitel neun

Dreizehn Kinder aus den Armenhäusern dreier Großstädte hatten sich für drei Wochen aus dem trüben Alltag verabschiedet, den die neuen industriellen Fortschritte für viele in den Großstädten Englands mit sich gebracht hatten, und tauschten Schornsteine, Fabriken und Produktionshallen gegen das bunte Paradies der Küste Cornwalls. Franny backte und kochte um die Wette. Birch Heights hallte wider von Kinderstimmen, am Anfang gedämpft und schüchtern, von Tag zu Tag ungehemmter und ausgelassener. Die Buben rasten durch den Park, kletterten auf Bäume, lernten, wie man sich eines Cricketschlägers bedient. Dickon zimmerte mit ihnen eine Sitzbank mit Stühlen aus einem alten Baumstamm. Sie halfen Frederik, Pferde zu pflegen, und bereiteten ein Vierergespann für eine Fahrt vor. Sie füllten Schubkarren mit Pferdemist, den sie auf die Beete verteilten, und erfuhren, wie morsche Äpfel und Gemüsereste zum Düngen verwendet werden können. Feldarbeiter brachten ihnen bei, wie Maisfelder bestellt und Wiesen gemäht werden und wie das Heu zu Ballen gebunden wird. An heißen Nachmittagen wetzten sie den Hang hinauf zum Turm und verschwanden in den Höhlen, rannten hinunter zur Bucht, wo sie sich ins Wasser stürzten und achtgeben mussten, dass sie sich nicht von verborgenen Strömungen in die Tiefe treiben ließen, wo sie keinen Fuß auf den Boden bekamen. Sie beobachteten, wie die Fischer ihre Netze leerten, Fische putzten und sortierten und anschließend ihre Netze wuschen und aushängten. Die Mädchen vergnügten sich unter Frannys Anleitung mit Handarbeit und Backrezepten. Wenn die Klagen der Haushälterin über ihr Rheuma, über Schmerzen, Müdigkeit und missratene Kinder zu laut wurden, übernahmen Elinor und Marie die Verantwortung und rasten mit den Mädchen in den Park und auf die Wiese, wo sie Spiele machten und Blumen pflückten.

»Miss Marie, komm, wir bilden einen Kreis und du sollst mittanzen!«

Elinor zog an Maries Hand und zupfte an ihrem Rock. Es war ein sonniger Samstagnachmittag, und Marie hatte die Mädchen auf Elinors Drängen hin mit alten Damenröcken und -blusen verkleidet, ihnen Wiesenblumen in die Haare gesteckt und sie in eine Lichtung im Birkenwald geführt, wo Elinor sie angewiesen hatte, einen Kreis zu bilden.

»Ich schaue euch lieber zu!«, rief Marie. »Bin zu alt, ich kann nicht so wild tanzen wie ihr!«

»Dann musst du uns aber anfeuern!«

Gemeinsam fingen sie an zu klatschen, machten Armbewegungen und hüpften zum Rhythmus eines Liedes, das sie sangen.

A rustle, a stir,
Of the first morning bird,
As he sat on the bough of a tree,
He ruffled his feathers
And twittered a note,
And burst into sweet melody.

Marie klatschte mit und sprang zur Hilfe, als eins der Mädchen über ihren zu langen Rock fiel und alle anderen über sie stolperten. Ein kicherndes Durcheinander von losen Haaren, Beinen, Armen, Blumen und Stoff folgte.

»Auf los, Ladys, wieder aufstehen, weitertanzen«, schrie Elinor. »Bildet einen Kreis und hüpft nach links, wenn ich das Zeichen gebe, wieder nach rechts, dann in die Mitte! Los!«

He hopped thro' the boughs of the oak,
Whistling his merry tune,
Glad for the warmth of the sun
And for the morning dew.
Then Nature's full choral choir
Awoke by that little bird's song,

Sang full of praise for the morning
In a joyous and happy throng.
(*Carol Bogan*)

»Miss Marie, tanzen Sie nicht mit?«

Marie wirbelte herum, als sie die Stimme in ihrem Ohr hörte. Es war Frederik.

»Was, sind Sie heute nicht bei den Buben?«, fragte sie. Sie fuhr mit der Hand über ihre ungekämmten Haare und hoffte, dass ihre Wangen nicht so rot waren, wie sie sich anfühlten.

»Heute Nachmittag machen sie sich schon auf die erste Etappe der Reise zurück nach London«, erwiderte Frederik. »Dickon hat sie in der offenen Kutsche nach Sedgeworth zum Strand gefahren, damit sie einen letzten Blick auf das Meer werfen können. Die Felsen in unserer Bucht kennen sie inzwischen gut genug.«

»Ich kenne die Bucht noch nicht. Ich hoffe, Sie waren damals nicht verärgert, dass ich Ihre Arbeit in den Höhlen nicht bewundert habe.«

»Ganz und gar nicht. Wer sich in eine dunkle Höhle nicht hineintraut, hat seine Gründe. Gerne begleite ich Sie eines Tages hinunter und helfe Ihnen, Ihre Ängste zu überwinden. Wenn Sie wollen.«

Marie wagte es, ihm einen verstohlenen Blick von der Seite zuzuwerfen. Es war das erste Mal, dass sie ihn von so nahe betrachtete. Sie dachte daran, wie sanft seine Augen aussahen, obwohl sie so dunkel waren. Augen, denen nichts entging. Er beobachtete offensichtlich mehr, als seine ruhige Art verriet. Er war kein Mann der vielen Worte.

»Und was machen Sie? Genug gestickt, gesungen, gelesen, Blumensträuße gebunden, gekocht, gebacken? Ich habe gehört, dass auch die Mädchen Kricket spielen und Holz sägen wollen.«

»Und Pferde reiten und Felder bestellen«, schmunzelte Marie. »Schade, dass sie bald wieder gehen müssen. Wie ungerecht das Leben doch ist, finden Sie nicht auch? Hier tanzt eine kleine Elinor, die schon ihr ganzes Leben lang mit einem Übermaß an Liebe und Fürsorge überschüttet worden ist. Andere bekommen gar nichts. Aber ich ereifere mich zu sehr, Sir. Verzeihen Sie mir.«

»Im Gegenteil, Miss Marie. Ich rechne Ihnen Ihre Fürsorge für die Mädchen hoch an. Die Burschen würden am liebsten alle hierbleiben und ich würde sie am liebsten behalten.«

»Ich dachte, die Zustände der Armenhäuser sollen sich verbessern.«

»Ist wohl das Vorhaben, aber diese Kerle wissen nichts davon. Sie rücken mit keinem Wort heraus, wie ihr Leben dort ist. Entweder sind sie eingeschüchtert oder misstrauisch.«

»Aber immerhin lernen sie hier Dinge, die ihnen zugutekommen werden. Nächstes Jahr können sie wiederkommen.«

Frederik nickte. »Ich hörte, dass Lord und Lady Greenwold mit dem Experiment sehr zufrieden sind und es wiederholen möchten«, erzählte er.

Es war kurz still zwischen ihnen und sie schauten dem Reigentanz der Mädchen eine Weile zu. Frederik wippte mit einem Fuß zum Rhythmus des Liedes. Plötzlich drehte er sich zu Marie hin. »Marie, darf ich fragen, ob Sie hier glücklich sind? Sie wirken bedrückt.«

»So etwas fällt Ihnen auf?«, fragte sie mit erhobenen Augenbrauen. »Ich … ich bin es nicht gewohnt, auf so eine Frage zu antworten.«

Frederik wandte seinen Blick wieder zu den tanzenden Mädchen; er schien um Worte verlegen zu sein. Dann legte er seine Hand sanft auf Maries Arm und sagte zu ihr: »Verzeihen Sie mir, Miss Marie. Ich bin Ihnen zu nahe getreten. Aber sollten Sie jemals Hilfe brauchen, dann wenden Sie sich bitte an mich.«

Er drehte sich auf dem Absatz um und war weg. Marie senkte ihren Blick und versetzte einem Marienkäfer einen sanften Stoß mit ihrer Fußspitze, um ihn außer Reichweite der tanzenden Füße der Mädchen zu bringen. Dass die dunkle, geplagte Welt, die in ihr schlummerte, einem anderen Menschen aufgefallen war, ohne dass sie ein Wort dazu gesagt hatte, berührte sie. Sie ließ das Gespräch zwischen Franny und Lydia Earling, dem sie gelauscht hatte, in ihrem Kopf noch einmal Revue passieren. Das Schicksal des Jungen hatte sich unwiderruflich in ihr Bewusstsein gebrannt. Seine Verzweiflung war ihre eigene Verzweiflung geworden. Sie wollte ihn kennenlernen, ihn fragen, aus welchem Teil Londons er war, woher seine Albträume und Ängste kamen.

»Selber schuld«, tadelte sie sich, »seit wann belauscht man fremde Gespräche? Wenn Lady Greenwold das erfährt, bin ich meine Arbeit los.«

In der Nacht träumte sie. Zum ersten Mal seit ihrer Ankunft in Birch Heights. Lidlose Augen hingen von der Decke ihres Schlafzimmers. Weit offen, stierend, mit weißen Rändern drum herum schwebten sie auf sie zu. Wie an einen Gummifaden gebunden, flogen sie immer näher, bis sie ihr Gesicht streiften und ihr direkt in die Augen blickten. Sie wachte auf, schweißgebadet, und hielt sich die Hand vor den Mund, um nicht laut zu schreien. Sie drehte sich um, presste ihr Gesicht in das Kopfkissen und hielt sich die Ohren zu, träumte aber weiter, obwohl sie hellwach war. Jetzt waren es Ohren, die sie von allen vier Wänden her anfielen, in ihre Seele hineinhorchten, ihre tiefsten Geheimnisse herauszogen und sie lachend davontrugen, um sie der ganzen Welt zu verkündigen. Sie setzte sich aufrecht im Bett auf.

»Warum bin ich nicht einmal hier in Sicherheit?«, schluchzte sie.

Marie zündete eine Kerze an in der Hoffnung, den Schrecken aus dem Raum zu verbannen. Sie lief zum Fenster und zog den Vorhang zur Seite. Ein voller Mond stand am Himmel und beleuchtete den Park, der friedlich und still vor ihr ausgebreitet lag. Das Meer rauschte in der Ferne.

»Siehst du?«, ermahnte sie sich. »Nichts! Gar nichts! Alles genauso wie gestern in der Nacht und vorgestern und vorvorgestern! Was bin ich für ein Dummkopf, mich von kindischen Albträumen erschrecken zu lassen!«

Sie blies die Kerze trotzig aus, legte sich wieder hin und schlief bald ein.

Und dann kam er und suchte sie in ihren Träumen auf. Schwitzend, keuchend, lutschend, stöhnend erdrückte er sie unter sich und klammerte sich an ihren zarten Körper. Sein ungepflegter Bart kratzte ihre Haut, seine rauchige Stimme hauchte ihr Beleidigungen ins Ohr. Seine Zunge streifte ihr Gesicht, sie warf ihren Kopf von einer Seite auf die andere, um jeder Berührung mit seinen schmatzenden Lippen zu entfliehen. Der widerliche Gestank, der von seinem Körper ausging, nahm ihr den Atem. Sie schrie laut auf, er klatschte seine schwitzende Hand auf ihren Mund und hielt ihn zu, bis sie fast erstickte.

»Du … Ekel … du bist … doch … weit weg von hier!«, kam es aus ihrem Mund.

Sie wachte auf, schlotternd und schaudernd am ganzen Körper, und tastete fieberhaft nach der Kerze. Sie zündete sie an, schwang ihre Beine aus dem Bett und griff nach einem Tuch, das sie über ihr Nachthemd warf. In großer Sorge, dass sie im Schlaf geschrien haben könnte und Elinor, die im Nachbarzimmer schlief, aufgeweckt hatte, schlich sie auf Zehenspitzen aus der Tür und horchte kurz an Elinors Tür. Alles war still.

Das übernächste Zimmer war das Bad. Sie stieß die Tür leise auf, stellte ihre Kerze auf die Waschkommode, in der Handtücher aufgestapelt waren, und goss Wasser aus einem großen Krug, der in der Ecke stand, in die Wanne. Danach riss sie ihre Kleider vom Leib, stieg in das eiskalte Wasser und fing an zu schrubben. Minutenlang rieb sie ihre nackte Haut, schluchzend, winselnd, mal mit Seife, mal mit einem Schwamm, mal mit der Bürste, mit der die Porzellanfläche der Wanne geputzt wurde.

Plötzlich hörte sie Schritte im Gang. Sie hielten vor der Tür des Baderaums. Marie erstarrte, blies die Kerze aus und kauerte in der Wanne. Ihre Zähne schlotterten, sie presste ihre Hände auf den Mund, um nicht laut zu schreien. Die Tür öffnete sich einen Spalt breit und eine Lampe warf einen flackernden Schein auf den dunklen Boden und auf die gegenüberliegende Wand.

»Du lieber Himmel! Was in aller … ?«

Es war Frannys Stimme. Die Haushälterin platzte in den Raum, knallte ihre Lampe auf die Kommode und stemmte ihre Hände in die Hüften. Marie schauderte. Frannys Gesicht war vom Schatten verhüllt, nur die Umrisse ihrer gut gebauten Form waren im Licht der Laterne sichtbar. Aber die grimmige Verachtung, die ihre Miene zeigte, war aus jedem einzelnen ihrer empörten Worte zu hören.

»Sag bloß, Marie, bist du denn völlig übergeschnappt? Steig sofort aus der Badewanne heraus. Ist es deine neue Gewohnheit, in tiefster Nacht splitternackt im eiskalten Wasser zu baden?«

»Ich wollte kein Feuer machen, damit niemand aufwacht!«, stotterte Marie und merkte sogleich, wie albern ihre Antwort unter diesen Umständen klingen musste.

»Machst du Scherze? Für was hältst du mich? Dass du kein Feuer gemacht hast, ist wohl nicht das Problem«, schimpfte Franny.

Sie nahm den Schürhaken, der neben dem Holzofen hing, und stocherte wütend in der Asche herum, die unten in der Ofenschublade war. Während sie Marie den Rücken zukehrte, stieg diese schnell aus der Wanne heraus, griff nach einem Handtuch auf dem Regal und wickelte sich hinein.

»Ich … ich hatte Albträume«, versuchte sie zu erklären.

»Ach ja, du hattest Albträume«, höhnte Franny. »Und wenn man Albträume hat, rennt man ins Bad und wäscht sich mit der Badbürste, die normalerweise für das Porzellan verwendet wird, und dann sind die Albträume weg. Schade, dass ich das erst jetzt erfahre. Lady Charlotte wird morgen in aller Frühe erfahren, wie man in diesem Haus Albträume vertreibt. Vielleicht will sie die kleine Elinor das nächste Mal mit dir mitschicken.«

Marie packte mit der einen Hand Frannys Arm und schüttelte ihn, mit der anderen Hand hielt sie ihr Handtuch über ihre Brust. Wasser tropfte von ihrem Körper und bildete eine Pfütze auf dem Boden. Franny versuchte, sich aus ihrem Griff zu befreien.

»Nein, bitte, bitte sag Lady Charlotte nichts, Franny! Ich wollte nur … es gibt Gründe … das mit den Albträumen, meine ich!«

»Hast du vor, dieses interessante Ritual jede Nacht durchzuführen?«

»Nein, nein, es war das erste Mal, ich …«

»Einmal übernachte ich nach einem langen Arbeitstag wieder im großen Haus, weil Dickon die Buben nach London zurückfährt, und gleich habe ich es mit einer Irrsinnigen zu tun«, stöhnte Franny und schubste Marie durch die Tür in den Gang. Sie lief hinter ihr her und wartete an der Schlafzimmertür, bis die zitternde junge Frau ihr Nachthemd über den Kopf gezogen hatte, in ihr Bett gestiegen war und unter der Decke kauerte. Erst dann hörte Marie, wie das Türschloss einschnappte und Frannys Schritte immer leiser wurden, bis sie ganz verhallten.

Marie wälzte sich hin und her und spielte die Szene im Kopf durch, die sie am nächsten Morgen erwarten musste. Lady Charlotte würde sie in ihren Salon bestellen, sie angewidert anschauen und ihr mit betroffenem Gesichtsausdruck ankündigen, dass sie ihre letzte Chance verspielt hatte. Sie würde ihre Tochter keiner Verrückten anvertrauen wollen. Es sei schade, dass die erfreulichen Entwicklungen der vergangenen Wochen so ein enttäuschendes Ende genommen hätten.

»Und wenn ich ihr alles gleich erzähle?«, überlegte Marie. »Aber das würde eine Kündigung an Ort und Stelle bedeuten. Dazu habe ich keine Kraft. Irgendwann in nächster Zeit kommt sowieso die neue Gouvernante.«

Der Schlaf, der sie schließlich übermannte, war traumlos, stumpf.

Die Morgensonne schien am nächsten Tag durch die roten Vorhänge und ließ das Schlafzimmer rosa schimmern. Marie schlug ihre schweren Augenlider auf. Ihre benebelten Gedanken wichen nach und nach den Eindrücken der Nacht, die in ihr Bewusstsein zurückdrängten. Das Zimmer sah aus wie jeden Tag. Keine Spur von den bösen Geistern, die sie in der Nacht heimgesucht hatten. Sie rieb ihre Augen. Vielleicht war sie wirklich irrsinnig geworden. Sie setzte ihre Füße, die schwer wie Blei waren, auf den Boden und zog sich an. Jede Bewegung war lästig. Jedes Vogelgezwitscher, das durch das Fenster klang, war eine schmerzhafte Erinnerung daran, dass die paar flüchtigen Wochen nun vorbei waren, in denen ihr zum ersten Mal in ihrem Leben so etwas wie Glück aus der Ferne gewinkt hatte.

Sie holte die alte, verwaschene Ledertasche, mit der sie einige Wochen zuvor zum ersten Mal an der Küchentür erschienen war, aus ihrem Schrank und stellte sie auf den Boden. Nachher würde sie genug Zeit zum Packen haben.

»Du bist traurig, Miss Marie«, sagte Elinor, als Marie in ihr Zimmer kam, um sie für den Tag fertig zu machen.

»Das spürst du, Kleine?«, fragte Marie. »Du greifst jede Regung einer müden Seele auf, noch bevor diese Seele den Raum betritt!«

»Das habe ich von dir gelernt!« Elinor streckte sich hoch und pflanzte einen Kuss auf Maries Wange. »Tränen auch noch«, stellte sie fest. »Weinst du, weil der Schmetterling gestorben ist und wir ihn nicht retten konnten?«

»Kann sein«, antwortete Marie, »aber jetzt wollen wir einen letzten Tag mit unseren Mädchen fröhlich sein, bevor sie zurück in ihre Armenhäuser gehen müssen!«

Es gab wie an jedem Tag der vorangegangenen drei Wochen Reigentänze auf dem Rasen und Gänge in den Wald und zum Weiher. Äußerlich lief alles wie gewohnt, innerlich fühlte sich Marie leer und hohl. Ihre Finger stickten und nähten mit, das fröhliche Geplapper um den Tisch klang aber wie die Sprache einer fernen, unschuldigen Welt, in der die Sonne noch schien – einer Welt, zu der sie nicht gehörte. Und nie gehören würde. Instinktiv warf sie immer wieder einen Blick über ihre Schulter in der Hoffnung, Frederiks sanfte Augen hinter sich zu sehen wie am Tag zuvor und die Worte noch einmal zu hören: »Sollten Sie jemals Hilfe brauchen, dann wenden Sie sich bitte an mich.« Sie schob den Gedanken schnell von sich. Er würde nur mit Abscheu auf sie herabblicken, wenn er vom Vorfall der vergangenen Nacht erfahren würde. Vielleicht wusste er es schon. Franny hielt sich mit ihrer Zunge nie zurück, wenn sie über die Entgleisungen derer klagte, die nicht in ihrer Gunst standen.

»Marie, Lady Charlotte will sofort mit Ihnen reden!« Es war Harriet, die über den Park gelaufen kam.

Es war also so weit. Marie hatte nur einen Gedanken: Das schmerzvolle Gespräch und dessen Folgen so schnell wie möglich hinter sich zu bringen.

»Elinor, du führst jetzt die Regie hier! Blumensträuße binden und zum Mittagstisch mitbringen. Aber nicht die Gartenblumen an der Mauer!«

»Können wir hinunter zur Bucht? Ein letztes Mal? Ich kann es, Miss Marie, wirklich!«

»Auf gar keinen Fall, Elinor! Niemals gehst du ohne Aufsicht in die Höhlen! Und erst recht nicht mit den Mädchen. Frag Frederik, ob er heute Nachmittag mit euch hinuntergeht!«

Maries Herz klopfte, als sie die Türflügel des Haupteingangs erreichte und Lady Greenwolds Salon aufsuchte.

»Hier, nimm Platz! Ich bin gleich bei dir«, sagte Lady Charlotte und deutete auf den Stuhl neben ihrem Schreibtisch. Zornig klang sie nicht.

»Klar«, dachte Marie. *»Sie ist dankbar für den Anlass, mich loszuwerden.«*

Charlotte schrieb noch einen Briefbogen zu Ende und unterzeichnete ihn, dann drehte sie sich zu Marie hin.

»Die Mädchen fahren demnächst weg«, begann sie.

»Und ich gleich auch«, fügte Marie im Stillen hinzu.

»Du hast deine Aufgaben zu bester Zufriedenheit erfüllt. Alle sind von deinem Feingefühl und deiner Zuwendung angetan, und alle sind begeistert, wie geschickt du junge Mädchen anregst, ihre Talente zu entdecken und zu entfalten. Gott weiß, sie haben sonst keine Möglichkeit, etwas zu lernen. Du erklärst ihnen die Pflanzenwelt wie eine Meisterin in der Botanik, sie dichten Reime und Verse, alle können ein Taschentuch ordentlich besticken und einen Knopf annähen. Am allerwichtigsten ist, dass viele von ihnen in ihrer ganzen Kindheit nicht so viel gelacht haben wie in diesen drei Wochen, in denen sie unter deiner Obhut waren.«

Marie blickte Lady Charlotte mit großen Augen an. *»Das große Aber muss jetzt kommen«*, dachte sie.

»Aber natürlich bin ich keineswegs überrascht«, fuhr Charlotte fort. »Ich habe schließlich gesehen, was für erfreuliche Auswirkungen deine Begleitung auf Elinor hatte in den Monaten, seit du bei uns arbeitest. Zwei Sachen möchte ich dir sagen.«

Marie hielt ihren Atem an.

»Erstens, wenn du dich vollends eingelebt hast, werden wir dich im Sommer als festen Bestandteil unseres Haushaltes anstellen. Das heißt, wenn du das möchtest.«

Marie starrte verwirrt auf den Boden. Träumte sie oder hatte Lady Charlotte das wirklich gesagt? »Was, Mylady – hat Franny nicht mit Ihnen … ich meine, ist das Ihr Ernst?«

Charlotte stand auf und schritt zum Fenster. »Vieles hat sich seit deiner Ankunft eingespielt, Marie. Lass dich nicht von Franny in die Flucht jagen. Sie wird eine alte Streitaxt bleiben, sie meint es aber nur gut. Ihr Rheuma macht ihr zu schaffen, wir müssen Nachsehen haben. Gib ihr in allem recht, was sie sagt, küss sie auf die Wange und gehe so vor, wie du es für richtig hältst. So mache ich es.«

»Küssen könnte ich sie niemals, Mylady. Aber ich meinte, wegen gestern …«

Charlotte schaute eine Weile aus dem Fenster und drehte sich dann wieder um. Marie sah nur die Umrisse ihrer Haube und konnte ihren Gesichtsausdruck nicht ausmachen.

»Sie hat mir von der zerbrochenen Vase schon erzählt. Das war nicht deine, das war Elinors Schuld.«

Marie schluckte. Konnte es wirklich sein, dass Franny nichts von der Begegnung im Bad berichtet hatte?

»Zweitens, du kennst unsere Bekannte, Mrs Earling, die im Dorf lebt.«

»Ja, Mylady. Manchmal besucht sie Franny in der Küche und holt Gemüse und Kräuter.«

»Ja, das tut sie.« Charlotte lief mit verschränkten Armen vor dem Fenster auf und ab, wie es ihre Gewohnheit war, wenn sie gleichzeitig am Reden und am Nachdenken war.

»Jedes Dorf braucht einen Engel, der seine Augen offen hat und sieht, welches Herz am Bluten ist, welches Kind am Hungern, welche einsame Seele am Verzweifeln. Das ist Mrs Earling. Deshalb hat sie fast immer Besuch im Haus. Gutes Essen, ein gemütlicher Herd, offene Ohren für die Klagen eines gebrochenen Herzens: Irgendwann schreiten ihre Schützlinge erhobenen Hauptes zurück in die

Welt und ertragen das Leben wieder. Keiner weiß, wie sie es macht, aber sie macht es.«

Marie dachte an den gütigen Blick der alten Dame, die mit Franny am Küchentisch gesessen hatte, an die Falten und Grübchen, die sich über ihr Gesicht ausbreiteten, wenn sie lachte.

»Kommen wir zur Sache. Mrs Earling ist alt und leidet an Arthrose. Sie kann sich nicht mehr leicht bücken. Sie fragt, ob eine unserer Bediensteten einmal in der Woche das Haus gründlich putzen könnte. Sonstige Alltagspflichten schafft sie noch alleine.«

Neue, hoffnungsvolle Gedanken rasten durch Maries Kopf. Sie erinnerte sich an Mrs Earlings Worte: »Ich bräuchte mehr als zwei Hände, um dem Kerl den Rücken zu streichen, seine Hände zu halten, ihm glaubhaft zu machen, dass er nicht allein ist.« Am liebsten wäre sie sofort ins Dorf gerannt, hätte ihr ganzes Leben vor Mrs Earling ausgebreitet, sich ihr hemmungslos anvertraut. Im gleichen Moment nahm sie diese Gedanken wieder zurück. Mrs Earling war mit der halben Belegschaft von Birch Heights befreundet, sie würde Marie verraten.

»Das mache ich gerne, Mylady«, war ihre zurückhaltende Antwort. Jedenfalls würde sie auf diesem Weg mehr über den Jungen in Erfahrung bringen können, den Mrs Earling in ihr Haus aufgenommen hatte.

Charlotte hatte noch nicht zu Ende geredet.

»Sie hat, wie ich höre, einen jungen Knaben im Haus, den Dickon und Frederik in London auf der Straße aufgesammelt haben. Erst jetzt habe ich davon erfahren. Da kann sie auch Hilfe gebrauchen. Und noch eine Sache, Marie.«

Marie hielt wieder den Atem an.

»Deine Kleidung. Hast du nur ein Kleid, oder tust du nur so, als wenn du nur ein Kleid hättest?«

»Ich habe am Anfang zwei von Franny bekommen, Mylady. Haube, Schuhe und Umhang dazu. Sie sehen gleich aus. Ich wasche sie abwechselnd.«

»Das will ich auch hoffen. Aber sie sind für eine Bedienstete von Birch Heights mit fester Anstellung auf keinen Fall geeignet. Außerdem hast du mehr Fleisch auf deinen Knochen als am Anfang deines Aufenthalts hier, was dir gut bekommt und deine Kleider eng werden lässt. Du nimmst morgen den Nachmittag frei. Ich übe mit Elinor ihre Gedichte und du gehst nach Hipperclove. Schräg gegenüber der Kirche hat Mrs Phelps ihren Stoffladen. Dort suchst du drei Stoffe aus, die dir gefallen, und bittest Mrs Phelps darum, dir drei praktische Arbeitskleider zu nähen. Einen Hut, zwei Hauben und zwei Paar gute Schuhe darfst du dir auch aussuchen. Die Rechnung geht nach Birch Heights.«

Marie konnte ihr Glück nicht fassen.

»Ein Kleid für vornehme Anlässe habe ich in dein Zimmer gelegt. Es ist in Stoff eingewickelt und liegt auf deinem Bett. Probier es an und nimm es mit zu Mrs Phelps, falls es geändert werden muss. Es ist eins meiner alten Musselinkleider und müsste dir passen. Ich war früher auch so zierlich wie du. Das dezente Altrosa wird dir gut stehen.«

»Aber ich bin nur das Kindermädchen, Mylady. Was habe ich bei feinen Anlässen zu suchen?«

»Du bist mehr als ein Kindermädchen, Marie. Soweit ich weiß, nennt man eine Frau, die einem Mädchen Malen, Singen, Schreiben und Dichten beibringt, eine Gouvernante. Und soweit ich weiß, begleiten Gouvernanten ihre Schützlinge auf Feste und Ausflüge und müssen sich dementsprechend kleiden. Franny wird zwar nicht begeistert sein, dich in einem meiner alten Kleider zu sehen, aber sie muss allmählich begreifen, dass du jetzt zur Familie gehörst.«

»Ich weiß nicht, womit ich das verdient habe, Mylady. Wie kann ich Ihnen nur danken?«

»Du hast mir schon dadurch gedankt, dass du aus meiner Tochter eine ausgeglichene, glückliche und begabte junge Dame gemacht hast. Ich habe in den vergangenen drei Wochen beobachtet, wie sie sich um die Stadtmädchen gekümmert hat. Ich konnte die Verwandlung an ihr kaum glauben. So wie sie sich entwickelt, könnte sie die nächste Herrin von Birch Heights werden, falls uns keine Söhne geschenkt werden.«

Sie tätschelte nachdenklich die Wölbung unter ihrem Kleid.

Marie rang mit widersprüchlichen Gedanken, die in ihrem Inneren tobten. Die Wahrheit findet immer einen Weg herauszukommen. Das war jedes Mal der Schlusssatz von Franny, wenn sie genüsslich die Geschichte vom ehemaligen Lord Greenwold erzählte, dessen schlimme Verbrechen jahrelang verborgen blieben, schließlich aber doch entlarvt wurden.

Marie biss sich auf die Lippen und holte tief Luft. »Aber Mylady, es gibt Dinge, die Sie über mich wissen sollten.«

»Die kannst du Mrs Earling erzählen.«

»Es sind schlimme Sachen, Mylady. Ich will ehrbar und aufrichtig mit Ihnen umgehen.«

»Das spricht sehr für dich, Marie. Hast du deine Missetaten bereut und dich von ihnen getrennt?«

»Ja, Mylady.«

»Dann gibt es nichts mehr hinzuzufügen. Auch ich bin Irrwege in meinem Leben gegangen. Wichtig ist, dass man diese Wege verlässt und auf den geraden Weg zurückfindet. Wir beide werden uns eines Tages hinsetzen und Tee trinken. Dann erzählst du mir deine Geschichte und ich erzähle dir meine. So weit für heute, Marie. Du darfst jetzt gehen, ich habe zu tun.«

Marie erhob sich, machte einen Knicks und verließ den Raum. Sie schloss die Tür und warf schnell einen Blick durch den Haupteingang in den Park. Sobald sie gesehen hatte, dass die Mädchen auf dem Weg zu ihrem Essraum waren und ihre Aufsicht nicht brauchten, rannte sie die Treppe hoch zu ihrem Zimmer. Sie streifte, so schnell sie konnte, das schäbige, graue Kleid vom Leib, das sie trug, und holte mit Ehrfurcht das Festkleid aus Musselin, das auf ihrem Bett lag, aus seiner Stoffhülle heraus. Sie traute sich kaum, den feinen, weichen Stoff anzufassen, streichelte ihn zärtlich und fuhr mit den Fingerspitzen über die glatte Oberfläche der Samtbänder, die das Dekolleté und die Ärmel säumten. Vorsichtig zog sie den Stoff über ihren Kopf. Ihre Arme reichten nicht weit genug nach hinten, um die winzigen Knöpfe zuzumachen, die an der Rückseite des Kleides angebracht waren. Aber sie sah, dass es passte. Vollkommen. Sie drehte sich und bückte sich, um von dem Kleid so viel wie möglich in dem kleinen, zerkratzten Spiegel über ihrer Frisierkommode zu erblicken. Sie würde bis zum Abend warten müssen, um ihr Spiegelbild in der Fensterscheibe zu sehen und zu beurteilen, wie das Kleid als Ganzes wirkte. Den Gedanken, was Frederik wohl von solchen Kleidern hielt, wies sie schnell wieder von sich. Erst recht, als sie sich daran erinnerte, dass Franny ihr Schicksal noch in der Hand hielt. Warum hatte sie nichts von dem Vorfall im Bad erzählt? Würde sie es noch machen? Würde dann dieser Traum, wie so viele in ihrem Leben, sich plötzlich in Luft auflösen, noch bevor er wirklich geträumt war?

»Du schläfst nicht, mein Junge. Schließ deine Augen und gebiete deiner Seele Ruhe.«

»Darf ich nicht, Ma'am.«

»Warum nicht? Bist totenblass und hast seit Stunden kaum ein Auge zugemacht.«

»Sobald ich meine Augen zumache, kommen die Gesichter und fangen mich, Ma'am.«

»Niemand fängt dich, solange du in meinem Hause bist.«

Mrs Earling beugte sich über das Bett und strich Eduards Haare aus der Stirn. »Ich hole einen Becher cremige Milch, das hat gestern geholfen.«

Sie erhob sich und ging in die Küche. Eduard richtete seinen müden Blick auf das Blumenmuster auf der Tapete und fragte sich, ob er vielleicht doch in der anderen Welt gelandet sei, von der William geträumt hatte, in der die Menschen lieb und freundlich waren. Bald hörte er das leise Tapsen von Füßen. Mrs Earling kehrte zurück mit einem Becher in der Hand und setzte sich auf die Bettkante.

»Ich bleibe heute Nacht bei dir und halte deine Hand«, sagte sie. »Sobald die bösen Bilder kommen, drückst du meine Hand, und ich scheuche sie weg.«

»Das wäre schön, Ma'am. Die Muschel – die muss bei mir bleiben, in der anderen Hand.«

»Eines Tages erzählst du mir, warum die Muschel dir so wichtig ist.«

»Wenn ich das nur wüsste«, antwortete er mit einem schwachen Lächeln.

Mrs Earling hob den Becher an Eduards Lippen. Er wischte sich mit dem Handballen ein paar Tränen vom Gesicht, legte sich auf sein Kopfkissen zurück, griff nach Mrs Earlings Hand und verfiel in einen Dämmerschlaf. Mrs Earling sank neben dem Bett auf die Knie, hob die dünnen, blassen Finger des Jungen an ihr Gesicht und fing an, das Vaterunser laut zu beten. Sie hielt an bei der Stelle *und erlöse uns von dem Bösen*.

»Welche bösen Dinge auch immer dieser Bub erleben musste, lieber Gott«, betete sie, »erlöse ihn davon. Warum müssen zarte Seelen Dinge sehen, die sie nie in ihrem Leben sehen sollten? Wer hat diesen Jungen so zugerichtet? Warum lässt du das zu, du, der es als Einziger verhindern könnte?«

Sie zögerte. »Danke, dass du ihn in mein Haus geführt hast. Vielleicht war das deine Antwort.«

Ihre Stimme wurde lauter. »Aber Herr, es gibt Tausende andere, die nicht in mein Haus gebracht werden. Was ist mit ihnen? Ach, es bringt nichts, mit dir zu hadern. Amen.«

Sie murmelte ein paar weitere Worte vor sich hin und bekreuzigte sich. Als sie ihre Augen öffnete und im Licht der kleinen Öllampe sah, dass Eduard sie mit einem hellen, wachen Blick anstarrte, räusperte sie sich.

»Tut mir leid, ich habe dich wach gehalten«, entschuldigte sie sich.

»Mit wem redest du?«, flüsterte er.

»Mit Gott natürlich. Jeder anständige Mensch redet am Ende des Tages mit Gott. Weil ich heute Nacht bei dir bleibe, rede ich hier mit ihm.« Sie ließ seine Hand los, stützte sich auf die Bettkante und richtete sich mühevoll auf.

»Mit dem Gott von ›Gott verdammt‹, ›Verfluchte Mutter Gottes‹, ›Es strafe dich Gott der Allmächtige‹ und so?«

Mrs Earling zuckte zusammen und starrte ihn an. »Sag bloß. In welcher Kloake hat man dich aufgezogen, Junge? Nein, nicht der.

Sondern der von ›Es helfe uns Gott‹, ›Der Segen des Allmächtigen sei mit dir‹, ›Es grüße dich Gott‹. Mit dem rede ich.«

»Wo sitzt er?«

Eduard blickte in die dunklen Schatten des Raumes, in dem er lag. Mrs Earling hatte neben ihrer winzigen Küche zwei Zimmer im Erdgeschoss des Häuschens, das sie mitten im Dorf bewohnte. Sie aß und schlief in ihrem Wohnzimmer, weil ihre Arthrose sie daran hinderte, die schmale, steile Treppe zu den beiden oberen Räumen zu besteigen. Das zweite Zimmer war ihr Gästezimmer.

»Schön wäre es, wenn er sichtbar wäre«, seufzte sie. Sie schleppte einen Schaukelstuhl aus dem Schatten in der Ecke des Raumes über die Fliesen zu Eduards Bett hin. »Ist er aber nicht. Obwohl, das stimmt nicht ganz. Einmal wurde er sichtbar. Setzte sich zu den Leuten an den Tisch, plauderte, lachte, spielte mit Kindern.«

»Warum hat er damit aufgehört?«

»Weil er meint, ein Buch, das er über seinen Besuch auf der Erde schreiben ließ, müsste reichen, um die Welt gut und heilig zu machen. Nie von der Bibel gehört, Junge?«

»Es gab sie bei den Begräbnissen.«

»Bei welchen Begräbnissen?«

»Ach, nichts Wichtiges.«

Mrs Earlings Schaukelstuhl stand quer neben seinem Bett. Die alte Frau setzte sich, nahm Eduards Hand und fing an, vor und zurück zu schaukeln. »Ich sehe immer noch Falten in deiner Stirn«, bemerkte sie. »Hast du noch eine Frage, bevor wir uns von diesem Tag verabschieden? Wir sollten jetzt schlafen.«

»Dann gibt es sie doch, Mrs Earling!«

»Gibt es doch was?«

»Die andere Welt.«

Eduard stützte sich auf einen Ellbogen und starrte Mrs Earling an. »Kennst du William?«

»Nein, mein Kind. Aber es ist mir, als ob ich ihn kennen würde, so oft, wie du im Schlaf von ihm sprichst.«

Sie hatte aufgehört zu schaukeln und lehnte sich nach vorne. »Erzähl mir von William.«

Eduard sank zurück in sein Kissen. »Er war der einzige Freund, den ich hatte. Wir redeten oft über die andere Welt, in die wir gehen wollten. Er wurde krank und starb. Er versprach mir, dass er jemand schicken würde, um mich zu holen, falls es die andere Welt gibt. Ich dachte, dass er vielleicht dich geschickt hat, um mich zu holen.«

»Hör zu, mein Junge«, sagte Mrs Earling. Ihre Stimme zitterte. »Ich kann dich nicht in die andere Welt holen. Aber ein kleines Stück von der anderen Welt können wir miteinander in diese Welt holen, wenn wir das wollen. Der liebe Gott hatte seine Gründe, deinen William zu sich zu holen und dich hierzulassen. Wollen wir nicht herausfinden, welche das sind? Das wäre doch ein Grund, wieder gesund zu werden, was?«

Eduard nickte. Seine Augen waren zugefallen. Mrs Earling wartete, bis er eingeschlafen war, dann tupfte sie eine Träne aus seinem Augenwinkel, blies die Flamme in der Lampe aus, die auf dem Tisch stand, und lehnte sich in ihrem Schaukelstuhl zurück.

Kapitel zehn

Marie schlief zum ersten Mal in ihrem Leben mit einem ganz neuen Gefühl im Herzen ein: mit dem Gefühl von unbändiger Freude. Noch nie hatte sie so viel geballtes Glück erlebt. Auch nicht in den Wochen, die sie in Birch Heights bisher verbracht hatte. Die Krönung der Kette froher Ereignisse war eine Begegnung mit Lord Jake im Eingangsflur, der ihr lächelnd gesagt hatte, dass sie demnächst mit ihrer ersten Gehaltsauszahlung rechnen könne und eine klare Regelung für ihre Stunden und Pflichten bekäme. Bis dahin hatte der Herr von Birch Heights sie kaum beachtet. Sie ihrerseits hatte vor ihm große Ehrfurcht gehabt. Nun fühlte sie sich wie im siebten Himmel. Das Musselinkleid, das sie von Lady Charlotte hatte, hielt sie fest an ihr Herz gedrückt, als sie im Bett lag, und beobachtete, wie das Mondlicht durch den Vorhang schien und kleine rötliche Lichtkugeln auf die Bretter des Fußbodens warf. Wie anders war der Tag verlaufen, als sie erwartet hatte. Das gleiche Bett, der gleiche Raum, aber eine andere Frau. So empfand sie es. Sie schlief ein, das Kleid immer noch im Arm. Auf einmal war sie wieder ein kleines Mädchen, hüpfend und tanzend an der Hand einer hübschen, fröhlichen Mutter. Sie liefen auf einem Feldweg, danach an den Vorgärten vornehmer Häuser vorbei.

»Und wie heißt dieser Baum?«, fragte ihre Mutter.

»Das ist eine Esche, dort drüben steht eine majestätische Eiche, dies hier ist eine Linde«, sprudelte es aus Marie hervor. Irgendwann erreichten sie den Stoffladen im Dorf.

»Du darfst selber aussuchen, mein Schatz, welchen Stoff du möchtest. Es ist kein Festkleid, es ist ein Kleid zum Ausgehen in den Park, du musst dich also darin bewegen können.«

»Darf es trotzdem hübsch sein, Mama?«

An die Reaktion, die folgte, konnte sich Marie erinnern, als wenn es gestern gewesen wäre: Ihre Mutter warf ihren Kopf nach hinten und lachte schallend – laut, aber nicht grob. Wie sprudelndes Wasser, wie Vogelgezwitscher.

»Den karierten Stoff möchte ich«, sagte das Mädchen ernsthaft. Ihr Kleid sollte ähnlich sein wie das ihrer Freundin Emma, die immer feine Sachen anhatte.

»Die Baumwolle in Dunkelgrün mit den eingearbeiteten dunkelroten Streifen?«

Die Verkäuferin schaute neugierig über ihre Brille. Die meisten Mädchen wollten Kleider in Himmelblau oder Rosa, Samt oder Seide.

»Ja, genau die«, antwortete Marie. »Ich muss mich im Kleid gut bewegen können. Es soll aber auch hübsch sein. Mit Schleifchen an den Ärmeln. Bald komme ich wieder und wir bestellen ein Festkleid für die Taufe meines kleinen Bruders.«

Es gab aber kein kariertes Kleid. Auch kein Lachen mehr mit nach hinten geworfenem Kopf. Stattdessen ein Leichenkleid für die Mutter, die ihre Niederkunft nicht überlebt hatte. Es gab auch kein Festkleid für die Taufe des kleinen Bruders, denn dieser lag, in eine winzige Decke eingewickelt, mit der Mutter zusammen im Sarg.

Schlaftrunken öffnete Marie ihre Augen. Die Stimme ihrer Mutter klang in ihrer Seele nach, ihr Gesicht war feucht von Tränen. Sie grub ihre Nase in den weichen Musselinstoff, der immer noch neben ihr lag. Das Kleid war noch da, es war also kein Traum gewesen. Die Unschuld einer unbeschwerten Kindheit winkte ihr aus einer fernen Vergangenheit zu, in der die Welt noch in Ordnung gewesen war. Die Hoffnung stieg in ihrem Herzen auf, den Faden ihres Schicksals wieder dort aufgreifen zu können, wo sie ihn unbefleckt hatte liegen lassen müssen. Sie stieg aus dem Bett, zog die Vorhänge zur Seite, öffnete das Fenster, schob die Fensterläden zurück und hielt ihr Gesicht der strahlenden Morgensonne hin. Vormittags der Abschied von den Stadtmädchen, danach Malen und Erdkunde mit Elinor, als Trost im Abschiedsschmerz. Nachmittags der Gang zu Mrs Phelps' Stoffladen. Später in der Woche ihr erster Besuch bei Mrs Earling.

Diese Aussichten mussten im Vorfeld schon ausgekostet werden. Und hatte Dickon nicht mit einem Augenzwinkern bemerkt, dass man nicht in Birch Heights leben dürfe, ohne reiten zu können, und Frederik sei sicher mehr als bereit, es ihr beizubringen? Bei Dickon wusste man nicht, ob er nur scherzte oder etwas ernst meinte. Mrs Earling würde sie alles erzählen. Wenn es jemand gäbe, der lang genug zuhören und Marie glauben würde, dass die ganze Geschichte nicht ihre Schuld war, dann Mrs Earling.

»Mutter, ich glaube, ich bekomme eine zweite Chance. Ich habe wieder ein Zuhause«, flüsterte sie. »Ich wünschte nur, du wärest dabei, wenn ich den Stoff aussuche. Vielleicht kommt doch der Augenblick, in dem ich überzeugt sagen kann, meine Mutter wäre stolz auf mich.«

Elinors Stimme holte Marie aus ihren Träumereien.

»Ich bin gleich so weit!«, rief sie zurück, während sie Wasser aus einem Porzellankrug in ihre Waschschüssel schüttete. Sie schrubbte ihr Gesicht und trocknete es ab, zog rasch ihr altes Kleid über ihren Kopf und steckte ihre Haare mit zwei Haarnadeln hoch. Elinor wartete ungeduldig im Gang und hüpfte von einem Bein aufs andere.

»Wo bist du so lange, Miss Marie? Hast du vergessen, dass Mira vielleicht ihre Welpen heute bekommt und ich vor dem Frühstück noch schauen darf, bevor die Mädchen aufstehen?«

»Dann nimmst du bitte die Schürze von gestern. Schadet nicht – sie ist schon dreckig und es kommen Hundehaare und Stalldreck dazu. Wir gehen über die Küche raus, damit deine Stiefel keine Spuren im Haus hinterlassen. Und ich muss dir einen Kuss geben, weil ich dich lieb habe und mich so sehr auf den Tag freue!« Sie fing die überraschte Elinor mit den Armen auf, küsste beide Wangen und ließ sie wieder hinunter.

Wenige Minuten später rannten beide laut lachend zum Pferdestall. Schafe blökten auf dem Feld hinter der Pferdekoppel, stolze Hühner meldeten die ersten frischen Eier des Tages, Geranien und Petunien blühten in einem Kunstwerk aus Rot und Dunkellila auf der Mauer, die den Stall vom Park trennte. Die Tür stand offen, und sie wurden mit einem fröhlichen Pfeifkonzert begrüßt, das immer lauter wurde. Schließlich erschien Frederik an der Tür mit einer Mistgabel in der Hand und hob seinen Hut.

»Guten Morgen, Lady Elinor, Guten Morgen Marie! Unser Stall hat seit heute früh fünf neue Bewohner und ihr seid die ersten Besucher!«

»Fünf? Und sie sind schon da?«

Elinor sprang vor Freude in den Stall hinein, Frederik hinter ihr her. Als Marie sie einholte, lag Elinor auf dem Stroh neben Miras Korb, streichelte den Kopf der Hündin und redete ihr Zärtlichkeiten und Glückwünsche ins Ohr. Die Morgensonne schien durch die staubigen Fenster der Scheune und beleuchtete den zappelnden Haufen neuen Lebens, den die Hundemutter sorgfältig ableckte.

»Kommen Sie näher, Marie.«

Frederik legte seine Hand unter ihren Ellbogen und ermutigte sie, sich neben Elinor hinzuknien.

»Verdammt hübsches Mädchen geworden«, hatte Dickon am Abend zuvor bemerkt. »Erstaunlich, was ein bisschen Futter und gute Luft für so eine Jungfer ausmachen kann. Wenn ich dran denke, wie sie an jenem ersten Tag aussah, wie frisch aus dem Grab. Und jetzt kurvig und rosig wie eine Frischverliebte. Was denkst du, Frederik?«

»Ich denke, so redet man nicht über ein Mädchen. Oder du machst wieder Scherze und willst Spott mit mir treiben«, hatte Frederik geantwortet. »Pass bloß auf, dass deine Franny ein solches Gelaber nicht mitbekommt.«

»Keine Sorge, Frederik – ich halte mich zu meiner Franny. So ein zartes Ding wie Miss Marie wäre für mich nichts gewesen. Eine elegante Grazie braucht Pflege. Ich brauche kratzbürstigen Widerstand, ein Weib, das mir die Stirn bietet und mir sagt, wo es langgeht.«

»Das hast du auf jeden Fall!«

Dickon hatte lachend mit den Achseln gezuckt und das Thema gewechselt.

Ein Lächeln spielte um Frederiks Lippen, als er sich an das Gespräch erinnerte und die Szene vor sich beobachtete. Sein Blick folgte

Maries Hand, die eine hellbraune Haarsträhne aus ihrem Gesicht strich und hinter ihr Ohr schob. Die Sonne warf ein warmes Licht auf ihren zerzausten Kopf und ließ ihre braunen Haare fast golden schimmern. Zum ersten Mal fiel ihm auf, dass sie Grübchen in ihren Handgelenken hatte. Und wie samtweich ihre Haut war und wie fein die Kurve ihres Nackens über ihrem Kragen. Erst seit wenigen Tagen steckte sie ihre fülligen, gewellten Haare hoch.

»Auf diesem Regal sind die neuen Stoffe aus London, Miss. Gefällt Ihnen da was?«

»Ich hätte gerne etwas Kariertes«, antwortete Marie schüchtern, »am liebsten in Dunkelgrün mit dunkelroten Linien oder umgekehrt. Haben Sie so etwas?«

»Etwas Kariertes?«, fragte die Verkäuferin. »Das ist ungewöhnlich für eine junge Frau wie Sie. In Mode sind blumige Muster. Rosa und Blau.«

»Blumen gefallen mir im Garten, aber nicht auf einem Kleid«, sagte Marie mit fester Stimme.

Schließlich wählte Marie ein kleinkariertes Muster in Dunkelrot, in das blaue Linien hineingearbeitet waren, einen Blumenstoff in Gelbgrün und einen einfarbigen blauen Stoff für sonntags.

»Noch eine Frage, Mrs Phelps.«

»Und die wäre?«

»Wäre es unangemessen, Schleifchen an den Ärmeln vom karierten Kleid zu haben, vorne an den Bündchen? Wäre das für ein Arbeitskleid übertrieben?«

»Sie sind aber entzückend«, schmunzelte Mrs Phelps. »Ich mache so viele Schleifen dran, wie Sie wollen. Auch Arbeitskleider dürfen hübsch sein. An die Naht unter der Brust kommen sowieso Samtbänder hin. Kommen Sie bitte nächste Woche wieder, um die Kleider anzuprobieren. Mit Ihren zierlichen Gesichtszügen und Ihren feinen Haaren werden Sie aussehen wie ein Gedicht, warten Sie nur ab!«

Marie errötete bei diesem Kompliment, bedankte sich und verließ den Laden.

Sie trat hinaus auf den Gehweg, blieb aber gleich stehen. Ein ungutes Gefühl überkam sie, etwas Fremdes stieß ihr auf. Erst nach einigen Sekunden kam sie darauf, was es war. Es war ein Geruch. Ein paar weitere Sekunden vergingen, bis sie sich daran erinnerte, was für ein Geruch es war. Eine Zigarre. Auf der entgegensetzten Straßenseite stand ein Gentleman mit dem Rücken zu ihr und starrte in das Schaufenster von Mr Bluntons Schuhladen, langsam und genüsslich an einer Zigarre ziehend. Marie gefror das Blut in den Adern. Sie traute sich nicht, sich zu bewegen. Er war es unverkennbar, auch von hinten. Hager, groß, mit spärlichen grauen Haaren. *Edel Mélange* war die Marke mit dem beißenden, würzigen Geschmack. Marie erinnerte sich sogar an die Buchstaben auf der Schachtel. Der Gentleman hatte nach ihnen gestunken, auch wenn er nicht geraucht hatte. Der Geruch hing in seinen Kleidern, in seinen Haaren, an seinen Gliedmaßen und begleitete ihn, wohin er auch ging.

Maries Knie zitterten, ihr Herz pochte wild. Noch hatte er sie nicht gesehen. Sie drehte ihren Kopf von ihm weg und schlich an der Mauer von Mrs Phelps' Laden entlang, bis sie um die Ecke gelangte und außer Sichtweite des Schuhladens war. Dann rannte sie. Mit aller Kraft, die sie auftreiben konnte. Zurück zum Fluss, über die Brücke, ohne einen einzigen Blick nach hinten zu werfen, in den Wald hinein, über den Park. Sie stürzte atemlos durch den Gemüsegarten, schob die Tür zur Küche auf und raste ins Haus. Sie riegelte die Tür hinter sich ab. Gott sei Dank, Franny war nicht in der Küche. Nach Luft hechelnd, spritzte sie kaltes Wasser auf ihr verschwitztes, feurig rotes Gesicht und sank in einen Stuhl am Küchentisch. Sie legte ihren Kopf auf ihre Arme und stöhnte.

Sie versuchte, klar zu denken. Vielleicht hatte sie sich alles eingebildet. Es gab viele hagere Gentlemen mit spärlichen grauen Haaren in dieser Welt. Und sicher viele, die *Edel Mélange* mochten. Es konnte irgendein Herr sein. Und außerdem, was würde ausgerechnet er in diesem abgelegenen Teil des Landes zu suchen haben? Die Jungen aus London. Sie hatte nicht einmal daran gedacht zu fragen, aus welchem Teil der Großstadt sie kamen. London war riesig. Und sie waren erst zwei Tage davor mit Dickon abgereist. Wenn einer von ihnen den Mann gekannt, ihn irgendwo getroffen und sie verraten hätte, wäre es ein absonderlicher Zufall. Oder das Ganze war die Strafe Gottes. Klar. Irgendwelche dunklen Mächte, die über ihr Leben wachten, rächten sich, verfolgten sie, um jedes erhoffte Glück schon im Keim zu ersticken. Sie hatte gewusst, dass es zu schön war, um wahr zu sein. Ihre Gedanken jagten sich im Kreis.

»Miss Marie! Miss Marie! Wo bist du? Du wolltest mir von deinen neuen Kleidern erzählen!«

»Ich komme, Elinor!«

Marie erhob sich, klopfte ihren Rock zurecht und spritzte noch einmal Wasser über ihr Gesicht. Sie durfte sich ja nichts anmerken lassen, vor allem von Elinor nicht. Das fröhliche Geplapper des Mädchens riss sie aus ihren trüben Gedanken. Bis sie Elinor geholfen hatte, ihr Zimmer aufzuräumen und bis der Abend herangerückt war, hatte sie sich mit der Gewissheit beruhigt, dass der Herr, falls er es gewesen war, sie gar nicht gesehen hatte, da er mit dem Rücken zu ihr gestanden war. Sie blickte in die Küche, vergewisserte sich, dass Franny nicht da war, stellte zwei Teller, die Elinor ausgeliehen hatte, in den Geschirrschrank, und machte sich auf den Weg nach oben in ihr Zimmer.

Zwei Dinge gleichzeitig erschreckten sie fast zu Tode, als sie an der Tür zu Lord Greenwolds Bibliothek vorbeischlich, die weit offen stand: der beißende Geruch von *Edel Mélange,* der ihr aus dem offenen Raum entgegenschlug, und die Stimme von Lord Greenwold, der in der Tür stand und sie hereinwinkte. Maries Herz schlug bis zum Hals. Sie versuchte zu fliehen, aber ihre Füße wollten sie nicht tragen.

»Kommen Sie herein, Marie! Ich möchte, dass Sie einem besonderen Gentleman erzählen, was Sie mit den Mädchen aus den Armenhäusern gemacht haben. Am besten soll er es direkt aus Ihrem Munde hören! Wir haben große Pläne, diese Wohltätigkeitsarbeit weiter auszubauen, und auch Sie könnten eine wichtige Rolle …«

Lord Greenwold hielt überrascht mitten im Satz an. Marie fuchtelte mit den Händen und schüttelte vehement den Kopf. Sie sah, wie ein grauer Hinterkopf, sichtbar über dem Sessel vor Lord Greenwolds Kamin, sich in ihre Richtung drehte. Schnell hob sie den Saum ihres Rocks mit beiden Händen vom Boden und ergriff die Flucht. Ohne nachzudenken, rannte sie die Treppe hinunter, zurück zur Küche. Die Tür war offen, jemand summte ein Lied. Gott sei Dank, Franny war da. Zum ersten Mal seit ihrer Ankunft in Birch Heights dankte sie Gott für Franny. Neben der Küche war ein Bügelraum. Dort könnte sie arbeiten und sich versteckt halten, bis der Gast wieder fort war. Sie erinnerte sich daran, dass er sie immer noch nicht gesehen hatte. Lord Jake hatte ihren Namen genannt und offensichtlich etwas über sie erzählt. Aber es gab viele Frauen mit dem Namen Marie, und nie würde jemand, der sie in der Vergangenheit gekannt hatte, auf die Idee kommen, dass sie als Gouvernante in einem adligen Haus weit entfernt von London arbeiten würde. Am nächsten Tag würde sie Lord Jake aufsuchen und bis dahin eine Erklärung für ihr seltsames Gebaren gefunden haben.

Sie schürte die glühende Asche im Feuerofen, legte das schwere Bügeleisen, das von Harriets Bügelarbeit am späten Nachmittag noch warm war, auf das Gitter und wartete, bis es heiß wurde. In der Ecke lagen Bettwäsche und Tischdecken aus Leinen, frisch von der Wäscheleine und noch nicht geplättet.

Ihre aufgewühlten Gefühle beruhigten sich, als sie immer wieder das Eisen schwungvoll über den Stoff führte, und sie atmete den Duft der frischen Wäsche in tiefen Zügen ein. Zwei Stunden waren bald verstrichen. Das Klappern von Geschirr und die Stimmen von Harriet und Franny, die sich angeregt unterhielten, waren aus der Küche zu hören und gaben ihr nach und nach das tröstliche Gefühl, dass alles im Haus seinen gewohnten Lauf nahm. Irgendwann meinte sie zu hören, wie Türen im Hauptteil des Hauses zugeschlagen wurden und die Räder einer Kutsche auf der Kieseleinfahrt holperten. Der Gast müsste fort sein. Gott sei Dank! Vielleicht konnte sie Lord Jake erwischen, bevor er sich zurückzog, und ihm erklären, dass sie schrecklich Kopfweh gehabt hätte und deswegen seiner Einladung nicht gefolgt wäre. Teilweise würde das stimmen. Sie würde hinzufügen, dass sie sich geehrt fühlte, in seine Pläne eingebunden zu werden. Als sie in Begriff war, eine letzte Serviette sorgsam zusammenzufalten und auf den Stapel auf dem Regal zu legen, hörte sie Fußtritte auf den Fliesen draußen. Die Tür öffnete sich einen Spaltbreit.

»Franny, ich hatte noch Zeit nach der Abendlektüre mit Elinor und habe die Wäsche fertig gebügelt. Ich hoffe, es ist zu deiner …«

Der Zigarrengeruch wieder. Sie wirbelte herum und sah ihn vor sich stehen, mit einem breiten Grinsen im Gesicht. Es war Mr Creek.

»Sieh mal einer an! Wen finden wir denn hier?«, spöttelte er. Sie sprang auf ihn zu, um an ihm vorbei aus der Tür zu rennen, aber er war schneller. Er stellte sich ihr in den Weg, hielt ihren Arm mit eisernem Griff fest und zog mit seiner freien Hand die Tür hinter sich zu.

Marie zuckte vor Schmerz zusammen, fasste ihren Arm an der Stelle, an der seine Finger Spuren hinterlassen hatten, und stolperte nach hinten. Er wandte sich schnell zur Tür und drehte den Schlüssel im Schloss. Sie saß in der Falle.

»Oh, oh, so ein Wildfang ist die Kleine geworden. Offensichtlich hat der zähmende Einfluss von Malcolm und mir gefehlt. Wir wollen in unserem kleinen Rendezvous nicht gestört werden, nicht wahr, meine Liebe?«

Er machte langsame, große Schritte auf sie zu. Immer noch das breite Grinsen im Gesicht. Sie ließ ihn nicht aus den Augen und tastete nach hinten, bis sie die kühlen Steine der Wand in ihrem Rücken spürte. Er stellte sich breitbeinig vor sie hin, beugte sich über sie und stemmte seine Ellbogen über ihren beiden Schultern gegen die Wand. Sein Gesicht schwebte direkt über ihrem Kopf und beim Gestank des Zigarrenrauchs wurde ihr schwindelig. Sie drehte ihren Kopf zur Seite und drückte ihre Fäuste in ihren Rücken, um aufrecht zu bleiben und ihr Bewusstsein nicht zu verlieren. Es war, als wenn sich eine Schlinge um ihren Hals zusammenziehen würde.

»Wie … wie haben Sie mich gefunden?«, keuchte sie.

»Ha! Dich gefunden? Nichts leichter als das! Ich habe nicht einmal gesucht! Ein Glücksgriff ohne seinesgleichen!« Seine Augen verengten sich zu schmalen Schlitzen. Sie fühlte seinen warmen Atem auf ihren Wangen. Seine Stimme war rauchig und derb. Seine Lippen berührten ihre Haut.

»Du dachtest, du wärest uns entkommen, du schlaues Wiesel. Im Schaufenster des Schuhladens konnte ich wie in einem Spiegel beobachten, wie unser kleines, entflohenes Vögelchen den Stoffladen verließ, erschrocken in meine Richtung blickte und gleich wegflog. Welch reizende Überraschung. Ein Geschäftstermin mit dem Lord von Birch Heights bringt mich nach Cornwall und siehe da, ich laufe direkt in die Arme meiner Marie. Anstatt sich zu freuen, versucht sie, ihrem treuen Geliebten zu entkommen. Dabei hab ich mich mit Malcolm zusammen so liebevoll um dich gekümmert. So ein doppeltes Glück hat nicht jedes Mädchen in unserem Haus. So selbstlos haben wir dich geteilt. Und du wusstest es nicht einmal zu schätzen. Aber wie das Schicksal es haben will, fragt mich der Herr dieses Hauses, ob ich nicht einen kurzen Blick in die Wirtschaftsräume werfen möchte, bevor ich zurück zu meiner Bleibe laufe. Als gütiger Vater der Waisenkinder, wie ich es bin, muss ich doch erfahren, welche Annehmlichkeiten meine Kinder erwarten, wenn sie hierherkommen. Rücksichtsvoll wie immer, versicherte ich meinem Gastgeber, dass ich alleine den Weg finde, damit er die anderen Gäste verabschieden kann. So ein Vertrauen hat er schon zu mir. Und dann stoße ich zufällig auf dich!«

Jeder Satz, den er sprach, war wie ein Messerstich in Maries Herz.

»Es waren also andere Gäste, die mit der Kutsche fuhren«, murmelte sie.

Mr Creek lachte. »Und du dachtest, du seist davongekommen! Wie reizvoll!«

»Was ist Ihr wahrer Grund, hier zu sein?«, kam wieder Maries gequälte Stimme.

»Habe ich gerade eben erklärt, meine Liebe. Freut es dich nicht zu erfahren, dass ich in meinem wahren Leben ein biederer, gutbürgerlicher Weltverbesserer bin, besorgt um das Wohl kleiner, verwaister Jungen?«

Er nahm seine Ellbogen von der Wand, trat zurück und drückte seine Hände auf ihre Schulter. Seine Finger sanken wie Klauen in ihr Fleisch hinein. Sie schrie auf vor Schmerz. Seine Augenschlitze öffneten sich wieder. Er musterte sie, bewusst, langsam, von Kopf bis Fuß. »Appetitlich ist die Süße wieder geworden«, säuselte er. »Wie sehr hat Sir Malcolm dich vermisst! Aber jetzt ist er tot, der Arme!«

»Sir Malcolm ist tot?«

Als Antwort legte er einen Finger auf die Haut an ihrem Hals, beugte seinen Kopf wieder nach vorne und blies auf die Stelle, die er berührt hatte. Sie schrak zurück und drehte ihren Kopf von ihm weg.

»Weiches, unverdorbenes Fleisch. Und jetzt muss ich es nicht mehr mit Sir Malcolm teilen. Bei deiner und meiner letzten Begegnung waren nur noch Knochen und Haut an dieser Stelle zu finden. Das Leben im Herrenhaus bekommt dir gut. Du wirkst unschuldig, frisch, unberührt. Geradezu einladend. Alles an dir schreit ›friss mich!‹«

»Hören Sie auf, Sir, hören Sie sofort auf. Ich lade nicht ein, ich habe nie eingeladen!«

»Ach, diese Neckereien kennen wir nur zu gut. Wenn du wieder Fang-mich spielen willst, dann gerne. Sollen wir spielen?«

»Nein, ich wollte nie Fang-mich, ich wollte nie irgendetwas spielen!«

»Aber wir haben dich dazu gezüchtet. Es ist deine Bestimmung, in Besitz genommen zu werden.«

Plötzlich hörte der spöttische Ton auf. »Aber kommen wir nun zur Sache.«

Er befreite ihre Schulter von seinem Griff und verschränkte die Arme. Marie schluckte, ließ ihre Schulter hängen und kämpfte gegen einen drohenden Schwindelanfall. Sie versuchte, sich auf seine Rede zu konzentrieren.

»Es sind wichtige Geschäfte mit diesem Haus im Gange. Sechs Wochen lang werde ich hier ein und aus gehen. Hör gut zu. Wenn die Herrschaften hier im Haus ein Wort, nur ein einziges Wort über die vergangene Verbindung zwischen dir, Malcolm und mir – oder über mein Treiben in Blanche House – mitbekommen, dann bist du ein totes Hurenweib. An Ort und Stelle.«

Er schwieg kurz, um die Worte wirken zu lassen. Marie sank langsam auf den Boden, immer noch an die Wand gelehnt. Es war ihr eiskalt am ganzen Leib. Mr Creek machte ein paar Schritte zur Tür hin. Das Klicken seiner Stiefel hallte auf den Steinfliesen. Er drehte sich um.

»Erinnerst du dich an die Augen und Ohren? Sir Malcolm mag tot sein, aber die Augen und Ohren sind nicht tot. Sie belauern dich auf Schritt und Tritt. Du erlebst sie heute Abend. Es gibt unsichtbare, magische Kräfte, die dich zu uns zurückziehen, ob du es wahrhaben willst oder nicht. Von uns gibt es kein Entkommen, Marie. Auch wenn du noch so weit weg von hier fliehen würdest, wir würden dich irgendwie, irgendwo finden.«

»Dann will ich lieber gleich sterben«, stammelte sie. »Ich ertrage die Ohren und Augen nicht. Ich ertrage Ihre Nähe nicht. Töten Sie mich gleich. Oder ich setze selber meinem Leben ein Ende.«

»So einfach geht das nicht. Wenn wir schon das Glück haben, dich hier vorzufinden, können wir deine Dienste gebrauchen. Du bleibst bis auf Weiteres am Leben, bis ich es anders entscheide. Und du bleibst hier. Es ändert sich für dich nichts. Solange du unsere Geheimnisse für dich behältst, passiert dir nichts. Ein kleiner Fehltritt und nicht nur du bist tot, sondern auch Lady Elinor. Ich sorge dafür, dass du nach deinem Ableben den Mord an einem jungen Mädchen auf dem Gewissen hast und dass diese Familie für immer den Tag verflucht, an dem sie dich in diesem Haus beherbergt hat. Wenn du dich fügst und deinen Mund hältst, dann entlasse ich dich nach Abwickeln meiner Geschäfte aus meiner Obhut und du bist eine freie Frau.«

Die letzten Worte klangen fern und verschwommen in ihren Ohren. Sie hörte, wie der Schlüssel gedreht und die Tür zugezogen wurde. Danach wurde alles schwarz und sie wusste von nichts mehr.

Am nächsten Morgen wickelte Marie ihre Bettdecke enger um ihren Körper und grub ihren Kopf in ihr Kopfkissen. Sie konnte sich nicht erinnern, wie sie in ihr Zimmer zurückgefunden hatte. Sie musste im Halbschlaf die Treppe hochgestolpert sein. Sie war immer noch voll angezogen. Draußen hingen dunkle Wolken träge am Himmel. Die Kirchenglocken im Dorf fingen an zu schlagen. Als sie nicht aufhören wollten, merkte Marie, wie spät es schon war. Sie sprang aus dem Bett, goss Wasser in die Porzellanschüssel ihrer Waschkommode und spritzte es über ihr Gesicht. Sie schrak zurück, als sie ihre geschwollenen Augen im Spiegel sah und die roten Flecken an ihrem Arm, da wo Mr Creek sie festgehalten hatte. Sie kämmte ihre Haare und setzte sich auf den Stuhl, der am Fenster stand. Zunächst traute sie sich nicht, die Vorhänge zur Seite zu ziehen und die Fensterläden zu öffnen, zu viel Angst hatte sie davor, die drahtige Gestalt von Mr Creek zu sehen – unter einem Baum, neben der Mauer, auf einer Sitzbank im Park. Überall konnte er sein. Aber wenn sie die Läden geschlossen ließ, würde sie vielleicht Misstrauen erwecken. Er würde vielleicht schneller herausfinden, wo ihr Zimmer war. Vorsichtig schob sie die Fensterläden zurück und versteckte sich dabei hinter dem Vorhang. Sie erhaschte einen flüchtigen Blick auf den verregneten Park. Keine Spur von Mr Creek.

Sie setzte sich auf ihre Bettkante und vergrub ihr Gesicht in den Händen. Eines stand fest. Elinor durfte auf keinen Fall etwas passieren. All ihre bisherigen Pläne für den Ernstfall waren damit hinfällig. Birch Heights zu verlassen, kam nicht mehr infrage. Auch nicht der Gang auf die Klippen, den sie sich als letzten Ausweg vorbehalten hatte, falls alles andere in einer Sackgasse endete. Sie wäre nicht die Erste gewesen, die sich von oben auf die spitzen, schwarzen Felsen gestürzt hätte, weil die Aussicht auf einen weiteren Tag in dieser Welt zu grausam war.

Sie musste bleiben. Sechs Wochen noch. Malcolm stellte keine Gefahr mehr für sie dar. Wie und wo er sein Ende gefunden hatte, interessierte sie nicht im Geringsten. Mr Creek könnte jedoch nach Malcolms Ableben umso gefährlicher werden. Vielleicht war sein Versprechen, sie nach sechs Wochen in Ruhe zu lassen, nur ein

Trick, um sie in ein betrügerisches Gefühl der Sicherheit einzulullen und sie nachher in seinen Besitz zurückzuholen.

Eines stand fest. Sie musste schauspielern. Ja keinen Verdacht erwecken, der zu neugierigen Fragen führen konnte. Danach, wenn die Aussage von Mr Creek stimmte, wären seine Geschäfte in Birch Heights abgeschlossen, und sie wäre ihn los. Für immer.

Bei diesem Gedanken leuchtete ein winziger Hoffnungsschimmer in ihrem Herzen auf. Solange sie sich unter Menschen bewegte, war sie in Sicherheit, auch wenn er ihr auflauerte. Sie war ihm und seinen Mittätern nicht, wie damals, tagtäglich ausgeliefert. Sobald sie sich gewiss war, dass er fort war und Elinor nicht mehr in Gefahr war, würde sie Lady Charlotte alles beichten. Die Greenwolds sollten dann über ihr Schicksal entscheiden.

Sie war erleichtert, einen Beschluss gefasst zu haben. Niemandem fiel es auf, dass sie später als sonst in der Küche erschien. Dort frühstückte sie an den meisten Tagen mit Elinor zusammen, es sei denn, Lord und Lady Greenwold wünschten die Gesellschaft ihrer Tochter oben im Familienesssaal. Mit einem dumpfen Gefühl im Magen suchte sie Lord Greenwold nach dem Frühstück auf. Sie hörte ihn pfeifen. Erleichtert, dass er gut gelaunt zu sein schien, lief sie in die Richtung, aus der der Klang kam. Sie traf auf ihn in der Eingangshalle, wo er sich für einen Ausritt fertig machte.

»Wegen gestern Abend, Sir. Ich … ich war etwas unpässlich und musste schnell in den Baderaum. Bitte verzeihen Sie mir meine Unhöflichkeit.«

»In Ordnung, Marie. Es gibt immer ein nächstes Mal. Mr Creek will noch sechs Wochen lang hier in der Gegend verweilen und Ideen für die Sommerschule sammeln, die wir gerade planen. Wir rechnen natürlich mit deiner Beteiligung und haben große Erwartungen an dich.«

»Ich bin gerne bereit, meine Ideen einzubringen«, antwortete Marie und hoffte, dass es Lord Greenwold nicht auffiel, mit wie viel Mühe sie sich zu diesen Worten zwingen musste. Ein kleiner Trost war wenigstens die Bestätigung von Lord Greenwold, dass Mr Creek tatsächlich nach sechs Wochen wieder fort sein würde. Er hatte also nicht gelogen. Seine Geschäfte mit Birch Heights waren ihm wohl sehr wichtig. Wichtiger hoffentlich als seine Lust auf Marie.

Jetzt musste sie ihn glauben lassen, dass sie sich seinen Wünschen fügte. Vielleicht würde er sich dann nicht so genötigt sehen, ihr aufzulauern.

Zwei Tage später lief Charlotte Arm in Arm mit Lydia Earling durch Hipperclove. Sie hatte Körbe, gefüllt mit Lebensmitteln, zu Familien im Dorf gebracht, die in Not waren, und war Mrs Earling zufällig begegnet.

»Mr Creek aus London hat uns besucht und das Anwesen besichtigt«, erzählte Charlotte. »Er kann sich vorstellen, mit unserer Hilfe eine jährliche Sommerschule für arme Kinder einzurichten. Stell dir vor, Lydia, Dutzende, vielleicht Hunderte von Kindern werden aus den Fabriken und von den Straßen hierhergebracht, um Lesen und Schreiben zu lernen, um Hoffnung auf eine bessere Zukunft zu bekommen!«

»Dieses Unterfangen könnte landauf, landab als Vorbild für andere dienen«, antwortete Mrs Earling.

»Ich träume davon, dass eine Reformbewegung daraus entsteht«, sagte Charlotte. »Die Politiker in London scheinen immer offener dafür zu sein. Neue Gesetzesentwürfe liegen schon auf dem Tisch in Westminster. Das hat uns Mr Creek erzählt. Er selber ist ein sympathischer und zuvorkommender Gentleman und um seine Kinder sehr bemüht. Fast wie ein leiblicher Vater um die eigenen Kinder. Jake hatte die Idee, Marie mit einzubinden, weil sie eine außerordentliche Gabe im Umgang mit Kindern hat.«

»Ich freue mich darauf, deine Miss Marie persönlich kennenzulernen, Charlotte.«

Die beiden Frauen standen auf der Gasse in Reichweite von Mrs Earlings Haustür. Sie gingen ins Haus und Charlotte setzte sich an den Küchentisch. »Cynthia, du darfst gehen«, wandte sich Lydia an das Mädchen, das sie an der Tür begrüßt hatte. »Danke für deine Dienste. Der Junge scheint ruhig zu schlafen.«

Lydia holte Teetassen aus dem Schrank. »Noch mal zu Marie, Charlotte. Ich bin dankbar für jede Hilfe, die ich bekomme. Ich habe so viel Erfreuliches über sie gehört, dass ich mich geehrt fühle, dass sie mir Gesellschaft leisten möchte.«

»Sie kommt in erster Linie, um dir beim Putzen zu helfen und deinen Garten zu bearbeiten. Aber erzähl mir, bevor ich gehe, Lydia. Wie geht es deinem kleinen Gast?«

»Körperlich so weit ordentlich. Er lebt aber in einem nicht endenden Albtraum und kann nicht alleine gelassen werden. Cynthia kommt vom Markt, um bei ihm zu sitzen, wenn ich einmal an die frische Luft gehen möchte oder zu Franny für einen Tee.«

»Und meine Idee, dass er zu uns ins große Haus kommt und an Elinors Unterricht teilnimmt? Vielleicht tut ihm die Gesellschaft gut und reißt ihn aus seinen schrecklichen Erinnerungen. Und Elinor braucht Unterhaltung, jetzt, wo die Stadtkinder wieder abgereist sind. Wenn Marie halb so viele Wunder bei ihm wirkt wie bei meiner Tochter, dann haben wir im Nu aus ihm einen fröhlichen, unbeschwerten Jungen gemacht. Abgesehen davon, dass wir ihn endlich kennenlernen wollen.«

»Du lieber Himmel, ich glaube, das wird nicht so einfach, Charlotte. Aber einen Versuch ist es wert. Ich gebe dir Nachricht, sobald ich meine, dass seine Genesung dazu weit genug fortgeschritten ist. Marie lernt ihn kennen, wenn sie hier ist, vielleicht kann sie ihn jetzt schon aus der Reserve locken. Bisher sagt er mir nicht einmal seinen Namen.«

Charlotte wollte sich gerade verabschieden, da fasste Mrs Earling sie an der Hand und schaute sie mit einem suchenden Blick an. »Darf ich fragen, ob es über Eduard etwas Neues gibt?«

»Nichts Gutes, Lydia.«

»Und?«

»Mr Creek weiß von Dickon, dass wir seit der Nachricht über Sir Malcolms Tod nach Eduard suchen. Der gute Herr aus London hat eigene Erkundigungen eingezogen. Er fand heraus, dass Malcolm durch seinen jahrelangen Alkoholkonsum an der Leber schwer erkrankt war und eines Abends auf der Straße umfiel. Er wurde einige Zeit später tot aufgefunden. Leider sind Gerüchte im Umlauf, dass Eduard schon vorher tot war, meint Mr Creek. Verlässliche Gerüchte.«

»Oder will jemand verhindern, dass ihr eure Suche weiterführt?«

»Meine liebe Lydia, so misstrauisch? Warst zu oft mit Franny zusammen, was? Wieso sollte jemand verhindern wollen, dass wir nach Eduard suchen? Auf jeden Fall meldet sich Mr Creek postwendend, falls es weitere Neuigkeiten gibt.«

»Du trägst die Nachricht mit Fassung?«

»Was bleibt mir übrig? Bis vor Kurzem wussten wir nichts von ihm. Dann hatten wir Grund, auf ein Wiedersehen zu hoffen, als Malcolm uns in seiner letzten Nachricht darum bat, seinen Sohn in unserem Haus aufzunehmen. Jetzt müssen wir annehmen, dass er vielleicht tot ist. Das ist hart, aber so ist es eben.«

»Das tut weh«, erwiderte Mrs Earling mitleidig. Sie küsste Charlotte zum Abschied auf beide Wangen und begleitete sie zur Haustür. Sie warf einen kurzen Blick zur Tür des Zimmers, in dem ihr junger Gast schlief. »Der kleine Kerl da drin«, murmelte sie vor sich hin. »Ich hatte wilde Momente, in denen ich gegen alles Hoffen gehofft hatte … aber wahrscheinlich sind das nur Wunschträume.«

Sie drehte sich wieder um. »Auf Wiedersehen, Charlotte, und Gott befohlen.«

»Warum ich ausgerechnet hierhergekommen bin? Sie wollen aber auch alles wissen, Mrs Earling! Ich erfuhr von Birch Heights durch einen Bekannten, der hin und wieder davon sprach.«

»Er lud Sie hierher ein?«

»Nein«, sagte Marie. »Er war kein Freund von mir, im Gegenteil. Gerade deshalb beschloss ich, hierherzukommen.«

»Und aus welcher Stadt bist du gekommen?«

»Das erzähle ich Ihnen gerne ein anderes Mal, Mrs Earling. Ich brauchte eine neue Bleibe und so kam ich hierher.«

Marie saß neben Mrs Earling auf einer Gartenbank zwischen Geranientöpfen in dem kleinen Hof hinter dem Haus. Sie war mit Dickon auf dem Gemüsekarren nach Hipperclove gefahren und war nicht, wie sonst üblich, durch den Wald und über die Brücke gelaufen. Sie wollte auf alle Fälle vermeiden, zu irgendeiner Zeit alleine zu sein, und schob Kopfschmerzen als Vorwand vor. Dickon hatte versprochen, sie vor Anbruch der Dunkelheit wieder abzuholen.

»Sie kamen nach Cornwall zu Fuß? War es ein langer Weg?«, fragte Mrs Earling.

»An manchen Tagen konnte ich bei einem Bauern auf dem Wagen mitfahren.«

Je mehr Fragen Mrs Earling stellte, desto knapper fielen Maries Antworten aus, desto unruhiger war ihr Blick, der in alle Richtungen schweifte. Als es einmal an die Haustür klopfte, schreckte sie zusammen und drückte ihren Körper gegen die Außenwand des Hauses, an die die Gartenbank angelehnt war.

»Das war Cynthia mit frischen Eiern vom Markt«, erklärte Mrs Earling und setzte sich wieder neben sie. Sie musterte Marie mit einem Stirnrunzeln. »Sie haben mir nur winzige Fragmente der wahren Geschichte erzählt, stimmt's, Marie?«, fragte sie leise. »Wovor haben Sie Angst?«

Marie biss sich auf die Lippe und schüttelte den Kopf. »Zeigen Sie mir, wo Ihre Putzlappen sind, Mrs Earling, ich mache mich an die Arbeit.«

Eine Stimme erklang aus dem Innern des Hauses. »Mrs Earling, darf ich mir ein Glas Milch holen?«

»Mein junger Patient ist wach, Marie. – Komm raus, Junge, hier wartet jemand, den du kennenlernen solltest.«

Als Marie sich umdrehte und einen blonden Lockenschopf und zwei helle, blaue Augen an der Tür erblickte, musste sie erst einmal überlegen, ob sie mit dem Gesicht etwas Positives oder etwas Negatives verband und an wen sie die Mundform des Jungen erinnerte.

Erst als er direkt vor ihr stand und ihr die Hand reichte, stammelte sie ein verwirrtes »Guten Tag«. Mrs Earling erzählte ihm, dass er demnächst an Miss Maries Unterricht im großen Haus zusammen mit Lady Elinor Greenwold teilnehmen durfte.

»Ich bin Ihnen sehr verpflichtet, Miss.«

Seine Stimme klang betrübt und er warf einen verängstigten Blick zu Mrs Earling hin.

»Du musst dich daran gewöhnen, auch einmal mein Haus zu verlassen, mein Junge«, sagte seine Gastgeberin und zog ihn neben sich auf die Bank. »Du gehst jeden Tag in den Garten, das ist ein großer Fortschritt. Wenn du zum großen Haus gehst, dann gehe ich mit, oder Cynthia. Es schauen dich keine Augen an, wenn du mit uns zusammen bist, nur unsere. Es wird dir gefallen. Und die Leute dort sind nett, sie mögen dich von ganzem Herzen, warte ab.«

Marie widerstand der Versuchung, ihn zu fragen, vor was für Augen er Angst hatte, und erzählte stattdessen von der Bucht, von den unterirdischen Gängen, den Pferden und den Weinbergen und von dem sonnigen Unterrichtsraum, in dem Elinor jeden Tag Malen, Singen und Rechnen lernte. Sie erklärte ihm, wie Elinor auf einer Wachstafel ihre Wörter übte, weil sie nicht sehen konnte, und wie sie die Buchstaben mit den Fingern nachfuhr.

»Es wird ihr gefallen, Gesellschaft zu haben und jemand, der ihr vorlesen kann«, sagte Mrs Earling. »Und in der Bucht findest du bestimmt mehr solcher Muscheln wie die, die du aus London mitgebracht hast.«

Eduard Gesichtszüge entspannten sich. Er holte seine Muschel aus seiner Hosentasche und zeigte sie Marie. Mrs Earling erhob sich und griff nach der Gießkanne, die neben der Bank auf den Fliesen stand.

»Ich gieße jetzt die Tomaten«, sagte sie. »Die Putzlappen können warten, Marie. Unterhaltet ihr euch ruhig weiter, solange ihr was zu erzählen habt.«

In Mrs Earlings sonnigem Garten schien die Welt wieder in Ordnung zu sein. Marie hatte seit der Begegnung mit Mr Creek im Bügelraum keine Spur mehr von ihm gesehen. Hin und wieder hatte sie gemeint, einen Hauch von *Edel Mélange* in der Luft zu riechen. Es kam ihr der beunruhigende Gedanke, dass er womöglich einen Verbündeten im Haus hatte, der sie bespitzelte. Sie ließ alle Gesichter der Bediensteten in ihrem Kopf Revue passieren, die im Laufe einer Woche in dem Anwesen arbeiteten. Manchmal waren Knaben und Mädchen aus Hipperclove da, die einen Tag in der Woche aushelfen durften, um ein paar Münzen zu verdienen. Ihr war aber nicht aufgefallen, dass jemand von ihnen sie besonders beobachten würde.

Am frühen Abend stand nicht Dickon, sondern Frederik an Mrs Earlings Tür, um Marie nach Hause zu begleiten. Er hob seine Kappe und erklärte, dass Dickons Dienste kurzerhand von Lord Jake gebraucht worden seien. »Ich hoffe, das macht Ihnen nichts aus, Miss Marie.«

Er ließ seine Kappe von einer Hand in die andere wandern, während er sprach. Maries Herz klopfte wie wild.

»Natürlich macht es mir nichts aus.« Sie versuchte, ihre Freude hinter einem gleichgültigen Gesichtsausdruck zu verbergen.

»Bis morgen, mein junger Freund«, verabschiedete sie sich von Eduard. »Und das Erste, was wir machen, ist, für dich einen Namen zu finden, bis du so viel Vertrauen in uns hast, uns deinen wirklichen Namen zu verraten.«

Frederik lud sie ein, sich bei ihm einzuhaken, und sie liefen langsam am Fluss entlang, über die gewölbte Brücke und durch den Wald, beide in Gedanken versunken. Einmal blickte er von der Seite auf sie herunter und sah, dass das Tuch, das ihre Schulter bedeckte, auf einer Seite verrutscht war. Er zog es zärtlich über ihren Ärmel bis zu ihrem Nacken. Maries Herz machte einen Sprung und ihr Gesicht glühte.

»Danke«, flüsterte sie. *»Ein Mann, der mich zudeckt«*, fügte sie in ihren Gedanken hinzu.

Er lächelte auf sie herab. »Ich habe zu danken«, entgegnete er.

Zum ersten Mal seit Tagen hatte sie eine ganze halbe Stunde lang keine Sekunde an Mr Creek gedacht.

Kapitel elf

Mr Creek war zufrieden, dass Marie, allem Anschein nach, sich seine Warnungen zu Herzen genommen hatte, und reiste für ein paar Tage zurück nach London. Er wollte Entwürfe, Grafiken und Skizzen vorbereiten, die seine Pläne für die Sommerschule in Birch Heights glaubwürdiger erscheinen lassen sollten. Als er an einem Morgen in Hoddington Place an seinem Schreibtisch saß und in einen Brief vertieft war, den er schreiben musste, hörte er eine vertraute Stimme an der Tür.

»So, so, schon eine Weile in London und keinen einzigen Gedanken für Minna übrig!«

Mr Creek nahm seine Lesebrille von der Nase und blickte zur Tür. »Minna, meine Liebe, jetzt nicht. Ich habe Wichtiges zu tun und reise demnächst wieder ab. Hab Verständnis. Wenn ich mit den Angelegenheiten fertig bin, flitze ich wie ein Pfeil zurück in deine Arme.«

»Ein feiner Lohn für eine, die sich Ihnen gerne und aus freien Stücken zur Verfügung stellt, Mr Creek. Oder macht es Ihnen mehr Spaß, eine Frau zu zähmen, die Sie ekelhaft findet und sich mit Händen und Füßen wehrt? Brauchen Sie wieder das Vergnügen der Jagd, bevor Sie über Ihre Beute herfallen?«

Mr Creek setzte seine Brille wieder auf die Nase, verengte seine Augen zu Schlitzen und wandte sich erneut seinem Brief zu. Minna tänzelte lässig in den Raum hinein und bückte sich über seinen Schreibtisch. Sie bedeckte mit gespreizten Fingern die beiden Briefseiten, die vor ihm lagen, und blickte ihm trotzig in die Augen.

»Es interessiert Sie vermutlich nicht, was ich über Ihren abtrünnigen kleinen Eduard Forsythe-Drake erfahren habe. Soll mir recht sein. Ich will mich schließlich niemandem aufdrängen. Leben Sie wohl!«

Sie erhob sich wieder, marschierte davon und war schon fast aus der Tür, als Mr Creek von seinem Stuhl hochsprang und ihr hinterhereilte. Er packte sie an der Taille und küsste sie auf den Mund.

»Das war ein Angebot. Heute Abend zur gewohnten Zeit. Bei mir«, raunte er ihr ins Ohr.

»Das klingt schon eher wie mein lieber Verführer von Hoddington Place. Was wollen Sie wissen?«

»Eduard! Wo ist er?«

»Gegen welchen Preis heute Abend?«

»So viele, wie du willst. Mit Aufpreis für brisante Auskünfte. Erzähl von Eduard, schnell.«

»Alles mit der Ruhe, Mr Creek.«

Sie stieß einen schrillen Pfiff aus und zwei ungepflegte Burschen sprangen die Treppe hoch.

»Nicholas und Gilbert, zwei Halbwüchsige von hier unten. Das sind die, die vor ein paar Wochen ausgebüxt sind, als Ihre Mrs Fimble wieder ein paar Gläschen zu viel in sich hineingekippt hatte. Erinnern Sie sich? Ich hab die Kerle nach ein paar Tagen erwischt und zurückgeschleppt und Sie schulden mir immer noch eine Belohnung dafür. Inzwischen habe ich herausgefunden, dass sie prickelnde Auskünfte haben, die Sie bestimmt interessieren. «

Sie schüttelte vor den Nasen der beiden Jungen einen kleinen Lederbeutel, der voller Münzen war. »Geld statt der Peitsche, die ihr verdient hättet«, sagte sie schroff. »Raus mit der Sprache, und zwar schnell.«

»Es war Eduard, nicht?«, fing Nicholas an.

»Ja, gewiss war es der Eduard«, stimmte Gilbert zu.

»Lag auf der Straße, nicht?«

»Jawohl, auf der Straße lag er. Hast recht. Oder war es auf dem Gehweg?«

»Auf der Straße war es. Wie ich gesagt habe.«

»Nein, auf dem Gehweg! Ich war näher dran. Ich hab es gesehen.«

Mr Creek tippte ungeduldig mit dem Fuß auf den Boden.

»Und die Hunde hinter ihm her.« Das war wieder Gilbert.

»Jo, das waren sie, die Hunde, flink hinter dem her. Und Katzen auch.«

»Und die Kutsche – wir ha'mn die Kutsche fast vergessen.«

»Jo, die Kutsche, die war auf der anderen Seite.«

»Auf der anderen Seite der Straße.«

So ging es eine Weile weiter. Die Kerle stritten sich darüber, welche Straße es war, wie viele Pferde das Gespann hatte und ob die Kutsche dunkelbraun oder schwarz war. Mr Creek tippte ungeduldig mit dem Fuß. Nachdem Minna ihnen den Geldbeutel wieder vor die Nase gehalten hatte, kam schließlich das heraus, worauf Mr Creek gewartet hatte. Eduard sei von fremden Männern vor den Hunden gerettet und ins »Grüne Fass« gebracht worden. Sie seien aus Neugierde hinterhergelaufen in der Hoffnung, für irgendeinen kleinen Dienst ein paar Münzen Trinkgeld zu bekommen. In der Nacht müsse Eduard dortgeblieben sein, sie hätten nicht gesehen, dass er wieder hinausgetragen wurde. Am nächsten Tag seien sie wieder hingelaufen, um zu schauen, wie die Kutsche abfuhr, und hätten Eduard in einem der Sitze gesehen, von Kissen gestützt. Die Kutsche sei auf dem Weg nach Cornwall gewesen und drei fremde Kerle hätten auch darin gesessen. Am Schluss stritten die beiden sich darüber, ob es denn wirklich Eduard gewesen sei oder nicht. Aber Mr Creek hatte alle Auskünfte, die er brauchte.

»Gute Arbeit, Burschen«, sagte er, nahm zwei Münzen aus Minnas Beutel und drückte sie ihnen in die Hand. Sie schauten sehnsüchtig auf den Rest, aber Mr Creek winkte ihnen ungeduldig mit der Hand, dass sie verschwinden sollten und wiederkommen, wenn sie weitere spannende Neuigkeiten zu berichten hätten. Er zwickte Minna in den Arm, eilte zurück zu seinem Tisch, griff nach seiner Feder und schrieb hastig an dem Brief weiter, den er begonnen hatte.

Das Angesicht der Götter leuchtet auf uns, mein Freund. Unsere Glückssträhne nimmt nicht ab. Nicht nur der kleinen Hexe bin ich auf die Spur gekommen, gerade eben stolpere ich auf eine Nachricht über deinen lieben Sohn Eduard. Auch er ist in Cornwall, unser schleimiger kleiner Wurm. Alle Wege führen nach Birch Heights! Meiner Rechnung nach muss es die Kutsche von deinen ehrwürdigen Verwandten gewesen sein, die ihn mitgenommen hat, da sie um diese Zeit hier waren, um meine Kinder abzuholen. Hinweise, dass er sich in Birch Heights oder dessen Umgebung aufhält, bekam ich nicht, als ich dort war. Ich wurde mit solcher Herzlichkeit in deinen Hallen empfangen – du hättest dich köstlich amüsiert. Falls Eduard dort abgeliefert wurde, hat er sich offenbar nicht zu erkennen gegeben. Insofern ist unser ursprünglicher Plan auf merkwürdige Weise doch in Erfüllung gegangen. Die kleine Ratte rennt davon und landet direkt dort, wo wir sie sowieso hinpeitschen wollten. Nur die Vorgehensweise muss anders werden. Ihn so zu züchten, dass er sich bei ihnen einschleimt, als der verlorene Bruder mit offenen Armen empfangen wird und von uns heimlich gelenkt wird, bis wir die Thronräuber beseitigt haben, das geht nun nicht mehr.

Die Herrschaften denken, er sei tot. Ich habe ihnen das gesagt, damit sie nicht auf die Idee kommen, nach ihm zu suchen. Für sie muss er tot bleiben, damit wir sie nun anders überraschen können. Falls ich ihn finde, sorge ich dafür, dass er mundtot bleibt. Wie sehr wird er sich freuen, wenn er entdeckt, dass sein schmerzlich vermisster Vater doch am Leben ist! Da er und Marie sich hier nie begegnet sind und beide schweigen müssen, werden sie nicht drauf kommen, dass sie beide unter unserer Macht stehen. Jedenfalls werde ich herausfinden, wo Eduards Kutschfahrt ihn hingebracht hat.

Er legte die Feder in ihren Halter, erhob sich, holte eine Weinkaraffe von der Kommode neben dem Fenster und goss Wein in ein Glas. Mit einem abwesenden Blick starrte er aus dem Fenster. »Die Bedingungen stimmen. Jetzt die Schritte«, murmelte er.

Er ließ den Wein einige Sekunden im Glas kreisen, nahm einen Schluck und setzte sich wieder an seinen Schreibtisch.

Die Früchtchen sind gereift, schrieb er weiter. *Wir müssen sie pflücken. Du begibst dich so schnell wie möglich nach Sedgeworth. Ich nehme morgen die Postkutsche aus Monkton Gardens. Wir treffen uns dann im »Coach and Horses« in Sedgeworth. Ich mache es mir im Gasthof »Möwennest« in Hipperclove gemütlich und unterrichte dich über weitere Entwicklungen. Ich blicke mit Vorfreude auf den Tag, an dem ich meinen besten Freund als Lord von Birch Heights begrüßen darf.*

Der Brief endete mit Lappalien. Danach unterzeichnete er ihn, öffnete seine Zigarrenschachtel, lehnte sich mit einem zufriedenen Grinsen zurück und blies genüsslich große Wolken *Edel Mélange* ins Zimmer hinein.

Nach einer guten Woche traf Mr Creek wieder in Birch Heights ein und zeigte ein reges Interesse an der Schreinerei, in der Dickon reparaturbedürftige Möbel aus dem großen Haus instand setzte, Stühle und Tische zimmerte und alle Werkzeuge, die auf dem Anwesen verwendet wurden, regelmäßig reinigte und in Ordnung brachte. Die beiden Männer hatten gerade die Werkstatt verlassen und liefen durch den Wald.

»Jedes einzelne Leben zählt für mich, Dickon«, bekundete Mr Creek. Er redete mit Nachdruck und ballte inbrünstig seine Fäuste bei den Worten »jedes einzelne Leben«. »Es ist mir ein besonderes Vergnügen, einen Mann wie Sie kennenzulernen, der handwerkliches Geschick besitzt. Manche dieser Jungen werden sich mit Buchstaben schwertun, aber handwerkliche Tätigkeiten haben etwas Heilsames an sich, denken Sie nicht auch?«

»Genau so ist es, Mr Creek«, antwortete Dickon. Sie blieben am Rand des Birkenwalds kurz stehen. Die Wiese, auf der das Schiffswrack aufgebaut war, lag vor ihnen.

»Sehen Sie mal diese Fläche an, Mr Creek. Früher eine Wildnis. Bis Lady Charlotte uns beauftragt hat, eine Spielwiese hier anzulegen, einen Ort der Erholung. Vor allem für Kinder, die nie in ihrem Leben in einem Garten gespielt haben oder irgendwo herumgeklettert sind, keine Namen von Blumen oder Sträuchern wissen, auch nicht die Namen der Vögel, die in den Bäumen singen und Nester bauen.«

Dickon zeigte Mr Creek die Sitzbänke, die die Buben gezimmert hatten, und das alte Schiff, auf dem sie stundenlang herumgesprungen waren. Er erzählte von seinem Vorhaben, mit Waisenkindern Vogelhäuschen und Zäune zu bauen, Holzspielzeug und Puppenhäuser.

»Ich bin sprachlos. Ich glaube, wir zwei sind Seelenverwandte, Dickon.« Mr Creek schüttelte den Kopf und wischte sich die Augen mit seinem Taschentuch. »Meine Buben haben von diesem Paradies geradezu geschwärmt und jetzt verstehe ich, warum.«

Dickon grinste von einem Ohr zum anderen. »Ein Paradies in der Tat, Sir. Ich bin nie glücklicher, als wenn ich meinen Spaten, meine Säge und meinen Schubkarren bei mir habe und einen Vormittag lang hier grabe, baue, säge. Es ist herrlich.«

Sie hatten inzwischen die Steinmauer und das Tor erreicht, das zum Turmhügel führte, drehten sich dort um und bewunderten die Wiese von der anderen Seite. Mr Creek griff das Wort wieder auf.

»Die Erfüllung eines Traums liegt hier vor unseren Augen, Dickon. Ich freue mich auf den Tag, an dem man ein beliebiges Kind aus einer beliebigen Gasse in London aufsammelt, aus den Fängen der Hunde sozusagen, in eine Kutsche hineinsteckt, hierherbringt und aus ihm einen lebenstüchtigen jungen Mann macht, der in der Lage ist, eine Werkstatt zu errichten, ein Haus zu bauen und ein Feld zu bestellen.«

Er warf Dickon einen verstohlenen Blick von der Seite zu.

»Komisch, was Sie da sagen, Mr Creek«, erwiderte Dickon. »Als wir Ihre Burschen aus London holten, ist uns genau das passiert.«

Mr Creek hob eine Augenbraue hoch und richtete einen bohrenden Blick auf ihn. »Was passiert?«

»Wir sind auf einen verwahrlosten Jungen gestoßen, der vor einer Meute Hunde auf der Flucht war und mitten in einer dunklen Gasse zusammengebrochen war.«

»Und was haben Sie mit ihm gemacht?«

»Haben ihn in die Kutsche gesteckt und hierhergebracht. Es blieb uns nichts anderes übrig.«

»Schade, dass Sie ihn nicht nach Hoddington Place gebracht haben! Wir hätten ihn im Nu wieder auf die Beine gebracht!«

»Er hat angefangen zu toben, als wir das Wort ›Armenhaus‹ nur erwähnten, Sir. Wir wussten noch nicht, wie hervorragend Ihre Arbeit in Hoddington Place ist.«

»Nicht alle Armenhäuser haben einen guten Ruf«, antwortete Mr Creek. »Vielleicht hatte er etwas Schlimmes erlebt. Gerade deshalb ist das, was wir hier machen wollen, von unendlicher Wichtigkeit!«

Sie spazierten durch die Wiese zurück und plauderten weiter über die Übel der meisten Armenhäuser und über das Los verwaister

Kinder. Plötzlich hielt Mr Creek an und blickte stirnrunzelnd zu Dickon. »Sagen Sie mir, Dickon. Zurück zu dem Jungen, den Sie gerettet haben. Er geht mir nicht mehr aus dem Sinn. Wie läuft seine Genesung? Wie sind seine Aussichten?«

»Er ist bei einer Dame im Dorf untergekommen. Er ist so weit gesund, dass er das Haus demnächst verlassen kann. Lady Charlotte will ihn nach Birch Heights bringen, damit er mit ihrer Tochter zusammen unterrichtet werden kann.«

Mr Creek blickte auf den Boden. »Hat er erzählt, warum er auf der Straße war oder woher er kam?«

»Laut Mrs Earling erzählt der arme Kerl nichts aus seiner Vergangenheit, Sir. Er hat nicht einmal seinen Namen gesagt. Bisher nicht, zumindest.«

»Natürlich ist es wichtig, dass er viel an die frische Luft geht. Das wird hier auf dem Anwesen sehr gut möglich sein, besser als in den beengten Verhältnissen im Dorf, nicht wahr?«

»Frau Earling lebt zwar mitten im Dorf, Sir. Ihr großer Garten grenzt aber an den Friedhof, umgeben von hohen Bäumen. Frische Luft im Überschuss. Neben einer Kirche zu leben, kann nie ein Fehler sein!« Er lachte verlegen. »Es wird Ihnen aufgefallen sein, Mr Creek, dass es hier äußerst ländlich zugeht!«

»Das ist natürlich ein Grund, warum alles hier mich so interessiert, Dickon. Gesunde Luft ist die Grundlage eines jeden Seelenheils. Als Mann aus dem Nebel und dem Dunst Londons spreche ich dies aus Überzeugung!«

Dickon nickte anerkennend. Sie schlenderten zurück in den Wald bis zur Kreuzung, an der der Weg nach rechts abbog und über die Brücke nach Hipperclove führte.

»Ich werde das Vergnügen haben, in den nächsten Wochen öfter Gast in Birch Heights zu sein, Dickon. Ich freue mich sehr auf weitere Unterhaltungen mit Ihnen. Leben Sie wohl.« Mr Creek hob seinen Hut und verabschiedete sich. Bevor er das Gasthaus »Möwennest« aufsuchte, machte er einen Spaziergang durch die Dorfmitte.

Es war ein lauer Sommerabend und die Tagesgeschäfte im Dorf näherten sich ihrem Ende. Es herrschte eine entspannte Feierabendstimmung, und hier und da tippte ein freundlicher Bauer an seinen Hut, als er den Besucher aus London erblickte, der als Lord und Lady Greenwolds Ehrengast inzwischen bekannt war. Mr Creek ging gemächlich zur Kirche hin und um den Friedhof herum. Er blieb unter zwei stattlichen Ulmen stehen und blickte über eine niedrige Hecke in einen Garten hinein, der halb Rasen und halb Gemüsegarten war.

»Einen grünen Daumen hat die Frau allemal«, spöttelte er. »Jawohl, bei den saftigen Tomaten wirst du sehr schnell gesunden, mein süßer Eduard!«

»Und ist unsere Kücheneinrichtung zu Ihrer Zufriedenheit, Sir?«, fragte Franny.

»Wenn man einmal in Ihr gutes Brot gebissen hat, Ma'am, dann weiß man, dass nicht nur die Einrichtung, sondern auch die Hände, die sich ihrer bedienen, an Geschicktheit nicht zu überbieten sind. Ich war bei meinem letzten Besuch schon von Ihrer Küche äußerst angetan.« Franny errötete und strahlte.

»Harriets Verdienst«, wehrte sie bescheiden ab. »Aber seitdem ihr Augenlicht schwächer ist, muss ich mehr Verantwortung übernehmen. Das Lob unserer Gäste ist natürlich das höchste Kompliment, das unsere Küche erhalten kann. Und wenn ein Gentleman aus London, der die feine Küche der Großstadt gewohnt ist, gerne bei uns in Birch Heights einkehrt – was bekommt unserem Ruf besser als das? Mein Mann war von Ihrer Freundlichkeit und Ihrem Interesse an seiner Arbeit schon völlig ergriffen und jetzt verstehe ich, warum.«

»Jetzt machen Sie mir Komplimente, liebe Franny«, lachte Mr Creek, »und mehr als mir guttut!« Er spazierte um den Tisch herum und musterte die Regale und Schränke mit ihren Schildern, die mit sauberer Handschrift beschriftet waren.

»Mit einem Handgriff findet man alles, was man braucht«, stellte er fest. »Ich denke zu jeder Zeit für meine Mädchen mit, Franny. Ich stelle mir vor, wie sie in kleinen Gruppen hier um den Tisch stehen und backen, kochen, Obst und Gemüse einmachen. Sie können sich nicht vorstellen, wie sehr mich die Aussicht bewegt, dass junge Kinder, die nur Elend kennen, hier eine heile Welt erleben. Die Großzügigkeit dieses Hauses wird Geschichte schreiben.«

Franny schniefte und holte ein Taschentuch aus ihrer Rocktasche. »Sie drücken es fein aus, Sir. Ich bin so berührt. Es kommt selten vor, dass jemand die harte Arbeit würdigt, die in den Küchen der Herrenhäuser getan wird, vor allem wenn Besuch kommt. Da muss man einiges schwitzen und schuften. Aber die fröhlichen Gesichter zu sehen, als die Mädchen hier waren – eine schönere Belohnung gibt es nicht für die Mühe. Wollen Sie unseren Kräutertee probieren, Sir?«

»Nichts lieber als das!« Er nahm Platz am Tisch und beobachtete Franny, die das Feuer im Holzofen schürte und den Teekessel mit Wasser füllte.

»Wenn Sie Tee kochen und gleichzeitig ein paar neugierige Fragen beantworten können, würde ich gerne wissen, wie Sie die Entwicklung der Kinder einschätzen, die drei Wochen hier verbracht haben?«

»Ach Sir, die kleinen Seelen blühten schon am ersten Tag auf. Das, was für uns Leute vom Lande selbstverständlich ist, ist für sie ein Genuss ohnegleichen. Eine Blume zu sehen, versetzt sie schon in helle Begeisterung. Mit warmem Brot, direkt aus dem Ofen, stopfen sie sich den Mund voll, als ob ihr Leben davon abhinge. Man könnte meinen, sie hätten in ihrem Leben nie was Ordentliches zu essen bekommen.«

Mr Creek nickte mit ernster Miene. »Bei vielen wird das wohl zutreffen.«

»Aber bei Ihren Kindern bestimmt nicht«, wandte Franny ein.

»In Hoddington Place und in meinen anderen Häusern bemühen wir uns um ein gesundes Lebensklima für die Kinder, die uns anvertraut werden«, antwortete Mr Creek. »Aber Veränderungen brauchen ihre Zeit.« Er nippte eine Weile an dem Tee, den ihm Franny vorgesetzt hatte, kreuzte die Beine, lehnte sich in seinem Stuhl zurück und schaute zu, wie sie Möhren putzte. Mit Genugtuung vernahm er, wie sie Harriet, die an der Tür erschienen war, anwies, die Betten zu richten, sie sei gerade in einem Gespräch mit einem sehr wichtigen Gentleman.

»Sie nehmen ganz schöne Lasten auf sich, Franny, wenn Sie das Haus mit fremden Leuten füllen, auch wenn es Kinder sind. Ohne eine Ahnung zu haben, was sie für Probleme mitbringen, welchen Unfug sie anrichten könnten. Sie könnten mit dem Tafelsilber abhauen! Sehr mutig von Ihnen. Alle Achtung.«

Franny legte ihr Messer auf die Arbeitsbank, drehte sich um und schaute ihn mit großen Augen an. »Was Sie nicht sagen, Sir! Wissen Sie, das ist genau das, was ich den Herrschaften hier immer sage. Lady Charlotte will alles wiedergutmachen, was ihr Vater und Großvater an Schaden angerichtet haben. Ich verstehe sie gut, ich habe die schlimmen Zeiten miterlebt. Deshalb bemühe ich mich, den Mund zu halten. Damit, dass Kinder hierherkommen, habe ich keine Mühe. Aber in letzter Zeit geht es zu weit. Sie lässt jeden Streuner hier herein, gibt ihm ein Bett und weist mich an, ihn zu füttern. Manchmal erkennt man sein eigenes Haus nicht mehr wieder.« Sie seufzte.

Mr Creek lehnte sich nach vorne und stützte seine Ellbogen auf den Tisch. »Lord und Lady Greenwold sind sicher froh, achtsame Diener wie Sie im Haus zu haben, die mit offenen Augen durch die Gegend gehen!«

»Sie sind so gütig, Sir! Haben Sie weitere neugierige Fragen? Ich erzähle Ihnen gerne alles, was Sie wissen wollen!«

Mr Creek zögerte. »Ich hoffe, dass ich nicht zu aufdringlich bin, Franny, wenn ich nach dieser hübschen junge Frau, Miss Marie, frage? Wer ist sie? Woher kommt sie?«

Franny warf einen Blick nach hinten, als ob sie ein gefährliches Geheimnis lüften wollte. Sie setzte sich Mr Creek gegenüber, senkte ihre Stimme und flüsterte: »Sie ist gerade so ein Beispiel, Sir. Sie arbeitet hier schon seit Wochen. Keiner weiß, woher sie kommt und warum sie hier ist. Aber meinen Sie, wir dürften Fragen stellen? Sie dürfen aber nicht verraten, dass ich Ihnen auch nur ein Wort gesagt habe! Ich leide sehr darunter, Sir. Hab mich mit Haut und Haar dieser Familie hingegeben und muss nun zuschauen, wie alles, wofür ich gelebt habe, aufs Spiel gesetzt wird.«

Mr Creek lächelte grimmig. »Sie können mir vertrauen, Franny.«

»Und jetzt kommt noch so ein verwahrlostes Wesen dazu. Als ob wir nicht schon genug Arbeit hier hätten. Aber ich plaudere zu viel, Sir. Ich langweile Sie.«

»Ganz und gar nicht, Franny. Erzählen Sie ruhig weiter.«

»Sie sind aber freundlich. Gegen diesen Jungen habe ich allerdings nichts, weil meine Freundin Mrs Earling ihn richtig ins Herz geschlossen hat.«

Mr Creek hob eine Augenbraue. »Welchen Jungen meinen Sie?«

»Den, den sie von London mitgebracht haben.«

»Ah! Ihr Mann hat mir schon davon erzählt! Und er ist jetzt hier ins Haus gezogen?«

»Er lernt oben im Spielzimmer zusammen mit Elinor, neben dem blauen Salon. Vielleicht macht es Ihnen Mut, wenn Sie sehen, was bei so einem verstörten Jungen möglich ist, der erst ein paar erholsame Tage hier an der Küste verbracht hat. Vor Angst gelähmt war der Kleine, er rückte mit nichts heraus. Aber jetzt taut er auf. Er war heute zum ersten Mal am Weiher, war außer sich vor Freude. Hat nie Bäume oder Felder oder Hecken gesehen, sein Leben lang nicht, läuft wie ein Verzauberter durch den Park.«

»Das würde ich tatsächlich mit Vergnügen beobachten, Franny. Aber zuerst trinke ich Ihren vorzüglichen Tee.«

Sie plauderten noch über dies und jenes. Mr Creek bat Franny um das Rezept für die Kohlsuppe, die sie für den ersten Gang des Mittagsmahls gekocht hatte. So eine feine Kohlsuppe habe er noch nie zum Mund geführt. Sie mache sogar den Nobelrestaurants in London Konkurrenz. Als er die Küche einige Zeit später verließ, strahlte Franny über das ganze Gesicht. Abends sprudelte sie immer noch vor Begeisterung über ihren vertrauten Austausch mit dem Gentleman aus London und erzählte Harriet, welch edle Manieren aus London kämen und wie gut es sei, dass solche Besucher etwas Seelenadel und Kultur ins Haus brächten. Sie würde am liebsten selber nach London reisen; Mr Creek habe sie und Dickon eingeladen, ihn dort zu besuchen.

Nach seinem Gespräch mit Franny schlenderte Mr Creek mit den Händen in den Hosentaschen die Treppe hoch. Sollte er fragende Blicke auf sich ziehen, brauchte er sich nur als der nette Herr aus

London zu erkennen zu geben, der Lord und Lady Greenwold helfen sollte, Birch Heights zu einer Erholungsstätte für arme Kinder zu machen. Es war ohnehin an der Zeit, Marie wieder an das wachsame Auge zu erinnern, das sie beobachtete. Das ließe sich mit einer ersten Begegnung mit Eduard gut verbinden. Marie war weit und breit nicht zu sehen, als er an Lady Charlottes Salon vorbeiging und die Tür zum Spielzimmer erreichte, die einen Spalt offen war. Er hörte keine Stimmen. Vielleicht waren die Kinder mit Marie draußen. Er konnte sein Glück kaum fassen, als er seinen Kopf in den Türspalt steckte und Eduard alleine an einem Tisch sitzen sah, mit Holzbuchstaben beschäftigt. Eine Lesefibel lag vor ihm ausgebreitet.

»Hab keine Angst, ich tue dir nichts! Bloß nicht schreien, Junge!«

Eduard sprang von seinem Stuhl hoch und wirbelte herum. Eine Sekunde lang stand er da mit offenem Mund und starrte seinen Besucher mit weit aufgerissenen Augen an. Dann stolperte er nach hinten, schlich um den Tisch herum, ohne Mr Creek aus den Augen zu verlieren, bis der Tisch zwischen ihm und seinem ehemaligen Zuchtmeister stand, und klammerte sich an den Stuhl, der hinter dem Tisch stand.

»Was machen Sie hier?«, fragte er heiser. »Marie und Elinor kommen gleich! Sie wollten ein Bändchen für Elinors Haube holen, bevor wir in den Park gehen. Sie müssen von hier verschwinden, Mr Creek.«

»Danke für die Auskunft, ich fasse mich kurz. Gut gemacht, Junge! Du versuchst, mir zu entkommen, und landest genau an dem Ort, wo ich dich hinschicken wollte. Weil du unseren Plänen vorgegriffen hast, müssen wir sie anpassen.«

»Ich wollte nicht gezüchtet werden, Sir!«

»Wir wollten dich als Eduard hierherschicken und wir hätten ein leichtes Spiel gehabt. Jetzt haben die Herrschaften erfahren, dass Eduard tot ist. Er muss tot bleiben. Du musst dir einen anderen Namen für dich ausdenken und es ihnen sagen. Und du hast niemals in deinem Leben irgendetwas mit mir zu tun gehabt. Verstanden? Alles Weitere wird seinen Lauf nehmen.«

Eduard schluckte und nickte.

Mr Creek machte einen Schritt auf ihn zu. »Vergiss nicht, dass diese Menschen dich hassen würden, wenn sie wüssten, wer du bist.«

Er wandte sich zur Tür, hielt aber noch einmal an, bevor er den Raum verließ. »Ich gehe wie ein Familienmitglied in diesem Haus ein und aus und genieße das volle Vertrauen seiner Bewohner. Auch das soll so bleiben. Schauspielern musst du, mein Junge, schauspielern. Wie du es von uns gelernt hast. Wenn du nichts verrätst, bist du nach einer gewissen Zeit, die ich bestimmen werde, frei von allen Verpflichtungen. Aber bis dahin belauern dich überall Ohren und Augen, wo du auch hingehst. Sie hören jedes Wort, das du sprichst. Es gibt von mir kein Entkommen.«

Es war still im Raum.

»Hast du dazu Fragen?«

Eduard schüttelte den Kopf. Aus der Ferne erklangen lachende Stimmen. Mr Creek richtete einen letzten durchbohrenden Blick auf Eduard und schlich sich aus dem Raum. Er hielt an, grub in seiner Hosentasche und holte einen Zigarrenstummel heraus, den er auf den Boden direkt vor der Tür fallen ließ.

»Nur um sie daran zu erinnern, dass ich hier bin«, sagte er zu sich.

Bevor er die große Eingangstür von Birch Heights erreichte, begegnete er Lord Greenwold, der von einem Ausritt zurückkehrte.

»Na? Haben Sie jetzt alles gesehen, Mr Creek?«

»Ich habe so viele Ideen, Mylord, dass wir Abende damit füllen können!«

»Nichts wie an die Arbeit, Sir! Heute Abend beim Abendessen mit der Familie? Mein Onkel Theodor ist auch eingeladen, ich möchte gerne, dass Sie ihn kennenlernen. Er ist mit unserem Anwesen aufs Engste verbunden. Auch Miss Marie wird anwesend sein, sie interessiert sich sehr für Ihre Ideen, wie die Gegebenheiten des Hauses zu verbessern wären, um Stadtkinder unterzubringen.«

»Ich bin Ihnen sehr verpflichtet, Mylord. Bis heute Abend.«

Er verneigte sich, drehte sich um und marschierte zurück ins Dorf.

»Sie haben den Vorteil eines überdurchschnittlich fruchtbaren Bodens, Mylord. Ist Ihnen das bewusst? Als mich meine Erkundungstour zum Turm führte, kam mir der Gedanke, dass man aus dem Brachland am Hang unter dem Turm eine Menge machen könnte, sogar einen Garten anlegen. Man ist dem lieben Herrgott nie näher als in einem Garten, heißt es bei den Dichtern der Antike.«

»Tja, dem ist nichts hinzuzufügen«, sagte Jake. »Franny, füllst du Mr Creeks Weinglas bitte nach?«

»Mit Vergnügen, Mylord«, antwortete Franny, die seit der Ankunft der Gäste im Esssaal pausenlos mit Tabletts, Karaffen und Platten umherhuschte.

Mr Creek führte seine Gabel an den Mund und kaute mit nachdenklichem Blick an einem Stück Hähnchenfleisch. Als er es geschluckt hatte, stocherte er in seinen Kartoffeln herum und redete weiter.

»Lord und Lady Greenwold werden mir sicher zustimmen, wenn ich behaupte, dass allein die Bearbeitung der Erde für Kinder ungemein gewinnbringend ist. Meine Jungen konnten von ihrer Arbeit hier auf den Feldern nicht genug schwärmen. Das, was für Sie als Landleute Arbeit bedeutet, ist für diese Kinder ein Genuss!«

»Ja, wir vergessen, wie gut wir es haben, Mr Creek«, stimmte Jake zu. »Es ist aber für manche ein langer Weg zur inneren Genesung. Die drei Wochen waren zu kurz. Was hätte man mit mehr Zeit alles machen können! Der Junge, den Mrs Earling beherbergt, fängt erst jetzt nach einigen Wochen an, überhaupt den Mund zu öffnen.«

»Leider war seine Erholung nur von kurzer Dauer«, warf Charlotte ein. »Marie, du fandst ihn völlig verstört wieder, nachdem du ihn wenige Minuten zuvor fröhlich und aufgeweckt verlassen hattest. Erzähl, wie es war.«

Marie führte gerade ein Glas Wasser zum Mund. Sie verschluckte sich, hustete und sagte leise: »Es war ein Fehler, ihn allein zu lassen. Er ist noch nicht stark genug. Wir sorgen künftig dafür, dass er immer in Gesellschaft bleibt, falls er überhaupt hier im Haus bleiben will.«

»Es war aber fahrlässig von Ihnen, Miss Marie, ihn so bald nach seinem ersten Besuch in Birch Heights alleine zu lassen«, rügte Mr Creek. »Sie, die Sie hier so behütet leben, haben keine Ahnung, was diese Kinder durchlitten haben. So ein Junge hatte keine Kindheit. Die Ängste sitzen sehr tief.«

Onkel Theodor, der bis zu diesem Zeitpunkt nichts gesagt hatte, beobachtete Mr Creek und Marie genau. »Sie kennen sich mit dem Leben sowohl in der Großstadt als auch auf dem Lande gut aus, Mr Creek«, warf er ein. »Erzählen Sie doch. Wie ist es dazu gekommen, dass Sie sich in beiden Welten so sicher bewegen?«

Mr Creek legte Messer und Gabel auf seinen leeren Teller, nahm einen Schluck Wein und wischte sich den Mund mit einer Serviette. »Kein Thema lieber als das, Sir. Selber bin ich aus London, aus gutem Hause. Aber auch wenn man in einem der vornehmeren Stadtviertel lebt, kommt man nicht umhin, wenn man durch die Stadt geht oder gefahren wird, das Elend der Armenviertel hautnah mitzuerleben.«

Er hielt inne und fuhr sich mit der Hand über die Stirn. »Es tut mir leid, es fällt mir schwer, darüber zu reden. Es ist zu schmerzhaft. Das Gefühl werden Sie als religiös geprägter Mensch kennen, Mr Fenton. Wichtig ist, dass man etwas dagegen unternimmt, und deshalb sind wir auch hier in dieser Runde zusammen.«

Er nahm noch einen Schluck aus seinem Weinglas. »Der Anblick von Kindern, die nur aus Haut und Knochen bestehen, von Frauen, verwahrlost und verlassen, die froh sind, wenn sie ihren Kindern eine Brotkruste bieten können, und manchmal sogar gezwungen sind, ihren Lebensunterhalt durch schändliche Berufe zu erlangen – das hat mich nicht mehr losgelassen. So habe ich nach Abschluss meines Jurastudiums beschlossen, mein Leben dem Los dieser Menschen zu widmen und Wege zu finden, wie ich Licht und Wärme in ihr Leben bringen kann.«

»Alle Achtung«, sagte Charlotte. Es herrschte ein beeindrucktes Schweigen, bis Mr Creek wieder das Wort ergriff.

»Es sind kleine Anfänge, meine Herrschaften. Aber ein Tropfen auf dem heißen Stein ist allemal besser als gar kein Tropfen. Und aus einem Tropfen können viele werden. Deshalb liegt mir so viel daran, unsere Sommerschule auch landesweit bekannt zu machen.«

»Das ist auch meine innige Hoffnung«, stimmte Charlotte zu. »Dass andere wohlhabende Familien sehen, welche Freude es bringt, Reichtum und Segen mit anderen zu teilen!«

Marie starrte auf das Essen auf ihrem Teller, das unberührt vor ihr lag, und versuchte mit aller Macht, dem bohrenden Blick von Mr Creek, der ihr gegenübersaß, auszuweichen.

»Sie scheinen wenig begeistert zu sein, Miss Marie! Ich hätte erwartet, dass diese Pläne gerade Ihr Herz höherspringen lassen würde. Sie scheinen einen besonderen Zugang zu den Kindern aus den Großstädten zu finden, wie mir erzählt wird. Man könnte meinen, Sie hätten selber in einer Großstadt gelebt. Vielleicht können wir zwei uns einmal in aller Ruhe darüber unterhalten und …«

»Nicht alle Menschen haben ein Herz, das vor aller Augen springt, Mr Creek«, fuhr Onkel Theodor in einem scharfen Ton dazwischen. »Miss Marie ist eine ruhige Person, und es ist, denke ich, angebracht, dass sie sich als Gouvernante in so einer Runde wie heute zurückhaltend benimmt. Der unglückliche Vorfall mit dem Jungen heute Morgen scheint sie außerdem bedrückt zu haben, wie ich sehe.«

Marie nickte. Franny schenkte Kaffee ein und Mr Creek lobte den vorzüglichen Obstsalat.

»Ich glaube, der Vorfall hat uns alle sehr bewegt«, sagte Charlotte. »Der Junge kann nicht mehr als zwölf Jahre alt sein und ist schon so sehr aus der Bahn geworfen. Ich möchte nicht wissen, was jene hübschen blauen Augen alles schon mit ansehen mussten. Sie können sich sicher davon ein Bild machen, Mr Creek, nicht wahr?«

Mr Creek winkte Franny heran, die sein Glas mit Wein nachfüllte.

»Wenn Sie bis Mitternacht Zeit haben, kann ich Ihnen viel davon erzählen, was solche Augen leider allzu oft sehen müssen. Aber erbaulich wird das nicht sein.«

»Immerhin haben wir einen Namen für ihn gefunden«, erzählte Charlotte. »Er ist damit einverstanden, dass wir ihn Eddy nennen. Wenn Eduard noch leben würde, wäre er auch etwa so alt. Und blaue Augen hatte er auch, zumindest als er klein war. Um unseren jungen

Besucher von unserem verlorenen Eduard zu unterscheiden, habe ich ihm den Namen Eddy gegeben.«

Mr Creek hielt kurz die Luft an und drückte sein Bedauern aus, dass er der Familie Greenwold keine bessere Nachricht hatte bringen können als die vom Tod ihres Cousins und dessen Sohn Eduard. »Nachdem Dickon Ihre verzweifelte Bitte um Auskunft überbrachte, haben wir den Stadtteil, in dem der Vater gefunden wurde, gründlich durchsucht. Der Junge muss völlig abgemagert in irgendeinem Hauseingang gefunden worden sein, so hat es geheißen. Kurz darauf sei er gestorben.«

Er schüttelte den Kopf und seufzte.

»Das spricht aber nicht sehr für die Zuneigung oder Fürsorglichkeit des Vaters«, warf Onkel Theodor mit einer erhobenen Augenbraue ein. Charlotte blickte in ihren Suppenteller.

»Den Gedanken, dass wir um eine Haaresbreite zu spät ins Bild kamen«, klagte sie, »kann ich nicht ertragen. Wir hätten alles für ihn gemacht, ich hätte an seinem Bett gewacht und gebetet, hätte ihm Löffel um Löffel Brühe zugeführt, bis er gesund geworden wäre. Wir hätten aus ihm einen strammen, fröhlichen Jungen gemacht. Ich werde diese Gedanken nie los, mein Leben lang. Wir hätten ihn viel früher suchen müssen, Jake! Ich werde mir mein Leben lang Vorwürfe machen!«

»Das hätte nichts gebracht, meine Liebe«, sagte Jake. »Sein Vater hat uns bis kurz vor seinem Tod gehasst, er hätte uns Eduard nie anvertraut.«

Es wurde wieder still im Raum. Mr Creek brach schließlich das bedrückte Schweigen.

»Aber jetzt müssen wir wieder fröhlich werden«, rief er und schlug dabei seine Hände auf den Tisch. »Bald werden andere an Ihrer Tür klopfen, die in diesen vornehmen Hallen gedeihen werden. Vielleicht ist das für Sie ein kleiner Trost in Ihrer Trauer.«

Das Essen war zu Ende und Franny stapelte das Geschirr auf ein Tablett. Jake erhob sich und lud die Herren zu einem Glas Portwein in die Bibliothek ein. Während Onkel Theodor sich mit Jake und Charlotte lebhaft unterhielt und Franny weitere Komplimente von

Mr Creek zu ihrem vorzüglichen Essen entgegennahm, machte Marie einen Knicks und schlich leise aus dem Esssaal.

»Und Sie leisten uns bei unserem Sommerfest Gesellschaft, hoffe ich, Mr Creek?«, fragte Jake, als die beiden Männer durch die Tür gingen.

»Ganz sicher, Sir! Ich muss mich kurz entschuldigen und mit der jungen Dame ein Wort wechseln, ich komme nach.« Er wartete, bis Jake außer Sichtweite war, und eilte Marie hinterher. Er ging auf Zehenspitzen und holte sie am Fuß der großen Treppe ein, die zu den oberen Räumen führte.

»Reizend siehst du in dem neuen Kleid aus, warst einkaufen, was?«, flüsterte er ihr von hinten ins Ohr und griff an ihre Schulter. Eine Hand presste er schnell auf ihren Mund, um den Schrei zu ersticken, den sie ausstieß. Sie strampelte sich aus seinem Griff frei. Er warf einen Blick über seine Schulter nach hinten, wo Stimmen aus der offenen Tür zum Esssaal kamen, und wich einen Schritt zurück. »Da hätte ein Mann glatt Lust, dich zu begleiten, wohin auch immer du jetzt gehst. Wie in guten alten Zeiten.«

»Ich werde schreien, wenn Sie …«

»Nein, du wirst nicht schreien, meine Süße. Wir ziehen dieses Spiel durch. Etwas lebhafter darfst du in meiner Anwesenheit sein. Wir wollen nicht, dass irgendjemand auf dumme Gedanken kommt, weil du deinen hübschen Kopf runterhängst und dein Essen unberührt lässt, nur weil ich den Raum betreten habe. Das ist heute Abend gerade noch gut gegangen. Ich erwarte dich in Zukunft in angeregtem Gespräch, sprudelnd, mit schöpferischer Kraft.«

»Als ob Sie nur einen Cent für die armen Kinder geben würden, Mr Creek. Welche krummen Geschäfte treiben Sie mit diesen Leuten? Was haben Sie heute Morgen mit dem armen Jungen angestellt? Sie kennen ihn nicht einmal. Warum ist er nach einer Begegnung mit Ihnen schier krank vor Schreck? Wo steckt das ganze Geld drin? Ohne Geld würden Sie keinen Finger für einen anderen Menschen rühren!«

Mr Creek hob spöttisch seinen Zeigefinger. »Oh, oh, das Gör wird aber frech. Das könnte gefährlich sein, kleine Hexe. Die Antwort auf deine Frage ist einfach. Ich betreibe ein Armenhaus, die lieben Herrschaften hier haben angeboten, ihr Anwesen für arme Kinder zu öffnen, und ich habe das Angebot in Anspruch genommen. Wie schade, dass du mir böse Absichten unterstellst. Du kennst mich doch so gut, Liebling.« Er schüttelte den Kopf und verzog seinen Mund in gespielter Empörung.

»Ich halte meinen Teil unseres Abkommens, Mr Creek. Ich verrate nichts von unserer vergangenen Verbindung. Mehr als das können Sie nicht von mir fordern.« Charlottes Stimme war heiser.

»Jetzt verschwinden Sie, Mr Creek, und trinken Sie Ihren Portwein, sonst werden die Herrschaften misstrauisch.«

»Ich wollte dich nur liebevoll an meine Sorge für dich erinnern«, grinste er.

»Dafür brauche ich keine Erinnerung«, gab sie zurück. Sie drehte sich um und rannte die Treppe hoch. Erst als sie in ihrem Zimmer war und die Tür hinter sich geschlossen hatte, atmete sie wieder durch. Sie sank schluchzend auf ihr Bett, griff nach einem Stück Papier, das sie unter ihrem Kopfkissen versteckt hielt, zündete ihre Lampe an und hielt das Papier zum Licht hin. Viele kleine Viereckchen füllten das Blatt, die erste Hälfte davon jeweils mit einem kleinen Kreuz versehen.

»Noch ein Tag vorbei«, flüsterte sie. »Nur noch knapp drei Wochen.« Sie löschte das Licht, fiel zurück auf ihr Kissen, versuchte, Gedanken an Ohren und Augen aus ihrem Inneren zu verbannen, und schlief schließlich ein.

»Und was hältst du von unserem ehrenwerten Gast? Deine ehrliche Meinung.«

Jake und sein Onkel standen auf dem Kiesweg außerhalb des Haupteingangs von Birch Heights und warteten auf Frederik, der das Pferd sattelte. Onkel Theodor zog ein letztes Mal an seiner Pfeife, die er noch in der Hand hielt, drückte den Tabak in den Kopf, bis er keinen Rauch mehr abgab, und steckte die Pfeife in seine Tasche.

»Gut gespielt«, war seine knappe Antwort.

»Was meinst du, gut gespielt? Wer hat was gut gespielt?«

»Den gnädigen, gönnerhaften Vater der Waisenkinder hat er gut gespielt. Geprobt vor dem Spiegel, vermute ich. Jede Geste sitzt. Bühnenreif. Eiskaltes Herz, geschmeidige Rede. Noch nie habe ich jemand gesehen, der sich selbst so in Szene setzt und dabei tut, als ginge es ihm um andere. Es überrascht mich, dass alle ihn so sympathisch finden. Und dass er Zutritt zu eurem Haus hat.«

Jake blickte auf den Boden und grub mit seinem Fuß eine kleine Mulde in die Kieselsteine. »Du sprichst ungewohnt harte Worte über einen Gast in Birch Heights, Onkel. Ich kann nur staunen. Der Mann hat erfindungsreiche Ideen für die Entwicklung des Anwesens, die ich nur bewundern kann. Wir setzen viel auf seine Hilfe.«

»Du hast mich um meine Meinung gefragt und ich habe sie dir mitgeteilt«, antwortete Onkel Theodor. »Wer ehrliche Worte hören will, darf nicht klagen, wenn er sie bekommt.«

Sein Ton wurde sanfter. »Ich mag Unrecht haben, mein Sohn. Warte, ob seine erfinderischen Ideen Hand und Fuß haben. Ich bin immer bereit, meine düstere Sicht von Menschen zu ändern, wenn unerwartete Tugenden in ihrem Handeln offenbar werden.«

»Onkel Theodor, wir sind nicht gutgläubig, wir haben gründlich geforscht. Der Mann hat in London einen ausgezeichneten Ruf, er steht an vorderster Front in den Reformen der Armenhäuser, er schreibt Artikel für die *Times* und sucht Verbindungen zu führenden Männern im Parlament. Er ist genau der Mann, den wir gesucht haben. Selber hat er keinen Gewinn aus diesem Vorhaben, nur Opfer, Aufwand, große Kosten. Warum so misstrauisch?«

Onkel Theodor stieß einen Seufzer aus und steckte seine Hände in die Hosentaschen. »Ein inneres Gefühl, Jake. Hast du gesehen, wie kreidebleich eure Gouvernante den ganzen Abend war? Wie er versuchte, mit ihr Spott zu treiben? Dass sie keinen einzigen Bissen gegessen, sondern nur in ihrem Teller herumgestochert hat? Fast wünschte ich, ich hätte das Thema nicht gewechselt. Hätten wir ihn gelassen, hätte er sie länger gehänselt und sich vielleicht entlarvt.«

»Marie ist oft zurückhaltend und in sich gekehrt, Onkel. Zumindest wenn sie mit uns zusammen ist. Mit Elinor ist sie anders. Über sie wissen wir weniger als über Mr Creek. Sie hatten doch nie miteinander zu tun.«

»Da bin ich mir nicht so sicher. Aber ich kann mich irren.«

Frederik rückte mit dem Pferd an. Onkel Theodor klopfte Jake auf den Rücken, strich ihm über den Kopf und sagte: »Mach dir nichts draus, Junge. Mag sein, dass ich voreingenommen bin. Ihr werdet sie an ihren Früchten erkennen, sagte einmal ein kluger Mann. Früchte brauchen eine Weile zum Reifen. Aber behalte euren Mr Creek im Auge. Bitte.«

Er legte einen Fuß in den Steigbügel, sprang in den Sattel und nahm die Laterne, die Frederik ihm hochreichte.

»Aber andere Probleme sind gelöst, wie ich sehe«, sagte er und nahm die Zügel in eine Hand und die Laterne in die andere. »Vergessen wir nicht die guten Dinge. Franny und Dickon, glücklich wie zwei Frischvermählte, Elinor vergnügt und zufrieden. Mit Marie hat Franny offensichtlich einen Waffenstillstand geschlossen. Hoffentlich findet deine Frau Trost in ihrer Trauer über den verlorenen kleinen Bruder, wenn sie diesen armen Kerl aus London ins Herz schließt und ›Eddy‹ nennen darf. Ich glaube, du hast allen Grund, mit Zuversicht in die Zukunft zu blicken!«

Er winkte mit seiner Reitpeitsche und war weg. Jake blickte ihm nach, bis das Licht seiner Laterne unter den Bäumen verschwunden war.

»Das Problem ist, dein inneres Gefühl hat meistens recht«, murmelte er.

»Haben Sie was gesagt, Mylord?«, fragte Frederik, der hinter ihm stand.

»Bist du Mr Creek während seiner Besuche in Birch Heights begegnet, Frederik? Was ist dein Eindruck?«

»Mir steht es nicht zu zu urteilen, Mylord. Er ist anständig, höflich, zuvorkommend. Franny hält viel von ihm. Sie hat meistens eine gute Nase für faule Eier. Haben Sie Grund zu zweifeln, Mylord?«

»Nein. Aber bleiben wir wachsam, Frederik. Gute Nacht.«

Charlotte saß an ihrem gewohnten Platz auf der Fensterbank in ihrem Salon und stickte, als Jake hereinkam. Als sie ihn in der Tür sah, strahlte sie ihn an. Er trat in den Raum und setzte sich neben sie.

»Das Bild nimmt Gestalt an, es wird fertig werden, bis unser Kind kommt!«, sagte er.

»Heute sticke ich die Sonne, um zu feiern. Ein feuriges Gelb, Orange und Rot!«

Jake legte seinen Arm um sie und lehnte seinen Kopf an ihre Schulter. »Keine Sorge, ich bleibe ganz still«, flüsterte er. »Ich schaue gern zu, wie das Bild wächst. Und was gibt es heute zu feiern, außer dass dein lieber Gatte auch nach so vielen Jahren immer noch in dich verliebt ist?«

»Das ist immer ein Grund zu feiern«, lachte Charlotte. »Gestern fragte ich Elinor in Geschichte ab und staunte, welche Fortschritte sie macht. Sie kann alle Könige und Königinnen Englands seit Wilhelm dem Eroberer auswendig, mit Geburts- und Todesdaten.«

»Habe ich dir nicht schon immer gesagt, dass sie ein schlaues Köpfchen hat?«, fragte Jake.

»Es brauchte aber jemand, der ihr zeigt, was in einem schlauen Köpfchen steckt!«

»Und du wolltest mich daran erinnern, dass Marie diese Person ist und dass ich in meinem anfänglichen Urteil zu hart war?«

»Nicht ganz, Jake. Ich hatte Verständnis für dich, das weißt du.«

»Und ich für dich. Jetzt freuen wir uns, dass wir richtig gehandelt haben. Wenn Elinor in einem Jahr immer noch solche Fortschritte macht und Marie sich so gut weiterentwickelt, dann entschuldige ich mich in aller Form bei meiner Charlotte und frage sie, wie ich meinen Fehler wiedergutmachen kann.«

»Jetzt machst du dich über mich lustig, Jake! Lydias Junge will mir nicht aus dem Kopf gehen.«

»Ein Problem gelöst, und schon brauchst du jemand anderes, um den du dir Sorgen machen kannst – bis du einen Säugling auf dem Arm hältst, um den du dich kümmerst. Stimmt's?«

»Im Gegenteil, Jake! Was Marie mit Elinor macht, kann sie auch mit anderen machen. Elinor will ihr dabei helfen. Marie erzählte dem Jungen heute, was im Weiher los ist, wie weit die Kaulquappen

gewachsen sind, welche Libellen über die Seerosen schweben. Ich habe Hoffnung, dass er bald gesund und fröhlich wird.«

Jake blickte wieder hoch und küsste ihre Wange. »Du kannst dir nicht vorstellen, wie sehr ich mich freue, dass dir so ein Stein vom Herzen gefallen ist«, sagte er.

»Seit wir den Jungen bei uns haben, fühle ich mich vollständig«, antwortete Charlotte. »Erinnerst du dich an das, was deine Mutter immer gesagt hat? Auch wenn ein verlorenes Kind niemals ersetzt werden kann, ist ein anderes zumindest ein Trost. Der liebe Gott hatte ihr ein Kind weggenommen. Das war deine kleine Schwester. Kurz darauf hat er ihr mich geschenkt, als Ersatz. So geht es mir mit dem Jungen. Eduard wurde mir weggenommen, dieser Eddy wurde uns geschenkt. Ich habe das Gefühl, ich kenne ihn schon sein Leben lang.«

»Ich habe den lieben Gott um Trost für dich gebeten, Charlotte. Vielleicht ist Eddy seine Antwort. Bleibt nur herauszufinden, warum so ein Sündenpfuhl wie London so einen liebenswürdigen Jungen hervorbringen konnte. Hoffentlich findet er bald den Mut, uns seine Geschichte zu erzählen.«

Charlotte legte ihre Nadel hin und lehnte sich zurück in Jakes Arme. »Ich habe ihn ins Herz geschlossen, auch ohne seinen Hintergrund zu kennen, Jake«, sagte sie. »Jetzt fehlt nur noch ein gesundes Kind, wenn möglich ein Junge – und dann könnten wir unsere Geschichte bald abschließen mit den Worten ›Und wenn sie nicht gestorben sind, so leben sie noch heute‹.«

Sie drehte sich zu ihm um. »Wolltest du mit mir über etwas reden?«, fragte sie.

»Ich wollte dich etwas fragen, aber es kann warten. Nichts Wichtiges«, antwortete er.

Er küsste sie, erhob sich und verließ den Raum, ohne ihr zu erzählen, welche Ahnungen Onkel Theodor bezüglich Mr Creek hatte.

Irgendwas hat mir heute Abend nicht gefallen.

Mr Creek saß an einem kleinen Tisch in seinem Zimmer im »Möwennest« in Hipperclove. Er hatte einen Briefbogen gefüllt, blätterte um und schrieb hastig auf der anderen Seite weiter.

Da saß ein Verwandter, unangenehm. Zog an seiner Pfeife und wandte seinen Blick keine Sekunde von mir ab. Keine Manieren, kein Stil. Wittert Böses, wetten wir drauf. Die kleine Hexe ungemein frech. Ihre Unterwürfigkeit bekommt Risse, sie bietet die Stirn. Mit einem einzigen Fingerschnalzen könnte ich sie auf die Knie zwingen. Aber eine Frau ist erst dann besiegt, wenn ihr innerer Widerstand gebrochen ist. An zu vielen Stellen könnte unser Plan undicht werden. Wir müssen ihn beschleunigen. Ein faules Wort von Marie oder Eduard und es ist aus. Begib dich in die Startlöcher. In zwei Tagen komme ich nach Sedgeworth. Alles Weitere dort.

Am nächsten Morgen beauftragte er einen Diener des Gasthofs, den Brief schleunigst nach Sedgeworth zu bringen. Der Mann brachte eine schriftliche Bestätigung zurück, dass der Brief angekommen war. Erst dann drückte ihm Mr Creek eine Münze in die Hand. Danach machte er sich eilig auf den Weg nach Birch Heights. Er überquerte die Brücke, hielt aber auf der anderen Seite an, als er Kinderstimmen hörte, die vom Weiher kamen. Er folgte dem Klang der Stimmen, bis er zwei blonde Köpfe mitten im Schilf sah.

»Wieso kannst du über so viele Dinge etwas erzählen, obwohl du nichts sehen kannst, Elinor?«

»Das denkst du, weil dir noch niemand klargemacht hat, dass man auch anders sehen kann als mit den Augen: Man kann mit dem Herzen sehen, mit der Nase, mit der Haut, mit den Ohren. Wer das alles kann, lernt Freude am Leben zu haben, auch ohne Augenlicht. Und außerdem: Ganz blind bin ich nicht. Schatten und Licht und manche Umrisse kann ich sehen.«

»Und wie findet man Freude am Leben ohne Augenlicht?«

»Es kann geübt werden, Eddy. Versuche es selber. Mach deine Augen fest zu und versuche, dir die Dinge vorzustellen, die ich dir beschreibe. Fertig? Übrigens, es ist eine feine Sache, einen Namen für dich zu haben. Eddy ist wunderbar. Fast wie unser Eduard, der verloren gegangen ist. Ich hab ihn zwar nicht gekannt, aber er gehört trotzdem irgendwie dazu. Meine Mutter hat ihn schon lange vermisst.«

Eduard öffnete seinen Mund, um etwas zu sagen, machte ihn aber gleich wieder zu und tastete stattdessen nach der Muschel, die er in seiner Hosentasche versteckt hielt. »Hatte deine Mutter ihn lieb, den kleinen Eduard, meine ich?«

»Klar, er war ja so was wie ein Bruder oder Halbbruder. Warum fragst du?«

»Weil … ach, nichts. Darüber darf ich nichts erzählen.«

Mr Creek hielt den Atem an und streckte seinen Kopf nach vorne, um besser hören zu können.

»Schade, Eddy! Die Sachen, über die man nichts verraten darf, sind immer die besten. Ein anderes Mal. Sind deine Augen auch wirklich zu? Unter unseren Füßen ist es nass und sumpfig. Das ist, weil der Boden hier Moorboden ist. Das ist saurer Boden, auf dem besondere Dinge wachsen, wie Farn und Heidekraut. Heidekraut ist das, was die Felsen aussehen lässt, als ob sie purpurrot wären. Zwischendrin gibt es kleine Tümpel mit bronzefarbenem Wasser. Das ist nicht, weil es dreckig ist, sondern das hat etwas mit dem Boden zu tun. Auch Flechten und Moos fühlen sich am Weiher wohl. Deshalb fühlt es sich so frisch und kühl an, auch wenn die Sonne lacht. So, Eduard, hast du das alles gesehen?«

»Ich kann die Sachen nicht sehen, weil ich nicht weiß, was sie sind. Aber ich fühle sie, wenn du sprichst. Ein kühles, frisches Gefühl. Wie nach Hause kommen.«

Elinor klatschte in die Hände und hüpfte hoch und runter. »Du hast es erfasst, Eddy! Wir holen nachher die Bilderbücher mit den Pflanzen, und du erzählst mir, wie die Pflanzen aussehen, und ich sage dir, welche es sind. Irgendwann liest du mir aus den Büchern vor. Das wird ein Spaß sein. Dann muss ich nicht immer Miss Marie oder meine Mutter dabeihaben. Du kannst meine Augen sein!«

»Kommt der große Mann wieder ins Spielzimmer?«, fragte Eduard plötzlich.

»Er hat dir einen mächtigen Schreck eingejagt, was?«, fragte Elinor zurück. »Miss Marie hat verordnet, dass du nie allein sein darfst. Ich werde immer dabei sein. Was wollte er von dir?«

»Er wollte mir sagen … aber das darf ich auch nicht erzählen, Elinor.«

»Es gibt ja immer mehr Dinge, die du nicht erzählen darfst, armer Eddy.«

»Es ist so schön zu hören, wie du mich Eddy nennst, Elinor. Es klingt so richtig, so gemütlich. Kein Wunder, denn … das erzähle ich dir später irgendwann!«

Mr Creek wandte sich mit einem finsteren Blick vom Weiher ab. Er hielt noch mal an, als er Elinors Stimme wieder hörte.

»Ich habe eine wunderbare Idee, Eddy. Wir gehen hinunter zur Bucht. Wenn es am Sonntag in einer Woche immer noch so heiß ist wie heute, können wir Miss Marie überreden. Mutter muss nichts davon erfahren, die fährt nämlich an dem Sonntag mit der Kutsche nach Sedgeworth. Und am Abend davor ist das Sommerfest. Alle werden müde sein und einen Nachmittagsschlaf halten. Wir gehen wie ein Blitz runter, plaudern mit den Fischern, dann wieder hoch und keiner hat es gemerkt. Miss Marie hat Angst, sich in den Höhlen zu verlaufen, aber mir macht es nichts aus! Ich springe hinunter wie eine Gazelle auf einem Berg bei hellem Sonnenschein! Und du kannst dann einmal erleben, wie es ist, blind zu sein, weil alles stockdunkel ist.«

Je schneller und aufgeregter Elinors Stimme wurde, desto heller leuchteten Eddys Augen.

»Wir tasten uns am Geländer entlang und die Treppen hinunter, barfuß natürlich, damit du alles fühlst. Bis es nicht mehr weitergeht. Je mehr es nach unten geht, desto lauter hören wir die Wellen, und dann donnert es in der ganzen Höhle, und du hast das Gefühl, das Meer tobt um dich herum. Plötzlich fühlst du Sand unter deinen Füßen und springst zurück, weil das Wasser über deine Zehen kriecht und deine Haut kitzelt. Du hörst die Möwen schreien und riechst die Algen. Ich sehe dein Gesicht nicht, Eddy, aber du schaust bestimmt mit großen Augen und denkst ›nichts wie hin‹. Stimmt das?«

»Ich gehe überall mit dir hin, Elinor! Ich habe das Gefühl, ich würde das alles schon kennen. Wahrscheinlich weil ich … Wie seltsam es ist. Ich war so überzeugt, dass ihr mich alle hassen würdet.«

»Dich hassen? Warum bloß?«

»Mein Vater … aber das darf ich nicht erzählen.«

Als Mr Creek davoneilte, hörte er ein Rascheln am Ufer und die Stimme von Marie: »Ihr hattet genug Zeit allein, kommt zurück ins Haus, mir nach! Schnell!«

Es folgten laute Beteuerungen von Elinor, dass Eddy gerade anfangen würde zu erzählen, dass der Weiher ihm so guttue und er sich wohler fühle, wenn keine Erwachsenen anwesend seien.

Bis Marie die Kinder vom Ufer weggezerrt und sie daran erinnert hatte, dass sie Glück hätten, überhaupt alleine gelassen zu werden, und Elinor geklagt hatte, sie seien sowieso nicht ganz alleine, weil Marie immer aus einer gewissen Entfernung nach ihnen schauen würde, war Mr Creek schon zurück ins Dorf geeilt.

Marie hatte Mr Creek seit der Begegnung auf der Treppe nicht mehr gesehen. Mit jedem Kreuzchen, das sie auf ihren Papierbogen setzte, stieg ihre Sehnsucht nach dem Tag, an dem er sie für immer in Ruhe lassen würde. In ihrer Anwesenheit wurde sein Name nicht mehr genannt. Ihr Herz machte einen Sprung, als Franny einmal bedauerte, dass sie seit vielen Tagen keine Spur von ihm gesehen hätte. Bald traute sich Marie allein ins Dorf, um Eddy morgens von Mrs Earling abzuholen und ihn abends wieder hinzubringen. Es wurde davon geredet, ihn ganz im großen Haus unterzubringen. Die Albträume hatten nachgelassen, er schlief abends friedlich ein und zeigte ein reges Interesse an seiner neuen Umgebung. Mit Freude beobachteten Lord und Lady Greenwold, wie die beiden Kinder miteinander spielten und plauderten, als ob sie sich ihr ganzes Leben gekannt hätten.

Hin und wieder gönnte sich Marie verstohlene Blicke auf ihr Spiegelbild, wenn sie am großen Wandspiegel in der Eingangshalle des großen Hauses vorbeilief. Sie genoss es, wie der weiche Unterrock ihres neuen Kleides beim Gehen um ihre Beine wehte, sie freute sich an Haarkämmen und Bändchen, seit sie voller Freude entdeckt hatte, dass ihre Haare wieder leuchtend und füllig geworden waren. Ohne dass sie sich dagegen wehren konnte, schlich sich immer öfter der Gedanke in ihren Kopf, was Frederik wohl denken würde. Von dieser Haube, von dieser Frisur, von diesem Unternehmen mit Eddy und Elinor. Dass seine sanften, braunen Augen immer wieder lange auf ihr ruhten, wenn sie sich zufällig im Haus begegneten, war ihr bewusst. Auch, dass er gerne Aufgaben übernahm, die ihn in ihre Nähe brachten, wenn sie im Park mit den Kindern unterwegs war.

Je mehr sich ihre Gedanken mit Frederik füllten, desto mehr mischte sich Angst in ihre Vorfreude auf den endgültigen Abschied von Mr Creeks Terrorherrschaft. Ihr Plan stand nun fest. Sobald die Kreuzchen auf ihrem Zettel vollzählig waren und zwei zusätzliche Felder zur Sicherheit angekreuzt waren, würde sie ihr Vorhaben, Mrs Earling alles zu beichten, sofort umsetzen. Danach würde sie sich an Lord und Lady Greenwold wenden, alles auf den Tisch legen und auf ihre Gnade hoffen. Diese Aussicht hatte sie mit Erleichterung erfüllt, zumindest bevor Frederik immer deutlicher zeigte, dass er ein Auge auf sie geworfen hatte. Die Greenwolds würden sie nicht mehr im Haus dulden, soviel stand für sie fest. Nach ihrer Entlassung würde sie nach einer einfachen Anstellung als Küchenhelferin oder als Bauernmagd suchen. Der Abschied von Elinor würde bitter sein, es würde einen Aufstand mit großem Geschrei geben und viele Fragen, warum sie erst so spät mit der Wahrheit herausgerückt sei.

Für ihr bisheriges Schweigen musste sie eine Erklärung finden. Sollte sie Mr Creek und seine Erpressung ins Spiel bringen? Warum hatte er keine Angst davor, dass sie ihn entlarven würde? Er hatte doch Pläne mit Birch Heights. Er wollte seine Sommerschule jedes Jahr durchführen. Rechnete er damit, dass niemand ihr glauben würde, wenn seine Aussage gegen ihre stünde? Was, wenn sein Vorhaben für die Stadtkinder doch ehrbar war und sie der Familie in Birch Heights durch eine Auskunft über ihre frühere Verbindung zu Mr Creek Schaden zufügen würde? Mit diesen und vielen weiteren Gedanken im Kopf wälzte sie sich nachts im Bett und suchte vergeblich nach Ruhe für ihre beschwerte Seele.

An einem heißen Sommertag war sie früher als sonst mit ihrer Arbeit in Mrs Earlings Haus fertig. Sie wrang ihre Putzlappen aus, hängte sie auf die Wäscheleine im Garten und zog ihre Schürze aus. Mrs Earling hatte sich auf die Gartenbank an der Hauswand gesetzt.

»Hast du Zeit, mir Gesellschaft zu leisten, Marie? Meine Tage sind leer geworden, seit Eddy sich im großen Haus vergnügt.«

Marie hängte ihre Schürze an einen Haken in der Küche, kehrte zurück und setzte sich neben Mrs Earling. Sie lehnte sich gegen die Hauswand und hielt ihr Gesicht zur Sonne.

»Mrs Earling, Sie beten immer *Erlöse uns von dem Bösen*, nach jedem Essen. Eddy kann es schon auswendig, das ganze Gebet. Warum tut Gott es nicht?«

»Tut was nicht, Marie?«

»Warum sollen wir ihn darum bitten, aber er erlöst uns nicht vom Bösen?«

»Solch eine schwermütige Frage an einem so herrlichen Sonnentag, meine liebe Marie? Es hängt davon ab, was du mit ›dem Bösen‹ meinst.«

»Ich habe das Vaterunser als Kind jeden Abend gebetet, Mrs Earling. Aber ich habe nichts anderes als Böses mein Leben lang erlebt. Böse Menschen, böse Dinge. Manche Menschen landen auf der Sonnenseite des Lebens, manche mitten in einem schwarzen Sumpf. Warum?«

Mrs Earling legte ihre Finger aneinander und sagte zunächst nichts. »Auf was willst du hinaus, Marie? Du trägst schwere Geheimnisse mit dir herum, da muss ich keine Seherin sein, um das zu erkennen. Suchst du eine Annäherung, um Verborgenes ans Licht zu bringen? Du kannst dich mir anvertrauen, mein Kind. Wer das alles gesehen hat, was ich gesehen habe, ist von nichts mehr empört.«

»Ich darf nichts verraten, Mrs Earling. Noch nicht. Mein Geheimnis gehört nicht nur mir. Es betrifft auch andere, denen ich verpflichtet bin. Außerdem begreife ich bisher nur wenig. Ahnungen hier und da, Zusammenhänge, die es geben könnte, aber vielleicht auch nicht. Das große Bild fehlt.«

Mrs Earling legte ihre Hand auf Maries Hand, die neben ihr auf der Bank lag. »Wer sagt dir, dass du es nicht verraten darfst, Marie?«

Maries Augen wurden feucht, sie schüttelte den Kopf, drückte Mrs Earlings Hand und schwieg.

»Es sei dir für heute so viel gesagt, mein Kind«, sagte Mrs Earling mit erstickter Stimme. »Es gibt Zeiten, in denen man alles geben würde, in einem anderen Leben geboren zu sein, in einer anderen Zeit gelebt zu haben. Die Widrigkeiten des Lebens werden aber so zugeteilt, wie der liebe Gott es zulässt. Entscheidend ist nicht das Böse, das von außen kommt, sondern das Böse, das hier in unserem Herzen sitzt.«

Sie bückte sich, pflückte ein paar Veilchen, die sich im Rasen vor der Bank eingenistet hatten, und band sie zu einem kleinen Strauß.

»Entscheidend ist, dass wir unser Bestes für andere Menschen geben, auch wenn unser eigenes Herz am Bluten ist«, fuhr sie fort. Sie legte die Veilchen auf Maries Schoß.

»Und wie unterscheidet man zwischen dem Bösen, das von außen kommt, und dem Bösen, das innen ist?«

»Wenn wir Böses mit Bösem vergelten, dann hat das Böse gesiegt. Wenn wir unser Vertrauen auf Gott setzen, immer an das Wohl der anderen denken, ungeachtet eigener Vorteile, dann hat das Gute gesiegt, auch wenn wir mit unserem Leben dafür bezahlen.«

»Das ist hart, Mrs Earling. Wissen Sie, wie es ist, Übles zu befürchten, egal, welchen Weg man einschlägt? Weil alle Wege in eine undurchdringliche Finsternis hineinführen?«

»Ja, ich weiß. An den Knien von gottesfürchtigen Eltern habe ich Gebete und Psalmen gelernt, deren Bedeutung ich erst viel später begriffen habe. Irgendwann hat mein Leben den Inhalt dieser alten, vertrauten Texte eingeholt. Ich habe plötzlich gewusst, was die Verfasser gemeint haben. Wenn ich in Not komme, bete ich den einen Satz: *Erlöse uns von dem Bösen*. Ich wiederhole den Satz, immer wieder.«

»Bei Ihnen wirkt es. Sie leben noch, Sie sind in Sicherheit.«

»Das Gebet wirkt nicht immer auf die Weise, wie ich es mir wünsche. Aber du hast recht. Ich lebe noch, also hat es doch irgendwie gewirkt. Dann bete ich umso dankbarer den zweiten Teil: *Denn dein ist das Reich und die Kraft und die Herrlichkeit in Ewigkeit. Amen*. Das ist mein Dankgebet an jedem Tag, an dem der liebe Gott mich bewahrt und am Leben gehalten hat.«

»Ich muss Eddy holen. Noch eine Sache: Ich werde mich Ihnen anvertrauen, Mrs Earling. Ich muss nur noch ein wenig ausharren. Bitte beten Sie für mich.«

»Das tue ich jeden Tag, bist du mir doch wie eine Tochter ans Herz gewachsen, mein Kind.«

Die zwei Frauen hatten sich erhoben. Auf einen spontanen Impuls hin nahm Mrs Earling Marie in die Arme und drückte sie an ihr Herz, wo sie sie ein paar Sekunden lang festhielt.

»Ich ziehe am Samstagabend meine neue dunkelblaue Seide für das Fest an, Miss Marie! Du musst mich besonders hübsch machen. Meine Haare möchte ich in einen lockigen Pferdeschwanz zusammengebunden haben, mit einer blauen Schleife, die zum Kleid passt, und die Schuhe auch passend dazu. Mama erlaubt es!«

»Ein Fest? Welches Fest?«, fragte Marie.

»Hat es dir Franny nicht gesagt? Einmal im Jahr kommen alle Bediensteten zu einem großen Sommerfest. Es gibt Spanferkel, ein Zelt, Girlanden und Fackeln und wir feiern und tanzen bis in die Nacht hinein. Und ich darf so lange aufbleiben, bis die letzten Besucher sich verabschiedet haben. Die Bediensteten dürfen am nächsten Tag länger schlafen, wenn sie wollen. Aber die meisten tun es nicht, weil sie in die Kirche müssen.«

»Und ich darf dabei sein? Vielleicht hat Franny es mir absichtlich nicht gesagt!«

»Du darfst nicht nur, du musst dabei sein. Alle sollen ihre besten Sachen anziehen. Franny ist nur beleidigt, weil du jetzt für immer hierbleibst.«

»*Wenn du nur wüsstest*«, dachte Marie und schob die bedrückende Aussicht, ihr neu gefundenes Glück bald wieder zu verlieren, von sich. Sie hatte die Familie Greenwold mit jeder Faser ihres Wesens ins Herz geschlossen. Sie war ihre Familie geworden. Sogar Franny würde sie vermissen.

»Weißt du, ob Gäste von außerhalb eingeladen sind?«, fragte sie.

»Ich weiß alles, was hier läuft, Miss Marie! Freunde wie Mrs Earling sind immer dabei und alle im Dorf, die bei der Ernte helfen oder wenn besonders große Dinge repariert werden müssen.«

Mit Ehrfurcht holte Marie das dunkelrosarote Musselinkleid, das Charlotte ihr für besondere Anlässe gegeben hatte, aus ihrem Kleiderschrank. Es schimmerte in dem Licht, das vom Fenster in den Raum leuchtete. Sie strich über den weichen Stoff, hielt ihn an ihren Körper, legte ihn gegen ihr Gesicht. Einen einzigen unbeschwerten Abend würde sie sich gönnen. Einmal in den Genuss kommen, sich schön zu machen, so zu tun, als ob sie ein normales Mädchen wäre, in einer glücklichen Familie aufgewachsen, das zum ersten Mal zum Ball gehen darf. Einen Abend lang nicht über die Zukunft nachdenken. Einmal im Leben unschuldig sein.

Am Samstagvormittag vor dem Fest waren alle Hände fleißig. Franny schaffte es, ihre Abneigung gegen Marie für eine Weile zu überwinden, und bat sie in die Küche. Pasteten und Fleischrollen wurden vorbereitet, auf Platten gelegt und mit gelierten Fruchtstücken garniert. Kartoffeln wurden in vielen Varianten gekocht, gebraten und geröstet, Gemüse aus dem Garten wurde gedünstet als Beilage für das Spanferkel, das Lord Greenwold von St. Ives mitgebracht hatte. Außerdem gab es verschiedene Fischsorten vom Markt in Hipperclove und zum Nachtisch allerlei Zuckerwerk und Konfekt.

»Marie, hilf Harriet, die Apfelkörbe vom Keller hier reinzutragen. Beim Kartoffelschälen hast du immer noch zwei linke Hände. Hoffentlich nicht, wenn du die schweren Körbe trägst. Äpfel, die auf dem Boden gerollt sind, kann ich nicht gebrauchen. Danach kannst du die Äpfel waschen und die schlechten Stellen ausschneiden. Das schaffst sogar du. Da gibt es wenig, was schiefgehen kann.« Franny rollte Teig aus und streute großzügig Mehl um sich. Ihre Arme waren bis über die Ellbogen weiß.

»Nur schade, dass der nette Herr aus London heute Abend nicht dabei sein kann«, erzählte sie Harriet.

Marie stolperte und ließ ihren Korb fast fallen, fing ihn aber noch rechtzeitig auf und machte sich an die Arbeit, die Äpfel zu sortieren. Sie hoffte bloß, dass Franny ihre Aufregung nicht bemerkt hatte. Aber Franny schwelgte zu sehr in ihren Lobeshymnen über Mr Creek, um die Reaktionen ihrer Zuhörerinnen wahrzunehmen.

»Das war ein Mann, der Manieren hatte, das sag ich dir. Er hat nicht schlecht gestaunt, als er die Ordnung und die Sauberkeit in unserer Küche sah. Und Lobeshymnen hat er gesungen, bei denen jedem die Ohren rot werden müssen«, kicherte sie.

»Warum kommt er nicht mehr?«, fragte Harriet.

»Er hat seine Aufgaben hier fürs Erste abgeschlossen und ist mehr als zufrieden mit allem, was er gesehen hat. Weitere Vorbereitungen für die Sommerschule werden über Schriftverkehr geregelt. Er hat uns seine guten Wünsche über Lord Jake ausrichten lassen. So ein feiner Mann, er denkt sogar an die Küche. Ein Jammer, dass wir ihn erst nächsten Sommer wiedersehen werden. Er hätte Stil und Niveau in unseren Festabend gebracht.«

»Na ja, hoffen wir, dass der Regen wenigstens fernbleibt«, meinte Harriet trocken. »Sonst ist wenig an Stil und Niveau zu erwarten. Die Hirten wittern Sturm.«

Die Frauen arbeiteten in Ruhe weiter. Franny knetete und rollte Teig, Harriet und Marie schnitten Äpfel. Es stimmte also. Mr Creek war endgültig fort, noch bevor die sechs Wochen abgelaufen waren. Marie kämpfte gegen die widersprüchlichen Gefühle, die in ihr hochstiegen. Erleichterung, dass das qualvolle Warten vorbei war und sie ihr Schweigen endlich brechen durfte. Angst vor dem Abgrund, vor dem sie stand, wenn ihre Geheimnisse keine Geheimnisse mehr waren. Morgen würde sie Mrs Earling aufsuchen, danach Lady Charlotte. Weiter konnte sie nicht planen. Sie würde Eddy fragen, warum er von den gleichen Ohren und Augen träumte wie sie und was Mr Creek zu ihm gesagt hatte an jenem Tag, als er ihn im Spielzimmer aufgesucht hatte. Mit einem Stich im Herzen dachte sie an Frederik. An die Empörung von Harriet, an die tiefe Enttäuschung der Greenwolds, an Franny, die mit der Zunge schnalzen und entrüstet ausrufen würde, sie habe es ja schon lange kommen sehen, aber es sei ja noch schlimmer, als sie geglaubt habe. Am schlimmsten war für Marie der Gedanke an Elinor. Sie wandte Harriet und Franny den Rücken zu, während sie das Obst schnitt. Sie wollte nicht, dass die Verzweiflung in ihrem Herzen sich in ihren Gesichtszügen zeigen würde.

Das Gewitter kam nicht. Stattdessen tauchte ein feuriger Sonnenuntergang den Park in goldenes Licht. Die Gäste trafen ein. Da fast jede Dorffamilie eine Tochter hatte, die hin und wieder den Besen im großen Haus schwang, oder einen Sohn, der im Herbst mithalf, die Ernte einzubringen, war ganz Hipperclove in Festlaune versammelt. Alle staunten darüber, dass das prächtige Wetter sich gehalten hatte und das Gewitter, so wie es aussah, noch einen Tag warten würde.

»Miss Marie, ich spüre es in meinen Knochen, dass du wie eine Prinzessin aussiehst«, rief Elinor mit Begeisterung, als Marie ihr Zimmer betrat, um sie für das Fest anzukleiden. »Eddy erzählte mir, dass du umwerfend schön bist. Und jetzt machst du aus mir eine dunkelblaue Fee wie aus einem Märchen, bitte!«

»Woher will Eddy solche Dinge wissen?«, fragte Marie. »Dich nennen wir lieber nicht eine Fee. Wenn Franny und Harriet mitbekommen, dass du wie eine Fee aus einem Märchen aussehen willst, dann bekommst du von ihnen nichts zu essen.«

Sie war schon dabei, das blaue Kleid an Elinors Rücken zuzuknöpfen und ihre blonden Haare hochzubürsten. »Falls wir uns jemals nie wiedersehen sollten, Elinor, dann wollte ich dich mit meinem inneren Auge immer so vor mir haben, wie du heute Abend aussiehst! Ein Traum in Seide, mit hübschen blonden Locken, die in deine Stirn fallen, oben mit einer großen Schleife zusammengefasst.«

»Aber da du uns niemals verlassen wirst, wird das nicht nötig sein«, schoss Elinor zurück. Sie wirbelte in ihrem Kleid im Kreis herum. »Wie sieht der Schwung meines Rocks aus, wenn ich mich drehe?«, fragte sie. »Sehe ich wie eine Tänzerin aus?«

»Du sollst nicht wie eine Tänzerin aussehen«, mahnte Marie, »sondern wie ein hübsches, bald erwachsenes zehnjähriges Mädchen, das zum Fest gehen darf und sich artig benehmen wird.«

»Ich möchte allen zeigen, wie flott man tanzen kann, wenn man blind ist. Aber das geht nur, wenn du mich führst. Folglich bist du für den ganzen Abend als meine Tanzpartnerin gebucht. Und ich wette, dass mindestens zehn alte Tanten laut sagen werden: ›Wer hätte gedacht, dass ein fast blindes Mädchen sich so frei bewegen kann?‹ Und mindestens eine Tratschtante wird sagen: ›Vielleicht tut sie nur, als wenn sie blind wäre.‹ Und zwei weitere werden sagen: ›Siehe da, das Kindermädchen ist ganz hübsch geworden, wer hätte das gedacht?‹«

Marie lachte laut. »Elinor, nicht einmal die schlimmsten Klatschtanten darfst du so nachahmen! Solche bösen Dinge darfst du nicht einmal denken! Wie kannst du nur?«

Als Antwort griff Elinor nach Maries Händen, zog sie aus dem Zimmer, forderte sie zu einem schottischen Reel auf und danach zu einem Galopp den Gang hinunter bis zur großen Treppe.

»Und jetzt müssen wir unsere Hochsteckfrisuren noch mal neu machen, du kleiner Wildfang!«, neckte Marie.

»Ist es nicht ein schönes Gefühl, wenn samtweiche, federleichte Rockfalten dir um die Beine wehen und ausschwingen? Fühlst du das auch mit deinem dunkelrosa Kleid?«, fragte Elinor.

»Ich habe noch nie ein feineres Kleid getragen, Elinor! Ich fühle mich wie eine Prinzessin!«

Das Ale floss, das Fleisch brutzelte, Platten um Platten von Sandwiches, Pasteten und Kuchen wurden aus der Küche gebracht. Flaschen von den besten Weinen, die die Weinkeller von Birch Heights anzubieten hatte, wurden geöffnet und geleert. Es herrschte eine ausgelassene Stimmung. Nach dem Essen wurde zum Tanz aufgerufen. Unter lautem Applaus der Gäste traten zwei Geiger vor und Paare reihten sich auf für die ersten Tanzrunden. Ein Rufer feuerte die Tanzgesellschaft mit seinen Anweisungen an und gab die Tanzkombinationen vor. Quadrille, Polonaise und Squaretänze: Marie blieb ihrem Wort treu und führte eine begeisterte Elinor durch die Tanzschritte, die sie mit ihr geprobt hatte. Sie tanzten wie im Rausch, immer schneller, immer übermütiger.

»Sechsmal!«, rief Elinor.

»Sechsmal was?«, rief Marie zurück.

»Sechsmal ›Wer hätte gedacht, dass sie blind ist?‹ und zehnmal über dich!«

»Über mich? Was denn?«

»Zehnmal: ›Wie die kleine Gouvernante sich gemacht hat – eine richtige Schönheit!‹ Und: ›Wie reizend sie aussieht, wenn ihre Haare in alle Richtungen fliegen!‹«

»Elinor, ich brauche eine Pause. Du sollst die Aufmerksamkeit bekommen, nicht ich!«

Marie hielt an, rot im Gesicht und außer Atem und versuchte, ihren verrutschten Haarkamm zurück an seinen Platz zu schieben.

»Darf ich Ihnen behilflich sein?«, kam eine Stimme hinter ihrem Ellbogen.

Sie drehte sich überrascht um. Es war Frederik, der mit einem Lächeln im Gesicht auf sie herunterblickte. Während sie nach Luft und nach einer Antwort rang, legte er seine Hand auf ihre Hand, nahm seine andere zu Hilfe und führte ihre Finger. Gemeinsam steckten sie Maries Haare hoch, bis ihre Frisur perfekt saß. Danach musterte Frederik das Ergebnis mit leuchtenden Augen.

»Nicht dass Sie vorher nicht bezaubernd genug ausgesehen hätten, Miss Marie. Aber vielleicht fühlen Sie sich wohler, wenn Ihre Haare aus dem Gesicht sind. Möchten Sie nach den schwungvollen Tänzen etwas trinken?«

»Sie dürfen nicht lachen, Frederik, sonst denke ich, Sie machen sich über mich lustig. Ich hatte Elinor versprochen, dass ich mit ihr tanze. Mich zu blamieren, war das Letzte, was ich wollte.«

»Sie haben sich ganz und gar nicht blamiert, Miss Marie! Ganz im Gegenteil, Sie haben nur bewundernde Blicke auf sich gezogen.«

Marie errötete und versuchte, seinem Blick auszuweichen. Er legte seine Hand unter ihren Ellbogen und führte sie von der Menschenmenge weg. Nach Einbruch der Dunkelheit war der Park mit Hunderten von Fackeln beleuchtet. Ein klarer Vollmond stand hoch oben am Himmel und warf ein silbernes Licht auf das fröhliche Treiben der Festgesellschaft. Frederik und Marie schlenderten zu den Bäumen, ohne ein Wort zu reden, wie zwei Herbstblätter, vom Wind verweht, die sich plötzlich auf der gleichen Reise befinden, aber nicht wissen, was sie zusammengetrieben hat oder wo die Reise hinführt. Schließlich standen sie Seite an Seite auf der Wölbung der Brücke und blickten hinunter in den Fluss, in dem der Mond sich zusammen mit Tausenden von funkelnden Lichtern spiegelte. Frederik wandte sich Marie zu und schien nach irgendwelchen Worten zu suchen. Sie senkte ihren Blick und starrte auf die tanzenden Lichter auf der Wasseroberfläche.

»So oft habe ich auf einen Moment wie diesen hingefiebert, Miss Marie. Und jetzt weiß ich nicht, wie ich beginnen soll. Ich bin es nicht gewohnt, Gefühle in Worte zu fassen, aber ich muss es wenigstens probieren. Habe ich Ihre Erlaubnis dazu?«

Marie hielt sich mit beiden Händen am Holzgeländer der Brücke fest. »Frederik, bitte reden Sie nicht weiter. Ich bin nicht gut genug für Sie. Sie kennen mich nicht, Sie wissen nichts über mich. Ich hätte es Ihnen früher sagen müssen. Ich hätte nicht mit Ihnen hierherlaufen sollen. Wenn ich gewusst hätte …«

Ihre Stimme zitterte, sie starrte ins Wasser. Frederik legte seine Hand auf ihren Arm.

»Marie, nur ruhig. Lassen Sie mich ausreden. Ich bestehe darauf.

Danach können Sie mir alles ehrlich sagen, was Sie wollen. Ich bin Ihnen nicht böse.«

Seine Stimme war sanft und eindringlich. »Marie, ich will Sie heiraten. Wenn meine Liebeserklärung Sie nur mit Abscheu erfüllt, wenn Sie meine Gefühle nicht erwidern können, dann sagen Sie es mir ehrlich, und ich rede kein Wort mehr davon.«

Als sie ihren Kopf energisch schüttelte, rückte er näher an sie heran. Sie fühlte die Wärme seines Körpers neben sich.

»Nie in meinem Leben habe ich eine Frau wie Sie gekannt, Marie. Schon bald nach unserer ersten Begegnung vor mehreren Monaten auf dieser Brücke spürte ich eine unsichtbare Verbindung zu Ihnen, die mit jeder Begegnung inniger wurde. Ich liebe alles an Ihnen. Die Art, wie Sie Ihren Kopf bewegen, Ihr Lächeln, Ihre Grübchen, Ihre Augen, wenn sie plötzlich aufleuchten oder auch wenn sie nachdenklich sind. Alles an Ihnen ist Sanftmut, Liebreiz und Unschuld. Ich kann mir nicht vorstellen, mit irgendeiner anderen Frau meine Zukunft zu verbringen.«

»Frederik, hören Sie auf, bitte!«, unterbrach ihn Marie. »Ich ertrage es nicht!« Tränen liefen ihr übers Gesicht, als sie ihren Kopf hob und zu ihm hochblickte. »Es kann nichts mit uns werden. Es gibt tief gehende Gründe dafür!«

»Dann sagen Sie mir die Gründe, Marie. Sagen Sie mir, was Sie an mir nicht ertragen. Ich scheue keine Mühe, es zu ändern. Nichts kann mich von meiner Absicht fernhalten. Wenn Geld der Grund ist, spielt es keine Rolle, wenn Ihre Familie Schande auf Sie gebracht hat, ist es für mich kein Hindernis. Wenn Krankheit Sie plagt, pflege ich Sie. Marie, ich liebe Sie, wir überwinden gemeinsam jede Hürde, die uns in den Weg gestellt wird!« Flehend, leidenschaftlich redete er auf sie ein.

Marie stützte ihre verschränkten Arme auf die Holzbrüstung und legte ihren Kopf darauf. »Es gibt nichts an Ihnen, was ich nicht ertrage, Frederik. Es gibt aber unzählige Dinge an mir, die ich nicht ertrage. Ich kann es Ihnen nicht antun.«

»Wenn Sie Frannys Missgunst meinen, wenn Sie den Vorfall im Baderaum meinen, das kann doch kein Hindernis sein.«

Marie musste kurz überlegen, was er damit meinte. »Der Vorfall im Baderaum? Was wissen Sie davon?«

»Liebe Marie, Franny hat so laut geschimpft, bis ich ihr ein Redeverbot erteilt habe.«

Frederik war es also, der verhindert hatte, dass Lady Charlotte von dem Vorfall erfahren hatte. Klar war es Frederik. Schützend, fürsorglich, mitfühlend, wie er war.

»Nein, es ist viel schlimmer als der Vorfall im Baderaum, Frederik. Wenn Sie Ihr Leben mit meinem verstricken, wird das Ihr Ruin sein. Sie werden es bitter bereuen.«

»Dann lassen Sie es unser gemeinsamer Ruin sein. Ich laufe mit Ihnen in jeden Abgrund, welche schweren Lasten Sie auch immer tragen. Ein Leben ohne Sie an meiner Seite, ganz gleich, wie erfolgreich und wohlhabend, ist für mich unerträglich. Wenn Sie vor etwas flüchten wollen, flüchte ich mit. Wir kaufen uns einen Hof, ein paar Tiere, bestellen unsere eigenen Felder. Irgendwo, wo niemand uns kennt. Marie, wir können so glücklich sein. Ich verstehe nicht …«

»Aber ich nur zu gut!«, schluchzte Marie. Sie hob ihren Kopf von der Brüstung und blickte ihn eine Sekunde lang mit schmerzerfüllten Augen an. »Bald werden Sie es erfahren, Frederik. Und dann werden Sie mir und dem lieben Gott für immer dankbar sein, dass ich Ihr großzügiges Angebot abgelehnt habe! Hätte ich nur nicht gewusst, dass Sie mich so ernsthaft lieben, dann wäre es bei Weitem nicht so unerträglich! Nein, bitte folgen Sie mir nicht!«

Sie drehte sich um und rannte zurück in den Park. Als sie die feiernden Gäste erreichte, lief sie im Eiltempo und mit gesenktem Kopf weiter, bis sie die offene Haupttür erreichte, dann sprang sie die Treppe hoch, rannte in ihr Zimmer, schloss die Tür hinter sich ab und warf sich auf ihr Bett.

Frederik blieb auf der Brücke stehen, fuhr mit einer Hand über die Brüstung an der Stelle, an der Marie eben noch gestanden hatte, und schüttelte langsam den Kopf. Das Wasser sprudelte und rauschte unter ihm. Er stand immer noch an der gleichen Stelle, als die Gäste aus dem Dorf, vom Wein erheitert, sich im Park lautstark verabschiedeten. Auch als junge Kerle aus dem Dorf Heuballen, Geschirr, Tische und Stühle wegtrugen, als die Fackeln ausgemacht waren und die Fenster im großen Haus eins nach dem anderen dunkel wurden, stand er noch da. Erst als alles ruhig war und er nur noch das Geräusch des brodelnden Wassers in den Ohren hatte, ging er schweren Schrittes im Licht des Vollmonds, der den Park beleuchtete, zum Stall zurück, über dem er sein Zimmer hatte.

Kapitel zwölf

Marie widerstand dem Drang, zu Frederik zurückzurennen, sich in seine Arme zu werfen und ihm zu sagen, dass sie ihn liebte, mindestens so leidenschaftlich wie er sie. Sie könnte doch weiterschauspielern. Was war so falsch daran, in einer Lüge zu leben? Schließlich hatten andere ihr diese Lüge aufgedrückt, nicht sie selber. Niemand mehr in Birch Heights fragte nach ihrer Vergangenheit. Selbst Franny brachte hin und wieder ein nettes Wort über die Lippen. Warum nicht so tun, als ob die finsteren Jahre in London in ihrem Leben nie eine Rolle gespielt hätten? Oder Frederiks Angebot annehmen, mit ihm irgendwo hinziehen, wo niemand ihr auf die Spur kommen konnte? Was er nicht wissen wollte, musste sie ihm nicht erzählen. Ihre Liebe zueinander würde so stark sein, dass sie Geheimnisse ertragen würde.

Sie zog ihre Schuhe aus, setzte sich auf die Bettkante, bedeckte ihre Augen mit den Händen, stöhnte und wippte vor und zurück. Bilder schossen ihr durch den Kopf. Von einem kleinen Häuschen auf dem Lande, einem Licht im Fenster, von spielenden Kindern um ihre Knie herum, einem Schaukelstuhl am Kamin, Frederiks lachenden Augen an der Tür. Sie spürte wieder die zärtliche Berührung seiner Hand auf ihrer Hand und auf ihren Haaren, als er den Kamm befestigte. Die Sehnsucht nach ihm zerriss ihr fast das Herz. Vor der Begegnung auf der Brücke war es ihr klar gewesen, was sie zu tun hatte. Beichten und Birch Heights verlassen. Seit Frederiks Liebesgeständnis stand plötzlich viel mehr auf dem Spiel. Sie blickte aus dem Fenster. Die Gäste verabschiedeten sich, die Lichter erloschen und es wurde dunkel im Park.

Sie musste ihn wiedersehen. Ihn bitten, ihr mehr Zeit zu geben, um über sein Angebot nachzudenken. Auf einen verzweifelten Impuls hin zog sie ihre Schuhe wieder an und stahl sich hinunter in die Küche. Sie schob den Türriegel zur Seite, schlüpfte in den Garten, zog die Tür wieder zu und rannte zwischen den Gemüsebeeten hindurch und über den verlassenen Park zurück zur Brücke. Frederik war nicht mehr da. Außer Atem lehnte sie sich gegen das Holzgeländer und rang um ihre Fassung. Ihre Gedanken waren in Aufruhr.

Wie dumm, ihn um mehr Zeit zu bitten, ihn nur noch länger auf die Folter zu spannen, ihm zu verheimlichen, wie schuldbeladen ihr Leben war, mit wie vielen Männern sie ihren Körper schon geteilt hatte. Irgendwann würde die Wahrheit sie einholen, ob sie mit ihm in Birch Heights bleiben oder woandershin fliehen würde. Ohren und Augen gab es überall, ob von Mr Creek oder von anderen Menschen. Und wer konnte wissen, ob Mr Creek wirklich mit ihr abgeschlossen hatte, ob Elinor wirklich nicht mehr gefährdet war? Ohren und Augen gab es auch in ihrem eigenen Gewissen. Sie erinnerten an die Stimme einer geliebten Mutter aus ferner Vergangenheit, die Marie immer wieder ermahnt hatte, dass der Preis für die Wahrheit nie zu hoch sei und immer bezahlt werden müsse. Auch wenn es das eigene Glück kosten würde.

Marie schleppte ihre schweren Beine zurück zur Gartentür, durch die Küche und die Treppe hoch zu ihrem Zimmer. Mrs Earling redete immer mit Gott, als sitze er neben ihr. Wenn sie vor Verzweiflung nicht weiterwusste, kniete sie sich hin und betete das Vaterunser. Marie erinnerte sich an ihre mahnenden Worte: Eine von Schmerz gepeinigte Seele kann nur auf das zurückgreifen, was vertraut und geprobt ist. Deshalb ist es so wichtig, Verse und Gebete auswendig zu lernen. Man weiß nie, wann man sie braucht.

Zum ersten Mal seit ihrer Kindheit sank Marie auf ihre Knie und sprach unter Schluchzen die alten, vertrauten Worte aus dem einzigen Gebet, das sie kannte: *»Erlöse uns von dem Bösen.«* Kein Trost durchflutete ihr Herz, keine tiefe Ruhe überrollte sie. Aber sie kroch zurück in ihr Bett und fiel in einen tiefen, erschöpften Schlaf.

»Nein, Elinor, ihr geht nicht in die Höhlen«, bestimmte Marie am nächsten Morgen, nachdem die Familie von der Kirche zurückgekehrt war. »Und ich überrede deine Mutter nicht. Heute ist Sonntag. Ruhetag. Auch du bist von gestern Abend noch müde. Auch wenn du es nicht wahrhaben willst.«

Elinor stampfte mit dem Fuß. »In den Höhlen ist es aber ruhiger als hier im Haus. Außerdem ist Eddy heute traurig, und es würde ihn fröhlich machen, wenn er endlich einmal dorthin dürfte. Er war noch gar nie unten. Wir reden seit Tagen davon. Bitte, Miss Marie.«

»Dann hört auf, davon zu reden. Es gibt andere schöne Dinge, die Eddy fröhlich machen können.«

»Mutter findet alles gut, was Eddy zum Lachen bringt. Sie hat bestimmt nichts dagegen!«

»Dann frag sie doch«, antwortete Marie. »Ihr esst gleich oben zusammen. Wenn sie Nein sagt, spielt ihr mit euren Holzfiguren und Eddy liest vor. Gestern gab es genug Aufregung.«

»Wenn wir in die Höhlen gehen, hast du deine Ruhe. Du bist heute so schlecht gelaunt.«

»Welchen Floh hast du im Ohr, Elinor? Allein in die Höhlen? Ihr verlauft euch, es ist gefährlich und außerdem strengstens verboten. Wenn du zu Frederik nett bist, dann geht er morgen mit euch hinunter. Warum fragst du überhaupt?«

»Ich frage, weil ich in die Höhlen gehen will. Übrigens war ich schon oft unten. Nicht nur, als die Stadtkinder hier waren. Einmal war ich alleine. Du hast es nicht gewusst, weil du einen freien Nachmittag hattest, und Franny hat nicht aufgepasst. Ich habe noch mal mit den Fischersleuten gesprochen, und ich wollte schauen, wie weit Frederik mit dem Durchgang zur Fischerhöhle ist, und bin alleine wieder hochgegangen. Nichts einfacher als das. Frederiks Treppen machen alles möglich. Niemand hat es bemerkt.« Ihre Stimme war trotzig.

»Ich bin schockiert, Elinor«, schimpfte Marie. »Ich hätte nicht gedacht, dass du so böse sein kannst. Wenn du mir nicht versprichst, folgsam zu sein, dann muss ich euch in das Spielzimmer einschließen.«

»Das erlaubt Mutter nicht.«

»Elinor, wie kannst du so störrisch sein, und das gleich nach der Kirche!«

»Ich bin nicht störrisch, ich denke nur an das Wohl von unserem Gast Eddy. Wir sollen andere Menschen lieb haben, sagte der Pfarrer. Und dieser andere Mensch möchte in die Höhlen gehen.«

Marie seufzte. »Ich vermute stark, dass du diesen anderen Menschen überredet hast, dass er in die Höhlen gehen will! Und übrigens, es soll regnen.«

»Noch besser! In den Höhlen bleiben wir trocken!«

»Ich habe Dringendes zu tun, Elinor. Deine Eltern wollen zum Hafen nach Sedgeworth fahren, bevor das Wetter kühler wird. Sie machen dort einen Besuch. Vielleicht nehmen sie euch mit. Falls nicht, holst du mich von meinem Zimmer ab und wir gehen zum Weiher und schauen nach den Fröschen, bevor die Wolken näher heranrücken. Das mag Eddy auch sehr.«

Elinor schien mit diesem Plan zufrieden zu sein.

Marie zog sich in ihr Zimmer zurück, erleichtert, dass sie Elinors Geplauder los war und dass die Kinder im großen Saal zum Essen bestellt waren. Sie selber konnte nicht an Essen denken. In der Kirche hatte sie einmal gewagt, einen Blick in Frederiks Richtung zu werfen. Er hatte mit versteinerter Miene nach vorne geschaut. Nach dem Gottesdienst war er weg gewesen. Sie öffnete ihren Kleiderschrank, in dem alle ihre Habseligkeiten verstaut waren, und holte aus einem Regal eine Schreibmappe, in der Briefpapier und ein Tintenfass mit einer Schreibfeder lagen. Sie setzte sich an ihre Frisierkommode und fing mit zitternder Hand an zu schreiben.

Lieber Frederik,

seit unserer Begegnung gestern Abend kommt mein Herz nicht zur Ruhe. Wie schlecht Sie über mich denken müssen! Ihre Worte haben mich völlig unvorbereitet getroffen.

Das klang wie ein Vorwurf. Und ganz überraschend waren seine Worte nicht gekommen. Sie zerknüllte das Papier und fing noch einmal an. Sie hörte die Räder der Familienkutsche auf den Kieselsteinen draußen und Frederiks Stimme, die den Pferden Einhalt gebot. Der Ausflug nach Sedgeworth stand wohl immer noch auf dem Tagesplan. Elinor kam nicht, um sie zum Weiher zu holen, die Kinder waren also mitgefahren. Dankbar für die freie Zeit, die ihr unverhofft vergönnt war, fing sie noch mal an.

Lieber Frederik,

meine Ablehnung Ihrer großzügigen Liebeserklärung gestern Abend muss Ihnen wehgetan haben …

Das fand sie zu gefühlvoll.

Lieber Frederik,

wenn Sie nur wüssten, welcher Orkan in meinem Herzen tobt.

Mehrere Entwürfe lagen verstreut auf dem Boden.

»Genug damit«, sagte sie zu sich. »Lieber gehe ich gleich zu Mrs Earling und erzähle ihr alles. Bis die Herrschaften von Sedgeworth zurück sind, habe ich mindestens zwei Stunden Zeit.«

Sie trug die verstoßenen Briefe in den Baderaum, wo die Asche vom Morgen im Ofen noch glühte. Sie wartete, bis jedes Stück Papier zu weißlichem Staub zerfallen war. Danach wickelte sie ein Tuch um ihre Schultern und verließ das Haus. Im Park war alles still. Sie lief über die Brücke. Sie fühlte einen dicken Kloß im Hals, als sie an der Stelle vorbeieilte, wo sie am Abend zuvor Frederiks Atem auf ihrem Gesicht gespürt hatte. Ein Teil von ihr hätte alles gegeben, Frederik in diesem Moment wieder in die Arme zu laufen. Der andere Teil war froh, Mrs Earlings Haustür zu erreichen, ohne eine Spur von ihm gesehen zu haben. Vielleicht hatte er die Familie nach Sedgeworth begleitet.

Mrs Earling war nicht zu Hause. Marie erinnerte sich daran, dass sie sonntags oft Besuche machte. Sie klopfte mehrmals vergeblich an der Tür. Schließlich wandte sie sich schweren Herzens vom Haus ab und schlich langsam und mit hängenden Schultern zurück nach Birch Heights.

Erste Regentropfen fielen vom Himmel, als eine Stimme sie aus ihren Grübeleien herausriss. Es war Harriet, die aus dem Küchengarten gerannt kam.

»Marie! Da bist du endlich! Die Kinder sollen in die Küche kommen. Franny hat Plätzchen vom Sommerfest übrig und macht einige warm!«

»Die Kinder sind in Sedgeworth mit Lord und Lady Greenwold!«, rief Marie zurück. »Ich schicke sie hin, sobald sie da sind! Es dauert mindestens noch eine Stunde!«

»Nach Sedgeworth? Aber die Kinder sind nicht nach Sedgeworth mitgefahren, Marie! Sie waren doch bei dir!«

Ein Schauder lief über Maries Rücken. Vor lauter Grübeleien hatte sie jedes Gefühl von Zeit verloren. »Aber sie sollten kommen und mich holen, falls sie nicht mit den … Harriet, lass mich schnell vorbei!«

Sie schob Harriet zur Seite und rannte durch die Küche und die Treppe hoch. Sie warf einen Blick auf die große Pendeluhr neben dem Hauseingang und sah mit Entsetzen, dass die Herrschaften seit zwei Stunden unterwegs waren. Offensichtlich ohne die Kinder. Mit klopfendem Herzen erreichte sie die Tür zum Spielzimmer.

»Sie müssen hier sein«, sagte sie zu sich. »Sie haben sich in ein Spiel vertieft und vergessen, mich zu holen!«

Das Spielzimmer war leer.

»Die Höhlen!«

Sie hastete in ihr Zimmer. Dort schüttelte sie ihre Sonntagsschuhe von den Füßen ab und zog ihre Stiefel an. Sie griff nach einer Laterne und nach Zündhölzern, warf einen Umhang über ihre Schultern und eilte hinunter. Sollte sie Dickon und Frederik suchen? Nein, sie hatte keine Zeit zu verlieren. Die Kinder waren seit mindestens zwei Stunden unten in den Höhlen. Vielleicht war einer der Männer mitgegangen und hatte vergessen, sie davon zu unterrichten. Vielleicht würde Marie sie in der Bucht finden, fröhlich spielend.

Sie erreichte die Turmruine und hielt an, um Luft zu holen. Dicke Regentropfen klatschen auf die Steine der alten Mauer. Donnerschläge waren in der Ferne zu hören und der Wind zerrte an Maries Haube und Umhang. Die Tür zu den Höhlen stand offen. Eine Windböe fegte über den Hügel und die rostigen Angeln quietschten. Die Tür schlug mit einem Knall zu.

Marie zwang sich, die Eisenklinke in die Hand zu nehmen, und zog mit ganzer Kraft daran. Gleich stand sie im windgeschützten Eingang der Höhle. Mit einem Fuß schob sie den schweren Stein in die Tür, der dafür vorgesehen war, sie offen zu halten, solange Höhlengänger drin waren. Dann zündete sie die Kerze in der Laterne an und ging die Treppe hinunter.

»Elinor, Eddy!«, rief sie.

Ihre Stimme hallte von den feuchten Steinwänden und hohen Steindecken zurück. Sie schrie immer lauter und wartete regungslos, bis das Echo verhallt war. Es kam keine Antwort. Vielleicht waren sie nicht zur Bucht gegangen. Vielleicht saßen sie irgendwo unter den Bäumen am Weiher und suchten nach Fröschen. Tief in ihrem Herzen wusste sie, dass das nicht sein konnte. Sie hätte ihre Stimmen gehört, als sie über die Brücke zurückgekommen war. Sie klammerte eine Hand um das Geländer und hielt mit der anderen Hand ihr Licht hoch. Langsam stieg sie ab. Mit einem Fuß, dann mit dem anderen tastete sie behutsam nach jeder Stufe. Warum hatte sie sich nicht früher gezwungen, zur Bucht hinunterzugehen? Der Gang wäre jetzt einfacher und vor allem schneller.

Eine unheimliche, schwarze Finsternis umhüllte sie. Das Geräusch von herunterfallenden Wassertropfen durchbrach hin und wieder die Stille. Jeder Tropfen klang ohrenbetäubend und hohl in der gähnenden Dunkelheit. Einmal schrie sie laut, als etwas gegen ihren Arm schlug und an ihrem Kopf vorbeistreifte. Sie hielt die Laterne hoch. Über ihr schossen Fledermäuse hin und her wie kleine Pfeile.

Sie atmete tief durch und ging weiter. Immer wieder rief sie nach den Kindern. Die Stimme, die zurückhallte, klang mit jedem Ruf hämischer, wie eine fremde Stimme, die sie verspotten wollte. Panik stieg in ihr hoch. Bilder strömten durch ihren Kopf. Augen, Ohren. Sie hingen von der Decke, sprangen von der Felswand, zerdrückten sie, bis sie keine Luft mehr bekam und jeder Atemstoß ihre Lunge zu zerreißen drohte. Der Weg nahm kein Ende. Vielleicht hatte sie sich verlaufen, vielleicht war sie aus Versehen irgendwo abgebogen. Sie verlor jedes Gespür für Zeit und Raum. Sie hatte das Gefühl, nie ein Leben außerhalb dieser Höhle gehabt zu haben, so als ob sie schon immer in dieser unterirdischen Welt herumgeirrt wäre und gegen eine dichte, den Atem raubende Dunkelheit angekämpft hätte. Die Kerze fing an zu flackern. Gerade als sie dachte, das Licht würde ausgehen, hörte sie in der Ferne Schritte.

»Endlich! Elinor, Eddy! Ich bin hier! Ich komme! Habt keine Angst!«

Es kam keine Antwort.

Marie beschleunigte ihren Gang. Die Schritte aus der anderen Richtung wurden lauter. Sie sah das, wonach ihre müden Augen seit Langem Ausschau gehalten hatte: ein Licht in der Ferne, schwach, fad, aber ein Licht. Sie rannte los, stolperte die Stufen hinunter. Sie tastete sich immer noch am Geländer entlang und schob ihren Körper an einem Felsvorsprung vorbei. Das Licht kam nun direkt auf sie zu. Erst als ihre geblendeten Augen sich an den Schein gewöhnt hatten, sah sie, dass es nicht die Kinder waren. Die schattige Gestalt eines großen, wohlbeleibten Mannes erhob sich hinter der Kerze und stapfte langsamen Schrittes auf sie zu. Es lief ihr kalt über den Rücken, sie biss sich auf die Lippen, taumelte nach hinten und stützte sich auf einer Stufe ab. Ihre Kerze fiel zu Boden. Der Mann beugte sich über sie. Seine Augen wirkten in seinem aufgedunsenen Gesicht klein, sie funkelten aber im Laternenlicht.

»So begegnen wir uns wieder, mein süßes, entflohenes Kätzchen«, keuchte er. Sein Gesicht schwebte direkt über ihrem Gesicht, nur die Kerze stand zwischen ihnen. Sie sprang hoch und stellte sich hin.

»Sie sind doch tot, Sir Malcolm, Sie sind tot!«, schrie sie.

Er lachte laut.

»Herzlich willkommen in meinem Grab, meine Liebe! Wusstest du nicht, dass es in der Hölle so gemütlich sein kann? Ich war noch nie tot. Und habe auch nicht vor zu sterben. Nicht, solange ich nicht Rache geübt habe. Und jetzt läuft genau die Dame mir in die Arme, die zu suchen ich mich aufgemacht hatte. So ein Glück. Ich hatte angenommen, dass ich dich hier treffen würde, wenn du nach den Kindern suchst.«

Maries Lippen waren trocken und ihr Atem kam in kurzen Stößen. Sie versuchte zu verstehen, was sich da gerade vor ihren Augen abspielte. »Welche Rache? Wie kommen Sie hierher?«

Sie bewegte sich nach hinten, tastete mit ihrem Fuß nach den Stufen und zog sich mit beiden Händen am Geländer entlang. Er folgte ihr mit großen, schweren Schritten.

»Ich war die ganze Woche hier. Das Leben als Fischer ist mir nicht schlecht bekommen. Ich konnte ohne deine Nähe nicht leben.«

»Kommen Sie keinen Schritt näher. Rühren Sie mich nicht an, Sir Malcolm! Wo sind die Kinder?«

»Ich entscheide, wen ich anrühre und wen nicht«, brüllte er. Er packte sie am Arm und zog sie an seinen Körper. Sie stieß einen Schmerzensschrei aus.

»Wie sehr habe ich unsere süßen Stunden vermisst«, säuselte er in ihr Ohr. »Noch ein letztes Mal hätte ich mir so ein schmackhaftes Zusammensein mit dir gegönnt, bevor wir uns verabschieden, aber leider fehlt uns die Zeit. Du kommst jetzt mit. Ich zeige dir, wo die Kinder sind.«

Er zerrte sie hinter sich her, sein Griff um ihren Arm war wie Eisen. Tausende von Messerstichen schossen durch ihre Schulter und raubten ihr den Atem.

»Die Kinder, was haben Sie mit den Kindern gemacht?«, stöhnte sie.

»Wenn du aufhörst, dich querzustellen, dann siehst du, was ich mit den Kindern gemacht habe.«

Maries Magen verkrampfte sich, es wurde ihr schwarz vor den Augen. Sie hörte auf, sich zu wehren, und wankte hinter Sir Malcolm her.

Endlich drang etwas, das wie Tageslicht aussah, in den dunklen Gang hinein. Sie waren bei der Bucht angekommen. Es regnete in Strömen. Die Wellen krachten über die Felsen und rasten auf den Strand fast bis zum Eingang der Höhle. Bald war Hochwasser. Eine unsichtbare Macht war dabei, die gewaltigen Wassermassen eines ganzen Ozeans auf das Küstengeröll Cornwalls donnern zu lassen. Kein Mensch, der auf sein Leben etwas hielt, ging zu dieser Zeit hinunter zum Strand.

»Dort sind die Kinder.« Sir Malcolm zeigte auf das Meer.

»Nein, nein! Sie sind von Sinnen, Sir Malcolm! Sagen mir bitte, dass sie in Sicherheit sind!« Marie schlug auf seinen Arm und schüttelte ihn mit aller Macht.

»Aaah, so mag ich mein Kätzchen«, flötete er. »Anhänglich, flehend, unterwürfig.«

»Wo sind die Kinder?«, schrie sie.

»Nicht so wild, Süße. Sie sind in Sicherheit. Sie legen mit ihrem Boot in Sedgeworth an, springen in eine Kutsche, die dort auf sie wartet, und sind bald auf dem schnellsten Weg in London.«

»Dann bringen Sie sie zurück und lassen Sie mich zu ihren Eltern gehen und ihnen sagen, wo sie sind. Sie werden krank vor Sorge sein!«

»Das höre ich gerne und so soll es eine Weile bleiben«, antwortete Sir Malcolm, der Marie immer noch fest in seinem Griff hatte.

»Sir Malcolm, das Mädchen ist blind. Was fällt Ihnen ein? Haben Sie denn kein Herz?«

»Genauso viel Herz wie Lady Charlotte, als sie Birch Heights aus meinen Händen gerissen und zu ihrem Eigentum erklärt hat. Die Kinder sind in den sicheren Händen meines guten Freundes Mr Creek. Und werden zurückgebracht, sobald die Herrschaften dort oben die Ansprüche erfüllt haben, die wir gestellt haben.«

Er deutete mit der Hand nach oben auf die Felsen.

»Sir Malcolm, das können Sie den Greenwolds nicht antun«, schluchzte Charlotte. »Das sind aufrichtige Leute, Sie können mit ihnen reden, wenn Sie etwas von ihnen wollen.«

»Mit ihnen darüber reden, dass sie mein Vermögen und meine Zukunft gestohlen haben? Und sogar meinen Sohn? Du hast wohl nicht gewusst, dass ich der Cousin von Lady Greenwolds Vater bin, der rechtmäßige Erbe von Birch Heights?«

Marie versuchte, die schrecklichen Zusammenhänge zu begreifen, die ihr langsam klar wurden, während Malcolm weitererzählte. Von seinem Hass auf die Familie Greenwold, von seiner Affäre mit der ehemaligen Lady Greenwold, Charlottes Mutter, von seinem fehlgeschlagenen Versuch, sein Recht auf das Vermögen durch das Kind, das er mit ihr zeugte, geltend zu machen. Und jetzt sei es an der Zeit, Verlorenes wieder zurückzuerobern, verkündigte er. Und seinen Sohn wieder zu dem Zweck zu benützen, zu dem er geboren sei. Sein Atem roch nach Alkohol; zwischen seinen weitschweifenden Ergüssen von Bitterkeit lachte er immer wieder laut und spöttisch. Dass Lady Charlottes Anspruch auf Birch Heights in einem Erbschaftsstreit angefochten worden war, wusste Marie von Franny. Aber dass Sir Malcolm in diesen Streit verwickelt und sogar mit den Greenwolds verwandt war, hatte sie nicht geahnt. Jetzt verstand sie, warum er so oft über Birch Heights gelästert hatte. Auch die Verbindung zu dem Jungen, den sie Eddy genannt hatten, wurde ihr nun klar. Mr Creeks Besuch im Spielzimmer fiel ihr wieder ein, wie auch ihr flüchtiges Gefühl bei der ersten Begegnung mit Eddy, dass irgendetwas an dem Jungen ihr vertraut vorkam.

»Ihr Sohn?«

»Eddy ist mein Sohn. Eddy ist Eduard. Eddy gehört mir.«

»Lassen Sie mich gehen, Sir Malcolm, dass ich wenigstens …«

»Ha! So einfach wird es nicht! Wir gehen zusammen. Vorwärts, marsch!«

Er hatte sie auf den Strand gezerrt und schob sie jetzt vor sich her. Der Wind schleuderte Sandkörnchen in ihr Gesicht, ihre Haube hing an ihrem Rücken, die Bänder flatterten im Wind. Bald schlugen ihre Haare wie eine Peitsche gegen ihre Haut. Sie wollte sich wehren, nach Hilfe schreien, aber Regen mischte sich mit Gischt und füllte ihren Mund jedes Mal, wenn sie versuchte, ihn aufzumachen. Sir Malcolm zog sie durch das knietiefe Wasser, das die Felswand erreicht hatte und inzwischen den ganzen Strand bedeckte. Marie erinnerte sich, dass die Bewohner von Birch Heights peinlichst genau auf die Hochwasserzeiten am Strand achteten. Umgeben von Felswänden, füllte sich die Bucht bei Flut blitzschnell, bis in die Höhlen hinein. Sir Malcolm schob Marie auf ein kleines Fischerboot zu, das auf den Wellen schaukelte. Zwei Männer saßen drin.

»Nein, alles, bloß das nicht! Lassen Sie mich los, Sir Malcolm! Ich komme nicht mit!«, schrie sie aus voller Kehle. Der Wind verschluckte jeden Ton.

Sie versuchte, sich aus seinem Griff freizukämpfen. Ihre Kräfte ließen nach. Er ließ sie los. Sie blickte zurück und sah, dass das Wasser hinter ihr schon tiefer war. Zur großen Öffnung zurückzuwaten, aus der sie gekommen waren, war jetzt unmöglich. Schwimmen konnte sie nicht, davon abgesehen, dass auch der stärkste Schwimmer bei dieser mächtigen Strömung von den Fluten auf die Felsen geschleudert werden würde. Die einzige Zuflucht vor den brausenden Wellen war die Fischerhöhle, die gleich zu ihrer Rechten lag.

»So was Grausames wie dich mitzunehmen hatte ich nicht vor«, brüllte Malcolm in ihr Ohr. »Geh dort in die Fischerhöhle, wo deine Freunde deine Leiche abholen können – falls sie Lust haben und dich jemals finden werden. Wir haben Lord und Lady Greenwold benachrichtigt, dass wir unsere kleine Komplizin Marie wieder mitgenommen haben. Sie werden nicht auf die Idee kommen, nach dir zu suchen! Leb wohl!«

Er winkte ihr grinsend zu und stiefelte durch das Wasser auf das Boot zu.

Das Wasser war nun bis zu Maries Oberschenkeln angestiegen. Sie musste versuchen, schnell zu überlegen, was zu tun war. Sie zwang ihre durchgefrorenen Glieder, sich zu rühren, warf ihren Umhang ab, zog ihre Stiefel mit Mühe von ihren Füßen und band ihren Rock um ihre Knie. Mit aller Macht kämpfte sie um ihr Gleichgewicht. Einmal rissen die Wellen ihren Körper mit einem gewaltigen Sog weg vom Strand aufs offene Meer zu. Einmal wurde sie von hereinbrechenden Wellen in die andere Richtung geschleudert, auf die Höhlen zu. Es war klar, was sie zu tun hatte. Wenn sie nur die Fischerhöhle erreichen könnte, dann würde sie dort im Schutz der Felsen bis zur Ebbe warten, dann zurück zum Strand und zur großen Öffnung gehen, die Treppe wieder hochrennen und Lord und Lady Greenwold erzählen, dass die Kinder entführt wurden, dass Eddy in Wirklichkeit Eduard, der Sohn von Sir Malcolm, war, dass … weiter kam sie mit ihren Gedanken nicht.

Das Wasser tobte um ihre Hüften, mit ihren Armen kämpfte sie gegen die Flut an. Fast hatte sie die Höhle erreicht. Ein Schild hing über dem Höhleneingang, dessen Schrift sie erst jetzt lesen konnte.

Sie blickte hoch: »Achtung, Gefahr! Höhle bei Hochwasser bis zur Decke überflutet.« Das Blut gefror ihr in den Adern. Daher also die eindringlichen, wiederholten Warnungen an die Kinder, nicht zu lange in der Bucht zu bleiben. Daher die Leichtigkeit, mit der Sir Malcolm sich davongemacht und sie ihrem Schicksal überlassen hatte. Klar. Sie sollte ertrinken. Entweder draußen auf dem stürmischen Meer oder in der Höhle. Sie durfte entscheiden. Die Familie sollte glauben, dass sie mit den Entführern in London war und die Entführung der Kinder mit geplant hatte. Niemand würde nach ihr suchen. Eine Lawine von Panik und Entsetzen drohte, sie um den Verstand zu bringen, obgleich sie mit aller Macht versuchte, ruhig zu denken. Plötzlich mischte sich ein klarer Gedanke in die lähmende Panik. Mrs Earling fiel ihr ein. *»Erlöse uns von dem Bösen, erlöse uns von dem Bösen«*, flehte sie, immer schneller, immer verzweifelter, während sie durch die steigenden Wellen auf die Höhle zutaumelte.

Eduard wischte über die die beschlagene Fensterscheibe, drückte seine Nase dagegen, wölbte seine Hände über seine Augen und starrte hinaus.

»Wir müssten schon längst da sein«, flüsterte er Elinor zu.

»Was siehst du durch die Fensterscheibe, Eddy? Vielleicht haben sie sich verfahren! Oder machen einen Umweg.«

»Es regnet, es ist fast dunkel, ich sehe sonst nichts. Es spiegelt. Die Pferde sind im Galopp, es muss eine glatte Straße sein. Frag den Diener.«

»Es gibt keine glatte Straße von Sedgeworth nach Birch Heights. Frag du.«

»Ich habe Angst, Elinor.«

Elinor beugte sich zur vorderen Bank in der Kutsche vor und zog am Mantel des Dieners, der vor sich hin döste. Sein Kopf war nach hinten gelehnt und er schnarchte laut.

»Charles, wach auf!«

Charles zuckte zusammen. »Was gibt's, kleine Lady?«

»Wir sollten längst zu Hause sein, Marie wird krank vor Sorge sein und meine Eltern werden überall nach uns suchen! Wo sind wir denn?«

Charles sagte nichts, klopfte aber mit einem Stock an die Decke der Kutsche.

»Ich habe dir doch gesagt, dass es eine schlechte Idee war, ins Fischerboot zu steigen und nach Sedgeworth zu rudern, Elinor«, sagte Eduard.

»Nicholas hat es angeboten, Eddy. Wie kann man da Nein sagen? Er ist der netteste aller Fischerleute. Mutter und Vater laufen gerade am Hafen entlang, da fährt ein Boot ein und wir steigen aus! Das wäre so eine Überraschung gewesen! Pech, dass sie nicht mehr da waren. Wir waren zu spät.«

Charles klopfte noch einmal an die Decke, dieses Mal energisch.

»Brrrrr!«, tönte es vom Kutschersitz über ihren Köpfen. Die Pferde schnaubten, liefen im schnellen Trott weiter, danach klapperten und spritzten ihre Hufen nur noch im Laufmarsch in den Pfützen auf der harten Oberfläche der Straße. Die Kinder hörten hektische Männerstimmen.

»Da ist noch jemand auf den Kutschersitz zugestiegen«, sagte Eduard mit einem Zittern in der Stimme.

Das Gefährt hielt an und das Licht einer Laterne leuchtete durch die schmutzige Fensterscheibe. Eduard kauerte instinktiv in den hintersten Winkel der Sitzbank. Er wusste nicht, warum sein Herz anfing zu rasen und seine Glieder auf einmal wie gelähmt waren. Jemand zerrte von draußen am Türgriff und die Tür öffnete sich. Herein blickte das grinsende Gesicht von Mr Creek.

Marie kroch der steinigen Innenwand der Fischerhöhle entlang und griff nach jedem auch noch so kleinen hervorstehenden Stück Fels, an dem sie sich mit einer Hand festklammern konnte. Das Wasser hatte ihre Taille erreicht und krachte in die Höhle mit einem ohrenbetäubenden Lärm. Unter ihren Füßen fühlte sie Sand und Kieselsteine. Immerhin bot die Höhle Schutz vor dem Wind und sie konnte sich schneller fortbewegen. Es war ein Wettrennen gegen die Zeit. Noch hatte sie Licht. Sobald es Abend wurde, wäre jede Hoffnung dahin, die rutschigen Felsen hochzuklettern und ein Luftloch zu finden, in dem sie das Ende der Flut abwarten könnte. Die Felswand führte leicht bergauf. Ihre Lunge brannte und nach jedem Atemzug spuckte sie salziges Wasser aus. Sie hatte unendlichen Durst. Bald sah sie direkt vor sich die hintere Wand der Höhle. Sie tastete nach Felsenriffen oder Klumpen von Höhlenalgen, an denen sie sich hochziehen konnte. Hier würde sich ihr Schicksal entscheiden. Unrat trieb auf der Wasseroberfläche an ihr vorbei: abgeworfene Fetzen von Fischernetzen, Fischreste, alte Anglerhaken. Sie griff nach einem alten Tuch, das vorbeischwamm, riss es in Stücke und band es, so gut sie konnte, um ihre wunden Hände. Zwei oder drei Zigarrenstummel trieben vorbei. Ob die armen Fischerleute aus Sedgeworth Geld für Zigarren hatten? Komisch, welche banalen Gedanken einem kamen, wenn man dem Tod ins Gesicht schaute. Plötzlich fiel ihr ein, dass Mr Creek wahrscheinlich hier gewesen war. Hier die Geschäfte verrichtet hatte, für die er eigentlich nach Birch Heights gekommen war. Inzwischen war ihr alles klar. Warum bloß hatte sie das wahre Ausmaß seiner Niedertracht nicht durchschaut? Elinor hatte mindestens einmal, vielleicht auch zweimal mit den Fischerleuten geplaudert. Hatte Malcolm sie hierhergelockt, sich mit ihr angefreundet? Sie hatte von irgendetwas erzählt, wonach sie schauen wollte. Blitzartig fiel Marie ein, was es war. Frederik wollte die schmale Felswand zwischen dem Hauptdurchgang und der Fischerhöhle durchbrechen. Ob er es schon geschafft hatte? Warum hatte sie nie aufgepasst, als es in Gesprächen um die Höhlen ging?

Sie fuhr mit der Hand über die feuchte Oberfläche der hinteren Felswand. Trübe Überreste eines schwindenden Tageslichts erreichten den hinteren Teil der Höhle, aber nicht genug, um Unregelmäßigkeiten auf der Oberfläche der Felswand auszumachen. Sie schleppte ihren Körper auf ein langes, schmales Riff, das an der Wand auf halber Höhe entlanglief. Das Wasser tobte direkt unter ihr. Sie lehnte sich nach rechts und tastete mit der Hand, so weit sie reichen konnte, ohne in die steigenden Fluten zu stürzen. Dann nach links. Auf einmal fühlten ihre Finger eine raue, senkrechte Kante, die offensichtlich eine weitere Höhle hinter sich verbarg. Sie befand sich doch nicht im hintersten Teil der Höhle. Sie drückte ihren Körper gegen die Wand und glitt langsam nach links. Ein kühler Luftzug wehte von irgendwo her. Ihr Puls raste, sie hielt sich mit der linken Hand an der Kante fest und zog ihren Körper nach. Plötzlich saß sie im Trockenen. Sie zog ihren Kopf unter der tief hängenden Decke des Hohlraums ein und kauerte auf dem Boden. Auch wenn es nicht Frederiks Öffnung war, dann wenigstens die Möglichkeit einer kurzen Atempause. Feuchte Algen, die die Wände schmückten und Marie immer wieder unangenehm streiften, waren schweigsame Zeugen dafür, dass die Erholung nur von kurzer Dauer sein würde. Auch hier gab es keinen Schutz vor dem Hochwasser.

Marie tastete wieder mit den Händen. Es war inzwischen stockdunkel. Neben ihr sickerte Wasser am Boden entlang. Ohne nachzudenken, bückte sie sich und benetzte ihre geschwollene Zunge. Es tat so gut. Sie schlürfte es direkt vom felsigen Boden, versuchte, es mit der Hand zu schöpfen. Mitten in ihren Todesängsten fiel ihr plötzlich auf, dass das Wasser süß war. Ein winziger Hoffnungsschimmer stieg in ihrem Herzen hoch. Vielleicht war sie doch auf den Durchgang gestoßen? Eine undichte Stelle gab es, irgendwo. Ein Rinnsal, das aus einer Öffnung oder aus gelockerten Steinen herausfloss. Hinter ihr hatte das Meerwasser ihr Versteck schon erreicht und entfesselte seine gesamte Gewalt auf dem Felsensims, auf dem sie nur kurz davor gesessen hatte. Ihr Atem kam in kurzen Stößen. Nur noch ein letzter Versuch. Sie griff nach einem Stein. Er war locker. Sie schleuderte ihn hinter sich. Danach noch einen und wieder einen. Die Gischt der salzigen Fluten fühlte sie schon an ihren Fersen. Noch mehr Steine. Sie wurden kleiner und lockerer. Schwitzend, keuchend, auf allen vieren am feuchten Boden entlangkriechend, grub sie sich eine Bahn durch den Steinhaufen. Wenn sie nicht in den Fluten umkommen würde, dann durch eine Steinlawine, die sie lebendig begraben würde. Die Haut an ihren Händen war aufgeschürft und zerkratzt, die Stoffbänder hatten sich gelöst und jeder Griff tat weh. Plötzlich tasteten ihre Finger ins Leere und sie zerrte ihren erschöpften Körper auf den Steinboden einer großen Höhle. Das Rauschen der Fluten hinter ihr klang fern, gedämpft. Schluchzend vor Glück und Erleichterung blieb sie eine Weile in der pechschwarzen Dunkelheit liegen. Sie war am Leben. Alles andere war unwichtig. Sie fuhr mit den Fingern über eine Keilhacke, die neben ihr lag. Andere Werkzeuge lagen auch da. Eine Spitzhacke, ein Pickel. Sie suchte nach einer Lampe, fand aber keine. Aber immerhin – von hier aus musste irgendwo ein Weg nach oben führen, den die Arbeiter verwendet hatten. Ihre Gedanken kehrten mit einem Ruck zurück zu Elinor und Eduard. Sie musste so schnell wie möglich raus. Sie füllte ihren Mund noch einmal mit dem kühlen Wasser, das unter ihr floss, und stocherte mit ihren Händen nach einem Halt und einem Hinweis auf einen gangbaren Weg. Stufen gab es hier keine. Sie befand sich also abseits von dem ausgebauten Weg, den sie vorher gegangen war. Ihre Finger stießen an einen Holzbalken, der offensichtlich Teil eines Geländers war. Sie hielt sich daran fest, richtete sich auf und lief bergauf, zuerst langsam, dann immer schneller.

Eduard brüllte vor Panik. Er versuchte, an Mr Creek vorbei aus der Kutsche zu springen, wurde aber von vier starken Armen gepackt. Er strampelte, trat mit den Füßen, schlug mit den Händen um sich und biss in die Hand, die über seinen Mund gehalten wurde.

Elinor heulte erschrocken auf und streckte sich mit beiden Händen nach ihm aus.

»Was ist mit dir, Eddy? Wer ist da?«, schrie sie. Als Antwort kam ein Spucken, Husten, Ringen nach Luft. Dann die Stimme eines Mannes.

»Wenn du noch einen einzigen Laut von dir gibst, erwürge ich dich, du kleines Miststück.«

»Wer sind Sie? Was machen Sie mit Eddy?«, kreischte Elinor. »Lassen Sie ihn in Ruhe!«

»Erfreut, dich wiederzusehen, Lady Elinor!«, ertönte die Stimme von Mr Creek. »Und die Möglichkeit zu haben, dich endlich viel besser kennenzulernen!«

»Der Mann von London? Der nette Gentleman mit der Schule …?«

»Richtig erkannt, Lady Elinor! Ein guter Freund deines Vaters! Und mein treuer Bediensteter, Charles, der das Vergnügen hat, euch zu begleiten.«

»Charles? Der nette Fischer, der uns mit der Postkutsche nach Hause begleiten wollte?«, fragte sie.

Mr Creek und Charles lachten laut.

»Überzeugend hast du deine Rolle gespielt, mein lieber Freund!«, rief Mr Creek.

Er drückte eine Hand immer noch fest auf Eduards Mund, mit der anderen Hand hob er seine Laterne vom Boden der Kutsche auf und hielt sie vor Elinors Gesicht.

»Tatsächlich. Blind wie ein Maulwurf, Charles. Sieht Licht, aber erkennt keine Gesichter.«

Elinor fing an, hysterisch zu schreien und um sich zu schlagen.

»Aber ein Organ hat sie, du lieber Himmel. Hört man meilenweit! Halt sie fest, Charles!«

»Bringen Sie uns sofort zurück nach Birch Heights!«, brüllte Elinor. »Sie haben kein Recht, in unsere Kutsche zu steigen!«

»So ein Befehlston in so einem jungen Alter! Alle Achtung. Eine echte Greenwold. Keine Sorge, Kleine. Deine Eltern erfahren bald, in wessen guten Händen ihr seid. Es ist alles ausgemacht. Ihr verbringt ein paar Tage bei mir in London, wir zeigen euch Westminster Abbey und Big Ben, dann bringe ich euch sicher und fröhlich nach Birch Heights zurück. Übrigens: Ich bin nicht in eure, ihr seid in meine Kutsche eingestiegen.«

Eduard versuchte zu reden, aber Mr Creeks Hand war immer noch über seinen Mund gepresst. Charles hielt seine Arme fest.

»Das ist nicht wahr!«, heulte Elinor. »Meine Eltern hätten es mir gesagt. Lassen Sie Eddy los und bringen Sie uns nach Hause! Wir verraten nichts, Sie können gleich wieder wegfahren. Es bleibt unser Geheimnis!«

Mr Creek und Charles brachen wieder in ein lautes Lachen aus, dieses Mal war es ein hämisches Lachen.

»Sieh mal einer an. Schlau ist die Dame auch! Und behandelt uns wie unartige Jungen!«

Mr Creek nahm seine Hand von Eduards Gesicht, drückte ihn auf die Bank neben Elinor, stieg in die Kutsche, hockte sich vor den Kindern hin und schaute ihnen direkt ins Gesicht. Hinter ihm hielt Charles die Laterne.

»Passt auf, ihr zwei«, zischte er durch zusammengebissene Zähne. »Wenn ihr keinen Ärger macht, wird kein Haar von eurem Kopf gekrümmt. Wir fahren nach ein paar Tagen zurück nach Birch Heights. Bis dahin haben deine Eltern, Lady Elinor, Zeit gehabt zu begreifen, wer der rechtmäßige Erbe von Birch Heights ist. Alles Weitere klären wir dann. Eduard, eine einzige Widerrede von dir und die kleine Dame ist tot. Den Rest des Spiels kennst du.«

»Eduard«, schrie Elinor, »warum nennt er dich Eduard? Kennst du diesen schrecklichen Mann von früher?«

»Sei ruhig, Elinor«, flüsterte Eduard mit einem Schluchzen in seiner Stimme, »später!«

Er wandte sich Mr Creek wieder zu. »Mein Vater kann nicht der rechtmäßige Erbe sein, Mr Creek, er ist doch tot!«

»Aaaah, das Leben ist voller Überraschungen, mein Junge!«

»Die Erbschaft müssen Sie mit Lord Jake regeln, Sir. Das geht seine Tochter nichts an! Bringen Sie uns wieder nach Hause!«

Mr Creek erhob sich und schnalzte mit der Zunge. »Ach bist du entzückend, wenn du zornig bist, mein Junge! Wir bringen euch doch nach Hause, zurück zu dir nach Hause. Wir sind schon flott unterwegs, wir kennen Gasthöfe, an denen wir die Pferde schnell wechseln können, und nach zwei Tagen sind wir schon in London!«

Er stieg aus der Kutsche und steckte seinen Kopf wieder durch die Tür.

»Charles bewacht euch. Wenn ihr ruhig seid, werdet ihr in Ruhe gelassen. Wenn nicht, gibt es Ohrfeigen, die eure Ohren tagelang brennen lassen. Und das wäre nur der Anfang.«

Er schlug die Tür zu.

»Warten Sie, Mr Creek!«, rief Eduard und klopfte an die Scheibe. Die Tür ging wieder auf.

»Was gibt es noch? Du stellst meine Geduld auf die Probe, Junge.«

»Nehmen Sie mich mit und lassen Sie Elinor wenigstens nach Hause gehen. Beim nächsten Gasthof. Sie kann morgen früh mit der Postkutsche zurück nach Cornwall. Sir! Bitte! Ihre Eltern werden alles in Bewegung setzen, um sie zu finden. Sie werden verhaftet. Knast oder sogar Galgen!«

»Ha! Du hast es immer noch nicht begriffen, kleiner Kerl. Wir lassen unseren großen Fang nach so viel Mühe nicht entwischen. Bis die Herrschaften in Birch Heights merken, dass ihr weg seid, sind wir längst außer Reichweite. London ist groß. England noch größer. Und Verstecke gibt es viele. Sie finden euch nie.«

»Mr Creek, das können Sie nicht machen!«

»Ein kleiner Rat, Eduard«, mahnte Mr Creek. »Hilf uns jetzt und die ganze Welt liegt dir zu Füßen. Du bist der Erbe von Birch Heights. Sei doch nicht dumm, Junge. Jeder andere würde alles geben, um in deinen Schuhen zu stecken.«

Er schlug die Tür zu und sprang auf den Sitz. Die Kutsche schaukelte. Es folgte ein Ziehen, ein Schnauben der Pferde und ein Klappern des Zaumzeugs. Danach gab es einen Ruck und die Kutsche war in Bewegung.

Elinor tastete nach Eduards Hand. Sie hörte, wie er leise vor sich hin stöhnte.

»Was ist hier los?«, schluchzte sie. »Eddy, um Himmels willen hör auf zu jammern und sag mir, was hier los ist!«

»Wir werden entführt«, flüsterte er ihr ins Ohr.

Die tiefe Erleichterung, einem wässrigen Grab entkommen zu sein und wieder frei atmen zu können, beflügelte Marie. So wie der

Drang, so schnell wie möglich zurück zum Haus zu finden, Lord und Lady Greenwold in ihrer Not beizustehen, die Kinder zu finden, alles zu erzählen, was sie von Sir Malcolm erfahren hatte, ihre eigene Unschuld zu beteuern.

Der Weg kam ihr aber endlos vor. Sie horchte in die Dunkelheit hinein in der Hoffnung, Rufe und Schritte von Suchmannschaften zu hören, die die Höhlen nach Spuren der Kinder durchsuchten. Eine neue Angst überkam sie. Vielleicht befand sie sich in einem anderen Teil der unterirdischen Labyrinthe. Vielleicht hatte sie sich verlaufen und würde niemals den Weg hinaus finden. Unter ihren Füßen waren jetzt Stufen. Der Durchgang zur Fischerhöhle war wohl ein Seitengang gewesen, der nun in einen gebauten Weg eingemündet war. War er aber der richtige? Sie hatte die Tür zum Hügel offen gelassen, irgendwann müsste sie doch einen Schimmer von Tageslicht sehen. Vielleicht hatten Suchleute die Tür wieder abgeriegelt. Gerade als neue Wellen von Panik in ihr hochstiegen, sah sie in der Ferne einen Schimmer von blassem, blauem Licht. Sie stolperte, so schnell sie konnte, darauf zu. Direkt vor ihr war die offene Tür der alten Turmruine. Sie hatte nicht daran gedacht, dass die Nacht eingebrochen war. Falls Suchmannschaften in den Höhlen nach den Kindern gesucht hatten, hatten sie ihre Suche längst eingestellt. Sie dachte wieder an ihr Gespräch mit Mrs Earling, sank in dem feuchten Gras auf die Knie und murmelte durch Lippen, die vor Kälte und Aufregung schlotterten: »… *denn dein ist das Reich und die Kraft und die Herrlichkeit, in Ewigkeit, Amen.* Nun hilf mir bitte weiter, lieber Gott.«

Der Regen hatte aufgehört, aber ein starker Wind schleuderte die Baumwipfel hin und her. Dünne, dunkelgraue Rauchfetzen huschten an einem strahlenden Vollmond vorbei und finstere Wolken türmten sich in der Ferne hinter den Weinbergen. Durch den Birkenwald konnte sie die Umrisse des Hauses gerade noch ausmachen. Es war eingetaucht im Dunkeln, nur hier und da leuchtete ein gedämpftes Licht. Sie erhob sich und strauchelte den Hang hinunter, durch den Garten und in den Wald hinein. Im Licht des Mondes sah sie zum ersten Mal, wie die Schrecknisse der vergangenen Stunden ihren Körper zugerichtet hatten. Ihre Hände waren blutig und zerkratzt, ihre Füße wund und geschwollen, ihr Kleid zerrissen und nass. Anstatt direkt zum Haus zu gehen, bog sie an der Kreuzung nach rechts ab und stieg zum Fluss hinunter. Das kalte Wasser, das sie auf ihr Gesicht, über ihre Hände und Füße spritzte, brannte auf ihrer geschrammten Haut, ihr ganzer Körper bibberte vor Kälte im nassen Kleid.

Bevor sie sich zum Haus aufmachte, warf sie einen schmerzvollen Blick auf die gewölbte Brücke. Konnte es wirklich sein, dass sie vor nur einem einzigen Abend dort mit Frederik gestanden hatte, ohne einen blassen Schimmer zu haben von den Gefahren, die um sie lauerten und um alle, die ihr lieb waren? Was erwartete sie jetzt in Birch Heights? Anstelle von Erleichterung spürte sie inzwischen Hoffnungslosigkeit. Die Greenwolds mussten von Sir Malcolms Forderungen schon erfahren haben. Wahrscheinlich hatte deswegen keiner in den Höhlen gesucht. Oder zumindest nicht lange gesucht. Für die Greenwolds war Marie eine Verräterin, ein Komplizin, die an der Entführung der Kinder beteiligt war. Es gab nur einen Weg herauszufinden, wie die Lage war. Schon stolperte sie, so schnell sie konnte, durch den Park. Jeder Muskel ihres Körpers tat weh, sie hatte Angst, jederzeit ohnmächtig zu werden. Ein Stich ging ihr durchs Herz, als sie ein Licht hinter den dunklen Vorhängen in Lady Charlottes Räumen sah. Auch in der Küche brannte Licht. Sie rannte durch den Küchengarten und hämmerte an die Tür.

Eduard und Elinor saßen aneinandergeschmiegt, ihre Finger ineinander verschränkt. Bis auf Elinors gelegentliches Schniefen und Winseln waren sie still.

Nach einer Weile begann Charles wieder zu schnarchen.

»Er schläft, Eduard. Wir machen die Tür auf und springen!«

»Sei nicht dumm, Elinor. Die Kutsche rast. Wir verletzen uns, dann sammeln sie uns halb tot von der Straße auf und die ganze Hölle tobt uns um die Ohren. Wir wissen nicht, ob er wirklich schläft, deshalb erzähl ich dir nichts Wichtiges. Ich versuche gerade, ruhig zu werden, sonst mache ich was Dummes. Lass mich nachdenken.«

»Eduard, es ist alles meine Schuld. Miss Marie hatte es uns verboten und wir sind trotzdem runtergegangen, ich habe dich überredet.« Ihre Tränen tröpfelten auf Eduards Hand, die über ihrer lag.

»Hier mein Taschentuch, Elinor. Es hilft uns nicht zu fragen, wer schuld war. Ich hätte dich zurückhalten sollen. Ich war auch mit schuld.«

»Wir müssen schon Stunden unterwegs sein. Bist du jetzt ruhig, Eduard?«

»Um Himmels willen, Elinor. Wenn du nur aufhören würdest zu jammern und mir versprechen würdest, nicht wieder loszuschreien und ein Theater zu machen, dann würde ich schneller ruhig werden.«

Eduard schaute noch mal hin, ob Charles wirklich schlief. Erst dann erzählte er Elinor im Flüsterton von seiner Verbindung zu Mr Creek, von seiner Flucht aus Hoddington Place und seinem Glück, von Frederik und Dickon entdeckt worden zu sein, als die Hunde über ihn hergefallen waren. Dass er in der Tat der verlorene Halbbruder ihrer Mutter war, aber nichts hatte preisgeben dürfen. Dass es deswegen so seltsam war, »Eddy« genannt zu werden, dass er immer wieder so nah dran gewesen sei zu verraten, wer er wirklich war.

Charles hörte plötzlich auf zu schnarchen und öffnete seine Augen.

»Sch! Den Rest erzähle ich später, Elinor!«

Es vergingen viele Stunden, die sich wie eine Ewigkeit anfühlten. Eine Nacht, ein Tag, noch eine Nacht. Zwischendurch waren die Pferde gewechselt worden. Schließlich hielt die Kutsche unter einer Gaslampe an. Durch die Fensterscheibe waren schwammige Umrisse von schmalen Gebäuden zu sehen, die in die Höhe ragten, eingetaucht in eine gelbliche Nebelsuppe. Eduard wachte erschrocken aus einem unruhigen Schlaf auf. Elinor schlief tief und fest neben ihm auf der Bank. Er schüttelte sie. Charles war aus der Kutsche ausgestiegen. Männerstimmen waren von draußen zu hören.

»Wach auf, Elinor. Wir sind da.«

Elinor richtete sich langsam auf und tastete um sich.

»Miss Marie, Mutter? Eddy? Wo sind wir?«

»In London. Du hast mir versprochen, nicht zu heulen.«

»Was? Vater hat uns noch nicht eingeholt? Wo bleibt er bloß?«

»Elinor, ruhig! Gib ihm Zeit! Es ist eine Drei-Tages-Reise, Mr Creek hatte den Vorsprung und ist auch bei Nacht gefahren. Dein Vater braucht länger! Seine Pferde sind die harten Straßen nicht gewohnt. Jetzt versuchen wir, nicht zu schreien oder Ärger zu machen. Das bringt nur Unglück. Mein Kopf ist wieder klar, und wir finden einen Weg, hier wegzukommen. Ich verspreche es dir.«

Dass Lord Greenwold keine Ahnung haben konnte, wo er die Suche beginnen sollte, verschwieg Eduard. Er gab sich gefasster, als er sich fühlte. Elinor klammerte sich an seinen Arm.

Die Tür wurde von außen aufgerissen und Charles stand vor ihnen.

»Einen schönen guten Morgen!«, rief er. Mit groben Händen zog er die schreiende Elinor aus der Kutsche heraus. Eduard sprang ihr hinterher und versuchte, ihre Hand wieder zu fassen. Charles schob sich dazwischen und drückte ihn gegen die Kutsche. Bevor Eduard sehen konnte, wo er war, wurde eine schwarze Decke über seinen Kopf geworfen.

»Jetzt spielen wir Blindekuh! Dann weißt du, wie es deiner blinden Freundin geht!«, spottete Charles. Von Mr Creek war keine Spur zu sehen.

»Elinor, bist du noch da?«, rief Eduard, als Charles seine Arme packte und ihn abführte.

»Bleib hier Eddy, bleib hier!«, heulte Elinor. Ihre Stimme klang immer ferner.

Eduards letzte Hoffnung, dass alles glimpflich ausgehen würde und sie bald nach Hause zurückkehren könnten, war verflogen. Sie waren Gefangene. Eine Drei-Tages-Reise von Birch Heights entfernt. Die Aussicht, dass sie wenigstens zusammenbleiben und sich gegenseitig Mut zusprechen konnten, war auch dahin. Was würden sie bloß mit Elinor tun? Mitten in der Trostlosigkeit stieg ein zorniger Trotz in Eduard hoch. Die unebenen Pflastersteine, auf denen er vorwärtsgeschoben wurde, und die engen Gassen, die nach Fäulnis und Gemüseresten stanken, weckten in ihm alte Kräfte, die im Laufe der unbeschwerten Tage in Birch Heights geschlummert hatten. Die Gefahr, in der Elinor stand, und das Grauen, das sie jetzt fühlen musste, stachelten ihn zusätzlich an. Auch wenn es nur um ihretwillen war, er durfte sich auf keinen Fall seinem Schicksal kampflos ergeben, noch durfte er als Spielball von Mr Creeks Intrigen herhalten. Charles befahl ihm, schneller zu laufen. Sein Ton war forsch. Er zwang Eduard zu rennen. Offensichtlich sollten sie ihr Ziel erreichen, bevor die Stadt erwachte und Passanten neugierige Blicke in ihre Richtung werfen konnten.

Das Jaulen zweier Kater, die sich um Reviere gestritten hatten, hallte durch die stillen Straßen. Bald würden die Tagesgeschäfte die Straßen mit dem Schreien der Markthändler, dem Rufen der Bettler und dem Poltern Tausender Räder auf dem Kopfsteinpflaster füllen. Eduard horchte nach irgendeinem Hinweis, der verraten würde, in welchem Teil Londons sie sich befanden. Gerade als er durch eine Tür in eine niedrige, dumpf riechende Stube geschoben wurde, hörte er in der Ferne den Glockenschlag von St.-Pauls. Fünf Uhr. Sie waren also nicht weit vom Zentrum Londons. Charles zog Eduard die Decke vom Kopf und Eduard rieb sich die Augen. Er stand in einem Kellerraum, der vom schwachen Licht der Morgendämmerung beleuchtet war. Ein schmales Gitterfenster nahe der Decke war die einzige Verbindung zur Außenwelt. Die Wand gegenüber vom Fenster glänzte grünlich. Irgendwo tröpfelte Wasser auf die Steinfliesen unter Eduards Füßen. Die einzigen Möbel waren der Tisch, auf dem eine Kerze stand, und eine niedrige Pritsche aus Holz.

»Willkommen in deiner neuen Bleibe«, höhnte Charles. »Du befindest dich im berühmten Blanche House. Zu Hause bei Mr Creek und seiner reizenden Großfamilie.«

Blanche House. Den Namen kannte Eduard von Gesprächen, die sein Vater und Mr Creek geführt hatten, die er beiläufig mit angehört hatte.

Charles schlurfte zur Tür und warf einen Blick nach hinten. »Du wartest hier auf Mr Creek und deinen Vater.«

Er verließ den Raum. Ein rostiger Schlüssel drehte sich von außen im Schlüsselloch. Es stimmte also. Diese leise Ahnung, die Eduard immer wieder heimgesucht hatte, dass sein Vater doch nicht tot war. Die seltsamen Umstände seines Verschwindens. Das Gefühl, ihn nie losgeworden zu sein. Die immer wiederkehrende Stimme in seinem Ohr: »Du musst schauspielern, du musst schauspielern.« Der Zorn um das verlorene Erbe zog jetzt seine unerbittlichen Kreise, die nicht mehr aufzuhalten waren. Es war zu spät, die Katastrophe zu verhindern. Eduard tastete nach der Muschel, die immer noch um seinen Hals hing. Was würde William machen, wenn er noch lebte? Seit Langem hatte er weder an seine Muschel noch an William gedacht, so sehr war er in dem neuen Leben, das ihm geschenkt worden war, aufgeblüht. Vorwürfe um Vorwürfe türmten sich in seinen Gedanken auf.

Warum hatte er nicht gleich zu erkennen gegeben, wer er war? Mr Creek gleich bloßgestellt? Warum hatte er den Lügen seines Vaters geglaubt, dass seine Verwandten ihn hassten? Sein Vater und Mr Creek erzählten sonst auch nicht die Wahrheit – warum hatte er ihnen in dieser einen, alles entscheidenden Frage geglaubt? Er setzte sich auf die Liege und stützte seinen Kopf in die Hände.

»Schauspielern musst du, mein Sohn, schauspielern musst du.«

Die Worte hallten in seinen Ohren.

»In Ordnung, Vater, ich werde schauspielern«, sagte er zu sich, als er Schritte auf der Steintreppe draußen hörte.

Kapitel dreizehn

Franny öffnete die Tür. Ihre Kinnlade fiel herunter und sie hielt sich am Türrahmen fest.

»Was, *du* hier? Bist wieder aus der Kutsche gekrochen, weil es dir bei den Verbrechern nicht so gemütlich war, wie du erwartet hast? Wie siehst du denn aus? Willst dich hier wieder einschleimen nach allem, was du verbrochen hast?« Die Rede ging ihr so schnell von den Lippen, dass sie erst jetzt innehielt, um Luft zu holen.

»Franny, es ist dringend, ich muss zu Lady Charlotte!«

Frannys Antwort war wie ein Vulkan, der sein Feuer in die Luft schleudert.

»Von wegen, du musst zu Lady Charlotte! Den Satz habe ich schon mal aus deinem Mund gehört. Schon damals wusste ich, dass hier etwas im Argen liegt. Mein Magen drehte sich gleich rum, als du zurückgeholt wurdest. Jetzt wissen wir alle, warum. Meinst du, ich mache den gleichen Fehler wieder? Dieses Mal machst du dich aus dem Staub, aber flott. Sonst hole ich die Wachmänner, die oben im Esssaal sitzen. Ein Haftbefehl ist gegen dich ausgestellt worden und ich müsste dich eigentlich gleich hierbehalten. Aber deinen Anblick kann ich nicht ertragen. Und du kannst lange suchen, bis du jemand findest, der auch nur ein einziges Wort glaubt von dem, was du sagst. Verflucht der Tag, an dem wir dir hier die Tür geöffnet haben.«

Den letzten Satz sagte sie nicht, sie schrie ihn aus voller Kehle. Sie schob die Tür vor Maries Gesicht zu. Marie stemmte sich dagegen.

»Lass Marie wenigstens ausreden, Franny!« Es war Harriets Stimme. »Woher weißt du, dass sie schuldig ist? Sie war am Boden zerstört, als die Kinder weg waren! Sie dachte, die Kinder seien mit ihren Eltern in Sedgeworth. Ich habe es selber gehört!«

»Da gibt es nichts zum Ausreden, und ich glaube dir gerne, dass sie am Boden zerstört war! Das war doch alles Teil des Schauspiels, Harriet. Begreifst du das nicht?«

»Ich komme von den Höhlen«, sagte Marie. »Ich habe mit den Entführern gesprochen. Ich weiß, was mit den Kindern passiert ist.« Beim Sprechen drückte sie ihr Gesicht gegen den Türspalt, der noch offen war.

»Denkst du nicht, dass wir das nicht schon wissen? Und dass wir nicht wissen, wer den Halunken als Komplizin zur Seite stand? Und dass wir eine Hure als Gouvernante hierhatten? Weg mit dir, Marie, und komm nie wieder! Das sage ich im Auftrag von Lord und Lady Greenwold. Das ganze Dorf lechzt danach, dich und das restliche Gesindel am Galgen hängen zu sehen!«

»Dann hol mir wenigstens meine Sachen, Franny. Ich bin bis auf die Knochen durchnässt.«

»Typisch, dass du nur an dich denkst. Deine Sachen sind verbrannt worden. Von mir höchst persönlich und mit Vergnügen. Gleich nachdem der Brief geöffnet wurde. Lebe wohl, Miss. Oder vielmehr, lebe nicht wohl. Lebe alles andere als wohl. Ich habe Wichtigeres zu tun und muss hoch zu Lady Charlotte. Wenn du nicht freiwillig verschwindest, wirst du mit Gewalt weggetragen. Direkt in den Knast.«

Sie schlug die Tür zu und verriegelte sie. Marie hörte, wie sie lautstark mit Harriet diskutierte. Es stimmte also. Sie war als Verräterin verschrien. Ein Brief von den Entführern war angekommen, alle wussten Bescheid, dass Sir Malcolm wieder aufgetaucht war, seinen Anspruch auf das Anwesen geltend gemacht und die Kinder als Geiseln genommen hatte. Einen Hoffnungsschimmer hatte sie noch. Schlotternd vor Erschöpfung und Kälte, hinkte Marie zurück durch den Park, über die Brücke und nach rechts ins Dorf. Sie mied das Licht der Gaslampen und wankte im Schatten der Häuser vorwärts. Es gab kein Zeichen von Leben mehr in den dunklen Gassen. Nur hier und da schien das Licht einer Lampe durch Vorhänge und Fensterläden. In Mrs Earlings Haus brannte kein Licht. Marie zögerte, dann klopfte sie leise an die Tür. Als keine Antwort kam, schlug sie fester.

»Mrs Earling, ich bin es! Marie! Bitte machen Sie auf!«

Nichts rührte sich. Klar, was passiert war. Auch Mrs Earling hatte von Maries Verrat erfahren und wollte nichts mehr mit ihr zu tun haben. Wen wunderte es? Marie sank auf die Stufe vor der Tür, legte ihren Kopf auf die Arme und gab den Tränen nach, die sich seit ihrer Flucht aus der Höhle in ihr angestaut hatten. So viel Hoffnung und Erleichterung im Nu wieder gelöscht. Schlimmer als alles, was sie durchlitten hatte, schlimmer noch als die quälende Sorge um Elinor und Eduard war das Wissen, dass sie für die Schuldige gehalten wurde. Knapp dem Tod entronnen, stand sie vor dem Nichts. In einem nassen, zerrissenen Kleid, mit Schnitt- und Schürfwunden an Händen, Füßen und Gesicht, blieb ihr nur die Flucht. Oder der Gang zurück nach Birch Heights, um sich den Wachmännern zu ergeben in der Hoffnung, sie würden doch auf sie hören. Aber sie würde wertvolle Zeit verlieren. Und hätte immer noch keine Gewissheit, dass ihre Geschichte geglaubt würde.

Hinkende Schritte auf dem Kopfsteinpflaster und das Licht einer Laterne rissen sie aus ihren Grübeleien. Sie richtete sich mühsam auf und starrte auf die Straße.

»Mrs Earling, sind Sie es? Nicht erschrecken, ich bin es, Marie!«

Mrs Earling blieb stehen, stellte ihre Tasche auf den Boden und hielt ihre Laterne vor Maries Gesicht. »Um Himmels willen, Mädchen, ich habe mir fast gedacht, dass du hier sein würdest. Franny hat mich gewarnt, ich komme gerade von ihr. Was treibt dich hierher zurück? Pitschnass und zugerichtet, als wenn du in eine Schlägerei verwickelt gewesen wärst!«

»Mrs Earling, ich war nie weg, ich bin den Kindern in die Höhlen gefolgt und habe sie gesucht. Ich flehe Sie an, helfen Sie mir.«

Mrs Earling zögerte und warf einen Blick nach hinten auf die Straße. Als sie sprach, klang ihre Stimme dringlich und ernst. »Marie, ich gebe dir ein Stück Brot und Schinken und etwas zu trinken, danach musst du schauen, dass du hier wegkommst. Das ganze Dorf ist in Aufruhr wegen dir. Lord Greenwold hat verordnet, dass es gleich gemeldet werden soll, falls du dich jemals hier wieder blicken lässt. Wir dürfen mit dir nichts zu tun haben.«

Marie sank auf die Stufe zurück und umklammerte Mrs Earlings

Knie. »Mrs Earling, Sie sind meine letzte Hoffnung«, schluchzte sie. »Von der Entführung habe ich nichts gewusst, glauben Sie mir. Das ist alles Lüge. Lassen Sie mich bitte reden, danach verschwinde ich und lasse Sie für immer in Ruhe.«

Mrs Earling half Marie auf die Beine. Sie drehte den Schlüssel im Schlüsselloch und zog sie sanft hinter sich ins Haus. Sie stellte ihre Laterne auf den Tisch in der Wohnstube, führte Marie zu ihrem Sessel am Kamin, legte frische Kohle auf die Glut und füllte einen Kessel mit Wasser.

»Wärme dich am Feuer, bis ich dir frische Sachen geholt habe. Ja nicht an die Tür gehen, Marie.«

Sie humpelte in das Zimmer, in dem Eduard seine ersten Wochen in Hipperclove verbracht hatte, und stöberte in den Schubladen einer alten Kommode, in der sie eine Sammlung von Wäscheteilen, Hosen, Röcken, Blusen, Hemden und Schuhen aufbewahrte. »Arbeitskleider, abgenutzt, aber fest genug. Sie müssten dir passen, Marie.«

Im Gegensatz zu ihren schroffen Worten war die Berührung ihrer Finger zärtlich, als sie Maries zerrissenes Kleid von ihrer Brust und ihren Armen abstreifte. Sie biss ihre Lippen zusammen, als sie die Wunden an Maries Händen und Füßen sah.

»Du fällst gleich in Ohnmacht, Kind, so heftig, wie deine Lippen schlottern«, sagte sie. Sie führte die erschöpfte junge Frau zum Sofa, das gegenüber dem Kamin stand, und drängte sie, sich hinzulegen.

»Wir schneiden deinen Rock und dein Mieder weg, damit es schneller geht. Sie sind sowieso zu nichts mehr nütze. Salzwasser und Sand überall. Du warst am Meer.« Sie wischte Maries geschwollene Glieder mit einem weichen Tuch ab und rieb eine wohlriechende Salbe in die wunden Stellen hinein. Die tieferen Schnitte, die immer noch bluteten, verband sie mit weichen Tüchern.

»Mrs Earling, das müssen Sie nicht tun. Ich habe es eilig. Wenn mir keiner hilft, gehe ich selber nach London. Ich laufe, wenn es sein muss. Ich suche die Kinder, bis ich sie gefunden habe oder bis ich tot bin.«

Sie setzte sich auf und zog das Unterhemd und die Bluse, die Mrs Earling herausgelegt hatte, über ihren Kopf, zerrte ungeduldig die bereitgelegten Strümpfe über ihre Beine und zog eilig den Rock an. Mrs Earling knöpfte ihn hinten zu, legte eine Wolljacke über ihre Schultern und führte sie zum Tisch.

»Lass mich wenigstens an deine Haare ran. Sie zu waschen, dafür reicht die Zeit nicht. Und hier, iss etwas, Kind. Du brauchst Kraft. Dann erzählst du mir kurz, welche Dämonen dich plagen.«

Sie holte einen Kamm aus dem Nebenraum, goss kochendes Wasser auf die Kräuter, die sie in einen Becher gelegt hatte, und legte eine Brotkruste mit Schmand beschmiert auf den Tisch. Danach versuchte sie, Maries verknotete Haarsträhnen sanft zu entwirren, bevor sie den Kamm durchzog.

»Mr Creek ist Zuhälter und führt ein Bordell«, begann Marie und biss Stücke vom Brot ab.

»Es stimmt also, was über dich im Dorf erzählt wird.«

»Ja, ich war im Bordell. Nicht freiwillig. Das ist aber eine andere Geschichte. Mr Creek ist mit Sir Malcolm Forsythe-Drake verbündet, der Birch Heights als seinen rechtmäßigen Besitz sieht.«

Mrs Earling ließ den Kamm in Maries Haaren stecken und nahm mit zitternder Hand ein Glas Wasser vom Tisch, aus dem sie einen Schluck trank.

»Das wissen wir von dem Brief«, sagte sie. »Bis dahin haben wir gedacht, er sei tot.«

»Es war gespielt«, berichtete Marie. »Um Lord und Lady Greenwold glauben zu lassen, dass keine Gefahr mehr von ihm ausging. Mr Creek verschaffte sich Zugang zu Birch Heights und machte sich mit Elinors Gewohnheiten vertraut. Fand heraus, dass sie gerne zur Bucht hinuntergeht. Sir Malcolm arbeitete derweilen mit den Fischersleuten und weihte wohl einige in den Plan ein, wahrscheinlich wurden sie von ihm bestochen.«

»Und du weißt das alles, wie? Und seit wann?« Mrs Earling zog kräftig an den Haaren.

»Seit heute. Manches weiß ich, manches vermute ich nur.«

Sie drehte sich um und schaute Mrs Earling mit weit aufgerissenen Augen an. »Ich kenne diese Männer, Mrs Earling. Ich bin damals aus dem Bordell geflüchtet. Sie sind gefährlich und niederträchtig. Es sind Tiere, keine Menschen. Und raffiniert. Mr Creek wusste zunächst nicht, dass ich hier bin. Glaube ich zumindest. Alle in Birch Heights waren von ihm so angetan. Als er mich traf, erpresste er mich, damit ich ihn nicht verrate. Er beschattete mich. Deshalb konnte ich niemandem etwas sagen. Er drohte, Elinor etwas anzutun, wenn ich etwas ausplaudern würde. Ich hätte wissen sollen, dass sie Elinor sowieso entführen wollten. Ich ahnte, er führt Böses im Schilde, aber nicht, dass er zu so was fähig wäre!«

In knappen Worten erzählte sie von ihrem Gang zur Bucht, der Begegnung mit Sir Malcolm, der beiläufigen Entdeckung, dass Eduard sein Sohn war, und von ihrem Kampf gegen die Fluten.

Mrs Earling hörte auf, Maries Haare zu kämmen, und versuchte, das, was sie gerade gehört hatte, zu begreifen. »Eddy ist Eduard? Und dich wollten sie umbringen?«

»Ich weiß zu viel über sie und ihr Leben in London. Sie wollten mich bestrafen, weil ich ihnen weggelaufen war. Ich war jahrelang ihre Gefangene gewesen. Sir Malcolm war auf dem Weg durch die Höhlen zum Anwesen, um nach mir zu suchen. Und ich lief ihm direkt in die Arme.«

Mrs Earling zog den Kamm ein letztes Mal durch Maries Haarsträhnen. Sie setzte sich auf den Stuhl auf der anderen Seite des Tisches, nahm Maries Hände in die ihren und blickte sie mit Tränen in den Augen an. »Marie, ich versuche, das alles aufzunehmen. Ich bin entsetzt. Verzeih mir meinen gnadenlosen Empfang vorhin. Nach allem, was du durchlitten hast.«

»Nein, Mrs Earling! Sie konnten es nicht wissen«, entgegnete Marie. »Wir müssen aber sofort handeln. Bringen Sie mich bitte zu Lord Jake. Ich weiß, wo diese Verbrecher leben, wir können die Polizei benachrichtigen, uns Hilfe holen.«

»Lord Greenwold ist mit Dickon nach London aufgebrochen. Wir konnten nur vermuten, dass die Kinder dorthin gebracht werden, weil Mr Creek von dort kommt. Früh am Abend sind sie los, gleich nachdem sie den Brief gelesen und Haus, Park und Turm nach den Kindern durchsucht hatten. Lady Charlotte ist zusammengebrochen. Ich war den ganzen Abend bei ihr. Sie liegt nur im Bett und stöhnt.

Wachmänner aus Sedgeworth bleiben im Haus, bis die Männer zurück sind. Ich muss Lady Charlotte morgen noch mal aufsuchen und ihr beibringen, dass du unschuldig bist. Ob sie überhaupt auf mich hört? Sie sind so überzeugt …«

»Sagen Sie niemandem, dass ich mich nach London aufgemacht habe«, flehte Marie. »Sie werden mich womöglich aufhalten und verhaften. Mrs Earling, es glaubt offensichtlich niemand hier, dass ich unschuldig bin. Sie hätten Franny hören sollen, als ich an der Tür erschien. Und wer kann es ihnen verdenken? Meine letzte Hoffnung ist Frederik. Wo ist er?«

»Er übernachtet in der Hütte auf den Weinbergen. Lord Greenwold hat Posten überall auf den Ländereien für die Nacht besetzt, falls es weitere Ärgernisse gibt. Franny bewacht die Eingänge des großen Hauses wie ein Drache. Dort kannst du nicht mehr hin. Wenn meine Beine halb so stark wären wie deine, würde ich jetzt mit dir zu Frederik laufen und ihn zwingen, dir Gehör zu geben.«

»Bitten Sie Gott, dass er mir sein Geleit gibt, Mrs Earling. Ich gehe jetzt.«

»Lieber würde ich dir ein weiches Bett für die Nacht geben und dich erst nach einem üppigen Frühstück in die Welt schicken.«

»Meinen Sie, ich würde eine Sekunde die Augen zumachen?«

Marie hatte sich bereits erhoben. Mrs Earling huschte hin und her, im Nu versteckte sie Maries nasse Haare unter einer Haube, die sie unter dem Kinn festband. Dann brachte sie noch einen warmen Umhang mit Kapuze, ein Paar Stiefel und eine Ledertasche, in die sie einen halben Brotlaib, ein Stück gekochten Schinken und einige Äpfel packte, und schließlich eine Flasche, gefüllt mit dem Rest des Kräutertees.

»Das reicht, Mrs Earling, bitte! Ich muss mich auf den Weg machen. Nein, ich brauche keine Lampe. Der Mond gibt genug Licht. Leben Sie wohl. Und danke vielmals. Wenn Frederik mich vor die Tür setzt, dann reise ich alleine weiter. Ich weiß nicht, ob wir uns wiedersehen.«

»Ich wünschte, ich könnte mehr für dich tun. Sag Frederik, dass ich dich geschickt habe!«

Sie drückte Marie an ihr Herz, hielt sie fest und ließ sie erst dann los, als Marie sie sanft von sich wegdrückte. Die beiden Frauen gingen Arm in Arm zur Tür. Marie trat auf die Straße, bog nach rechts ab und lief direkt auf den Feldweg zu, der zu den Weinbergen führte. Einmal drehte sie sich um und winkte der einsamen Gestalt zu, deren schattiger Umriss im blassen Kerzenlicht im Türrahmen noch sichtbar war. Es war für sie wie eine letzte Verbindung zu einer selten gewordenen Welt, in der noch so etwas wie Mitgefühl herrschte.

»Wenn Frederik morgen nicht mit Marie zusammen auf dem Weg nach London ist, dann bekommt er es aber mit mir zu tun«, murmelte Mrs Earling, nachdem Marie in der Ferne nicht mehr zu sehen war.

Eine sanfte Hand hob Charlottes Kopf hoch. Ein Tassenrand berührte ihre Lippen. Sie nahm einen Schluck kühles Wasser und fuhr mit der Zunge über ihre trockenen Lippen. Augen, die schwer waren vom Weinen, öffneten sich flatternd. Sie presste eine Hand gegen ihren Kopf.

»Mein Kopf brummt. Er ist schwer wie Blei.«

»Sch, du musst ruhen, mein Kind.«

»Onkel Theodor, du bist es. Dass du gleich gekommen bist!«

»Natürlich bin ich gekommen. Mrs Earling ist nach Hause gegangen, und nun bleibe ich hier, bis alles vorbei ist. Du musst jetzt schlafen.«

Charlotte stützte sich auf ihre Ellbogen und blickte Onkel Theodor mit großen Augen an. Sie hatte ihr Tageskleid noch an. »Schlafen? Wie soll ich wieder schlafen?«, jammerte sie. »Ich wache auf und das ganze Elend rauscht an mir vorbei und ich zermartere meine Seele mit Anklagen. Onkel Theodor, ich stehe am Ende eines Weges wie damals, blicke zurück und hätte alles wissen können, habe warnende Stimmen missachtet. Und nun ist es zu spät. Nicht nur ich muss für meine Dummheiten bezahlen, alle müssen bezahlen.«

Ihr Kopf sank zurück auf das Kissen. Onkel Theodor stützte sie wieder mit seinem Arm und hielt den Becher an ihren Mund. »Du musst trinken, Charlotte.«

Danach klopfte er ihr Kopfkissen aus, holte ein zweites Kissen, damit sie aufrecht sitzen konnte, und legte ein kühles Tuch auf ihre schweißnasse Stirn. Sie drehte sich von einer Seite zur anderen und stöhnte leise vor sich hin.

»Hast du Schmerzen, Charlotte?«, fragte er besorgt und blickte auf die Kurve ihres Bauches unter der Decke.

»Nein, nicht da«, antwortete sie. »Aber im Herzen. Unerträgliche Schmerzen. Wie kann Gott mir helfen, wenn ich mit offenen Augen in die Katastrophe hineinspaziere? Elinor, wo bist du? Was machen sie mit dir? Onkel, sie schreit nach mir, ich spüre es in meinen Knochen und ich kann ihr nicht helfen. Sie muss maßlose Angst haben.«

Onkel Theodor streichelte ihre Hand. »Sei nicht so hart mit dir, Charlotte. Sie ist ein zähes und schlaues Mädchen. Und Eddy ist bei ihr. Sie sind immerhin zusammen. Wir finden sie, irgendwie, irgendwo.«

»Franny hat von Anfang an geahnt, dass mit Marie etwas nicht stimmt. Jake auch. Ich war diejenige, die darauf bestanden hat, dass sie bleibt. Entgegen dem Rat aller, die mich lieb haben. Onkel, die Frau ist eine Hure, eine Verräterin. Sie hat ihr Leben in einem Bordell verbracht. Es wird mir schlecht, wenn ich nur daran denke, wem ich mein Kind anvertraut habe!«

»Keiner macht dir Vorwürfe, Charlotte. Wir wissen nicht, wie viel von dem stimmt, was Mr Creek geschrieben hat. Ob Marie wirklich mit der Absicht hierhergekommen ist, sich bei dir einzuschmeicheln, um die Entführung einzuleiten, ist nicht bewiesen. Harriet hat Maries Bestürzung gesehen, als die Kinder verschwunden waren. Keine gespielte Bestürzung.«

»Aber Marie hat von irgendwoher gewusst, dass die Kinder in die Höhlen gegangen waren!«

»Weil Elinor immer in die Höhlen gehen wollte.«

»Und Marie ist mit ihnen nach London mitgereist. Wenn sie unschuldig wäre, wäre sie eilends zurückgekehrt, um Alarm zu schlagen.«

»Vielleicht wurde sie dazu gezwungen, nach London mitzureisen.«

»Du glaubst immer das Beste von den Menschen, Onkel.«

»Ich glaube erst dann etwas Schlechtes, wenn es bewiesen ist, und hier ist noch nichts bewiesen. Sonst fügen wir einem Übel ein neues hinzu. Und nichts ist gewonnen.«

Er zögerte und strich sich am Kinn. »Marie war rätselhaft und hat wenig von sich preisgegeben. Aber böse war sie nicht«, fügte er hinzu.

Charlotte ergriff seine Hand und nahm sie fest in die ihre. »Alles spricht für ihre Mitschuld, Onkel!«

»Wenn man so lange gelebt hat wie ich, dann sieht man an den Augen, ob jemand böse Absichten hat oder nicht«, entgegnete er. »Marie hatte gute Gründe für ihre Verschwiegenheit, davon bin ich überzeugt. Das letzte Wort ist in dieser Geschichte noch nicht gesprochen.«

Charlotte lag eine Weile still. Als sie wieder redete, war ihre Stimme ruhiger. »Einmal wollte Marie mir etwas erzählen. Ich hatte ihr gerade gesagt, dass sie bleiben darf. Sie fing damit an, dass es Dinge gebe, die ich über sie wissen sollte.«

»Das spricht doch für sie, oder?«

»Ich hatte keine Zeit und verschob das Gespräch. Aber sie unternahm keine weiteren Versuche. Wenn ich sie nur mehr gedrängt hätte, auszupacken und die Wahrheit zu sagen!«

»Die Sätze, die mit ›wenn nur‹ anfangen, haben noch nie etwas gebracht, Charlotte. Wir haben keine andere Wahl, als Geduld zu haben und zu beten, so hart, wie das auch klingt. Du rufst mich, wenn du mich brauchst, und ich bin sofort an deiner Seite. Versprichst du das?«

Sie nickte und drückte seine Hand an ihre Wange. »Du musst jetzt schlafen gehen, Onkel.«

»Soll ich nicht lieber bleiben, bis die Tränen weg sind?«

»Es sind zu viele, Onkel. Es dauert lange, bis sie ausgeheult sind.«

Er küsste sie auf die Stirn und zog sich in das Nebenzimmer zurück.

Die Ereignisse des vergangenen Tages zogen in einer Endlosschleife Kreise in Charlottes Seele. Die fröhliche Stimmung der Festlichkeiten am Tag zuvor erschien ihr wie aus einer anderen Welt. Erst heute Morgen noch hatten sie über Franny und Dickons Walzer Späßchen gemacht, heute Nacht lag ihr Leben in Scherben. Die Sorge um Jake und Dickon, die nach London aufgebrochen waren, plagte sie zusätzlich. Die Schreckensvorstellungen bei dem Gedanken, wie es Elinor und Eddy wohl ergehen würde, versetzten ihr Messerstiche ins Herz, die nicht aufhören wollten. Das volle Maß ihres Scheiterns hatte sie wie ein Blitzschlag getroffen. Sie hatte all die Menschen verraten, die ihr am nächsten standen. In den Schmerz mischte sich ein ohnmächtiger, flammender Zorn gegen Marie. Onkel Theodors mahnende Worte ließen sie kalt.

Jakes Nachricht war knapp gewesen. Die Kinder seien entführt worden, Marie sei Komplizin, sie würde mit Mr Creek ein Bordell betreiben und wäre in Wirklichkeit eine Hure. Danach war er mit dem kurzen Satz »Ich reite mit Dickon nach London« verschwunden. Er hatte Charlotte keine Vorwürfe gemacht, hatte sie nur auf die Haare geküsst und Frederik angewiesen, Onkel Theodor zu holen. Dickon war durch die Höhlen zur Bucht hinuntergerannt und hatte vergeblich nach Spuren der Kinder gesucht. Es war Hochwasser und er war gleich zurückgekehrt. Danach wollten Jake und Dickon zuerst nach Hipperclove reiten, um dem Wachmann dort zu berichten, was geschehen war, und die Fischerleute nach Hinweisen zu fragen.

»Der Brief«, sagte Charlotte vor sich hin. »Jake wollte ihn mir nicht zeigen. Aber ich muss ihn lesen.«

Sie zündete eine Kerze an, stieg aus dem Bett, zog ihre Schuhe an und verließ leise das Zimmer. Sie schlich in die Bibliothek. Tatsächlich, da lag er auf Jakes Schreibtisch: der Brief, der sie und ihre Familie in einem kurzen Augenblick in den Abgrund gestürzt hatte. Sie setzte sich hin und nahm ihn in die Hand. Ein Hieb nach dem anderen schlug beim Lesen auf ihre Seele ein. Die höhnischen Worte sprangen ihr aus dem Papier entgegen. Der Plan, die Kinder zu entführen, sei Maries Idee gewesen. Im Rückblick war alles klar. Ein unerträglicher, ruchloser Verrat. Und Elinor als Opfer mittendrin.

In zwei Wochen wenden wir uns wieder an Sie. Falls Sie bis dahin kein beglaubigtes Testament vorliegen haben, das Birch Heights samt Kapital an seinen rechtmäßigen Erben Sir Malcolm Forsythe-Drake vermacht, werden Sie Ihre Tochter niemals wiedersehen. Bis dahin halten wir Elinor in einem Versteck, das Sie nicht finden werden. Eine Suchaktion ist aussichtslos. Einen Treffpunkt zur Übergabe des Testaments werden wir vereinbaren. Danach warten wir, bis Birch Heights geräumt ist und keine Ihrer Habseligkeiten mehr dort sind. Möbel, Geld, Besitz, Pferde und alles, was zum Anwesen dazugehört, bleiben dort. Wenn wir alles wie gewünscht antreffen, bekommen Sie Ihre Tochter zurück.

Charlotte eilte von der Bibliothek in ihren Salon. Irgendetwas musste sie tun, irgendeinen Körperteil bewegen, um nicht wahnsinnig zu werden. Sie stellte die Kerze auf den Schreibtisch, lief zum Fenster und zog den Vorhang zur Seite. Auf der Fensterbank hinter dem Vorhang lag ihr Stickbild. Die aufgehende Sonne hatte sie am Vortag fertig gestickt. Wie eine höhnische Fratze wirkte die gelbe Kugel. Die orangenfarbigen Stiche in der Mitte der Sonne waren Elinors Werk. Charlotte hatte ihre Hand geführt, sie die Umrisse des Kreises fühlen lassen. Als Nächstes wollte Elinor die Strahlen hineinsticken. Charlotte blickte aus dem Fenster. Hoch am Himmel hing der Vollmond wie eine Lampe und warf ein silbriges Licht auf die betrügerische Stille der Landschaft. Irgendwo draußen, weit weg, waren die Menschen, an denen ihr ganzes Leben und ihr Wohlbefinden hingen. Jake und Dickon rasten durch die Nacht nach London. Elinor war an einem unbekannten Ort, in großer Gefahr. Eddy, der gerade angefangen hatte zu leben, war einem ungewissen Schicksal ausgesetzt. Sie hatten zwei Wochen Zeit, die Kinder zu finden. Allein die Reise nach London würde drei Tage dauern. Oder sie müssten alles opfern, wofür sie Jahre ihres Lebens hingegeben hatten. Und könnten immer noch nicht sicher sein, dass Elinor zurückkommen würde. Diese Männer waren zu allem fähig.

Schlaf kam nicht infrage. Sollte sie Onkel Theodor holen, Franny wecken, nach Mrs Earling fragen? Alle hatten ihr Bestes gegeben, um sie zu trösten, sie hatten ihre Ruhe verdient. Charlotte legte eine Decke vom Sofa um ihre Schultern, stellte die Kerze in eine Laterne, die neben der Tür stand, und öffnete von innen den Riegel der Haupttür.

»Ich schnappe kurz Luft, Herr Wachmann, ich finde keine Ruhe«, erklärte sie dem Polizisten, der draußen am Haupteingang wachte.

»Soll ich Sie begleiten, Lady Greenwold?«, fragte er.

»Nein, ich bin gleich wieder da.«

»In Ordnung, Mylady. Passen Sie aber auf, wir wissen nicht, wer hier noch unterwegs ist.« Er zog die schwere Tür hinter ihr zu.

»Keine Sorge. Die, die uns schaden wollen, sind schon weit weg«, entgegnete Charlotte.

Sie rannte durch den Park zum Birkenwald. Alles erinnerte an Elinor. Instinktiv blickte sie um sich in der verzweifelten Hoffnung, ihre Tochter würde hinter einem Baum hervorspringen, sich lachend auf ihre Mutter werfen und erzählen, es sei alles ein Streich gewesen, ein Versteckspiel. Oder es war nur ein böser Traum gewesen. Sie würde aufwachen, Elinor würde in ihr Zimmer hineinstürmen, wie sie es immer machte, ihr Gesicht mit Küssen bedecken, ihr erzählen, was sie heute vorhatte, was sie mit Eddy und Marie … Sie ballte ihre Fäuste. Der Hass auf Marie überrollte sie erneut. Und die Sorge um Eddy, der nach Schrecknissen, die er nicht preisgeben konnte, gerade erst angefangen hatte, Boden unter seinen Füßen zu finden.

Charlotte blickte zurück zum Haus. In der Küche brannte noch Licht. Die liebe Franny. Natürlich würde sie nicht schlafen gehen. Alle waren in Mitleidenschaft gezogen, alle standen am Abgrund. Nur wegen ihrer Blauäugigkeit, nur weil sie nicht auf den Rat der anderen hatte hören wollen. Sie ging durch das Tor und rannte den Hügel hoch zur Turmruine.

Marie wusste, wo die Hütte war. Einmal war sie mit Elinor dort hingewandert, um den Arbeitern Proviant aus der Küche zu bringen. Es war ein sonniger Frühlingstag gewesen. Die Weinstöcke wurden beschnitten. Es war der Tag, an dem ihr zum ersten Mal aufgefallen war, wie oft Frederiks Blick auf ihr ruhte, als sie mit Elinor plauderte und spielte. Jetzt würde sie als Verbrecherin vor ihn treten, in alten Kleidern, die nicht ihre eigenen waren. Verpönt im ganzen Dorf als Frau von schlechtem Ruf, die ihren Körper an Männer verkauft und dies zu verbergen versucht hatte. Gestern hatte Frederik sie noch heiraten wollen. Heute musste sie ihn um ein Gespräch anbetteln. Nur eines hatte sie im Sinn: die paar kaputten Fetzen, die von ihrem Leben noch übrig waren, für die Rettung der Kinder herzugeben. Sie hatte keine Zeit zu planen, was sie sagen würde. Sie konnte nur auf seine Gnade hoffen.

Ein Licht brannte in der Hütte. Der Pfad war an dieser Stelle schmal, von wuchernden Reben gesäumt und führte steil bergauf. Maries Kräfte ließen nach. Fast zwölf Stunden waren es, seit sie zum Turm hochgerannt war. Nun stand ihr die schwerste aller Kraftproben des vergangenen Tages bevor.

»Wer läuft da?«

Marie erschrak, als Frederiks scharfe Stimme die Stille der Nacht durchbrach. Sie näherte sich der Lichtung, in der die Hütte auf einer kleinen Anhöhe stand. Sie hörte das Schnauben eines Pferdes. Frederik stand auf der obersten Stufe der Holztreppe, die zur Tür der Hütte führte, und hielt ein Gewehr in der Hand. Lord Greenwolds Hengst, Carlos, war an einen Pfahl neben der Treppe gebunden. Dampf stieg von seinen Nüstern auf, und er blickte von seinem Heu hoch, als er Geräusche hörte.

»Frederik, ich bin es, Marie! Legen Sie Ihr Gewehr weg!«

»Marie? Um Gottes willen …«

Sie zwang ihre müden Beine Richtung Hütte, sank auf die unterste Stufe und wartete. Sie hörte das Knarren der Stufen und hob ihren Blick. Er stand vor ihr und sagte kein Wort. Es war zu dunkel, um seine Gesichtszüge auszumachen, aber hell genug, um zu sehen, dass er sein Gewehr immer noch in der Hand hielt und keine Anstalten machte, sich zu ihr auf die Stufe zu setzen. Er stand vor ihr wie ein Fremder, der nie ein Wort mit ihr getauscht hatte. Sie räusperte sich und suchte nach einem Anfang.

»Ich weiß, was Sie alle denken, Frederik. Und dass ein Haftbefehl gegen mich erlassen wurde. Ich kann nur ahnen, wie sehr Sie sich von mir betrogen fühlen müssen.« Sie hielt inne. Jetzt müsste er doch etwas sagen, ihr versichern, dass es ein Missverständnis sein müsste, dass er nichts von all dem glaubte, was ihr zur Last gelegt wurde. Sich zu ihr setzen, seinen Arm um ihre Schulter legen und ihr seine Unterstützung und sein offenes Ohr anbieten. Er sagte nichts. Er rührte sich nicht.

»Ich will mich nicht verteidigen. Ich kann aber bei der Suche nach Eddy und Elinor helfen. Ich kenne diese Männer. Ich kenne die Häuser, in denen sie sich aufhalten. Ich weiß, in welche Gasthöfe sie gehen, unter welchen Menschen sie sich bewegen. Es gibt bestimmt Zeugen, die man zum Reden bringen könnte. Ich würde nichts unversucht lassen.«

»Wir wissen jetzt, wie gut Sie diese Männer kennen. Vielleicht würden Sie für Auskünfte Ihren Körper verkaufen?«

Seine Stimme war eiskalt. Ein Schauder durchlief Maries Körper, und sie unterdrückte den gequälten Schrei, der in ihrer Kehle hochstieg. Sie richtete sich mühsam auf. Er bot ihr keine helfende Hand.

»Ich verstehe Ihre Verbitterung, Frederik. Es geht mir um nichts als um die Kinder. Wenn Sie mir Geld leihen würden, könnte ich mit der ersten Postkutsche in der Frühe nach London fahren. Sie bekommen es wieder, sobald ich etwas verdienen kann.«

Ein Dammbruch folgte. Frederik stieß den Lauf seines Gewehrs mit einem heftigen Schlag in den Boden und machte einen Schritt auf sie zu. »Sie wagen es auch noch, mich um Geld zu bitten? Das setzt dem Unglück, das durch Sie über Nacht hereingebrochen ist, noch die Krone auf. Woher weiß ich, dass Sie mich nicht wieder übers Ohr hauen wollen? Mir das Herz brechen und dann auch noch mit meinem Geld davonrennen, das würde Ihnen wohl gefallen? Wahrscheinlich, um es Ihren Freunden in London in die Tasche zu stecken?«

Marie hielt sich am Treppengeländer fest, um nicht wieder zu Boden zu sinken. Noch nie hatte sie Frederik zornig erlebt. Ihre Stimme war schwach und zitterte. »Dann sagen Sie mir wenigstens, wo ich Lord Jake und Dickon finden kann, wenn ich in London ankomme.«

»Das weiß ich nicht. Sie haben wohl nicht wirklich vor, zu Fuß nach London zu gehen? In diesem Zustand? Sind Sie von Sinnen?«

Ihre Stimme wurde kräftiger. »Ich bin zu Fuß hierhergekommen, Frederik, ich gehe zu Fuß wieder dorthin. Mit dem letzten Rest von Kraft, der mir noch geschenkt wird, suche ich nach Elinor und Eduard, bis ich sie finde, falls ich nicht vorher sterbe. Wenn Elinor dort ist, wo ich sie vermute, dann wartet auf sie ein Schicksal, das schlimmer ist als der Tod.«

»Und woher wollen Sie das wissen?«

Sie wandte sich von ihm ab und lief zurück auf den Pfad, auf dem sie gekommen war. Ein letztes Mal drehte sie sich um.

»Weil mir das Gleiche passiert ist wie Elinor«, rief sie. »Leben Sie wohl. Ich würde alles darum geben, Ihnen in einer anderen, heileren Welt begegnet zu sein. Aber nun ist es, wie es ist. Ich kann es nicht ändern.«

Sie hinkte in die Dunkelheit hinein.

Tränen strömten über ihr Gesicht, und sie gab alle Versuche auf, sie abzuwischen. Nur mit Mühe konnte sie ihre geschwollenen Beine Schritt für Schritt vorwärtsziehen. Hustenanfälle erschütterten ihren Körper, sodass sie immer wieder anhalten musste, bis sie wieder atmen konnte. Jede Faser ihres Wesens schrie nach Schlaf, nach Vergessen, nach einem endgültigen Aus. Sie blickte auf den Erdboden und sehnte sich danach, darin zu versinken. Sie wusste, dass sie nicht wieder aufstehen würde, wenn sie jetzt aufgeben würde.

Bald wusste sie nicht mehr, wie lange sie unterwegs gewesen war. Sie richtete ihre ganze Kraft darauf, einen Fuß vor den anderen zu setzen. Die Wolken hatten sich verzogen. Der Mond war weitergewandert, seitdem sie Mrs Earlings Haus verlassen hatte, und warf ungehindert sein Licht auf die verlassenen Felder, Scheunen und Wege, an denen Marie vorbeihastete. Die Landwege, die die Ortschaften um Birch Heights miteinander verbanden, boten gerade noch Platz für einen Karren oder eine Kutsche. Hier und da gab es eine Bucht, in die ein Gefährt ausweichen konnte, falls Gegenverkehr kam. Einer dieser Wege wurde immer breiter, bis er schließlich in die Hauptdurchfahrtsstraße mündete, die in nordöstlicher Richtung nach London führte. Gerade als sie die Stelle erreichte, an der die beide Straßen zusammentrafen, hörte sie in der Ferne das Klappern von Pferdehufen. Sie hielt an und horchte. Der Lärm kam von hinten und wurde immer lauter. Es war also so weit. Sie war nicht schnell genug gewesen, die Wachmänner hatten ihre Fährte aufgenommen und waren hinter ihr her. Oder Mrs Earling oder Frederik hatten sie verraten. Kraft, um sich unter den Sträuchern am Straßenrand zu verstecken, hatte sie keine. Wie würden sich Handschellen an ihren Handgelenken anfühlen? Vielleicht war es besser, verhaftet zu werden. Vielleicht war ihr doch die Chance vergönnt, ihre Geschichte zu erzählen und Hinweise auf die Entführer zu geben. Danach – hinter Gitter. Vielleicht sogar der Galgen. Marie setzte sich auf einen Meilenstein, auf dem das Wort »London« schwach zu sehen war mit einer Zahl, die sie nicht lesen konnte. Dann wartete sie. Ein einzelner Reiter galoppierte auf seinem Pferd auf sie zu und schoss fast an ihr vorbei. Plötzlich vernahm sie ein Wiehern und ein Rufen, das Pferd kehrte im Schritt wieder um und hielt genau dort an, wo sie saß.

Charlotte stand vor der Tür, die in die Höhlen führte. Die Schreie ihrer vermissten Tochter mischten sich in ihrer Fantasie mit den Schreien von Menschen, deren Schiffe in früheren Zeiten auf die Felsen gelockt wurden. Sie durchlebte wieder den erschütternden Moment, in dem sie entdeckt hatte, dass ihr Vater ein Massenmörder war. Jetzt hatte sie wieder ihr dunkles Haupt erhoben, diese niederträchtige Macht, die die unterirdischen Gänge bewohnte. Warum hatten sie die Höhlen nicht für alle Zeiten zugebaut? Welcher Fluch lag auf diesem Land, das seine Bewohner immer wieder in den Abgrund trieb und nun ihre Tochter verschluckt hatte? Aber es war auch der Ort, an dem sie sich Elinor nahe fühlte. Hier war die letzte lebendige Verbindung zu ihr. Hier war sie vor ein paar Stunden mit Eddy hochgelaufen, wahrscheinlich fröhlich lachend. Und Marie, die wusste, in welche Gefahr sie die Kinder führte, war bei ihnen.

Eine magische Kraft zog Charlotte in die Gänge hinein. Sie hob ihre Laterne auf, ließ die Tür hinter sich offen, hielt sich am Geländer fest und ging langsam die Treppe hinunter. Je weiter sie nach unten kam, desto lauter wurde das Rauschen der Wellen. Das Hochwasser hatte seinen Höhepunkt erreicht, hatte seinen unbändigen Zorn an den Felswänden ausgelassen und war mit einem ohrenbetäubenden Lärm in die Höhlen hineingekracht. Jetzt hatte es sich ausgetobt, die Fluten sanken wieder und eine unsichtbare Gewalt zog die Wassermassen von der Küste weg. Als Charlotte den Strand erreichte, hörte sie den einsamen Schrei einer Möwe, die über den Wellen schwebte, gierig nach kleinen Meerestieren, die die Wellen vom offenen Meer mitgebracht und nach ihrem Rückzug auf dem Sand gelassen hatten.

Charlotte blickte aus dem Höhleneingang auf das Meer. Der Mond warf Tausende von glitzernden Märchenlichtern auf die brausenden Wellen. Sie schienen ihr zuzuwinken, sie sahen so einladend aus. Einfach weiterlaufen, immer weiter, in das Lichtermeer hinein, in eine Welt, in der sie vergessen konnte, in der sie die gewaltige Last von Schuld und Leid, die ihre Seele niederdrückte, einfach ablegen konnte.

Sie legte ihre Hand auf ihren Bauch. Das Kind bewegte sich.

»Ich habe dich nicht vergessen«, flüsterte sie. »Dir schenke ich alles, was ich noch zu geben habe. Aber wenn Elinor nicht zurückgebracht wird, dann komme ich hier wieder her und verabschiede mich. Dann ergebe ich mich den Feinden, die mich zerstören wollen. Bitte hab Verständnis. Ich kann nicht ohne Elinor leben. Ich kann nicht für den Rest meines Lebens täglich an mein Kind denken. Mich fragen, was mit ihr passiert ist, ob sie noch lebt, ob sie nach mir schreit. Mit der Schande leben, Birch Heights in den Ruin getrieben, an ruchlose Menschen ausgeliefert zu haben. Mit dem Schmerz, von Marie verraten zu sein. Mit der Schuld, nicht auf andere gehört zu haben. Jake, Franny, Dickon, ihr habt es geahnt. Ihr kommt ohne mich besser durch das Leben. Ich bin nur im Weg. Gott muss es verstehen. Wenn er mich in eine Welt hineinsetzt, für die ich nicht ausgerüstet bin, wenn er mich vor solchen Fehlern nicht bewahrt, dann muss ich mich von dieser Welt verabschieden, um andere nicht mehr in Gefahr zu bringen. Ich wollte nur Gutes tun und werde dafür auf übelste Weise bestraft. Welcher Mensch kann so etwas ertragen? Ein Leben lang?«

Eine dumpfe Ruhe kehrte in ihre Seele zurück. Ein Ausweg blieb ihr noch offen, wenn alle anderen versperrt waren. Sie drehte sich um, hielt ihre Laterne hoch, trat in die Schatten der Höhle hinein und stieg langsam die Treppe hoch, bis zur offenen Tür.

»Charlotte, was machst du hier draußen? Der Wachmann hätte dich niemals aus dem Haus lassen dürfen.«

Es war Onkel Theodor, der vor der Tür der Turmruine wartete.

»Ich konnte nicht schlafen, Onkel Theodor. Es tut mir leid. Ich wollte niemandem Sorgen bereiten. Ich gehe mit dir zurück.«

Ihre Stimme klang leblos und matt. Onkel Theodor legte seinen Arm um ihre Schulter und drückte sie an sich. Zusammen liefen sie durch den Park und zurück ins Haus. Vor Charlottes Zimmer zögerte Onkel Theodor. »Ich setze mich zu dir ins Zimmer, Charlotte.«

Sie wehrte sich nicht, sondern zog als Antwort Umhang und Stiefel aus und warf sich voll bekleidet auf ihr Bett. Onkel Theodor sank in den Sessel, der neben ihrem Bett stand. »Nur noch ein wenig durchhalten, mein Kind.«

Er lehnte sich nach vorne und legte seine Hand auf ihre Schulter, die wieder von Weinkrämpfen geschüttelt wurde. »Die Geschichte ist noch nicht zu Ende. Noch wissen wir nicht alles und dürfen nicht vom Schlimmsten ausgehen. Noch gibt es Hoffnung. Aber jetzt versuche zu schlafen.«

»Ich habe keine Hoffnung mehr, Onkel«, stöhnte Charlotte.

»Lass meine Hoffnung für uns beide reichen, Kind. Wofür haben wir Menschen, die uns lieben, wenn nicht für solche Zeiten?«

Charlotte schüttelte den Kopf und vergrub ihr Gesicht im Kopfkissen.

Kapitel vierzehn

Die schnellen, polternden Schritte auf der Treppe draußen kamen immer näher. Danach laute Männerstimmen. Der Schlüssel drehte sich. Eduard schwitzte am ganzen Körper. Immer wieder kam ihm der Gedanke an Elinor, scharf, eindringlich. Egal, was er jetzt tun würde, es wäre für sie. Um ihretwillen musste er seine Sinne beisammenhalten.

Die Tür öffnete sich. Dort standen sie, die zwei Männer, die ihn sein Leben lang als ihren Besitz betrachtet und dementsprechend behandelt hatten, die jede Bewegung seines Körpers, jede Gemütsregung seiner Seele gesteuert hatten. Er stand langsam auf, ballte seine Fäuste und biss seine Zähne zusammen.

»Vater, Charles hat es mir gesagt!«, rief er freudig. »Du lebst doch. Ich kann es nicht fassen. Da war doch ein Sarg!«

Seine Stimme zitterte, seine Augen wurden feucht. Sir Malcolm trat auf ihn zu. Er legte eine Hand auf Eduards Schulter und mit der anderen hob er sein Kinn und blickte ihm in die Augen.

»Armes Kind, das Ganze hat dir sehr zugesetzt. Kein Wunder. Was habe ich dir nur für Kummer gemacht. Aber manchmal muss man ein kleineres Übel erdulden, um ein größeres zu verhindern. In meinem Sarg lagen zwei andere Leichen, mein Sohn!«

Eduard blickte seinen Vater mit Tränen in den Augen an. »Vater, ich kann nicht beschreiben, wie froh ich bin, dich lebend zu sehen. Vom Tode auferstanden! Dass ich so was erleben darf!«

»Wie schön, dass du so bewegt bist, meine Junge! Ich bin angenehm überrascht, hatte ich doch befürchtet, dass du auf mich zornig sein würdest. Ich mache alles wieder gut, ich verspreche es dir. Wir bleiben fürs Erste hier in Blanche House. Es ist höchste Zeit, dass du das Haus kennenlernst, das für mich wie ein zweites Zuhause ist.«

»Ich … ich bin sprachlos«, stammelte Eduard. »Wenn ich gewusst hätte, dass diese Fahrt nach London mich mit meinem tot geglaubten Vater versöhnt, hätte ich mich anders verhalten, Mr Creek!«

Sir Malcolm grinste Mr Creek an und wandte sich wieder seinem Sohn zu. Er beugte sich über ihn und hielt ihn an den Armen fest. »Bald haben wir Kutschen und Pferde, Eduard. Diener, weiche Bettlaken aus Seide. Das feinste Fleisch und die besten Weine. Wir bekommen alles zurück, was uns genommen wurde, die Gerechtigkeit wird wiederhergestellt. Was hältst du davon?«

Eduard warf seine Arme um seinen Vater und drückte ihn fest. »Das sind herrliche Aussichten, Vater. Ein Junge will nicht sein Leben lang um Brot betteln. Ich bin stolz auf dich. Du hast gekämpft und hast gesiegt. Sich tot zu stellen! Was für eine lustige Idee!«

Er lachte laut und wandte sich Mr Creek zu.

»Jetzt verstehe ich, Mr Creek, wozu das Ganze dienen sollte. Jetzt fällt es mir wie Schuppen von den Augen. Ich hätte an Ihre guten Absichten glauben sollen. Wenn ich dran denke, wie rebellisch ich war, wird mir schlecht. Wie konnte ich so dumm sein und von Hoddington Place weglaufen? Bitte verzeihen Sie mir. Geschieht mir recht, dass ich ausgerechnet bei meinen Verwandten gelandet bin und sie mit eigenen Augen durchschauen konnte. Unvorstellbar, wenn ich daran denke, wie mein neues Leben bald sein wird. Und dafür haben Sie gekämpft.«

Mr Creek, der sich bis zu diesem Moment in der Nähe der Tür aufgehalten und die Begegnung zwischen Vater und Sohn schweigend beobachtet hatte, trat hervor und schüttelte Eduards Hand.

»Das sind ganz andere Töne aus deinem Mund, mein Junge! Falls du wirklich Einsicht gewonnen hast, ist es sehr zu begrüßen. Ich hatte inbrünstig gehofft und erwartet, dass der Anblick deines Vaters dich zur Besinnung bringen würde. Natürlich verzeihe ich dir. Das Mädchen hat dich in diesen letzten Tagen wohl zu sehr aufgeheizt.«

Eduard nickte. »Sie ist gereizt und verliert schnell die Kontrolle. Ich kenne die Familie mittlerweile gut. Seltsam, wenn ich denke, dass ich mit ihnen verwandt bin.«

Er rümpfte die Nase und schüttelte den Kopf. Die Männer tauschten Blicke, die Eduard nicht entgingen. Mr Creek setzte sich auf die Liege und blickte ihm in die Augen.

»Du kennst die Familie gut, Junge. Meinst du, du kannst uns helfen?«

»Ich? Euch helfen? Ich bin noch jung und unbedarft.«

Er blickte mit großen Augen von einem zum anderen.

»Aber schlau bist du für deine dreizehn Jahre«, sagte Mr. Creek, »und du kennst Birch Heights in- und auswendig. Wir haben unsere letzte Hürde noch nicht überwunden.«

»Ich kann es versuchen. Aber wie?«

»Als Gast in Birch Heights hatte ich den Eindruck von Provinzbewohnern, die abgeschirmt leben und vom Leben in der Großstadt wenig Ahnung haben. Ist das richtig?«

Seine scharfen Augen beobachteten jede Regung in Eduards Gesicht. Eduard wusste zwar nicht, was Provinzbewohner sind, aber er nickte heftig.

»Sie sind dumm und einfältig, Mr Creek«, platzte es aus ihm heraus.

»Hat Lord Jake Verbindungen nach London außer zu mir? Weiß er, wo wir wohnen?«

»Nein, Mr Creek. Manchmal kommen Weinhändler nach Birch Heights. Dickon und Frederik holten damals die Jungen ab. Dickon kennt Hoddington Place, aber Blanche House kennen sie nicht, sie waren im Gasthof ›Grünes Fass‹. Sie finden uns bestimmt nicht. Höchstens die … « Er fing sich gerade noch rechtzeitig, bevor ihm die Worte »Marie, ich glaube, sie kam aus London« herausrutschten, und sagte stattdessen: »Höchstens die Pferdeleute aus dem Dorf, aber sie sind selten in London, und die Stadt ist groß.«

Mr Creek und Sir Malcolm schienen erleichtert zu sein. Sie zogen sich zur Tür zurück und redeten leise miteinander. Malcolm drehte sich wieder zu seinem Sohn hin.

»Dieser Raum ist kein Ort für einen zukünftigen Lord von Birch Heights«, sagte er. »Du kommst mit uns nach oben und machst eins der Gästezimmer zu deinem neuen Domizil. Dort hältst du dich auf, wenn du nicht mit uns zusammen bist. Wenn du etwas brauchst, rufst du nach Charles. Oder nach Bill. Das ist der steife Herr, der Besucher am Eingang empfängt. Störe dich nicht daran, dass fremde Menschen ein und aus gehen. Jetzt gehen wir hoch und plaudern dort weiter.«

Eduard war froh, den kalten Kellerraum hinter sich lassen zu dürfen. Er merkte sich jedes Detail des Weges, den er jetzt geführt wurde. Eine Treppe führte zum Erdgeschoss. Üppige Tapeten in Rot und Orange bedeckten die Wände, dicke Teppiche die Böden. Die Möbel waren aus dunklem Mahagoniholz und Marmorfiguren von nackten Männern und Frauen schmückten fast alle Tische und Kommoden. Das Haus war riesig. Im Gang hörte Eduard hinter verschlossenen Türen Stimmen, gelegentlich ein lautes Gelächter und Gekicher.

»Ist das ein Hotel?«, fragte er seinen Vater.

Sir Malcolm lachte.

»So was Ähnliches«, erklärte er. »Außerhalb dieser Mauern ist es ein Hotel. Das ist wichtig zu wissen.«

Sie liefen am Haupteingang vorbei, neben dem Bill, der Türhüter, an einem Tisch saß und Stiefel polierte. Eine weitere Treppe führte zu einer weiteren Tür, hinter der sie ein helles, breites Wohnzimmer betraten, mit Blick auf die Straße. Eduard ließ die Route in der umgekehrten Richtung noch einmal im Kopf Revue passieren: eine Treppe, am Haupteingang vorbei, ein langer Gang und eine Steintreppe nach unten. Mr Creek lud ihn ein, sich neben ihn an den Tisch zu setzen, und läutete mit einer kleinen Glocke, die auf dem Tisch lag. Aus einem Nebenraum kam eine Dame mit einer Karaffe und Weingläsern auf einem Tablett. Sie pflanzte einen Kuss auf Mr Creeks Wange, und er kniff sie am Arm, als sie die Gläser füllte.

»Reizend siehst du aus, Larina«, säuselte Sir Malcolm, der sie mit leuchtenden Augen musterte. »Bei so einem Kleid will ein Mann wissen, wie es drunter aussieht.«

»Du vergisst, dass dein Junge hier sitzt, Malcolm«, ermahnte ihn Mr Creek.

»Unser grandioser Kraftakt gehört gefeiert, was?«, gab Sir Malcolm zurück.

Sie stießen miteinander an und machten sich über die Blauäugigkeit der Greenwold-Familie lustig, mit der diese in ihre Falle hineingelaufen war. Dies war also das berüchtigte Lusthaus, von dem William erzählt hatte. Ein Gefühl von Ekel überkam Eduard. Was würden Lord Jake, Lady Charlotte und Mrs Earling denken, wenn sie ihn hier sehen würden? Sein Vater lebte also hier. Schon die ganze Zeit. Das Beerdigungsinstitut war nur eine Tarnung gewesen für das niederträchtige Treiben, das in diesen roten Wänden stattfand.

»Und das Mädchen?«, fragte Mr Creek, der Eduard erneut anblickte. »Vermisst du deine kleine Freundin?«

Eduard gab sich lässig. Die Männer beobachteten seine Gesichtszüge nach wie vor. »Ach die«, sagte er abfällig. »Im Gegenteil. Ich war erleichtert, als ich das Geschrei nicht mehr hören musste. Ihre Anfälle sind nicht auszuhalten. «

»Anfälle?«, fragte Mr Creek.

»Ja, sie ist nicht nur blind, sie leidet unter plötzlichen Anfällen. Wenn sie einen hat, kann es Tage dauern, bis sie aufhört zu schreien. Sie schlägt um sich und brüllt so laut, dass die ganze Nachbarschaft es hört. Es ist seltsam. Sie wird nie heiser. Ich hoffe, ihr habt sie gut versteckt.«

»Sie ist im Krankenzimmer in Hoddington Place. Eingesperrt.«

Eduard zuckte zusammen. Das war der Raum, in dem William gestorben war. »Es überrascht mich, dass ihr sie in Hoddington Place gelassen habt. Bewacht Mrs Fimble sie gut genug?«

»Da sehen wir eine Gefahr«, räumte Mr Creek ein. »Wir wollten euch trennen, bis wir die Lage besprochen hatten. Nachdem du uns aber mit deinem Gesinnungswandel überrascht hast und nun ein komfortables Zimmer hier oben bewohnst, könnte das Mädchen hier im Kellerraum unterkommen. Dort können wir sie besser bewachen. Auch wenn sie blind ist, man weiß ja nie … Mrs Fimble ist nicht zuverlässig und trinkt viel.«

Eduard schmunzelte. »Wem sagt ihr das? Ich weiß, wie leicht es ist, an Mrs Fimble vorbeizukommen!«

Die Männer lachten laut. Eduard zwang sich, mitzulachen und hoffte, dass es nicht zu offensichtlich war, wie künstlich sein Lachen war.

»Durch die Steinmauer hier unten wird ihr Kreischen nicht durchdringen.« Er versuchte, nicht zu eifrig zu klingen. »Hoddington Place ist außerdem bekannt und könnte von den Greenwolds schnell entdeckt werden.«

»Auch dafür haben wir Vorsorge getroffen«, betonte Mr Creek. »Wer dort nach mir fragt, erfährt, dass ich für längere Zeit auf Reisen bin und keine andere Bleibe hier in London habe.«

Die Männer redeten eine Weile miteinander und schienen zu vergessen, dass Eduard da war. Er erfuhr, dass sie Lord und Lady Greenwold zwei Wochen Zeit gegeben hatten, um ein neues Testament zu erstellen, in dem Birch Heights und sein Kapital an Sir Malcolm Forsythe-Drake vermacht wurden. Bei Übergabe des Testaments und nach Räumung des Anwesens würde ihnen ihre Tochter zurückgebracht werden. Wenn die Familie Greenwold den geringsten Versuch unternehmen würde, Rechtsanwälte oder Polizei einzuschalten, würden sie ihre Tochter nie mehr wiedersehen. Schließlich kam das Gespräch auf Elinor zurück. Sie beschlossen, sie in der darauffolgenden Nacht im Schutze der Dunkelheit in ihre neue Bleibe zu bringen. Eduard atmete erleichtert auf.

»Ich hoffe, es plagt dich nicht zu sehr, wenn sie hier ist«, sagte sein Vater.

»Ach, je entfernter, desto besser, wenn ich ehrlich bin, Vater. Aber dort unten hört man sie immerhin nicht schreien.«

Er zögerte. »Ich weiß nicht, ob es euch hilft, vielleicht nicht …«

»Erzähl es uns trotzdem«, drängte Mr Creek.

»In Birch Heights musste ich ihr jeden Tag aus Büchern vorlesen. Manchmal erfand ich auch eine kleine Geschichte, die ich ihr erzählte – jedes Mal wenn sie tobte –, die Geschichte vom Möwenmonster. Nur was Albernes.« Er winkte geringschätzig mit der Hand. »Aber es wirkte. Ich flüstere ihr die Geschichte ins Ohr, danach wird sie zahm wie ein Kätzchen. Ich könnte es probieren, wenn ihr möchtet.«

»Nur zu, Eduard. Wir gehen mit dir hinunter, sobald sie da ist!«

Sie amüsierten sich darüber, dass Lady Charlotte den Namen »Eddy« für ihn erfunden hatte, um ihren für tot gehaltenen Halbbruder zu ehren, nicht ahnend, dass er der wirkliche Eduard war.

Eduard wurde wie ein Fürst behandelt. Ihm war bewusst, dass ein einziges, unvorsichtiges Wort das Ende seines Spiels bedeuten könnte. Die Männer lauschten aufmerksam jedem Ton, den er von sich gab, und ließen ihn nicht aus den Augen. Mr Creek schien misstrauisch. Die roten Wände im Haus waren erdrückend. Das Gefühl von Augen und Ohren, die jede seiner Bewegungen verfolgten, machte ihn müde. Die quälende Sorge um Elinor schärfte aber seine Sinne, sie hielt ihn wach. Überall standen die nackten Marmorfiguren. Mal grinsten sie, mal bändelten sie mit koketten Blicken mit ihm an, mal runzelten sie die Stirn und blickten ihn mit Argwohn durch zusammengezogene Schlitzaugen an, wie Mr Creek. Zu seiner Bestürzung war das kleine Zimmer, das ihm zugeteilt wurde, mitten in den Wohnräumen von Mr Creek. Sich davonzustehlen und Elinor auf eigene Faust aufzusuchen, wäre unmöglich.

Ein üppiges Frühstück aus Eiern, Speck und Brot wurde von Larina aufgetischt und von den gleichen anzüglichen Bemerkungen vonseiten der beiden Herren begleitet wie am Vortag. Nach dem Frühstück erhob sich Sir Malcolm plötzlich mit den Worten: »Der Junge braucht etwas Ordentliches zum Anziehen. Komm Eduard, wir gehen zu *Hestors Herrenbekleidung* und verwandeln dich in einen kleinen Lord.«

Eduards Herz schlug höher, und er schluckte hart, um seine Freude nicht zu zeigen. Jeder Gang auf die Straße bedeutete die Chance, auf eine Suchmannschaft aus Birch Heights zu treffen.

»Wenn du möchtest, Vater«, erwiderte er, »aber wir können es auch an einem anderen Tag machen, wenn du jetzt zu müde bist.«

Marie stand auf und blickte hoch zu dem Reiter, dessen Gesicht im Schatten einer Kapuze verborgen war.

»Ja, Herr Wachmann. Ich bin es. Marie. Sie suchen nach mir. Ich ergebe mich widerstandslos und komme mit Ihnen mit. Aber lassen Sie mich reden. Ich habe Auskünfte über die entführten Kinder, die Ihnen helfen könnten, sie zu finden. Danach können Sie mit mir machen, was Sie wollen.«

Die Stimme des Reiters unterbrach sie. »Auf jeden Fall kommst du mit, Marie. Wir reiten nach London.«

»Frederik, wie in aller Welt …?«

Frederik war bereits vom Pferd gesprungen und stöberte in einer Tasche, die an seinem Gürtel festgebunden war.

»Keine Zeit für Fragen oder Förmlichkeiten. Du bist krank und erschöpft. Später entschuldige ich mich gründlicher für mein unrühmliches Verhalten an der Hütte. Ich habe keine Ausreden. Du hüllst dich in diesen Mantel, belebst dich mit diesem scharfen Schnaps, sagst mir, welchen Straßenschildern ich folgen muss, und springst hinter mir auf das Pferd. Ich habe bereits genug Zeit verschwendet.«

Er duldete keine Widerrede. Schon hielt er das Fläschchen an ihre Lippen und die Flüssigkeit brannte in ihrem Hals. Dann hängte er ihr eine Tasche um, gefüllt mit Brot und Käse.

»Das nimmst du zu dir, sobald du Hunger hast, damit du schnell zu Kräften kommst. Deine Tasche stopfst du in Carlos' Sattelbeutel. Zu Pferd brauchen wir zwei Tage. Wir lassen Carlos an einem Gasthof, sobald er müde ist, und mieten uns ein frisches Pferd, auf dem Rückweg holen wir Carlos wieder ab. So kommen wir ohne Pause durch und gewinnen Zeit.«

»Richtung London«, sagte sie zwischen zwei Schlückchen Schnaps. »Monkton Gardens – irgendwo dort in einem Gasthof.«

»In London sind wir Mr und Mrs Smith, die ihre kranke Tante besuchen und bei diesem nasskalten Regenwetter ihre Köpfe und Gesichter verhüllt halten.«

»Und Geld für die Reise und den Pferdetausch?«

Als Antwort klopfte er auf die Tasche, die an seinen Gürtel gebunden war. »Ich habe meine Wertsachen schnell geholt. Und dadurch noch mehr Zeit verloren. Das Geld wird reichen.«

Bevor er den Satz zu Ende gesprochen hatte, hatte er sie in seine Arme genommen und auf das Pferd gehoben.

»Drück deine Knie in Carlos' Flanken und halte dich mit den Händen hinten am Sattel fest«, ordnete er an. Er setzte seinen Fuß in den Steigbügel und schwang sich in den Sattel – vorsichtig, um Marie nicht von ihrem Sitz zu stoßen. »Du drückst deinen Kopf gegen meinen Rücken und legst deine Arme um meinen Bauch. Ich halte deine Hände mit einer Hand vorne fest und halte die Zügel mit der anderen Hand. Der Mond ist hell, wir brauchen keine Laterne. Du bewegst dich mit dem Rhythmus der Hufe, so bleibst du entspannt.«

Bevor Marie begreifen konnte, was ihr widerfahren war, galoppierte Carlos schon Richtung London. Ein Licht ging in ihrer Seele auf. Die bittersüße Nähe zu Frederik, die Wärme, die von seinem Körper ausging, der Branntwein in ihrem Hals belebten nach und nach ihre betäubten Sinne wieder. Sie dachte an das, was sie in London erwarten würde, und versuchte, sich in das Vorhaben von Sir Malcolm und Mr Creek hineinzudenken. Die Männer würden sich in ihrer vertrauten Umgebung sicher fühlen und die Kinder zunächst in London festhalten. Marie, einziges Bindeglied zwischen Birch Heights und Blanche House, hielten sie für tot. Darin lag ihre einzige Chance, Mr Creek und Sir Malcolm zu überlisten.

Weiter kam sie mit ihren Gedanken nicht. Meereswellen, Algen auf schleimigen Steinen, vorbeischwimmende Zigarrenstummel, Augen und Ohren, die aus der Wand sprangen, Frannys Schimpfen: alle Eindrücke des Tages drehten sich in verschwommenen Kreisen in ihrer Fantasie, bis sie nicht mehr denken konnte. Nach und nach nahm sie nur noch die donnernden Hufe unter ihrem Körper wahr, fühlte nur noch Frederiks festen Griff auf ihren Händen und den weichen Stoff seines Mantels an ihrem Gesicht. Ihr erschöpfter Körper entkrampfte sich. Ihr letzter Gedanke war, dass sie vom Pferd herunterfallen könnte, wenn sie aus Versehen einschlafen würde. Danach wurde es Nacht um sie.

»Wir decken dich mit Seide, Samt und feinsten Stoffen ein, mein Junge!«, rief Sir Malcolm. »Ein Vorgeschmack auf kommende Freuden!«

»Wir müssen wachsam sein, falls jemand aus Cornwall in diesem Teil Londons unterwegs ist und mich erkennt«, mahnte Eduard.

»Unwahrscheinlich«, gab Sir Malcolm zurück. »Blanche House ist den Greenwolds unbekannt. Aber ich staune über deine Umsicht, Sohn. Du hast für deine jungen Jahre den Kopf eines Genies! Was aus einem jämmerlichen kleinen Feigling alles werden kann. Du machst mich stolz, Eduard!«

»Ich ziehe meine Mütze über meine Stirn, nur um ganz sicher zu sein«, schlug Eduard vor.

Die Straße wimmelte von Leben. Markthändler zogen ihre Holzwagen hinter sich her, Kutschenjungen schrien Passanten an, dass sie Platz machen sollten, bettelnde Kinder zupften an den Mänteln von wohlhabenden Käufern. Eduard atmete die stickige Luft tief ein. Seit Stunden überschlugen sich die Gedanken in seinem Kopf.

Die einzige Hoffnung, die er hatte, hing an einem seidenen Faden, aber es war immerhin eine kleine Hoffnung. Marie kannte Mr Creek, darüber war sich Eduard sicher. Nach seiner Begegnung mit Mr Creek im Spielzimmer hatte Marie über den »verfluchten Gestank dieses Monsters« geschimpft, »den sie überall wiedererkennen würde«. Sie hatte Eduard an den Schultern gepackt und ihn angefleht, ihr zu erzählen, was der böse Mann getan hatte und ob Eduard ihn aus London kenne. Eduard hatte nicht gewagt, auch nur ein Wort zu sagen. Danach hatte Marie nichts mehr über eine Verbindung zu Mr Creek angedeutet.

Aber sie würde vielleicht einen Hinweis geben können, in welchem Teil Londons Mr Creek sich vermutlich aufhielt. Die Greenwolds hatten bis jetzt drei Tage Zeit gehabt. Irgendjemand würde gewiss nach ihnen suchen. Dickon, Lord Jake, Frederik, vielleicht alle drei. Sie würden alle Hebel in Bewegung setzen. Je länger er draußen unterwegs war, desto größer die Chance, entdeckt zu werden, einen von ihnen zu erblicken. Dann überrollte ihn die Verzweiflung wieder. Aus jeder Seitengasse flossen Menschenmengen in die große Durchgangsstraße hinein, die zu Monkton Gardens führte. Wie gering war doch die Chance, dass er und ein Gesandter aus Birch Heights sich zufällig an der gleichen Stelle zur gleichen Zeit befinden würden.

Sobald sie die Haustür hinter sich gelassen hatten, verschaffte sich Eduard einen Überblick über das Stadtviertel, in dem sich Blanche House befand. Die Straße war schmuddelig und schmal, die Hausfassade hinter ihm schäbig und grau. Nichts an der unauffälligen Fassade deutete auf die üppige Ausstattung im Inneren hin oder auf die Geschäfte, die dort betrieben wurden. Es war der gleiche Stadtteil, in dem er nach seiner Flucht aus Hoddington Place tagelang in Eingängen, unter Brücken und an Straßenrändern geschlafen, auf Müllbergen nach Essensresten gesucht und die Glockenschläge von St.-Pauls gezählt hatte. Daran hatte er ausrechnen können, wie lange die Nacht noch dauern würde. Blanche House war von Hoddington Place nicht weit entfernt. Das »Grüne Fass«, in das Dickon und Frederik ihn gebracht hatten, nachdem sie ihn von den Hunden befreit hatten, war ein paar Straßen weiter, dort, wo die Häuser vornehmer waren. Irgendwo dazwischen war das Beerdigungsinstitut. Wenn er seinen Vater nur dazu bringen könnte, in diese Richtung zu laufen, dann würde er sich besser orientieren können.

»Du wirst sehen, dass Seide sich anders auf der Haut anfühlt als rohe Baumwolle, die kratzt«, sagte Sir Malcolm.

»Ich werde mich schnell an Seide gewöhnen«, antwortete Eduard. »Ich habe mich gewundert, wie wenig Wert die Herrschaften in Birch Heights auf standesgemäße Kleidung legen.«

Malcolm schmunzelte. »Das ist, weil sie von standesgemäßem Adel keine Ahnung haben. Wer ist schon Lord Jake? Ein Pferdejunge, der dem Größenwahn verfallen ist, nur weil eine ungewollte Göre einst ihr Auge auf ihn geworfen hat!«

»Wer hätte jemals gedacht, dass ich eines Tages in ein feines Geschäft gehen und Seide kaufen würde? Weißt du was, Vater? Ich würde gerne zum Institut gehen. Noch ein letztes Mal. Um mich daran zu erinnern, wie armselig meine Anfänge waren.«

»Nichts leichter als das, Sohn! Ein Steinwurf von hier entfernt. Es ist seit meinem Tod natürlich nicht mehr in Betrieb. Es hat uns dazu gedient, den Schein zu wahren, bis unser Plan ausgereift war.«

Während Malcolm Anekdoten über Leichen und Särge erzählte und sich brüstete, dieses Elend für immer hinter sich gelassen zu haben, streifte Eduards Blick die Gehwege, die Gesichter der Passanten, die Fensterscheiben der vorbeifahrenden Kutschen. Er täuschte Staunen und Dankbarkeit vor, als er das staubige Schaufenster des Instituts vor sich sah und sein Blick zu den gebrochenen Fensterscheiben im ersten Stock wanderte, hinter denen das kleine Zimmer war, in dem er früher geschlafen hatte.

»Gott sei Dank, nie wieder!«, rief er aus.

»Deine Belohnung für die Einsicht, die du gewonnen hast, mein Sohn«, lobte ihn Sir Malcolm.

Plötzlich wandte er sich mit einem fragenden Blick Eduard zu. »Euer Kindermädchen, Miss …«

»Marie, meinst du?«, fragte Eduard.

»Ja, Marie. Wie fandst du sie, Sohn?«

»Störrisch, stur, wir tanzten auf ihrem Kopf herum, so erbärmlich schwach war sie.« »*Schauspielern, Eduard, schauspielern*«, munterte er sich selbst auf. Ja nichts verraten, seinen Vater ja nicht auf diese Fährte locken, auf seine einzige Hoffnung, gerettet zu werden.

»Du hast nicht gewusst, dass sie ihre Jugend in Blanche House verbracht hat?«

So kannten sie sich doch. Eduard spitzte die Ohren, gab sich aber gleichgültig und versuchte zu begreifen, wie es sein konnte, dass Marie eine der leicht bekleideten Dienstdamen in Blanche House war.

»Sie hätte es so gut haben können, so gut«, erzählte Malcolm weiter. »Die Männer rissen sich um sie. Und dann: abgehauen, mir nichts, dir nichts. Wir hatten Angst, dass sie uns verraten könnte, weil sie Blanche House so gut kennt.«

»Du machst mir Angst, Vater. Wird sie uns verraten?«

»Zum Glück löste sich das Problem von alleine, nachdem wir euch gerettet hatten«, antwortete Sir Malcolm.

»Was meinst du damit?«

»Meinst du, ich würde so frei mit dir hier herumlaufen, wenn ich fürchten müsste, dass Marie jederzeit mit einer Bande von Polizisten auftaucht?«

»Was ist mit ihr passiert?« Eduards Stimme war heiser und zitterte.

»Marie auszuschalten, war unsere größte Herausforderung. Es war dann aber einfacher, als wir dachten. Wir ahnten, dass sie nach euch suchen würde. Deshalb lief ich von unten hoch durch die Höhle und siehe da, sie rannte mir direkt in die Arme.«

»Du hast sie ermordet?«

Malcolm schnalzte mit der Zunge. »Ich ein Mörder? Natürlich nicht! Wir haben geplaudert, Marie und ich, über dies und jenes, und die Wellen stiegen höher und höher. Sie wollte nicht mit mir ins Boot steigen, sie beschloss, lieber ihr Ende in der überfluteten Fischerhöhle zu suchen. Zumindest lief sie in diese Richtung, als ich sie gehen ließ. Du bist nicht etwa schockiert?«

»Nein, Vater. Alles in Ordnung. Ich hatte nur Angst, dass du sie vielleicht ermordet hättest und im Gefängnis landen könntest. In dem Fall wäre alles umsonst, was wir bisher erreicht haben. Gehen wir jetzt zurück?«

Sie spazierten eine Weile durch die Straßen ohne Worte. Eduard zog seine Mütze über die Augen, um seinem Vater seine Erschütterung nicht zu zeigen. Er fühlte sich wie betäubt, er wollte allein sein. Marie war tot. Und es war seine Schuld. Sein Vater war ein Mörder. Die Nähe zu ihm erfüllte ihn mit Abscheu. Die Männer hatten sie in eine Falle gelockt und sie ertrinken lassen. Wozu waren sie sonst fähig? Was würden sie mit Elinor machen? Der eine Hoffnungsschimmer, der ihm bisher Kraft gegeben hatte, hatte sich in Luft aufgelöst. Ohne Hinweise von Marie wäre für Lord Greenwold die Suche nach zwei Kindern in den trüben, engen, verwirrenden Gassen und bei den wimmelnden Menschenmengen Londons ein Ding der Unmöglichkeit.

Marie wachte auf. Irgendein Geräusch fehlte, das sie seit einer Ewigkeit, so schien es ihr, in ihren wachen Stunden und in ihren Träumen begleitet hatte. Es war das Klopfen der Hufe, das aufgehört hatte. Sie saß immer noch hinter Frederik auf dem Pferd. Die Luft war kühler geworden, es war still um sie herum und Häuser ragten wie lange, dünne Gespenster an den Straßenrändern in den nebligen Himmel hoch. Von irgendwoher kam Licht. Es war nicht mehr der Mond, der die Straße beschien, sondern eine trübe Dämmerung, die über den Häusern leuchtete.

»Wir machen hier halt«, kündigte Frederik an. Er hielt immer noch ihre Hände fest, drehte sich aber im Sattel um.

»Wach genug, um abzusteigen, Marie?«

Als Antwort entzog sie ihre Hände seinem Griff und glitt ohne seine Hilfe vom Pferd hinunter. Er schwang sein Bein über den Sattel und sprang ihr nach. »Ich fühle mich jetzt stärker«, sagte sie.

Er kramte in der Tasche und holte ein Brot heraus, das in ein Tuch eingewickelt war, eine Wasserflasche und das Schnapsfläschchen. »Stärkung für den Rest der Reise?«

Marie konnte nicht beurteilen, ob sein Ton ablehnend oder gleichgültig war. Sein Blick kam ihr mitleidig vor, ein wenig neugierig, verwirrt. Aber nicht mehr zornig. Sie verscheuchte alle Gedanken an Frederik und wandte sich wieder der Aufgabe zu, die ihnen bevorstand.

»Mr Creek und Sir Malcolm denken, dass ich tot bin«, erzählte sie, nachdem sie einige Schlucke Wasser getrunken hatte. »Ihr Zuhause ist Blanche House. Dort führen sie ein Bordell.« Sie hielt inne und zwang sich, nicht an die Abscheu zu denken, die Frederik empfinden musste. »Sie werden mit ihrem Treiben in Ruhe gelassen, weil auch Ordnungshüter – Polizisten, Juristen – von den Diensten ihres Etablissements Gebrauch machen.«

Marie erschauderte. Sie traute sich nicht, Frederik beim Sprechen in die Augen zu blicken, und war um die Dämmerung froh, die ihr Gesicht verbarg.

»Und du meinst, sie haben die Kinder dort hingebracht.«

»Ich versuche, so zu denken wie sie, Frederik. Blanche House wäre ein ausgezeichnetes Versteck. Es wird als Hotel ausgegeben. Es hat einen Kellerraum, in den die Frauen des Bordells gesperrt werden, wenn sie drohen, Mr Creeks Verbrechen in die Öffentlichkeit zu tragen, oder wenn sie den Dienst an den Besuchern verweigern oder bei einem Fluchtversuch ertappt werden. Auf Birch Heights wäre ich die Einzige gewesen, die von der Existenz des Hauses weiß.«

Frederik verschloss seine Wasserflasche mit einem Stöpsel, packte den Proviant wieder in seine Tasche und hängte sich diese über die Schulter.

»Und sie halten dich für tot. Dann ist es wohl klar, was wir als Erstes machen«, sagte er. »Mr und Mrs Smith suchen einen Gasthof in Reichweite von Blanche House. Dort ruht sich Mrs Smith zunächst nach ihrer langen Reise aus.«

»Mrs Smith darf auf keinen Fall erkannt werden, Frederik. Sonst ist sie eine tote Frau.«

Frederik richtete das Zaumzeug und klopfte dem Pferd auf der Flanke. Seine Stimme klang ernst, als er antwortete: »Es ist Mr Smith sehr wohl bewusst, in welcher Gefahr seine Frau sich befindet. Deshalb bleibt sie auch in ihrem Zimmer, solange ihr Mann die Lage auskundschaftet und Detektiv spielt.«

»Ich weiß nicht, ob ich das aushalte, Frederik. Wenn du Mr Creek oder Sir Malcolm siehst, dann kannst du sicher sein, dass die Kinder dort sind. Aber auch du darfst nicht erkannt werden.«

Frederik zog die Steigbügel des Pferdes stramm. »Ich ziehe meine Kappe über die Augen und schlendere wie die anderen Markthändler mit irgendwelchen Waren durch die Gegend, dann erkennt mich keiner. Dich rufe ich erst dann auf den Plan, wenn ich herausgefunden habe, ob Elinor und Edyd dort sind, und ich einen Weg finden muss, wie ich ins Haus komme.«

Er streckte seine Hand aus, um Marie auf das Pferd zu helfen.

Marie zögerte. »Es gibt noch eine Sache, Frederik.«

»Dringend?«

»Ja.«

»Nur zu.«

»Eddy ist kein Waisenkind von irgendwoher, das ihr zufällig auf der Straße aufgesammelt habt.«

»Sondern?«

»Er ist in Wirklichkeit Eduard. Der Eduard, den die ehemalige Lady Greenwold mit Sir Malcolm gezeugt hat. Der Halbbruder von Lady Charlotte.«

Frederik machte einen Schritt auf Marie zu und blickte ihr direkt in die Augen. »Marie, ist das wirklich wahr?«

»Warum würde ich es dir erzählen, wenn es nicht wahr wäre?«

»Seit wann weißt du das?«

»Seit der Begegnung mit Sir Malcolm in der Höhle. Schon davor hatte mich etwas an dem Jungen neugierig gemacht. Er hatte die gleichen Albträume wie ich: Ohren und Augen, die ihn überall belauern. Damit hatten Sir Malcolm und Mr Creek uns beide jahrelang eingeschüchtert. Es war von Anfang an so geplant: Sir Malcolm täuschte seinen eigenen Tod vor, Eduard sollte mit den Jungen nach Birch Heights geschickt werden, Teil der Familie werden und den Weg dafür bahnen, dass Sir Malcolm sein Erbe zurückerobert. Aber es kam anders. Eduard flüchtete, wurde von euch mitgenommen und kam somit auf anderem Weg nach Birch Heights. Als Mr Creek kam, hat er uns beide, Eduard und mich, durch Bedrohungen zum Schweigen gebracht, deshalb konnten wir nichts verraten. Er drohte, Elinor etwas anzutun. Sagte aber natürlich nicht, dass er sowieso vorhatte, Elinor zu entführen.«

Marie redete schnell und ernst. Frederik sagte einige Minuten lang nichts. Als er sprach, klang seine Stimme zaghaft und schwach.

»Ich bin erschüttert, Marie. So viel unermessliches Leid direkt unter unserer Nase und wir ahnten nichts davon. Wie kann ich mir jemals verzeihen?«

»Du hast es nicht wissen können. Wir müssen gehen.«

»Und jetzt wissen wir nicht, ob die Männer Eddy in ihrer Macht haben, ob er uns helfen kann oder uns verraten würde. Gott helfe uns.«

Dieses Mal legte Marie ihren Fuß in den Steigbügel, schwang sich ohne Frederiks Hilfe auf den Rücken des Pferdes und rutschte auf ihren Platz hinter dem Sattel. Er stieg auf, zog die Zügel an, drückte seine Fersen in die Flanken des Pferdes und sie galoppierten los, Richtung London.

»Elinor, nicht erschrecken, ich bin es, Eddy!«

»Eddy!«, schluchzte sie und tastete fieberhaft nach seinem Gesicht, fuhr mit den Fingern über seine Nase und seine Ohren, fasste in seine Haare. »Tatsächlich! Ich dachte, ich sehe dich nie wieder! Was passiert mit uns?«

Ihre Haare waren zerzaust und klebrig von Tränen, ihre Hände zitterten, ihr Gesicht war rot und verweint. Eduard kniete sich auf die kalten Fliesen und legte seinen Kopf neben ihr Gesicht. Sie klammerte ihre Hände um Eduards Hals und hielt ihn fest.

Er fing an zu reden, dringlich, leise. »Elinor, Mr Creek steht außen an der Tür und bewacht mich. Ich konnte ihn gerade noch davon abhalten, dass er mit mir hereinkommt. Er darf nichts von dem hören, was ich dir ins Ohr flüstere. Hör genau zu. Wir haben nur kurz Zeit. Wir kommen hier wieder raus, ich verspreche es dir. Ich weiß nur noch nicht, wie, aber wir kommen hier raus. Aber zuerst musst du ganz laut weinen. Sofort, jetzt.«

Elinor gehorchte. »Ich will nach Hause, Eddy«, schrie sie. »Ich will nach Hause!«

Eduard warf einen Blick nach hinten zur Tür. Mr Creek schaute kurz herein, als er den Lärm hörte, und verzog sich wieder. Entweder lauerte er außer Sichtweite hinter der Tür oder er glaubte wirklich alles, was Eduard über Elinor erzählt hatte. Auf jeden Fall waren Eile und Vorsicht geboten.

»Sie wollen etwas von deinen Eltern, Elinor«, flüsterte Eduard. »Und ich tue, als ob ich ihnen helfen würde.«

Er blickte wieder zur Tür. Mr Creek war kurz weggegangen und war noch nicht zurück.

»Elinor, beachte genau, was ich sage. Sooft du kannst, musst du schreien. So laut, wie es nur geht. Und dafür sorgen, dass ich der Einzige bin, der dich beruhigen kann. Es muss den Männern so sehr auf die Nerven gehen, dass ich öfter zu dir kommen kann, um dich zu beruhigen. Wir tun so, als ob du krank wärest, von Sinnen.

Das habe ich ihnen erzählt. Versprichst du mir, dass du das tust? Es ist unsere einzige Hoffnung.«

Sie nickte. Ihre Zähne klapperten, sie fing wieder an zu schluchzen. Eduard fasste an seinen Hals und tastete nach der Schnur, an der die Muschel hing. Er zog sie über den Kopf und drückte die Muschel Elinor in die Hand.

»Hier, halte diese Muschel in deiner Hand. Irgendjemand hat sie mir geschenkt, als ich klein war und noch in Birch Heights lebte. Wahrscheinlich deine Mutter. Immer wenn du Angst hast, denk daran, dass ich nicht weit weg bin. Und denk an die fröhlichen Dinge, die wir miteinander unternehmen werden. Die Gartenmauer wolltest du mir zeigen, die in der Sonne silbern glänzt. Das Heidekraut, das auf den Felsen purpurn leuchtet. Die strahlend gelben Sonnenblumen an Frederiks Gartenmauer werden bald blühen. Und die Chrysanthemen in allen Farben. Wir suchen Fliegenpilze im Wald. Wir gehen zum Schiefersteinbruch und holen Steine für die neue Mauer. Wir schauen die Weiden an, die ihre Blätter ins Wasser hängen. Und wir erfinden Namen für die Wolken und lassen sie Geschichten erzählen. Denk an all diese Dinge, Elinor!«

Die Worte purzelten wie ein Wasserfall aus seinem Mund. Er hoffte, dass irgendein Bild, irgendeine Erinnerung an die Heimat sich in ihr Herz einnisten und ihr einen Funken Hoffnung geben würde, damit die Qual des Wartens erträglicher wurde.

»Kannst du nicht hier bei mir bleiben, Eddy?«

»Nein, ich wohne oben, aber ich tue alles, damit du wegkommst. Du schreist. Immer wieder. Du darfst nichts verraten, nur schreien.«

Er hörte, wie sich Mr Creeks langsame Schritte auf den Fliesen näherten.

»Und die Monstermöwe flog langsam zurück zu ihrem Nest«, trug er feierlich und so laut vor, dass Mr Creek es hören konnte. »Denn sie war nicht so gefährlich, wie die Raben es gedacht hatten. Also, jetzt weißt du, Elinor, dass du nicht mehr schreien musst und ruhig schlafen kannst. Sonst muss ich schon wieder hier runterkommen, um dich zu beruhigen. Und das ärgert mich sehr.«

Er drückte Elinors Hand, erhob sich und drehte sich zu Mr Creek hin. Der stand da mit verschränkten Armen und beobachtete die beiden mit zusammengekniffenen Augen.

»Jetzt sehen Sie selbst, wie sie wieder ruhig wird«, sagte Eduard. »Manchmal muss man länger auf sie einreden, aber irgendwann lenkt sie ein. Wir haben nichts davon, wenn sie sterbenskrank wird. Zeigen Sie mir bitte, wo ich eine bequeme Decke und einige Kissen bekomme. Um ruhig zu bleiben, braucht sie außerdem abends ihren heißen Tee.«

Zu seiner Überraschung kamen von Mr Creek keine Einwände. Er durfte hochgehen, Decken, Kissen und einen heißen Tee holen, aber alles unter den scharfen Augen seines Bewachers.

»Ich habe es Ihnen gesagt. Jetzt ist sie ruhig wie ein Lamm, Mr Creek. Man muss nur mit ihr umzugehen wissen, dann hören ihre Ausbrüche auf, und es besteht keine Gefahr, dass wir durch ihren Lärm entdeckt werden. Wenn sie wieder schreit, rufen Sie nur nach mir, ich sorge wieder für ordentliche Verhältnisse.«

»Na gut«, stimmte Mr Creek zu. »Wer hätte gedacht, dass so viel Klugheit und Geschick in so einem kleinen Kopf steckt?«

Kapitel fünfzehn

»Sie sind uns auf den Fersen, Malcolm«, sagte Mr Creek mit zusammengepressten Lippen. »Lord Jake war in Hoddington Place und hat nach uns gefragt.«

Eduards Herz machte einen Sprung. Er saß gerade mit seinem Vater am Tisch. Vor Aufregung legte er das Brot wieder auf den Teller, das er gerade in die Ochsensuppe eingetaucht hatte und in seinen Mund hatte schieben wollen. Es war still im Raum. Larina stellte eine Platte mit Roastbeef und gerösteten Kartoffeln auf den Tisch. Vier Tage waren seit ihrer Ankunft in London vergangen und Mr Creek kam gerade von der Stadt zurück.

»Das darf nicht wahr sein!«, rief Eduard plötzlich und schüttelte den Kopf. »Ich hatte gehofft, dass er Einsicht haben und gleich auf den Brief antworten würde. Furchtbar zu wissen, dass er hier in der Nähe ist. Ich habe vor dem Mann so eine Angst.«

Mr Creek legte seine Hand auf Eduards Schulter. »Armer Kerl. Das Ganze nimmt dich schrecklich mit.«

Er setzte sich an den Tisch. »Wir müssen auf der Hut sein. Vielleicht sollten wir eine andere Bleibe, außerhalb der Stadt, suchen, um sicherer zu sein. Offensichtlich setzt Lord Greenwold lieber auf die Hilfe der Polizei, als dass er auf unsere Ansprüche eingeht.«

»Hast du etwas anderes erwartet?«, fragte Malcolm.

»Ich habe erwartet, dass er merkt, wie ernst wir es meinen. Für wie dumm hält er uns denn?«

Eduard griff nach seinem Glas Wasser und versuchte, das Brot hinunterzuschlucken. »Darf ich etwas sagen?«, fragte er.

»Selbstverständlich, mein Junge!«, antwortete sein Vater.

»Ich kenne Lord Jake gut«, begann er. »Es ist beängstigend zu wissen, dass er in unserer Nähe ist. Wenn er mich findet, wird er mich grün und blau schlagen und als Verräter verunglimpfen. Der Mann hat eine Wut, wenn ihm etwas nicht passt! Er hängt sehr an seiner Tochter, was ich nicht verstehe, da sie ihm nur Kummer macht. Jetzt hat er erfahren, dass wir nicht in Hoddington Place sind. Er wird denken, dass wir fort sind. Gerade deswegen sollten wir hierbleiben.«

Sein Vater tätschelte Eduards Schulter und nickte. Eduard redete weiter.

»Dass wir hier direkt unter seiner Nase sind, ist das Letzte, was Lord Greenwold erwartet. Aber es spricht noch ein weiterer Grund dafür hierzubleiben: Es ist schwierig, Elinor ruhig zu halten, obwohl ich mein Bestes gebe.«

»Und das machst du mit Bravour«, lobte Mr Creek.

»Mühe und Konzentration«, erläuterte Eduard. »Sie gewöhnt sich an ihre Lage und wird ruhiger. Heute musste ich nur zweimal runtergehen, um sie dazu zu bringen, das Brüllen einzustellen. Ich will aber nicht wissen, was passiert, wenn sie wieder in eine Kutsche geschoben und an einen fremden Ort gebracht wird. Dann muss ich wieder von vorne anfangen. Das, was ihr bisher erlebt habt, ist milde. Wenn sie wirklich ihren Verstand verliert, tobt sie wie eine Wildkatze. Beißt, kratzt, bekommt von irgendwoher übernatürliche Kräfte. Selbst die stärksten Männer können sie nicht halten. Ich rate dazu, dass wir uns ruhig verhalten und warten, bis Lord Greenwold sieht, dass seine Suche vergeblich ist.«

Eduard rutschte an den Rand seines Stuhls und hielt sich mit den Händen am Sitz fest, um seine aufgewühlten Gefühle in Zaum zu halten. Die Männer sagten nichts. Es kam Eduard wie eine Ewigkeit vor, bis Mr Creek endlich den Mund öffnete.

»Na gut. Hört sich vernünftig an. Wir riskieren es und bleiben hier. Was aber bedeutet, dass du öfter zu Elinor hinuntergehen musst, Eduard, weil das laute Schreien jederzeit gehört werden könnte. Das wird für dich lästig sein.«

Eduard lehnte sich wieder zurück in seinen Stuhl und nahm einen Schluck Wasser. »Kein Problem, Mr Creek«, sagte er. »Es dient einem guten Zweck, es dient der Gerechtigkeit und dauert nicht für immer. Sie können mir sogar den Schlüssel geben, wenn Sie möchten, dann störe ich Sie nicht jedes Mal, wenn das Geschrei wieder losgeht.«

»Das kann ich nicht verantworten nach allem, was du gerade erzählt hast«, entgegnete Mr Creek. »Das Kind hat Energie und Kraft. Offensichtlich mehr, als wir ihm zugetraut hätten. Zu groß wäre meine Angst, dass sie dich überwältigt, Ärger macht und abhaut, obwohl sie blind ist. Ich schicke dich nicht alleine hinunter.«

Eduard sank wieder der Mut. Er kaute weiter an seinem Brot. »Na gut. Ich wollte nur behilflich sein. Sie können mir vertrauen, Mr Creek. Wenn es drauf ankommt, weiß ich, wie man das Mädchen zähmt. Es steht so viel auf dem Spiel.«

»Feiner Junge. Du verstehst, um was es geht, und das ist gut so.«

Eduard atmete innerlich auf. Immer wieder überkam ihn die Angst, dass er in seinem Eifer den Bogen überspannen und dass seine Fassade bröckeln würde. Bisher war die Rechnung aufgegangen. Es schien den Geiselnehmern nicht im Traum einzufallen, dass die Aussicht auf ein sorgloses Luxusleben keinen Reiz auf einen dreizehnjährigen Jungen wie Eduard ausübte.

Plötzlich schmunzelte er. «Stellt euch mal das Staunen unserer Gegner vor, wenn sie herausfinden, dass wir während ihrer Suche nach uns die ganze Zeit in ihrer unmittelbaren Nähe waren. Das gibt eine süße Rache, Vater, nicht wahr?«

Die Männer warfen ihre Köpfe nach hinten und lachten, bis ihnen die Tränen kamen.

»Du bringst es auch noch fertig, uns zu unterhalten, Junge!«, grinste Mr Creek. »Wie haben wir bloß bisher ohne deine Hilfe gelebt?«

Eduard lachte mit, wischte sich die Augen mit dem Taschentuch und erhob sich.

»Vater, bevor Lord Greenwold die Gegend nach uns durchkämmt, möchte ich die Weste abholen, die wir bei *Hestors Herrenbekleidung* bestellt haben. Sie müsste heute angekommen sein. Ich habe es satt, in diesen Lumpen herumzulaufen, und will endlich Seide und Samt an meiner Haut fühlen, wie es sich gehört.«

»Nichts wie hin, mein Sohn! Je schneller du weißt, wie ein

Gentleman sich zu fühlen hat, desto besser! Du wirst dich wie ein Fisch im Wasser fühlen. Blaues Blut gehört in vergoldete Fläschchen hinein, wie meine Mutter immer sagte. Und dein Blut ist so blau wie das Mittelmeer.«

Larina kam herein, um das Geschirr abzuräumen. Malcolm grinste sie an, fasste sie am Kinn und strich mit der anderen Hand über ihre Lippen.

»Und je älter du wirst, desto mehr Freuden und Vergnügungen tun sich auf für einen Mann von Welt, der Geld in der Tasche hat«, raunte er seinem Sohn zu.

Eduard ekelte es. Er wandte sich von seinem Vater ab. »Ich warte im Flur«, rief er und verließ den Raum.

Wenige Minuten später verließen Vater und Sohn das Haus. Sie bemerkten nicht, wie sie aus den Schatten des Hauseingangs auf der gegenüberliegenden Straßenseite beobachtet wurden. Lässig, die Hände in den Hosentaschen, das Gesicht verdeckt von einer Mütze, die über die Augen gezogen war, wartete der Beobachter, bis sie um die Ecke gelaufen waren, dann blickte er nach rechts und nach links und rannte ihnen nach. Aus einiger Entfernung folgte er ihnen. Nahe genug, um zu sehen, wie vertraut Vater und Sohn miteinander plauderten und lachten, wie der Vater seinem Sohn fürsorglich den Arm um die Schulter legte und in welches Bekleidungsgeschäft sie miteinander hineingingen.

Frederik warf seine Mütze auf die Couch, auf der er die Nacht verbracht hatte, und zog seine Stiefel aus. Marie, die auf dem Bett lag, stützte sich auf ihren Ellbogen.

»Verzeihung, habe ich dich geweckt, Marie?«

»Nein, ich habe mich nur ausgeruht. Und? Was gesehen?«

Frederik setzte sich auf die Bettkante und grub seinen Kopf in beide Hände. »Ja, oder vielmehr nein. Eduard ging wieder mit seinem Vater hinaus, wie gestern. Von Elinor keine Spur. Mein schlimmster Verdacht stellt sich als berechtigt heraus.«

»Du meinst, dass Eduard mit ihnen verbündet ist?«

Frederik erzählte von Malcolms und Eduards Gang zu *Hestors Herrenbekleidung*. Seine Stimme war bedrückt.

»Da kaufen nur die vornehmsten Leute ein, Marie. Es ist klar. Immerhin sind sie Vater und Sohn. Wir können es ihm kaum übel nehmen. Der Vater taucht auf, ist plötzlich wieder lebendig und lockt den Jungen mit Träumen von einem Leben in Reichtum, von Kutschen, Samtwesten, Champagner bei jeder Mahlzeit und Dienern, die einem die Schuhe aus- und anziehen. Welcher Junge in dem Alter fällt nicht darauf rein? Erst recht nach so einer schrecklichen Kindheit?«

Marie setzte sich aufrecht hin und umklammerte mit den Armen ihre angezogenen Knie. »Es gibt einen Jungen in dieser Welt, der auf so einen Schwachsinn nicht hereinfällt, Frederik. Dieser Junge heißt Eduard. Ich kenne ihn. Er ist anders. Er ist kein Kind der Welt, in der sein Vater lebt. Er ist ein Kind von Birch Heights.«

Ihre Stimme war tränenerstickt. »Entweder hast du etwas missverstanden, Frederik. Oder der Junge spielt.«

»Vielleicht steckte er von Anfang an mit ihnen unter einer Decke. Wie finden wir heraus, was dort los ist?«

Marie streckte ihre Beine aus und schwang sie über die Kante auf der anderen Seite des Bettes. »Er steckt ganz gewiss nicht mit ihnen unter einer Decke und ich finde es heraus. Du hast gute Arbeit geleistet, Frederik, jetzt bin ich an der Reihe. Ich langweile mich zu Tode als die kranke Mrs Smith, die ihre Tante besuchen soll, aber ihr Zimmer nie verlässt.«

Jake richtete sich auf und lehnte sich zurück. Er verschränkte seine Arme hinter dem Kopf und schaute Marie an. »Mrs Smith legt sich gefälligst wieder hin und verlässt diesen Raum nur in Begleitung ihres Mannes. Was kannst du schon ausrichten, Marie? Wenn sie dich erwischen, ist unser Plan zu Ende. Und du auch.«

»Ich kann versuchen, mit Eduard zu reden«, entgegnete Marie.

»Ach so. Du läufst auf ihn und seinen Vater zu, wenn sie das Haus wieder verlassen, und fragst ihn, wo Elinor ist und ob sie nicht mit nach Hause kommen wollen?«

»Ich habe nicht gesagt, dass es einfach wird, Frederik!«

»Nicht einfach? Es ist unmöglich, Marie!«

Sie lagen eine Weile, ohne zu reden – sie auf dem Bett, er auf der Couch.

»Lord Greenwold und Dickon müssen auch irgendwo hier sein«, sagte Frederik plötzlich. »Sie wissen nichts von Blanche House und setzen auf die Hilfe der Polizei. Wir müssen unsere Kräfte bündeln. Ich glaube, es ist an der Zeit, dass ich zum »Grünen Fass« gehe und Lord Jake und Dickon alles erzähle, was ich von dir weiß, und dass du am Leben bist und bei der Suche hilfst.«

Marie setzte sich wieder auf.

»Nein, du erzählst ihnen gar nichts«, widersprach sie energisch. »Für Lord Jake bin ich eine Verräterin. Bis wir ihn überzeugt haben, dass ich keine Komplizin der Entführer war und bis er seinen Schrecken überwunden hat, dass ich am Leben bin, verlieren wir wertvolle Zeit. Frederik, unsere Feinde sind gefährlich. Die Polizei hilft uns nicht. Der Leiter der Wache hier ist ein Kunde in Blanche House. Sobald er etwas wittert, wird Mr Creek informiert und Elinor in eine Kutsche verstaut und nach Schottland gebracht. Oder Schlimmeres. Lord Jake darf nichts über Blanche House erfahren.«

»Marie, dein Urteil ist ungerecht«, gab Frederik zurück. »Lord Jake geht es um die Sicherheit seiner Tochter. Ich muss ihn aufsuchen. Dein Vertrauen in Eduard ist bewundernswert, aber sei ehrlich. Es ist unwahrscheinlich, dass er uns unter diesen Umständen die Treue gehalten hat.«

Marie sank zurück auf ihr Kissen und starrte an die Decke. Alle Gedanken mündeten in einer Sackgasse. Gerade erst war ihr einziger Gedanke gewesen, am Leben zu bleiben und heil nach London zu kommen. Alles andere würde sich ergeben. Jetzt waren sie hier. Es hatte sich nichts ergeben. Alles, was sie jetzt wussten, war, dass Eduard mit seinem Vater in trauter Zweisamkeit durch die Stadt wanderte. Die Möglichkeit, dass der Junge bestechlich sein könnte, war Marie nicht einmal im Traum eingefallen. Frederiks Worte saßen. Natürlich würde ein dreizehnjähriger Junge den Verlockungen seines Vaters nicht widerstehen. Und wer wusste, mit welchen Lügen sie den Jungen verführt hatten?

Nicht dass es Frederik und Marie an Ideen gefehlt hätte. Einmal wollte sich Frederik als Freier ausgeben, der eine Dame besuchen wollte. Er würde sich dadurch Zugang zum Haus verschaffen und könnte versuchen, an Eduard heranzukommen. Den Plan hatte Marie für zu gefährlich gehalten. Mr Creek kannte die meisten Freier, die ein und aus gingen, und er könnte Frederik wiedererkennen. In Birch Heights waren sie sich hin und wieder begegnet. Maries Idee, Köder zu spielen und die Männer aus dem Haus zu locken, damit Frederik hineingehen und Eduard suchen konnte, hatte Frederik als zu gefährlich abgelehnt.

Frederiks Ton wurde nun sanfter.

»Wir sind beide erschöpft und du gehörst in Wirklichkeit in ein Krankenbett und nicht in einen Gasthof. Wir ruhen uns aus, danach denken wir weiter. Vielleicht fällt uns etwas ein, an das wir noch nicht gedacht haben.«

Marie versuchte zu schlafen. Es war noch Nachmittag, die Luft in ihrem Zimmer im Erdgeschoss war schwer und roch nach Staub und verfaulten Gemüseresten. Frederik hatte die Vorhänge zugezogen und ihr verboten, sie wieder zu öffnen. Er wollte nichts dem Zufall überlassen. Sie dachte an die Ironie ihres Schicksals. Vor wenigen Tagen hatte sie kurz davor gestanden, Frederiks Braut zu werden. Jetzt spielte sie seine Ehefrau. Zwischen ihnen lag die Talsohle einer öffentlichen Schande, die den Rest ihres Lebens beflecken würde. Sie wagte nicht weiterzudenken. Frederik atmete tief ein und aus. Er war eingeschlafen. Marie versuchte mit aller Macht, wach zu bleiben, bald nickte sie aber ebenfalls ein.

Ein Klappern am Fenster holte sie schlagartig aus dem Schlaf. »Frederik?«

Es kam keine Antwort. Maries Herz klopfte, sie stieg aus dem Bett. Frederik lag nicht mehr auf der Couch. Seine Jacke, die er über das Fußende der Couch geworfen hatte, war nicht da. Auch seine Stiefel und seine Tasche fehlten. Auf Zehenspitzen schlich sie zum Fenster, zog den Vorhang vorsichtig zur Seite und blickte auf die Straße. Es war spät am Nachmittag. Einkäufer schleppten Tüten voller Gemüse und Obst, Kinder schrien, Hunde bellten. Ein Eimer lag auf der Seite und eine Ratte huschte vorbei. Das war wohl der Lärm gewesen.

Marie zögerte nicht lange. Sie kämmte ihre Haare und setzte ihre Haube auf den Kopf. Jede Müdigkeit war verflogen, ihre Gedanken waren klar und scharf. Offensichtlich hatte sich Frederik doch davongestohlen, um Lord Jake auf den Plan zu rufen, nachdem es für ihn klar geworden war, dass Eduard sich mit ihren Feinden verbündet hatte. Marie konnte es ihm nicht übel nehmen.

Während sie ihre Stiefel anzog und ihr Tuch um die Schultern warf, versuchte sie, sich selbst Mut zuzusprechen. Einen Vorteil hatte sie. Sie kannte jeden Winkel, jeden Eingang, jedes Fenster von Blanche House. Und zwar so gut, dass sie damals einen Weg gefunden hatte zu flüchten. Wenn jemand das Haus unbemerkt betreten und Elinors Versteck finden konnte, dann sie. Sie musste mit ihrem Schicksal pokern und gegen alle Hoffnung hoffen, dass das Glück auf ihrer Seite wäre. Auf einen spontanen Impuls hin vergrub sie ihre Nase in dem weichen Stoff des Schultertuchs, das Mrs Earling ihr gegeben hatte. Erinnerungen an traute Gespräche auf der Gartenbank in der Frühlingssonne ließen ihre Augen feucht werden. Sie kniete sich neben das Bett. »Mrs Earling sagt, dass du hilfst, irgendwie, irgendwann, wenn wir dich darum bitten, lieber Gott«, betete sie. »Du hast mich in der Höhle vor dem Ertrinken gerettet. Jetzt laufe ich wieder in eine Falle hinein, aus der ich vielleicht nicht wieder herauskomme, in der ein Schicksal schlimmer als der Tod auf mich wartet. Bitte, schenke mir ein zweites Wunder.«

Sie erhob sich, verließ das Zimmer und murmelte weitere Gebete vor sich hin: Dass Frederik nicht zu bald zurückkommen würde, dass eine Reihe von wundersamen Zufällen sie direkt zu Elinor und Eduard führen würde. Dass sie schnell herausfinden würde, ob Eduard Elinor und ihre Familie wirklich im Stich gelassen hatte. Dass sie ihn umstimmen und um seine Unterstützung anflehen könnte. »Und lieber Gott, wenn ich mein Leben verlieren muss, dann gebe ich es her.

Aber nur im Tausch. Für das Leben der Kinder. Nimm mich, wenn du musst, aber schone die Kinder.«

Sie zog die Tür hinter sich zu und sagte dem Dienstboten, der im Eingang saß, er solle Mr Smith doch ausrichten, seine Frau wäre kurz an die Luft gegangen und würde in Bälde wiederkommen. Sie blickte in beide Richtungen, zog ihre Haube unter ihrem Kinn enger zusammen und lief schnellen Schrittes in Richtung Blanche House.

»Sieben Tage. Heute ist Sonntag«, flüsterte Eduard. »Eine ganze Woche. Irgendwas müssen wir hören. Entweder kommt ein Brief an Mr Creeks geheime Adresse, in der die Bedingungen angenommen werden. Oder dein Vater findet uns.« Er strich Elinors verschwitzte Haare aus ihrem Gesicht und fuhr mit seinem Finger über ihre zitternden Lippen. Er half ihr, sich aufzusetzen, legte zwei Kissen hinter ihren Rücken und drängte sie, die geschmierten Brote zu essen, die er auf einem Tablett mitgebracht hatte.

Elinor schob sie von sich. »Ich will nichts essen, Edyd. Ich glaube, ich bin krank. Ich verbringe Stunden damit, die Wände und die Fliesen abzutasten, zu hoffen, dass die Zeit schneller vergeht, dass irgendeine gute Nachricht kommt. Meine Fantasie ist aufgebraucht. Ich habe vergessen, wie sich Mutters Stimme anhört. Ich habe keine Bilder mehr im Kopf. Ich kann nicht mehr die Rosen im Park riechen. Ich sehe nur Augen und Ohren, die mich überwachen, so wie du in deinen Albträumen. Und alles stinkt nach Zigarre.«

»Elinor, wir kommen hier raus. Ich muss nur einiges wagen. Bisher war ich sehr vorsichtig, ich wollte sichergehen, dass mein Plan gelingt. Die Männer sind gereizt und verunsichert. Aber das könnte von Vorteil sein.«

Er blickte nach hinten. Mr Creek stand inzwischen an der Tür, zog an seiner Zigarre, blies ungeduldig Rauch in den Raum hinein und blickte auf die Uhr, die er aus seiner Hosentasche geholt hatte.

»Eduard, wir müssen wieder hochgehen. Ich habe zu tun. Mit jedem Besuch bleibst du länger. Es kann nicht so weitergehen.«

»Elinor, schrei los«, flüsterte Eduard. Sie brüllte aus voller Kehle los.

Damit war es um Mr Creek geschehen.

»Diese Hexe bringt uns mit ihrem jämmerlichen Gekreische um den Verstand!«, schrie er. »Ich erwürge dich, wenn es so weitergeht, du kleine Wildkatze. Ich kann es nicht mehr hören!«

Er stampfte mit dem Fuß auf den Boden und trampelte auf Elinors Pritsche zu. Eduard warf sich dazwischen und ergriff seinen Arm.

»Mr Creek, das können Sie nicht machen«, rief er. »Wenn Sie etwas Unüberlegtes machen, dann ziehen wir unnötig die Aufmerksamkeit auf uns. Beherrschen Sie sich.«

»Du wagst es, mir ...«

»Sch, Mr Creek, kommen Sie, ich habe Ihnen etwas Wichtiges mitzuteilen!«

Eduard zog Mr Creek zurück zur Tür. Seine Stimme wurde leise und er blickte Mr Creek mit großen Augen an. »Mr Creek, gestern hat Elinor Andeutungen über versteckte Dokumente in Birch Heights gemacht. Nur Andeutungen. Sie vertraut sich mir immer mehr an. Ich könnte sie dazu bringen, Dinge zu offenbaren, die für uns wichtig sein werden und uns helfen, falls die Sache vor Gericht gebracht wird. Nur ein paar Stunden mit ihr und ich habe sie auf unserer Seite. Ihr Gemüt ist weich wie Pudding in meinen Händen. Geben Sie mir mehr Zeit und Ruhe.«

Mr Creeks Gesicht erhellte sich. »Das kriegst du hin, mein Junge?«

»Ich bin zuversichtlich, Mr Creek. Sie gehen jetzt wieder hoch, zünden eine frische Zigarre an und ruhen sich aus. Sie sind angespannt und müde. Ich habe die Lage im Griff, versprochen. Schauen Sie, jetzt beruhigt sich Elinor wieder. Wir müssen sie bei der Stange halten, sonst sind all unsere Pläne zunichte.«

Er warf einen Blick über seine Schulter auf Elinor, die leise schniefend auf ihrer Pritsche lag.

»Das einzige Hindernis ist die Angst, die sie vor Ihnen hat, Mr Creek. Ziehen Sie sich zurück. Sie können mir vertrauen. Geben Sie mir den Schlüssel. Ich schließe den Raum nachher ab und erzähle

Ihnen unverzüglich von meinen Fortschritten. Nur ein paar Minuten. Sie merken doch jetzt schon, je weiter Sie sich von Elinor entfernen, desto ruhiger wird sie.«

»Na gut, mein Junge. Wenn du meinst, sie bald gezähmt zu haben.«

»Nur wenig braucht es noch, Mr Creek! Ganz gewiss!«

Mr Creek drückte Eduards Arm und war weg. Eduard hielt den Schlüssel zum Raum in seiner Hand: Der Glücksfall, von dem er geträumt hatte. Er stand an der Tür wie betäubt. Er musste eine schnelle Entscheidung treffen. Entweder Elinor sofort an der Hand nehmen und mit ihr fliehen. Zwei Treppen hoch, durch die Haustür, auf die Straße. Alles auf eine Karte setzen und hoffen, dass keiner sie sehen würde. Oder darauf hoffen, dass er den Schlüssel behalten durfte, und einen besseren Zeitpunkt abwarten. Nachts, zum Beispiel. Er rannte in den Raum zurück und kniete sich neben Elinor, die immer noch schniefte und jammerte.

»Elinor, Mr Creek ist weg.«

Er schreckte auf, als er eine Stimme an der Tür hörte, die seinen Namen rief. War es Einbildung? Die Stimme kannte er. Er hörte sie noch einmal, dieses Mal lauter.

»Eduard, schnell, komm her!«

Er hatte plötzlich einen Kloß im Hals, sein Herz raste, er drehte sich um und rannte zur Tür. Ja, sie war es. Marie. Sie kauerte im dunklen Gang neben der Tür, zog ihn zu sich herunter und legte ihren Finger auf seinen Mund.

»Sch Eduard. Sag kein Wort!«

»Aber ich dachte, ich meine, mein Vater hat gesagt, dass du … Bist du echt?« Es war mehr ein Schluchzen als ein Reden.

»Sie denken, ich sei tot. Bin ich aber nicht. Eduard, wir haben keine Sekunde zu verlieren.«

Eduard warf seinen Kopf gegen ihre Brust und umklammerte sie mit beiden Armen. Seine Schultern bebten. »Marie, sie denken, ich bin auf ihrer Seite. Ich schauspielere um mein Leben. Wir halten es nicht länger aus. Elinor isst nichts und ist unberechenbar. Die Männer sind angespannt. Ich kann nicht in dieser Lüge weiterleben.«

»Ich habe dich vom Gang gehört, du machst das überzeugend, hast Mr Creek voll um deinen kleinen Finger gewickelt. Hättest sogar mich fast überzeugt, dass dein Verhalten kein Spiel ist. Du bist ein schlauer Kerl und so tapfer. Gut gemacht, Eduard! Ich bin so stolz auf dich!«

»Bald fliegt die Sache auf, Marie. Ich kann nicht mehr bei den Monstern sitzen und so tun, als ob ich alles wunderbar finde. Nimm uns gleich mit. Auf dem Weg, wie du reingekommen bist! Bitte! Mr Creek …«

Während er sprach, hörten sie Mr Creeks Schritte in der Ferne auf der Treppe über ihnen. Marie zog sich aus Eduards Griff, hielt ihn an beiden Armen fest und blickte ihm in die Augen.

»Hör genau zu, Eduard. Ich habe keine Zeit, alles zweimal zu sagen. Du gehst zurück. Du sagst heute beim Abendessen beiläufig, dass du meinst, Marie draußen auf der Straße gesehen zu haben. Fragst, ob die Herren sich sicher sind, dass sie tot ist. Ob sie wirklich ihre Leiche gesehen haben.«

Sie flüsterte weitere Anweisungen in Eduards Ohr, obwohl Mr Creeks Tritte immer lauter wurden, bedeckte sein Gesicht mit Küssen und schob ihn von sich.

»Sorg dafür mit List und Tücke, dass du den Schlüssel bei dir behältst. Und denk an den Ausgang hinter den Wäschekübeln. Dort, wo die Holzwagen stehen. Er wird um acht Uhr verriegelt. Ihr müsst also vorher draußen sein. Und dann zum ›Grünen Fass‹, so schnell ihr könnt. Dort ist dein Vater mit Dickon und Frederik. Falls sie unterwegs sind, versteckt ihr euch, bis sie kommen. Niemand darf euch sehen. Überall sind Ohren und Augen.« Sie zeigte mit dem Finger in den Gang zur Waschküche, drückte Eduard noch einmal fest an sich und zog sich leise in den Schatten zurück.

Als Mr Creek den Raum wieder betrat, saß Eduard neben Elinor auf der Pritsche.

»Dein Traumzimmer – ganz in Rosa, Elinor. Stell dir das vor. Das durftest du nie, als deine Eltern alles bestimmt haben. Mit dem neuen Herrn von Birch Heights wird alles anders. Du bekommst auch ein eigenes Pferd und musst nicht warten, bis du groß bist! Und eine eigene kleine Kutsche. Die anderen Mädchen werden so neidisch sein.«

Er blickte mit großen Augen hoch, als er Mr Creek vor sich sah. »Schauen Sie, Mr Creek, sie freut sich schon. Noch ein Versuch nach dem Abendessen, wenn ich ihr ihren Tee bringe, dann sind wir so weit. Sie hat versprochen, dass sie mit dem Schreien aufhört und Ihnen folgen wird wie ein Lamm.«

Er erhob sich, zog Mr Creek zurück zur Tür, streckte sich hoch und flüsterte Mr Creeks ins Ohr: »Jetzt kommt das Spannende, Mr Creek. Sie weiß, wo die Testamente versteckt sind! Das Testament, von dem Sie immer reden, das meinen Vater als nächsten männlichen Angehörigen zum Erben von Birch Heights erklärte, bevor das andere entdeckt wurde und Lady Charlotte Erbin wurde, wurde nie vernichtet! Wenn wir dieses Schriftstück in der Hand halten, ist der Rest ein Picknick. Wir verbrennen das andere und dann ist klar, auch vor dem Gesetz, wer im Recht ist, und unser Erbe kann nicht mehr angefochten werden!«

»Ich fasse es nicht, Junge. Du behältst den Schlüssel, kommst jetzt mit und kehrst nach dem Essen zurück. Wir warten dann oben auf die Neuigkeiten, die du auskundschaften konntest, danach planen wir unser weiteres Vorgehen!«

»Meine Freude ist grenzenlos, Mr Creek, wie Sie sehen! Wir müssen Elinor nur noch ein kleines bisschen überzeugen und all ihre Geheimnisse liegen offen da. Sie müssen mir nicht danken. Sehen Sie es als kleine Wiedergutmachung an für die Mühe, die ich Sie früher gekostet habe!«

»Und du bist sicher, dass sie die Wahrheit erzählt?«

»Nichts sicherer als das. Ich erkenne es an den Kleinigkeiten, die in ihren Erzählungen vorkommen. Zum Beispiel, dass sie sich an die Farbe der Schubladen erinnert, in denen Lord Jake seine Wertsachen aufbewahrt, und an den zierlichen, kleinen Schlüssel, der in seinem Schreibtisch steckt. Alles haargenau und wahrheitstreu geschildert.«

Sie verließen die Zelle und Eduard schloss die Tür hinter sich ab. Beim Abendessen stocherte er nervös in seinem Fleisch. Hoffentlich würde es den Männern nicht auffallen, dass er keinen einzigen

Bissen hinunterbrachte. Seine Hand war unsicher, als er sein Glas hob, sein Blick wanderte immer wieder zum Fenster. Als sein Vater und Mr Creek miteinander berieten, an welches Gericht sie sich wenden würden, wenn sie das Testament in Händen hatten, erhob sich Eduard und schlenderte lässig zum Fenster. Er legte seine Hände auf den Fenstersims und blickte auf die Straße hinunter. Die Stimmen der Männer wurden lauter und intensiver, ihre Beratungen hatten in ein Wortgefecht gemündet. Sir Malcolm hielt mitten im Satz an.

»Was …? Eduard? Was ist mit dir?«

»Ich … ich dachte, sie sei tot!«, schrie Eduard, der mit dem Rücken zum Fenster stand, entsetzt auf, sein Gesicht kreidebleich, seine Hände hinter dem Rücken.

Beide Männer warfen ihre Stühle nach hinten und sprangen zum Fenster.

»Wer?«, fragte Mr Creek.

Eduard drehte sich um und zeigte mit dem Finger auf die Straße.

»Mar … Oh, sie ist weg. Ich hätte schwören können, dass ich Marie … Doch! Dort steht sie! Am Schaufenster! Das ist doch Marie, oder nicht?«

Sir Malcolm schob Eduard zur Seite und starrte auf die Straße. Mr Creek blickte über seine Schulter.

»Unmöglich. Völlig unmöglich.« Malcolm war ganz verstört. »Es ist eine Frau, die ihr ähnlich ist.«

Mr Creek schob ihn zur Seite. »Warten wir, bis sie sich umdreht. Von hinten ist sie Marie verblüffend ähnlich!«

Er wandte sich kurz zu Malcolm. »Malcolm, bist du sicher, über jeden Zweifel erhaben, dass die Frau tot war, als du die Bucht von Birch Height verlassen hast? Hast du ihre Leiche gesehen?«

Malcolms Antwort klang gereizt. »Für wie dumm hältst du mich? Es war, wie ich es dir berichtet habe. Sie watete durch das Wasser zur Fischerhöhle. Und dir brauche ich wohl nicht zu erzählen, wie gefährlich das steigende Hochwasser dort ist. Es überflutet jeden Winkel und jedes Loch in der verfluchten Höhle. Sie kann unmöglich lebendig herausgekommen sein.«

Die Frau am Schaufenster drehte sich um und schien einen kurzen Blick hoch zum Fenster zu werfen.

»Verdammt noch mal, Malcolm. Das ist Marie. Oder eine Zwillingsschwester, aber sie hat keine. Es gibt nur einen Weg, um das herauszufinden. Wenn sie es wirklich ist und wir sie fangen, dann sorgen wir aber dafür, dass sie ihre damalige Flucht für den Rest ihres Lebens bitter bereut.«

Bis er den Satz zu Ende geredet hatte, war er schon im Flur und im Begriff, seine Jacke über seine Arme zu ziehen. Eduard blieb am Fenster stehen. Er wartete, bis er die Schritte der Männer auf der Treppe hörte, winkte Marie zu und schlich aus dem Raum. Den Schlüssel hatte er immer noch in der Hand. Er vergewisserte sich, dass das Treppenhaus leer war, griff nach seinen Schuhen, die neben der Tür zur Wohnung standen, und rannte auf Zehenspitzen die Stufen hinunter.

Maries Herz schlug immer schneller, als sie Stimmen im Hauseingang von Blanche House hörte. Sie drehte sich zum Schaufenster hin, um den Anschein zu erwecken, dass sie die Männer nicht gesehen hatte. Die Stimmen kamen näher. Ihr Puls raste.

»Ja, sie ist es! Schnappen wir sie!«

Sie hob ihren Rock vom Boden und rannte. Hauptsache weg. So weit wie möglich weg von Blanche House, so schnell, wie sie nur konnte, so lange, wie ihr erschöpfter Körper noch Kräfte aufbringen konnte. Eduard musste genug Zeit haben, Elinor aus dem Keller zu befreien und dann abzuhauen durch den Gang, in den Waschraum hinein und durch den Ausgang, durch den sonst nur die Holzwagen mit nasser Wäsche in den Hof gezogen wurden. Sie hoffte inständig, dass niemand die Tür vor acht Uhr abschließen würde.

Die Männer waren ihr dicht auf den Fersen. Dumm, dass die Straßen schon leer waren. Eine Jagd durch eine Menschenmenge wäre einfacher gewesen, hätte es ihr leichter gemacht, sich zu verstecken und zu entkommen, und hätte den Kindern mehr Zeit gegeben. Für einen Abend im Frühsommer waren die Straßen sogar für Londoner Verhältnisse trüb und grau. Die einbrechende Dämmerung würde sich bald in Dunkelheit verwandeln. Das war ihre Chance. Beim Rennen merkte sie, wie wenig sie sich von ihrem Abenteuer in der Höhle erholt hatte. Ihre Lungen rasselten bei jedem Atemzug, ihre Beine wollten ihr nicht gehorchen.

»Hui! Schon wieder eine eurer süßen Dirnen entwischt?«

Es war der Laternenanzünder, der sich gerade an die Arbeit machen wollte, als die Männer beinahe mit ihm zusammenstießen.

»Pack sie!«, brüllte Mr Creek.

Sie war schon an der Laterne vorbeigestolpert, rannte um eine Ecke herum und bog gleichzeitig in eine schmutzige, enge Gasse ein. Wenn sie Glück hatte, würde sie dort kurz Luft holen können. Die Männer verfluchten den Laternenanzünder, folgten ihr um die Ecke und an der Einmündung vorbei, in der sie kauerte. Ihr Atem kam in kurzen, schmerzhaften Stößen. Sie hielt ihre Hand an ihre Kehle und rang darum, die letzten Kraftreserven ihrer Seele und ihres Körpers noch einmal zu sammeln. Sie sank zu Boden, lehnte sich gegen die Mauer und zog ihre Knie an die Brust.

»Bitte, Gott, lass sie mich nicht sehen! Lass Eduard und Elinor aus dem Haus sein. Gott, wenn es dich gibt, hilf uns, bitte!«, schluchzte sie leise.

Sie hörte wieder Männerstimmen. Der Laternenanzünder. Mr Creek und Sir Malcolm. Sie waren durch die hinteren Gassen auf die Hauptstraße zurückgekehrt.

»Sie ist uns entkommen«, tobte Mr Creek, »nur wegen dir, du elendes Rindvieh!«

»Dann ist sie wohl in eine andere Richtung geflüchtet, vielleicht sage ich es euch, wenn ihr mir ein kleines Trinkgeld in die Tasche kippt!«, grinste der Laternenanzünder.

Marie erstarrte. Er konnte nicht gesehen haben, wie sie in die schmale Gasse abgebogen war, in der sie sich jetzt versteckte. Oder ahnte er es, weil er ihre Tritte nicht mehr gehört hatte? Vielleicht spielte er nur mit den Männern, um ihren Geldbeuteln etwas zu entlocken. Sie drückte ihren Körper gegen die Mauer, bedeckte ihr Gesicht mit ihrer Haube und kniff die Augen fest zu. Die Männer stritten sich weiter, ein paar Münzen klimperten, die Schritte auf der Hauptstraße wurden leiser und alles war still. Hatte der Laternenanzünder ihre Feinde tatsächlich in die falsche Richtung geschickt? Marie atmete tief durch, wischte Tränen der Erleichterung mit ihrem Handrücken von den Wangen und hob langsam den Kopf. Sie stützte ihre Hand auf das Kopfsteinpflaster, auf dem sie kauerte, und erhob sich langsam, mit dem anderen Arm an die Mauer angelehnt. Auf einmal kam eine Stimme wie das Bellen eines Hundes aus der Dunkelheit hinter ihr.

»Jetzt haben wir dich!«

Es war Mr Creek. Er packte sie mit einer Hand an der Kehle, mit der anderen drehte er ihr den Arm auf den Rücken, sodass sie vor Schmerz aufschrie. Der Geruch von Zigarrenrauch, vermischt mit dem Gestank von Schweiß, stieg ihr in die Nase. Das Licht einer Laterne flackerte in der Nähe. Sie fühlte den warmen Atem zweier keuchender Männer auf ihrem Gesicht. Ihr wurde übel und sie übergab sich. Sie versuchte, sich zu wehren, aber die Finger an ihrem Hals drückten immer stärker zu, je mehr sie sich wand.

»Strample weiter und ich erdrossle dich an Ort und Stelle, du hinterhältiges Luder«, zischte Mr Creek ihr ins Ohr. »Was für ein dunkler Zauber hat dich aus deinem wässrigen Grab befreit, in dem wir dich für alle Zeiten für beseitigt hielten?«

Er zerrte ihren Kopf nach hinten, während er sprach. Sie blickte direkt in seine zusammengekniffenen Augen, die im Licht der Laterne bitterböse funkelten. »Erzähle oder ich breche dir den Hals. Wie bist du da rausgekommen, du kleine Hexe?«

Das aufgedunsene, schweißgebadete Gesicht von Malcolm erschien hinter Mr Creek. Sein Atem roch nach Alkohol. »Warte, lass sie doch, Creek. Verdirb die kleine Ratte nicht. Ich will sie nach Hause bringen, sie baden, pudern und dann ein paar nette Stunden mit ihr verbringen. Du nicht? Das schöne Fest feiern, dem sie damals entkommen ist. Nachgeholtes Vergnügen sozusagen. Ach, waren die Kunden enttäuscht. Wir servieren sie wie Freiwild und fressen uns eine Nacht lang an ihr satt. Was hältst du davon?«

»Nein, nein«, hüstelte Marie. »Alles, nur das nicht!«

Mr Creek lachte laut und spuckte ihr als Antwort ins Gesicht. »Keine Sorge, morgen früh räumen wir mit einem kurzen, harmlosen Schuss ins Genick alles auf, was hinterher von dir übrig bleibt!«

»Oder will die kleine Hure lieber erst später verrecken?«, fragte er. »Sich vorher von den Kindern verabschieden? Beobachten, wie gut Eduard sich als zukünftiger Thronfolger von Birch Heights aufführt? Und wie schnell Lady Elinor begriffen hat, dass ihre Eltern gierige Betrüger sind, die nur durch Intrige und Diebstahl zu ihrem Reichtum gekommen sind? Vielleicht hast du Lust, mit uns nach Birch Heights zurückzukehren und weiterhin als Kindermädchen für Eduard und Elinor zu arbeiten, was? Mit Lord Malcolm Forsythe-Drake und Mr Creek als deinen Meistern, wie in guter alter Zeit?«

Marie wand sich und versuchte mit aller Kraft, sich von dem Griff ihrer Verfolger freizustrampeln. Je mehr sie sich wehren konnte, desto mehr Zeit hatten Eduard und Elinor, zum »Grünen Fass« zu kommen – falls sie nicht von Charles oder Bill schon im Haus aufgehalten wurden. Die Gasse, in der sie überwältigt worden war, konnte nicht mehr als drei Straßen von Blanche House entfernt sein. Die Männer hatten sie viel zu schnell eingeholt. Sie musste versuchen, das Ganze hinauszuziehen. Plötzlich hielt sie inne. Mr Creek hielt einen Arm von ihr fest, Malcolm den anderen.

»Elinor darf nichts mitbekommen, Mr Creek! Es bricht ihr das Herz!«

»Ha! Der Kleinen geht es gut, liebe Marie! Sie freut sich mit uns, dass wir bald Birch Heights zurückerobern werden!«

»Nein, das kann nicht sein! Ihr lügt!«

Die Männer lachten laut.

»Flieh, Eduard, flieh. Inzwischen seid ihr hoffentlich draußen«, dachte Marie. »Ich lass die Monster mit ihrer Beute spielen, ich lass sie ihre Schadenfreude genießen, so lange ich kann.«

Mr Creek zerrte Maries Kopf wieder nach hinten und starrte ihr direkt in die Augen. »Und jetzt erzählst du uns an Ort und Stelle, wer dich aus den Fluten herausgefischt hat, wie du nach London gekommen bist, was du hier vorgehabt hast, warum du dich in der Nähe von Blanche House aufhältst und vor allem mit wem du hier verkehrst. Raus damit!«

»Ich … ich bin allein zu Blanche House gekommen. Ich wollte schauen, ob die Kinder dort sind. Lord Jake weiß nichts davon, ehrlich. Er denkt, ich wäre mit euch verbündet. Das habt ihr ihm gesagt.«

»Das ist nicht alles, Frau«, bohrte Mr Creek weiter. »Die Fluten – irgendjemand hat dir geholfen. Wer?« Er ließ ihren Kopf los und drehte erneut ihren Arm auf den Rücken, sodass sie wieder vor Schmerz stöhnte.

»Keiner! Das ist die Wahrheit!«, rief sie. »Hinten in der Fischerhöhle ist eine Öffnung. Frisch durchgeschlagen. Ich bin nach oben geklettert und bin auf sie gestoßen.«

Mr Creek schüttelte sie und verstärkte noch seinen Griff. »Und dann? So schnell nach London?«

»Ich konnte mit jemandem mitreiten. Das ist wahr, ich schwöre es! Dann kam ich zu Blanche House und ihr habt mich gesehen. Den Rest wisst ihr. Mr Creek, Sie haben mir damals versprochen, mich in Ruhe zu lassen. Lassen Sie mich gehen. Sie haben die Kinder in Ihrer Gewalt. Sie haben sie auf Ihrer Seite. Was wollen Sie mehr? Was brauchen Sie mich noch? Ich bin verbraucht und krank. Ich bringe Ihnen nichts mehr.«

Als Antwort zogen die Männer sie aus der Einmündung in die Gasse hinaus und zerrten sie in die Richtung von Blanche House. Ein dichter Nebel hüllte Häuser und Straße in ein graues, undurchdringliches Dunkel. Die Lichter der Straßenlaternen hingen wie schwache, neblige Kugeln in der Luft über ihren Köpfen und warfen wenig Licht auf die Straße. Streunende Kater stritten sich irgendwo in der Nähe. Ein alter Mann hustete in einem Hauseingang, ein Säugling schrie hinter einem halb offenen Fenster.

»Wir brauchen dich zu genau den Zwecken, zu denen wir dich schon immer gebraucht haben«, höhnte Sir Malcolm. »Ob hier oder bald in Birch Heights. Du lieber Himmel, wie ich dich vermisst habe!«

Marie spürte, wie die Kraft aus ihren Beinen wich. Vor ihren Augen wurde alles dunkel. Nur der Griff der Männer hielt sie aufrecht.

»Verdammt noch mal! Auch das noch. Du nimmst ihre Beine, ich stütze den Oberkörper.«

Das waren die letzten Worte, die Marie hörte, bevor sie das Bewusstsein verlor.

Lord Jake Greenwold saß nach vorne gebeugt auf der Kante eines Sessels in seinem Zimmer im »Grünen Fass« und stützte sein Kinn auf die Hände. »Willst du sagen, Frederik, dass du dich entgegen meinen Anweisungen nach London aufgemacht hast, nur um mir zu sagen, dass der Junge, dem wir das Leben gerettet haben, unser ureigener Eduard ist und ein Verbündeter seines niederträchtigen Vaters? Wahrscheinlich war auch das Teil des ursprünglichen Plans. Und es hilft uns nicht weiter.«

Er stand auf und holte seine Jacke von einem Haken neben der Tür. »Das Geringste, Frederik, was du jetzt als Wiedergutmachung tun kannst, ist, mir das Haus zu zeigen, in dem Elinor gefangen ist.«

»Das werde ich nicht, Sir. Auf keinen Fall gehen Sie dorthin. Sie werden erkannt, und dann stehen die Chancen noch schlechter, dass wir Elinor jemals wiedersehen!«

»Meinst du, ich sitze hier und drehe Däumchen, während meine Tochter von gefährlichen Verbrechern in einem Bordell festgehalten wird, Frederik? Für wie unmenschlich hältst du mich?«

»Lord Greenwold, wenn die Männer auch nur den leisesten Verdacht hegen, dass sie beobachtet werden, ist Elinor in Lebensgefahr. Dass Sie in Hoddington Place waren, war schon ein Fehler. Bitte halten Sie sich versteckt. Vermutlich wissen unsere Feinde bereits, dass Sie in London eingetroffen sind. Diese Leute stecken alle unter einer Decke. Kunden von Mr Creeks Lustgeschäften. Wir sitzen in einem verbrecherischen Sündenpfuhl, vielleicht sogar in einer Falle. Sie müssen sich im Griff haben, Sir. Dickon soll nicht mehr auf die Straße gehen. Bitte prägen Sie es ihm ein.«

»Das war also der Sinn deiner Reise nach London, Frederik. Mir das zu sagen, was ich schon weiß, dass wir uns von ruchlosen Schurken, angefangen bei Marie, über den Tisch haben ziehen lassen und dass ich zwischen meinem Anwesen und meiner Tochter entscheiden muss? Und dass du weißt, wo meine Tochter festgehalten wird, es mir aber nicht verraten willst? Kannst du nicht verstehen, dass ich da zornig bin?«

»Ich wollte bei Ihnen sein, Sir, falls Sie mich brauchen. Wir sind … ich meine, ich bin im ›Adlerhof‹ untergebracht, falls Sie mich suchen. Wenn mir ein Einfall kommt oder neue Erkenntnisse, wie wir weiterverfahren können, werde ich Sie benachrichtigen.«

Er beschloss, Lord Greenwold nichts über Marie zu verraten. In dieser finsteren Stimmung war sein Herr unberechenbar. Vielleicht war es doch nicht klug gewesen, ihn aufzusuchen.

»Du redest frech und unverschämt für jemanden, der im Dienst steht, Frederik.«

»Es geht um Leben und Tod, Mylord. Zeit für Nettigkeiten und Entschuldigungen gibt es später. Hoffentlich.«

Jake ließ sich wieder in seinen Sessel fallen. »Und wenn wir an der Tür von diesem Bordell erscheinen und versuchen, mit Mr Creek und Sir Malcolm zu reden, zu verhandeln oder ihnen gar eine interessante Geldsumme anbieten als Tausch für Elinor?«

Frederik schüttelte den Kopf. »Bloß nicht. Alles, was wir anbieten, gibt ihnen nur recht, Mylord. Sie wissen doch so gut wie wir, dass sie alle Karten in der Hand haben. Beim geringsten Widerstand werden sie drohen, Elinor Schaden zuzufügen. Wir müssen uns eingestehen, dass wir am kürzeren Hebel sitzen, umso mehr kommt es darauf an, dass wir keinen Fehler machen.«

Frederik lief hin und her, die Hände in den Hosentaschen.

»Dann suchen wir andernorts Hilfe, Frederik. Wir reiten morgen nach Marlborough und suchen die dortige Polizei auf. Wir erzählen ihnen die ganze Geschichte.«

Frederik seufzte. Er ging zum Fenster, blickte hinaus und drehte sich wieder zu Jake hin. »Wer weiß, ob sie nicht auch an den dunklen

Geschäften beteiligt sind?«, fragte er. »Das Verbrechertum in diesem verfluchten Teil von London ist wie ein Geschwür, das sich immer weiter ausbreitet. Bis wir herausgefunden haben, wem wir vertrauen können und wer die Möglichkeit hätte, das Gebäude zu stürmen und Elinor herauszuholen ...«

»Es ist ein Ding der Unmöglichkeit, Frederik, das stimmt. Dickon ist tagaus, tagein unterwegs, fragend, beobachtend. Bisher war seine Mühe vergeblich, und wenn du recht hast, dann machen wir dadurch nur auf uns aufmerksam.«

Frederik setzte seine Mütze auf den Kopf. »Ich mache mich auf den Weg, Sir. Sie wissen, wo ich zu finden bin. Oder soll ich warten, bis Dickon wieder da ist?«

Jake schüttelte den Kopf. Er legte seine Hände auf die Sessellehnen und trommelte mit den Fingern auf den Stoff. Sein Ton wurde milder. »Das bringt uns auch nicht weiter, Frederik. Nichts bringt uns weiter. Ich bin dir trotzdem zu Dank verpflichtet, dass du gekommen bist, wenn auch gegen meinen ausdrücklichen Wunsch. Ich lasse dir ausrichten, wenn Dickon etwas Bedeutendes zu melden hat und wir deine Hilfe brauchen.«

»Gut, mein Herr.«

Frederik verneigte sich und verließ den Raum. Lord Greenwold hatte ihn zu seiner Erleichterung nicht gefragt, woher er wusste, wo das Bordell lag. Vielleicht war Marie etwas Neues eingefallen, solange sie sich ausgeruht hatte. Als Frederik das »Grüne Fass« verließ, war es schon dunkel. Er bog nach rechts ab, um zum »Adlerhof« zurückzukehren. Plötzlich eilten ihm zwei Gestalten entgegen, eine große, eine kleinere. Sie liefen schnell und mit gebeugtem Kopf und wären mit ihm zusammengestoßen, wenn er nicht schnell zur Seite gesprungen wäre, um sie vorbeihuschen zu lassen.

»Dickon?«, fragte er, als er einen Blick auf eins der Gesichter erhaschte.

»Frederik, um Gottes willen, was machst du denn hier?«

»Das Gleiche wie du vermutlich. Was bloß ...?«

Erst jetzt sah er, dass Dickon ein Kind in den Armen hatte. Die kleinere Gestalt schob ihre Mütze nach hinten und blickte hoch. Frederik schlug sich die Hand auf den Mund und blickte von einem zum anderen.

»Eddy! Elinor! Das kann nicht wahr sein! Dickon, du hast sie gefunden!«

Dickon riss sich gleich wieder aus Frederiks Umarmung los. »Sie haben mich gefunden, Frederik. Keine Zeit für Erklärungen. Wir müssen uns so schnell wie möglich aus dem Staub machen, du auch. Die ganze Hölle tobt, wenn die Männer herausfinden, dass die Kinder fort sind.«

»Braucht die Kleine einen Arzt?«

»Nur Erschöpfung, sie lebt wieder auf, wenn sie ihren Vater sieht. Ich richte Kutsche und Pferde und du kommst gleich mit.«

»Nein, macht, dass ihr wegkommt. Ich hole mein Pferd vom ›Adlerhof‹ und reite nach!«

Dickon war schon weitergelaufen und hatte die Tür zum »Grünen Fass« fast erreicht. Eduard blieb stehen und griff nach Frederiks Arm.

»Frederik, du musst Marie helfen. Schnell. Und ich bin übrigens in Wirklichkeit Eduard, der richtige Eduard, aber keine Zeit jetzt dafür. Die Männer haben Marie auf der Straße gesehen und sind hinter ihr her. Sie hat sich durch die Wäschetür in den Waschraum hineingeschlichen und mir gezeigt, wie man da rauskommen kann. Dann hat sie die Männer weggelockt, damit wir freie Bahn hatten und das Haus verlassen konnten, aber ich habe Angst, dass sie sie einholen und gefangen nehmen und etwas Schreckliches mit ihr machen. Sie hat gesagt, wir sollen zum ›Grünen Fass‹ und du seist auch da.«

Frederik drückte Eduard an sich und schob ihn Dickon hinterher. »Ich bin schon unterwegs. Schau du nach Elinor. Ich sende eine Nachricht so bald wie möglich.«

Eduard rannte noch mal zurück und drückte Frederik etwas in die Hand. »Moment, Frederik. Hier ist der Schlüssel zur Zelle, unten bei den Waschräumen, falls Marie dort gefangen ist.«

Schon war er weg. Frederik rannte atemlos zum »Adlerhof« zurück. Er versuchte, die Bedeutung seiner kurzen Begegnung mit

Eduard zu begreifen. Die Kinder waren in Sicherheit. Eduard war unschuldig. Marie in höchster Gefahr. Die Freude über die Kinder wurde von einer aufsteigenden Panik überrollt. Er hätte es wissen müssen. Natürlich würde Marie Blanche House aufsuchen, sobald er sie nicht mehr bewachte. Sie wusste, dass er sie nie dort hingehen lassen würde. Typisch Marie. Sich als Köder hinzuhalten, damit die Kinder wegkommen konnten. Dieser Teil des Plans war ihr gelungen. Aber zu welchem Preis? Jetzt war er an der Reihe, alles auf eine Karte zu setzen. In ihrem schwachen Zustand hatte sie nicht die geringste Chance, eine Jagd durch Monkton Gardens zu überstehen. Trotzdem hoffte er mit jeder Faser seines Wesens, sie heil und sicher in ihrem Bett im Gasthof zu finden.

»Ihre Frau wollte kurz an die Luft, Sir, sie ist noch nicht zurück, ist eine Weile schon fort«, begrüßte ihn der Hausdiener. »Die kranke Tante macht ihr wohl etwas zu schaffen, Sir. Vielleicht ist sie dort hingegangen.«

»Danke, Sam«, antwortete Frederik. »Ich gehe und schaue, wo sie geblieben ist.«

Die Straßen waren ruhig. Rufe von Kindern und Streitgespräche von Erwachsenen erklangen aus den oberen Fenstern. Ein lautes Lachen und Grölen war zu hören, als die Tür einer Kneipe kurz aufging. Ein Liebespaar, das am Gehweg entlangschlenderte, kicherte laut.

Frederik erreichte die Haustür von Blanche House. Oben brannte Licht. Männerstimmen, das Klirren von Gläsern und lautes Gelächter ertönten durch das offene Fenster. Falls fieberhafte Suchaktionen nach Marie oder den Kindern im Gange waren, dann war dem Haus von außen nichts davon anzumerken. Vielleicht war Marie doch davongekommen. Ein Mann kam herausgestolpert und eilte an Frederik vorbei.

Frederik hatte sich alles in Erinnerung gerufen, was Marie ihm über das Bordell erzählt hatte. Seine Idee, sich als Kunde Zugang zu verschaffen, hatten sie ausführlich durchgesprochen, bevor sie den Plan wieder verworfen hatten. Er sollte hineingehen, zuversichtlich und gelassen auf Bill zuschlendern und sich als entspannter und galanter Mann der Großstadt geben. Am besten als Durchreisender, das würde seine abgenützte Kleidung erklären. Dieser Teil wäre einfach. Bill konnte ihn nicht kennen. Falls Mr Creek erscheinen würde, würde Frederik seine Mütze über die Augen ziehen, ein bisschen mit Bill plaudern, ein paar anrüchige Späßchen machen, Wünsche äußern, je nach Dame und Sonderforderungen mehr oder weniger bezahlen – natürlich im Voraus. Danach würde Bill den Besucher zum Zimmer führen, in dem die ausgewählte Dame wartete.

Frederik holte tief Luft und ging ins Haus.

»Gute Stimmung hier, was?«, sagte er, als er Bill an seinem Tisch sah.

»Es gibt viel zu feiern«, grinste Bill, der eine Schreibfeder in der Hand hielt und eine Liste mit Zahlen ausfüllte. »Eine Bewohnerin des Hauses ist zurückgekehrt, die wir für verschollen gehalten haben. Die Herren lassen sie hochleben und der Sekt fließt. Alle Besucher sind nach oben eingeladen, um ein paar Gläschen gute Laune in den Hals zu kippen, bevor das Vergnügen beginnt.«

Frederik drehte sich wieder zur Tür hin, als ob er wieder gehen wollte. »Das bedeutet vermutlich keine Kundschaft heute Abend?«

Bill erhob sich und fuchtelte mit den Händen. »Nein, Sir, bleiben Sie nur. Die Damen sind wie immer in ihren Einzelräumen. Was soll es heute sein?«

Frederik lehnte sich über den Empfangstisch und senkte seine Stimme. »Leider habe ich es eilig. Meine Gattin bleibt nicht ewig bei der Tante.«

»Verstehe, Sir. Deshalb wirken Sie so aufgeregt.«

Frederik warf einen Blick um sich und sprach im Flüsterton weiter. »Eine feine Dame namens Marie. Jeder redet von ihr. Bildhübsch, weich, gefügig.«

Bill legte seine Feder hin und blickte hoch. »Oh, leider nicht verfügbar heute. Aber Moment, ich frage oben nach. Wie viel haben Sie locker?«

Frederik grub in seiner Hosentasche und holte ein Bündel Scheine heraus. Bills Augen wurden groß.

»Alles, was Sie wollen«, bot Frederik an. »Seit Wochen träume ich von der Frau. Ich muss sie haben.«

Bill sprang schon die Treppe hoch.

Frederik hielt den Atem an. Seine Hände schwitzten, er grub seine Fingernägel in die Handflächen und versuchte, ruhig zu bleiben. So viel Geld anzubieten, konnte misstrauisch machen. Wenn Mr Creek mit Bill zusammen zurückkäme, dann wäre es das Ende. Die Minuten fühlten sich wie eine Ewigkeit an. Die Glocke von St.-Pauls schlug in der Ferne. Neunmal. Schon so spät! Sein Blick fiel auf einen Papierbogen, der auf dem Tisch neben Bills Tintenfass lag. Er vergewisserte sich, dass er immer noch alleine war, und zog das Papier näher an den Rand des Tisches, wo er besser lesen konnte.

Sagen Sie C. und M., sie sollen nicht in die Zelle kommen. Ich bleibe heute Nacht bei El. Sie erzählt unglaubliche Dinge. Mehr morgen früh. Ed.

Er konnte nicht umhin, über Eduards listigen Betrug zu schmunzeln. Wie konnte er jemals an der Treue des Jungen zweifeln? Eines stand fest: Die Abwesenheit der Kinder war noch nicht bemerkt worden. Blanche House war noch nicht in heller Aufregung. Das erklärte die Sorglosigkeit und Feierstimmung, die offensichtlich herrschten. Frederiks Gedanken wurden durch Schritte auf der Treppe unterbrochen. Bill grinste von einem Ohr zum anderen.

»Nur zu, Sir. Mr Creek schickt freundliche Grüße. Unsere Damen sind das Geld wert, sage ich Ihnen. Sobald die Tür hinter Ihnen zu ist, haben Sie freie Hand für die ganze Nacht. Nur seien Sie nicht enttäuscht, wenn die Dirne nicht in Form ist, sie war in letzter Zeit ein wenig unpässlich. Aber andererseits sind diese Frauen manchmal einfacher zu handhaben, wenn sie geschwächt sind.«

Bills Augen waren gierig auf das Geldbündel gerichtet.

»Wie viel wollen Sie für sie?«, fragte Frederik. »Wenn ich sie eine ganze Nacht habe, dann riskiere ich die Wut meiner Gattin und muss ein paar saftige Lügen erfinden. Ich biete Ihnen fünfzig Pfund an, zwanzig davon als Provision für Ihre ausgezeichnete Vermittlungsarbeit. Ich möchte aber mit der Dame in Ruhe gelassen werden.«

Bills Augen waren weit aufgerissen. »Solche Kunden bedienen wir gerne«, sagte er fröhlich. »Für den Preis bekommen Sie auch einen exklusiven Sekt, eine Zigarrenkiste, wenn Sie wollen, und Frühstück ans Bett …«

Frederik winkte mit der Hand. »Nichts von alledem. Die Dame genügt mir. Und Ihre Diskretion bitte, Bill.«

Bill konnte seine Freude kaum in Zaum halten. Mit schmeichlerischen Handbewegungen führte er Frederik an der Treppe vorbei und den Gang im Erdgeschoss entlang.

»Da kann ich bald ein eigenes Pferd kaufen«, murmelte vor sich hin. »Mit Gespann. Noch ein bisschen sparen, dann einen Hof draußen und dann Tiere und Getreide verkaufen. Ich kann es nicht fassen. Es ist in der Tat ein guter Tag heute!«

Er hielt an, nahm einen Schlüsselbund in die Hand, der an seinem Gürtel hing, und durchsuchte ihn mit zitternden Händen. »Nummer zwölf. Und schon haben wir ihn.«

»Ich vermute, ich darf den Schlüssel für die Nacht behalten und morgen früh wieder abgeben?«

»Selbstverständlich, Sir! Unsere Kunden aus vornehmen Kreisen genießen besondere Rechte.«

»Das heißt, ich darf auch, wenn ich es für nötig halte, während der Nacht an die frische Luft?«

»Alles in absoluter Diskretion, Sir. Auch dafür bekommen Sie Ihren eigenen Schlüssel. Das heißt, Sie haben zwei Schlüssel. Der Seiteneingang liegt am Ende des Gangs. Dort können Sie hinaus, ohne gesehen zu werden. Wir legen viel Wert auf Diskretion, wie gesagt. Deshalb kommen unsere Kunden immer wieder gern zurück, Sir!«

Frederik drehte den Schlüssel im Schlüsselloch und öffnete die Tür. Das fade Licht einer Kerze leuchtete im Zimmer. Er drehte sich zu seinem Begleiter um. »Mit mir können Sie rechnen, Bill!«, sagte er. »Warten Sie aber kurz. Ich will nur sichergehen, dass es auch die richtige Dame ist.«

Er steckte seinen Kopf ins Zimmer, winkte Bill zu, dass er ihn alleine lassen konnte, und ging hinein.

»So, Mrs Smith. Leider habe ich nur noch einen letzten Schluck Schnaps, um dich wiederzubeleben. Und ich hoffe beim lieben Gott, dass es das letzte Mal ist. Du musst schnell auf die Beine kommen, damit wir dich hier herausholen.« Frederik saß an Maries Bett, stützte sie mit seinem Arm und hielt das Fläschchen an ihren Mund.

»Frederik, ich bin immer noch sprachlos«, flüsterte sie. Ihre Stimme war schwach und heiser. »Es war so schrecklich.«

»Sch. Noch sind wir nicht raus. Du versuchst jetzt, stark genug zu sein, um mit mir zusammen diesen verfluchten Raum zu verlassen, danach sehen wir weiter.«

»Nicht zu laut, Frederik. Manchmal horchen sie an der Tür.«

Marie versuchte hustend, die Flüssigkeit zu schlucken. Frederik blickte um sich. Alles war aus rotem Stoff. So wie in den Gängen draußen. Masken hingen an den Wänden. Grinsende Männergesichter starrten auf ihn hernieder. Er erschauderte. Eine Marmorbüste stand auf einem kleinen Tisch an der gegenüberliegenden Wand. Sie bestand aus einem Frauenkopf mit leeren Augenhöhlen, einem schmalen Hals und entblößten Brüsten.

»Wie bist du hier reingekommen?«, fragte Marie. Ihre Stimme war nach dem Schnaps schon fester.

»Ich habe dich gekauft«, antwortete Frederik und erhob sich, um ihr Schultertuch zu holen, das über einer Stuhllehne neben dem Tisch hing. Marie richtete sich auf, zuckte aber zusammen, als sie versuchte, ihre Beine zu bewegen.

»Ich muss mich verletzt haben«, flüsterte sie.

»Dann trage ich dich«, bot Frederik an. »Was an dir ist *nicht* verletzt nach all deinen Abenteuern der vergangenen Tage?«

Er schloss die Tür leise auf und blickte den Gang auf und ab. Niemand war zu sehen oder zu hören. Er kehrte ins Zimmer zurück, legte das Tuch über Maries Schulter, schob beide Arme unter ihren Rücken und hob sie hoch.

»Kann ich Ihnen behilflich sein, Sir?«

Frederik erschrak kurz, dann atmete er wieder auf. Es war Bill.

»Ich dachte, wir hatten etwas über Diskretion gesagt, Bill. Wir gehen kurz an die frische Luft. So schläfrig, wie die Dame ist, kann man ja überhaupt nichts mit ihr anfangen. In der frischen Luft wird das hoffentlich besser und wir kommen uns auf diese Weise näher. Ich lege sehr viel Wert auf die Vorarbeit, wissen Sie.«

Bill kicherte. »Sie scheinen Erfahrung zu haben, Sir. Verzeihen Sie die Unterbrechung. Mr Creek lässt fragen, ob alles zu Ihrer Zufriedenheit läuft und ob die Dame Ihre Wünsche zur Genüge beachtet. Er sendet noch mal seine besten Wünsche für einen angenehmen Aufenthalt.«

»Die Dame wird mir gleich jeden Wunsch von den Augen ablesen, Bill, ich bin restlos zufrieden. Wenn sie in diesem schwachen Zustand schon so reizvoll ist, dann träume ich davon, wie sie ist, wenn sie in guter körperlicher Verfassung ist. Jetzt brauchen wir nur eines: unsere Ruhe.«

Bill rieb sich die Hände. »Erfreut, Sir, sehr erfreut. Wir setzen alles daran, dass unsere Kunden zufrieden und glücklich davongehen und bald wiederkommen.«

Er zog sich grinsend zurück.

»Nichts wie weg aus dieser Kloake, Marie«, drängte Frederik. »Bevor sie sich mehr über ihren neuen reichen Kunden freuen, als mir recht ist. Und bevor ich den ekligen Kerl vor lauter Abscheu erwürge. Ich glaube, er lauerte immer wieder vor unserer Tür.«

»Das würde mich nicht überraschen«, antwortete Marie. »Setz mich vorsichtig auf den Boden und ich versuche zu laufen.«

Sie unterdrückte einen Schrei, als ihre Füße den Boden berührten. Auf einem Fuß konnte sie aber ohne Schmerzen stehen. Mit Frederiks Hilfe hinkte sie den Gang entlang, bis sie die Seitentür erreichten. Es war ihre zweite wundersame Flucht innerhalb von drei Tagen. Wieder atmete sie die frische Nachtluft ein, wieder flüsterte sie ein Dankgebet, wieder staunte sie, dass sie vor einem qualvollen Schicksal verschont geblieben war.

»Und jetzt?«, fragte sie.

»Wir packen unsere Sachen und lösen uns in Luft auf«, antwortete Frederik. »Nur eine Sache noch.«

Er öffnete die Tür zum Eingang, den sie gerade verlassen hatten, holte den Schlüssel, den Eduard ihm gegeben hatte, aus seiner Hosentasche und legte ihn zusammen mit den anderen Schlüsseln auf die Fliesen. Danach zog er die Tür leise zu.

»Wir wollen nicht des Diebstahls bezichtigt werden.« Zum ersten Mal seit Stunden zeigte sein Gesicht ein Lächeln.

Ein dumpfes Schweigen hing über Haus und Dorf. Die Postkutsche aus London hatte nach einer Woche qualvollen Wartens die Nachricht überbracht, dass die Männer angekommen seien, von den Kindern hätten sie jedoch keine Spur, auch von ihren Entführern nicht. Im Stadtteil von Monkton Gardens würden Fragen nur mit einem verwirrten, manchmal feindlichen Kopfschütteln beantwortet. Keiner wüsste über Mr Creeks gegenwärtigen Verbleib Bescheid. Sir Malcolm Forsythe-Drake gelte als lange tot und begraben.

Onkel Theodor wich nicht von Charlottes Seite. An Schlaf war nicht zu denken. Nachts wippte sie vor und zurück in ihrem Schaukelstuhl neben ihrem Bett und stöhnte leise vor sich hin. Die Tage verbrachte sie vor den Fenstern ihres Salons, wo sie ohne Unterbrechung auf und ab lief. Bei jedem Geräusch auf den Kieselsteinen in der Einfahrt rannte sie zur großen Tür hinaus, um dann mit hängendem Kopf wieder zurückzukehren, wenn es nur ein Gärtner mit seinem Schubkarren gewesen war. Oder eine Frau vom Dorf, die Franny und Harriet in der Küche helfen sollte. Egal, wo Charlotte sich aufhielt oder was sie auch machte, drückte sie Elinors Puppe an ihr Herz oder an ihr Gesicht. Manchmal meinte sie, Elinors Lachen aus der Ferne zu hören. Dann rannte sie in die Richtung, aus der die Stimme zu kommen schien, und schluchzte, bis sie keine Tränen mehr hatte, wenn sie Elinor dort nicht fand. Franny und Theodor versuchten, sie mit List und Tücke zu überreden, Nahrung zu sich zu nehmen. Harriet bereitete ihre Lieblingsgerichte zu, und Franny wurde nicht müde, mit einem Tablett in der Hand an ihre Tür zu klopfen. Mit den Worten »Wenigstens für den Säugling, Mylady« versuchte sie, Charlotte dazu zu bringen, eine Gabel oder einen Löffel in die Hand zu nehmen.

»Danke, Franny, aber jeder Biss bleibt mir im Hals stecken. Ich trinke lieber einen Tee.«

So kehrte Franny unverrichteter Dinge in die Küche zurück und verfluchte mehrmals am Tag lautstark den Abend, an dem Miss Marie in Birch Heights aufgekreuzt war. Wohl hatte Mrs Earling nach Kräften versucht, sie und Charlotte von Maries Unschuld zu überzeugen, aber vergeblich. Weder Franny noch Charlotte hatten ihr geglaubt.

»Selbst der sonst unfehlbaren Lydia Earling hat die Hexe den Kopf verdreht«, war Frannys einziger Kommentar gewesen.

Nach dieser Reaktion hatte Mrs Earling es für klüger gehalten, nichts von Eddys wahrer Identität zu verraten und keine weiteren Versuche zu unternehmen, ihre Freunde umzustimmen. Dass weder Frederik noch sein Pferd in der Hütte am Weinberg anzutreffen waren, gab ihr die Hoffnung, dass Marie nicht alleine zu Fuß nach London unterwegs war. Jeden Tag machte sie sich auf nach Birch Heights, um nach Charlotte zu schauen. Jeden Tag gab Franny ihren Unmut zu erkennen, dass ihre Freundin es gewagt hatte, Marie in Schutz zu nehmen.

Nun waren neun lange Tage vergangen, seit Lord Greenwold und Dickon überstürzt von Birch Heights aufgebrochen waren. Am zehnten Tag wurde Charlotte ruhiger. Abends setzte sie sich auf ihre Fensterbank und nahm zum ersten Mal seit Tagen ihr Stickbild aus dem Korb zu ihren Füßen. Onkel Theodor saß in einem der Sessel und hatte seine Pfeife aus seiner Tasche geholt.

»Hast du etwas dagegen, wenn ich rauche, oder soll ich lieber rausgehen?«

»Nein, bleib hier. Du kannst so viel Rauch ausblasen, wie du willst. Der Geruch von deiner Pfeife hat so etwas Tröstliches, Onkel Theodor.«

Sie saßen eine Weile ohne Worte da. Er zog langsam an seiner Pfeife, sie stickte mit schwarzem Garn die Regenwolken am Rande ihres Bildes.

Plötzlich nahm Onkel Theodor die Pfeife aus dem Mund, lehnte sich nach vorne und blickte auf das Bild. »Würde es deinem Gemüt nicht besser bekommen, wenn du die Sonne sticken würdest statt der dunklen Wolken?«, fragte er.

»Ich sticke immer den Teil, der dem Zustand meiner Seele entspricht, Onkel.«

Er lehnte sich wieder zurück und steckte sich die Pfeife wieder in den Mund. »Immerhin hast du heute Suppe zu dir genommen. Das kleine Wesen, das du unter deinem Herzen trägst, wird sich gefreut haben.«

»Ich glaube, ihm geht es gut, Onkel. Es ist mein großes Mädchen, das mir Tag und Nacht schwer auf der Seele liegt.«

Sie zog eine Länge graues Garn aus ihrem Korb, bevor sie weiterredete. »Es läuft also darauf hinaus, Onkel, dass wir ein neues Testament erstellen und Birch Heights an Sir Malcolm vermachen werden, um unsere Tochter und Eddy zurückzubekommen. Uns bleibt kein anderer Weg übrig. Viel Zeit haben uns die Schurken nicht gegeben. Noch vier Tage. Mit jedem Tag wird es unwahrscheinlicher, dass Jake und Dickon die Kinder finden. Am besten fangen wir gleich an, unsere Kisten zu packen. Und dann ist es noch nicht einmal sicher, dass sie uns Elinor wirklich zurückbringen. Ich traue ihnen zu, das Anwesen an sich zu reißen und unserem Kind trotzdem Schaden zuzufügen.«

»Male nicht alles so schwarz, Charlotte. Lieber machen wir uns Gedanken darüber, wie es gut ausgehen könnte. Noch habe ich die Hoffnung nicht aufgegeben.«

»Lieber aufs Schlimmste vorbereitet sein, so bleibt man vor weiteren Enttäuschungen geschützt. Lieber gleich unten bleiben als wieder aufstehen, nur um nachher wieder hinzufallen. Findest du nicht auch?«

Sie hielt kurz inne. »Hast du das gehört, Onkel?«

»Was?«

»Pferde an der Brücke. Aber vielleicht war es doch nichts.«

Onkel Theodor nahm seine Pfeife aus dem Mund und horchte. Er erhob sich. »Ich gehe. Du bleibst hier.«

Es ertönten Geräusche, nach denen Charlotte sich seit Tagen gesehnt hatte: Räder knirschten auf den Kieselsteinen, Pferde wieherten, Männerstimmen riefen. Charlotte sprang auf und rannte zur Tür hinaus, in den Flur und durch den Haupteingang. Konnte es sein oder hatte sie es sich wieder eingebildet? Hob sich da eine helle Stimme aus den anderen heraus? Die nächsten Minuten verliefen wie im Traum. Jake sprang aus der Kutsche, gefolgt von Dickon. Dann Elinor. Ein Rausch von Freudenschreien, Tränen, Umarmungen, Raufereien, wer wen zuerst ans Herz drücken und küssen durfte. Franny und Harriet kamen aus der Küche gerannt, die Wachleute, die immer noch im Haus stationiert waren, eilten aus dem Esssaal.

Charlotte ließ Elinor nicht aus dem Blick, streichelte ihre Haare, hielt ihre Hand, fuhr mit den Fingern über ihre Wangen und fragte immer wieder nach ihrem Wohlergehen. »Mama, zum letzten Mal. Ich bin es wirklich, ich bin wohlauf, ich bin nicht ausgehungert, ich bin nicht geschlagen oder ermordet worden, und wenn du mir bitte etwas zu essen bestellst, dann geht es mir noch besser!«

Franny nahm Elinor in die Arme, bedeckte sie mit Küssen und trug sie vor Freude ins Haus.

»Charlotte, darf ich dir den wahren Held dieser Geschichte vorstellen?« Jake stand neben der Kutsche und reichte seine Hand hinein. »Hier ist dein Eddy. Oder vielmehr, Eduard. Eduard Forsythe-Drake. Dein Fleisch und Blut. Dein kleiner Bruder. Ihm ist die ganze Rettung zu verdanken.«

»Aber Eduard ist doch …«

»Es wurden zwei Todesfälle vorgetäuscht, meine Liebe, nicht nur einer.«

Kurze, knappe Erklärungen folgten. Eduards Flucht aus Hoddington Place, seine Reise nach Cornwall, Mr Creeks Erpressung. Charlotte legte ihre Hände auf seine Schultern, küsste sein Gesicht immer wieder und wuschelte mit beiden Händen durch seine Haare.

»Ich verliere ein geliebtes Kind und bekomme zwei zurück. Kein Wunder, dass ich das Gefühl hatte, dich schon immer gekannt zu haben! Willkommen zu Hause, mein süßer, kleiner Bruder! So viel Glück wird mir in einer einzigen Stunde geschenkt! Ich fasse es nicht!« Sie legte einen Arm um Eduard und führte ihn ins Haus.

Schließlich fand sich die feiernde Gesellschaft im Esssaal wieder.

Franny schürte das Feuer im Kamin, Kerzen wurden angezündet, Sektkorken flogen in die Luft, Elinors Lieblingskekse lagen auf hübschen Tellern und aus der Küche kamen belegte Brote und eine heiße Suppe.

Mitten in den Feierlichkeiten nahm Jake Charlotte zur Seite, legte seine Arme um sie und blickte ihr in die Augen. »Du hast die Zeit überstanden, meine Liebe«, sagte er. »Hast du gespürt, wie mein Herz Tag und Nacht nicht nur für unsere Tochter, sondern auch für dich und unser ungeborenes Kind geblutet hat?«

Er vergrub sein Gesicht in ihren Haaren, bevor er weiterredete. »Unsere Freude kann nicht ungetrübt sein, Charlotte. Frederik und Marie sind noch in London.«

»Frederik? Marie? Frederik ist doch in die Hütte auf den Weinbergen gezogen. Und darf es uns wichtig sein, was mit Marie passiert? Sie ist doch selber schuld …«

»Charlotte, das war Teil der Lüge. Wir hätten es ahnen müssen. Noch weiß Elinor nichts von Maries Schicksal. Nun lassen wir unsere Kinder ein wenig feiern, dann muss Eduard uns allen erzählen, was er erlebt hat. Der Kerl ist ein Genie und der tapferste aller Helden. Aber wie soll das anders sein? Er ist immerhin mit dir verwandt.«

Sie kehrten in die feiernde Runde zurück. Alle lachten übermütig. Über jede Kleinigkeit lachten sie. Über den Suppenteller, der zu Boden fiel und zersplitterte, über Elinors Erzählungen von der Spinne, die in der Zelle in Blanche House über ihr Gesicht gekrabbelt war, über die dicke Frau im Gasthof, an dem sie unterwegs angehalten und die Pferde gewechselt hatten. Nach und nach wurde der Ton ernster. Jake berichtete von der vergeblichen Suche nach Spuren der Kinder, von seiner wachsenden Verzweiflung, von seiner Verblüffung und der Fassungslosigkeit, als auf einmal die Kinder mit Dickon zusammen vor der Tür vom »Grünen Fass« standen.

»Ich dachte, es seien drei Gespenster«, erzählte er. »Aber es blieb keine Zeit zum Staunen, wir mussten sofort aufbrechen.«

Mitten in seiner Erzählung schrie Elinor plötzlich auf. »Marie?

Marie? Wo ist Miss Marie, Mama? Ich höre sie nicht. Warum ist sie nicht da?«

»Verfluchtes Frauenzimmer, wenn sie es jemals wagt, ihr Gesicht noch mal hier zu zeigen«, murmelte Franny.

Jake wandte sich zu ihr hin. Sein Ton war scharf. »Das möchte ich in diesem Haus nie wieder hören, Franny«, fuhr er sie an. »Deine Stunde ist gekommen, Eduard. Erzähl Franny von Marie. Wiederhole alles, was du mir in der Kutsche erzählt hast, als Elinor geschlafen hat.«

»Da muss ich die Geschichte von Anfang an erzählen, dann komme ich zu Marie«, antwortete Eduard.

Er erzählte von seiner Kindheit in den Gassen Londons. Von der Bitterkeit seines Vaters gegen die reichen Verwandten und von dessen vorgetäuschtem Tod. Von William, von seiner Flucht und den glücklichen Umständen, die ihn nach Birch Heights führten.

»Und die ganze Zeit war er Eduard, aber er durfte es nicht sagen, weil Mr Creek mich entführen wollte!«, unterbrach ihn Elinor. »Mr Creek hat ihm gedroht. Lass mich jetzt erzählen, Eddy. Du behältst ja all die spannenden Teile für dich!«

Elinor schilderte den Gang in die Höhlen. Die Entführung, die Todesängste, die sie überfielen, als es ihnen klar wurde, dass sie auf dem Weg nach London waren. Unter Gelächter aller Beteiligten erzählte sie von Eduards Idee, so zu tun, als ob er sich über sein neu erobertes Erbe aufrichtig freuen würde. Von dem Testament, dessen Existenz er frei erfunden hatte, von seinen Besuchen in der Zelle. Eduard unterbrach sie immer wieder mit Kommentaren wie: »Du übertreibst, so mutig war ich auch wieder nicht!« oder: »So wie du geschrien hast, hätte keine Mücke in der Zelle überlebt.«

»Aber du hast gesagt, ich soll schreien! Und wie du gelogen hast, Eddy. So viele Lügen aus einem einzigen Mund habe ich noch nie gehört!«

»Lass mich jetzt zu Ende erzählen, Elinor! Ich habe nicht gelogen, ich habe nur geschauspielert!«

»Und wo ist jetzt Miss Marie? Wann sagt ihr es endlich?«

»Wenn du nicht so oft unterbrechen würdest, wäre ich längst so weit!«, klagte Eduard.

Es wurde still im Raum. Niemand lachte mehr.

»Die Männer dachten, Marie sei tot«, erzählte Eduard. »In den Fluten, als sie nach uns suchte. Ich weiß nicht, wie sie da rauskam.«

Danach erzählte er von ihrem Besuch vor Elinors Zelle in Blanche House und von der Eile, mit der die Männer aus dem Haus stürzten, um ihr hinterherzurennen. »Sie hat Köder gespielt, damit wir flüchten konnten. So sind wir frei hinausspaziert und sind kurz darauf Dickon in die Arme gelaufen. Frederik ist in London geblieben, um nach Marie zu suchen.«

Eine Kerze knisterte und ging aus.

»Das heißt, Marie hatte mit eurem Gang in die Höhlen und mit der Entführung gar nichts zu tun?« Charlottes Stimme war matt.

»Sie hatte uns verboten, in die Höhlen zu gehen, Mutter«, weinte Elinor. »Sie dachte, wir seien mit euch nach Sedgeworth gefahren. Es war alles meine Schuld.« Sie klammerte sich an Charlotte und fing an, hysterisch zu schluchzen. »Sie hat uns gerettet, Mama. Und jetzt ist sie von den Männern gefangen worden, und wenn sie stirbt, ist es meine Schuld!«

Dort, wo ausgelassene Freude geherrscht hatte, hing nun Betroffenheit in der Luft. Franny biss sich auf die Lippen und blickte abwesend auf einen Rest Wein in ihrem Glas. Charlotte kämpfte gegen die Tränen.

»Wir haben Marie großes Unrecht getan«, sagte Jake.

Elinor sprang hoch. »Dann fahren wir sofort zurück nach London und suchen nach ihr, bis wir sie gefunden haben!«, rief sie energisch.

»Elinor, setz dich wieder«, befahl ihr Vater. »Du gehst gar nirgendwo hin. In Monkton Gardens wird die Hölle los sein, nachdem die Herren eure Flucht entdeckt haben. Da ist keiner von uns sicher. Frederik ist der Einzige, der eine Chance hat, Marie zu helfen. Er ist unbekannt und kann sich gedeckt halten. Wir können nur hoffen und beten, dass es ihm gelingt.«

»Er sendet bestimmt eine Nachricht, sobald es Neuigkeiten gibt«, sagte Dickon. Er legte seinen Arm um Franny, die ihr Gesicht in den Händen verbarg und deren Schultern heftig bebten.

»Sieh es so, Franny. Wenn du sie nicht vor die Tür gesetzt hättest, wäre sie nicht so schnell zu Jake geeilt und nicht so bald nach London gekommen«, mischte sich Onkel Theodor nun ins Gespräch ein. »Vielleicht hat es so sein müssen.«

»Ich glaube nicht, dass unsere Kinder eine weitere Nacht ausgehalten hätten«, meinte Jake. »Dickon, geh mit Franny ins Dorf zu Lydia und erzähl ihr, dass wir mit den Kindern da sind. Und sag ihr, dass sie den lieben Herrgott um Maries Leben anflehen soll.«

»Und dass sie die ganze Zeit recht hatte«, fügte Charlotte hinzu.

»Sofort, Mylord.«

Jake wandte sich Elinor und Eduard zu. »Und ihr Kinder geht mit eurer Mutter ins Bett. Onkel Theodor und ich beraten weiter, wie wir Marie und Frederik helfen können. Wenn wir nach zwei Tagen nichts gehört haben, reite ich zurück nach London.«

»Ich kann nicht schlafen, wenn Miss Marie nicht da ist«, klagte Elinor.

»Wir schlafen alle zusammen in meinem Zimmer«, schlug Charlotte vor. »Eduard, du kommst auch. Ich möchte euch beide keinen Augenblick aus den Augen lassen.«

Eduard ging auf Charlotte zu. »Hier, das ist für dich.« Er drückte Charlotte etwas in die Hand. »Das hast du mir einmal geschenkt, stimmt das?«

»Ich kann mich nicht daran erinnern, aber mit Muscheln haben wir oft zusammen gespielt, als du klein warst. Und eine Schnur durchgefädelt, das haben wir auch!«

»Immer wenn ich die Muschel in der Hand hielt, ging es mir gut, Charlotte! Und inzwischen weiß ich, warum!«

Charlotte wischte eine Träne aus dem Auge, legte einen Arm um jedes Kind und führte die beiden zur Treppe.

Im Esssaal zog Onkel Theodor an seiner Pfeife und sagte nichts.

»Und schon wieder hattest du recht, Onkel«, seufzte Jake, während Harriet die letzten Kerzen löschte. »Marie war eine Heldin und du hast es gewusst.«

»Na ja, so viel konnte ich nicht ahnen. Nur dass die Frau gut war. Durch und durch gut. Das habe ich gesehen. Man sieht es an den Augen.«

»Und was machen wir jetzt, Onkel Theodor? Jetzt, nachdem wir diese elende Geschichte selber verschuldet haben, uns in fast jedem Urteil geirrt haben und eine junge Frau vielleicht mit dem Leben büßen muss?«

»Wir tun das, was in der Regel am klügsten ist. Wir warten, vertrauen, beten. Frederik hat einen weisen Kopf auf seinen breiten Schultern. Wenn einer es schafft, Marie zu helfen, dann er.«

Kapitel sechzehn

Frederik und Marie wanderten an einem warmen Spätsommertag Arm in Arm an einem schäumenden Fluss entlang. Sie kamen an einem Wegweiser vorbei, auf dem der Name »Mellfield Arms« in die entgegengesetzte Richtung zeigte. Enten schnatterten im seichten Gewässer am Ufer des Flusses.

»Ich habe gezählt«, sagte Marie. »Es sind vier Wochen. Meine Laufbahn als Mrs Smith ist ab morgen zu Ende.«

»Ich hatte gehofft, dass sie erst anfängt«, antwortete Frederik. »Ich halte es in dieser ländlichen Idylle an deiner Seite gut aus.«

»Aber bald werden unsere Gastgeber sich fragen, warum Mr und Mrs Smith getrennte Räume bewohnen. Außerdem kostet diese Idylle dich jeden Tag noch mehr von deinen Ersparnissen, Frederik. Du musst wieder arbeiten. Wegen mir bist du bald mittellos. Ich bin gesund, auch ich muss arbeiten, sonst sinke ich wieder in einen Abgrund.«

Frederik blickte auf Marie nieder. »In Birch Heights gibt es genug Arbeit für uns beide. Wie ich von Dickon höre, ist Lady Elinor krank vor Sehnsucht nach dir. Alle hoffen und erwarten, dass du bald zurückkommst.«

Marie schaute in die andere Richtung. »Das kann ich nicht«, entgegnete sie. «Ich habe es immer wieder bewegt, Frederik. Es geht nicht. Ich kann den lieben Menschen nicht in die Augen schauen nach dem, was sie über mich erfahren haben. Franny, Lady Charlotte, Lord Jake … nach allem, was war.«

»Marie, sie wissen inzwischen die Wahrheit. Sie verdanken dir das Leben ihrer Tochter, Eduards Leben, den Erhalt ihres ganzen Vermögens. Sie halten dich in großen Ehren.«

»Aber ich habe meine Jugend in einem Bordell verbracht, das wissen jetzt alle und das kann ich nicht ändern.«

»Ich werde ihnen von den Umständen berichten, unter denen du dorthin gebracht wurdest. Du warst ein Opfer der Machenschaften anderer, du hast keine Schuld!«

Marie schüttelte als Antwort nur den Kopf.

»Als ich gestern spazieren gegangen bin, bin ich Mrs Crowfield von Meadow Hall begegnet, die immer die Eier nach Mellfield Arms bringt, und habe ihr alles erzählt. Das hätte ich auch in Birch Heights machen sollen, gleich am Anfang. Ich habe ihr auch gesagt, dass wir nicht wirklich Mr und Mrs Smith sind. Sie sucht dringend eine Küchenhilfe und will mir eine Chance geben. Ich beziehe ein kleines Zimmer bei ihren Bediensteten. Keiner fragt dort nach meiner Vergangenheit, sie sind um die zusätzliche Hilfe froh, vor allem jetzt in der Ernte- und Einmachzeit. Ich werde mich als tüchtig erweisen und bin mir sicher, dass ich dort mein Leben neu aufbauen kann.«

Sie liefen weiter. Frederik war einige Minuten lang still. Plötzlich wandte er sich zu Marie hin, nahm ihre Hände in die seinen und suchte ihren Blick.

»Marie, ich kann mir nicht vorstellen, ohne dich zurück nach Cornwall zu reisen. Ich möchte nicht, dass du Mrs Smith bist, ich möchte dich zu Mrs Frederik Campton machen. Willst du mich heiraten?«

Marie senkte ihre Augen und spürte, wie ihre Wangen glühten. »Frederik …«

»Lass mich zu Ende reden. Ich möchte dich als meine gesetzmäßige Ehefrau zurück nach Hause nehmen, dort, wo wir beide hingehören. Ich habe nichts mehr zu bieten. Den Hof, den ich gerne mit dir geteilt hätte, kann es nicht mehr geben. Aber mich selber habe ich. Vielleicht vermietet Lord Greenwold uns ein Häuschen als Belohnung dafür, dass du seine Kinder gerettet hast. Mein Verlangen, mehr als alles andere im Leben, ist es, dich zur glücklichsten Frau der Welt zu machen. Was meinst du dazu, Marie?«

Marie zog ihre Hände aus seinem Griff und verfolgte mit ihren Augen einen Enterich, der aus dem Fluss ans Ufer gesprungen war und in ihre Richtung watschelte.

»Ich sage das Gleiche dazu wie beim ersten Mal. Ich kann es dir nicht antun, Frederik. Du verdienst eine Frau mit gutem Ruf aus ansehnlichem Haus. Ich will arbeiten. Ich werde alles sparen, was ich kann, um dir das zurückzuerstatten, was du für meine Befreiung und für meine Verpflegung ausgegeben hast. Ich werde nie alles zurückzahlen können. Allein das ist für mich Grund genug, hierzubleiben und zu arbeiten.«

»Ich will dein Geld nicht, Marie. Keinen Pfennig davon. Ich will dich, deine Liebe, deine Nähe. Auch wenn du meine Liebe nicht erwidern kannst, komm bitte trotzdem mit nach Birch Heights. Es ist dein Zuhause.«

Marie schüttelte den Kopf. »Dränge mich nicht, Frederik. Ich habe Mrs Crowfield schon versprochen, dass ich komme. Ich ziehe morgen zu ihr, und du musst dorthin zurückkehren, wo du hingehörst.«

Frederik legte seine Hand auf ihren Arm. »Warte, Marie. Liegt deine Unwilligkeit an meinem wüsten Verhalten an dem Abend, an dem du mich in der Hütte aufgesucht hast? Seit Wochen quält mich Reue darüber. Umso mehr möchte ich dich umsorgen, das wiedergutmachen, was ich falsch gemacht habe. Meine Gefühle für dich haben sich seit unserem Gespräch auf der Brücke nicht geändert.«

»Ich mache dir keine Vorwürfe, Frederik. Du bist und bleibst der feinste Mann, den ich jemals kennengelernt habe. Ich gehe zurück nach Mellfield Arms, packe meine Tasche und verabschiede mich. Wir sind uns durch die Umstände der vergangenen Wochen nahegekommen, zu nahe, aber wenn der Alltag zurückkehrt, wird alles wieder normal werden, und die Gefühle kühlen wieder ab. Dann kommt es auf andere Dinge an, Dinge, die langfristig zählen.«

»Du gibst also zu, dass du etwas für mich empfindest, Marie?«

»Gefühle halten eine Ehe nicht lebenslang zusammen, Frederik. Sondern eine Welt, die man miteinander teilt. Meine und deine Jugend können nicht unterschiedlicher sein. Wenn du dich an mich bindest, trägst du meine Schmach dein Leben lang. Irgendwann wachst du morgens auf und stellst fest, die Nutte von Monkton Gardens ist die Mutter deiner Kinder. Mein Beschluss steht fest. Mache es nicht schwieriger, als es ohnehin ist. Leb wohl, Frederik, ich gehe!«

Sie drehte sich um und eilte mit gebeugtem Kopf zurück ins Dorf. Frederik blieb lange am Ufer des Flusses stehen und blickte ins Wasser. Als er zu den Räumen in Mellfield Arms zurückkehrte und an Maries Tür klopfte, kam keine Antwort. Er öffnete die Tür und sah, dass ihr Bett sauber abgezogen und die Kommode leer geräumt war. Ihre Tasche war weg.

Es klopfte an Charlottes Tür.

»Herein!«, rief Charlotte und drehte sich auf ihrem Stuhl um. Frederik stand in der Tür. Er nahm seinen Hut ab und verneigte sich. Charlotte erhob sich, eilte auf ihn zu und nahm seine entgegengestreckte Hand in ihre beiden Hände.

»Bin ich froh, dass du wieder da bist!«, rief sie erleichtert aus. Sie führte ihn zu einem Stuhl neben ihrem Sekretär, bedeutete ihm, Platz zu nehmen, und setzte sich wieder hin. Es war kurz still, beide rangen nach Worten.

»Und Sie sind in guter Gesundheit nach allem, was war, Mylady?«, fragte Frederik schließlich.

»Ich habe alles gut überstanden, Frederik. Wie du siehst, ist es nicht mehr lange bis zur Niederkunft. Vor wenigen Wochen hatte ich guten Grund zu glauben, dass nur ein Kind, mein ungeborenes, mir bleiben würde. Und nun – dank deiner Mühe – habe ich drei. Und auch noch mein Haus und mein Vermögen. Wie können wir dir jemals Danke sagen, Frederik?«

»Nicht mir, sondern Marie, ist alles zu verdanken«, antwortete Frederik. »Mein einziges Verdienst ist, dass ich Mr Creeks Lüge über Maries angebliches Mitwirken an der Entführung früher erkannt habe. Früh genug, um sie schnell nach London zu befördern. Den Rest hat sie getan.«

»Wir haben gehofft, dass sie mit dir zurückkommt, Frederik. Elinor und Eduard fragen jeden Tag nach ihr. Stattdessen liegt hier ein

Kündigungsbrief von ihr bei mir auf dem Tisch. Ohne Absenderadresse. Wie können wir sie überreden zurückzukommen?«

Frederik drehte seinen Hut in den Händen. »Ich fürchte, das geht nicht, Mylady. Sie will einen Neuanfang.«

»Aber wie belohnen wir sie für ihr Verdienst an uns und an Birch Heights, das unbezahlbar ist?«

»Das will sie auch nicht, Mylady. Sie macht sich große Vorwürfe, dass sie nicht gleich am Anfang die ganze Wahrheit erzählt hat. Als sie es wollte, stand sie schon unter der Macht von Mr Creek und seinen Drohungen gegen Elinor.«

Charlotte erhob sich und trat zum Fenster.

»Wie konnte so eine feine Frau dazu kommen, in diesem Sündenpfuhl gefangen zu sein?«, fragte sie.

»Ganz einfach, Mylady. Ihre Mutter starb jung, bei der Geburt eines Bruders. Der Vater verwahrloste, verspielte sein Geld und überließ das Mädchen ihrer Tante, die es abgrundtief hasste und vernachlässigte. Der Onkel war ein Freund von Mr Creek. Sie können sich vorstellen, wie die Geschichte weiterging.«

Charlotte ging eine Weile schweigend am Fenster auf und ab. Schließlich wandte sie sich wieder Frederik zu.

»Ich liege Nacht für Nacht wach und kann es mir immer noch nicht vorstellen, was das arme Mädchen alles durchleiden musste. Wenn ich es richtig verstehe, hatten Mr Creek und Sir Malcolm ihre Pläne geschmiedet, lange bevor Marie hier war. Wir können den Tag als glücklich erachten, an dem sie hier auftauchte. Ohne ihre Kenntnisse über die Gegebenheiten in London hättet ihr die Kinder nie gefunden.«

»Das ist richtig, Mylady.«

»Wir verdanken ihr alles, Frederik. Was wäre bloß aus Elinor geworden, wenn ihr sie nicht gerettet hättet?«

»Maries Belohnung ist es zu wissen, dass Elinor und Eduard in Sicherheit sind. Der Abstand tut ihr gut. Sie dürfen nicht vergessen, Mylady, dass sie auch hier in Birch Heights Schlimmes erlebt hat. Sie ist in den Höhlen fast ertrunken. Gleich danach wurde sie mit wüsten Anklagen von Franny vor die Tür gesetzt, danach leider auch von mir. Ich befürchte, es gibt im Leben Unrecht, das nicht wiedergutzumachen ist.«

»Franny ist untröstlich, Frederik. Ich glaube, sie würde alles geben, um sich bei Marie zu entschuldigen. Du weißt, Frederik, wo sie sich aufhält?«

»Ja, Mylady. Sie hat eine Anstellung in der Küche einer gütigen Hausdame, der sie gleich alles erzählt hat. Ich musste versprechen, dass ich von ihrem Verbleib nichts verrate, und ich will dem Versprechen treu sein. Ich sehe, dass Ihr Stickbild fast fertig ist, Mylady.«

Charlotte hob das Bild auf, das auf der Fensterbank lag. »Du versuchst, das Thema zu wechseln, Frederik. Was dir nicht gelungen ist. Ich sticke die Sonne erst dann fertig, wenn Marie wieder da ist. Befehl von Elinor.«

Es war eine Weile wieder still zwischen ihnen.

»Bevor du deine Taschen auspackst, erzähl mir aber, wie es dir ergangen ist, Frederik.«

Frederik erhob sich. »So weit ganz gut, Mylady. Ich war in Westminster und habe das Treiben von Mr Creek und Sir Malcolm in der Polizeizentrale gemeldet. Die Behörden waren entgegenkommend. Sie hegten seit Jahren bezüglich der dunklen Geschäfte in Monkton Gardens und Blanche House einen Verdacht, aber endgültige Beweise fehlten bisher. Sie wollten sich sofort damit befassen und die Verbrecher hinter Gitter bringen. Ich hoffe, aus dieser Ecke ist für Sie nichts mehr zu befürchten.«

»Ja, die Behörden haben sich mit Lord Greenwold in Verbindung gesetzt. Auch das war also dein Verdienst, Frederik.«

»Mylady, nichts ist ein Verdienst, wenn man es aus Aufrichtigkeit und Gottesfurcht macht, aus Fürsorge für die Menschen, die man liebt. Und für die Menschen, die man nicht kennt, die aber andere lieben und die auch durch ruchlose Menschen zu Schaden kommen.«

Er hielt es für weiser, ihr nicht zu verraten, dass er fast seine gesamten, hart verdienten Ersparnisse in Blanche House gelassen hatte, um Marie zu befreien. Und den Rest hatte er in Mellfield gebraucht.

»Noch eine Frage, Frederik, dann lasse ich dich ziehen. Warst du … ich meine … hast du … nein, liebst du Marie?«

»Wie kann man so eine Frau *nicht* lieben, Mylady?«

Er verneigte seinen Kopf und verließ eilig den Raum.

Elinor schlich auf Zehenspitzen zur Küche und horchte an der Tür. Ein Löffel klapperte in einem Topf und es duftete nach Kohl. Franny war also da. Harriet hatte sich mit Kopfschmerzen in ihr Zimmer zurückgezogen.

»Franny, bist du es?«, fragte sie.

»Was hast du hier unten zu suchen, Mädchen – du solltest Julius Caesar und die römische Eroberung bis zum Mittagessen gelernt haben.«

Elinor atmete auf. Franny klang nicht schlecht gelaunt. Überhaupt war ihr Ton seit der Rückkehr der Kinder weicher geworden.

»Es gibt Wichtigeres als Julius Caesar und die Römer«, sagte Elinor, die zuversichtlich in den Raum getreten war und sich an den Tisch gesetzt hatte. »Hast du einen Moment Zeit für mich, Franny? Ich brauche deinen Rat.«

Als Antwort nahm Franny den Topf vom Herd, wischte sich die Hände an ihrer Schürze ab und setzte sich zu Elinor an den Tisch. »Das ist noch nie vorgekommen, dass du meinen Rat wolltest, Elinor. Das muss etwas Dringendes sein. Du machst mich neugierig.«

Elinor holte aus ihrer Schürzentasche ein Stück Papier und breitete es auf dem Tisch aus. »Das ist eine Anzeige für eine neue Gouvernante, nicht wahr, Franny? Liest du sie mir bitte vor?«

Franny setzte ihre Lesebrille auf die Nase.

»Herrschaftliches Kleinanwesen sucht Gouvernante für zwei aufgeweckte, gut erzogene Kinder. Guter Umgang mit Sehbeeinträchtigungen erwünscht. Die Dame muss …«

»Halt, Franny, das reicht.« Elinor lehnte sich nach vorne und suchte nach Frannys Hand, die sie fest in ihre nahm. »Hör zu, Franny. In dem

Moment, in dem eine neue Gouvernante dieses Haus betritt, hört eins der beiden Kinder an Ort und Stelle auf, gut erzogen und aufgeweckt zu sein, und zwar ich. Ich will keine Gouvernante außer Miss Marie. Miss Marie muss zurück nach Hause kommen.«

»Sie will es aber nicht, Elinor. Wir wissen nicht, wo sie ist, und sie will nicht, dass wir es wissen. Damit ist die Sache erledigt.«

»Wir wissen es nicht, aber andere wissen es, Franny. Du und ich, wir beide haben etwas wiedergutzumachen. Du warst von Tag eins an gemein zu Miss Marie, und es war meine Schuld, dass wir in die Höhlen gegangen sind und entführt wurden und sie fast ertrunken oder später ermordet worden wäre. Dann bist du wiederum schuld, dass sie nicht ins Haus kommen durfte, um Hilfe zu holen.«

Franny ließ Elinors Hand los und stützte ihr Kinn auf beide Hände.

»Kannst du mir sagen, ob du böse oder nachdenklich schaust, Franny? In der Luft spüre ich es nicht.«

»Ich … ich schaue empört. Ich bin zornig, dass du mir so etwas vorwirfst, aber ehrlich genug, um dir recht zu geben.«

»Gut«, antwortete Elinor. »Wir sitzen im gleichen Boot. Mrs Earling weiß, wo Marie sich aufhält. Und Mrs Earling ist deine Freundin.«

»Woher willst du wissen, dass Mrs Earling es weiß, Elinor?«

»Weil Eduard sie gestern besucht hat und gesehen hat, dass genau dieselben Kleider, die Marie an dem Tag anhatte, an dem sie bei uns in Blanche House aufgetaucht ist, an Mrs Earlings Wäscheleine hingen. Eduard fallen solche Dinge auf. Wir wissen von Frederik, dass sie von Mrs Earling trockene Sachen bekommen hat, bevor sie nach London aufgebrochen ist. Daraus schließe ich, dass sie eine Verbindung zu Mrs Earling hat. Typisch Marie, die ausgeliehenen Sachen zurückzuschicken. Und bestimmt hat sie bei Mrs Earling ihre Adresse nicht verheimlicht wie bei uns.«

Franny drehte das Bändchen ihrer Schürze um ihre Finger, ließ es wieder los und fing wieder an zu drehen. »Und was hast du jetzt vor?«

»Eduard hat mir geholfen, eine eigene Anzeige für eine Gouvernante zu schreiben. Diese Anzeige muss im Dorfblatt erscheinen in der Ortschaft, in der Marie sich befindet. Und das Blatt muss Marie in die Hand gedrückt werden.«

Sie kramte wieder in ihrer Tasche und holte einen zweiten Papierbogen heraus. »Lies bitte vor, Franny.«

»Verzweifeltes Mädchen mit Sehproblemen sucht dringend nach ihrer verschollenen Gouvernante und ist trostlos, bis sie diese findet. Würde die Dame sich bitte so schnell wie möglich zurück zum Dienst melden? Besagtes Mädchen stickt erst dann die Sonne auf dem Stickbild fertig, das ihre Mutter endlich am Bett ihres kleinen Bruders aufhängen möchte. – Das kannst du nicht machen, Elinor. Und wie bitte schön soll ich das in Maries Hand drücken, ohne ihren Wunsch zu missachten, dass wir sie nicht aufsuchen?«

»Du musst sie nicht aufsuchen. Nur die Nachricht jemandem geben, der sie weitergibt. Wie du das machst, ist mir gleich. Du findest einen Weg. Mit Mrs Earlings Hilfe. Sobald wie möglich, noch bevor diese Damen vor der Tür Schlange stehen, um mich zu einer gebildeten Lady zu machen, und ich schon wieder einen Weg finden muss, sie wieder loszuwerden.«

Franny drehte eine Weile weiter an ihrem Bändchen. Plötzlich erhob sie sich und holte ihre Jacke vom Haken neben der Tür. »Na gut. Versuchen kann man es.«

Elinor sprang auf, warf ihre Arme um Frannys Hals und küsste sie auf beide Wangen. »Franny, wenn du das schaffst, dann sind wir für den Rest unseres Lebens enge Freunde, und ich werde dich nie wieder beleidigen, nie wieder frech sein.«

»Man soll aufpassen, was man verspricht«, lachte Franny.

Mit dem Zettel in der Hand verließ sie die Küche und eilte durch den Park ins Dorf.

»Eins der schlimmsten Dinge, wenn man blind ist, ist, dass man Schneeflocken nicht sehen kann. Eddy, haben sie wirklich sechs Zacken und sind alle unterschiedlich? Auch heute?«

Eduard und Elinor hatten das Fenster in ihrem Spielzimmer weit aufgemacht und hielten ihre Gesichter nach oben, damit sie die Schneeflocken, die sanft vom Himmel schwebten, auf ihrer Haut fühlen konnten.

»Sie haben immer sechs Zacken und sind auch heute alle unterschiedlich. Elinor, gerade vorhin hast du eine gemalt und zwei weitere für den Fensterschmuck ausgeschnitten. Du weißt, wie Schneeflocken aussehen!«

»Jetzt fühle ich sie«, antwortete Elinor. »Winzig kleine, kalte Tupfer auf meinem Gesicht. Jetzt ist eine auf meiner Nase gelandet.«

»Und was haben die Tränen dort zu suchen?«, fragte Eduard plötzlich.

Elinor wandte sich zu ihm hin, schniefte und wischte ihre Nase mit dem Ärmel. »Seit unserem Albtraum in London und seit Miss Marie nicht mehr da ist, kann ich mir Dinge nicht mehr vorstellen«, klagte sie. »Nur wenn sie da ist, kann ich die Dinge sehen, die man ohne Augen sehen kann. Ich habe Angst, dass ich es bald gar nicht mehr kann, Eddy! Weihnachten steht vor der Tür und sie ist immer noch nicht da. Vor der Entführung wollten wir uns den Weihnachtsbaum, die Engel, die Hirten und die Sterne vorstellen. Wenn sie nicht bald kommt, widerrufe ich mein Versprechen, bis zum Ende meines Lebens brav zu sein. Ich habe es nur unter der Bedingung gemacht, dass Miss Marie wiederkommt.«

Eduard legte einen Arm um ihre Schultern. »Mrs Earling sagt, wir sollen das tun, was Gott will, ohne Bedingungen zu stellen. Weil es uns guttut. Und weil Gott es verdient.«

Er zog das Fenster zu, kletterte von der Fensterbank hinunter und half auch Elinor, hinunterzuhüpfen. Sie setzte sich an den Tisch und redete weiter.

»Wenn ich Gott bald nicht mehr mag, ist er selber schuld, Eddy. Ich liege ihm jeden Tag in den Ohren. Aber er meldet sich nicht. Ich habe ihm Briefe geschrieben, ihm immer wieder gesagt, dass ich für den Rest meines Lebens jeden Tag eine Stunde lang bete, wenn es sein muss. Ich habe Bilder für ihn gemalt, weil ich dachte, dass er meine kritzelige Schrift nicht mag oder sie nicht lesen kann, weil ich nicht sehe, was ich schreibe. Ich danke ihm jeden Tag dafür, dass Marie uns retten konnte und die bösen Männer jetzt im Gefängnis sitzen. Ich war fast jeden Tag gehorsam, sogar zu Franny war ich fast immer nett.«

Sie hielt mitten in ihrer Rede inne und breitete die Hände aus. »Eddy, was will er noch? Was kann man mehr tun als das? Und immer noch kommt keine Marie. Bald geht mir die Kraft aus und die Geduld auch. Es braut sich ein kräftiger Wutausbruch in mir zusammen, der irgendwann herausplatzt.«

»Bitte nicht, Elinor. Das Leben ist ohne deine Wutausbrüche schöner und sicherer, ehrlich. Versuche, dir die schönen Dinge vor Augen zu halten. Du hast einen kleinen Bruder, und du musst nicht mehr Lady von Birch Heights werden, wenn du groß bist. Lord Thomas Montague Greenwold von Birch Heights. Lass dir den Namen auf der Zunge zergehen. Stell dir all den Spaß vor, den wir mit dem kleinen Lord haben werden.«

»Ich versuche es, Eddy. Im Moment stell ich mir aber nur die endlosen kleinen Strümpfe vor, die Harriet strickt und für die ich die Wolle immer wickeln muss. Als ob wir noch mal zehn Lord Thomas Montagues zu erwarten hätten.«

»Dann erinnere dich daran, dass der liebe Gott weitere Gouvernanten von uns ferngehalten hat. Wir kommen gut ohne aus.«

»Eine Miss Greyfield war gestern da und hat sich von Mutter viel zu fröhlich verabschiedet und so was wie ›Bis bald‹ gesagt. Hat sie so schrecklich ausgesehen, wie sie geklungen hat, Eddy? Sie hat sich nach einer langen, spitzen Nase, kleinen runzeligen schwarzen Augen und fettigen dünnen Haaren angehört.«

Eduard lachte. »Da stimmt in der Tat etwas mit deiner Vorstellungskraft nicht, Elinor. Miss Greyfield wird in der Küche angestellt, du Dummkopf, um Franny und Harriet zu helfen. Sie hat hellbraune, lockige Haare und eine Stupsnase und ganz hübsche Augen. Du brauchst eine Ablenkung. Komm, wir proben unsere Texte für die Christmesse und setzen uns dazu an den Kamin.«

Er holte den Bildband mit der Weihnachtsgeschichte vom Regal. Sie legten sich Seite an Seite auf eine Wolldecke, die vor dem Kamin ausgebreitet war, und stützten ihre Ellbogen auf die Kissen, die auf der Decke lagen.

»Du fängst an, Elinor. Den schwierigen Teil mit dem Wort und dem Fleisch hast du. Ich schaue im Buch, ob du ihn richtig gelernt hast.«

»Und das Wort ward Fleisch und wohnte unter uns und wir sahen seine Herrlichkeit.« zitierte Elinor.

»Noch mal, Elinor, viel feierlicher, viel freudiger: *und wir sahen seine Herrlichkeit.* – So als wenn du begeistert wärst und selber die Herrlichkeit gesehen hättest. Mit den inneren Augen, von denen Marie dir immer erzählt hat. Vielleicht solltest du für den Teil lieber aufstehen.«

Elinor erhob sich, stellte sich vor Eduard hin und wiederholte leidenschaftlich: *»und wir sahen seine Herrlichkeit.«*

»Moment, anhalten, Elinor!«

»Was ist nun schon wieder? Ist was mit dir, Eddy?«

»Dann stimmt es doch!«

»Was stimmt doch?«

»William.«

»Eddy, denkst du nur laut oder willst du mir etwas erzählen? Wenn ja, dann musst du es besser erklären.«

Eduard setzte sich auf, schürte das Feuer und zog Elinor neben sich auf die Decke. »Bevor William gestorben ist, haben wir über die andere Welt geredet, in der Kinder nicht geschlagen und angebrüllt werden, in der es keinen Mr Creek gibt, keine eiskalten Füße und keine leeren Mägen, wenn man ins Bett geht. Es war unser einziger Trost.«

»Was hat das mit Weihnachten zu tun?«

»Es hat alles mit Weihnachten zu tun! William hat mir versprochen, dass er jemand aus dieser anderen Welt schicken würde, falls es sie – diese andere, schönere Welt, meine ich – tatsächlich gibt. Jemand, der mich abholt und wegbringt. Jetzt geht mir ein Licht auf. Es ist tatsächlich jemand aus der anderen Welt gekommen. Gott selber sozusagen. Das ist doch der ganze Sinn von Weihnachten, Elinor! William und ich haben geahnt, dass es so etwas geben müsste, nur haben wir nicht gewusst, wo und wer. Wir haben richtig geahnt! Bethlehem, Himmel, Jesus – nur die Namen haben gefehlt!«

»Aber hoffentlich ist Gott nicht gekommen, um dich abzuholen.«

»Na ja, irgendwann schon, wenn ich ganz alt bin. Aber seitdem ich in Birch Heights bin, habe ich doch Lust, noch eine Weile dazubleiben. Aber es ist mir noch etwas eingefallen.«

»So viele Dinge auf einmal?«

»Mrs Earling mag Gott und redet mit ihm, deine Eltern mögen Gott und reden auch mit ihm. Dort, wo Leute mit Gott reden, wird weniger geschimpft und gebrüllt. Mrs Earling hat einmal gesagt, wir können ein Stück der anderen Welt hier in diese Welt bringen. Deshalb ist Birch Heights ein fröhlicher Ort.«

Elinor seufzte. »Das hört spätestens dann auf, wenn eine fremde Gouvernante, die nicht Miss Marie heißt, in unserem Unterrichtsraum erscheint.«

Ihr Gespräch wurde durch Schritte im Gang unterbrochen. Franny erschien an der Tür, außer Atem und rot im Gesicht. »Ihr sollt sofort zu Lady Charlotte in den Salon kommen«, sagte sie. »Die neue Gouvernante ist da und möchte euch kennenlernen.«

»Richte ihr sofort aus, dass wir kein Interesse haben«, antwortete Elinor in einem scharfen Ton. »Wir haben beschlossen, dass wir ohne Gouvernante ganz gut auskommen, nicht wahr, Eddy?«

Eduard hatte sich schon erhoben und zupfte seine Weste und sein Hemd zurecht. »*Du* hast das beschlossen, Elinor. Ich gehe runter. Bleib du hier, wenn du möchtest, ich hole dich, wenn es etwas Interessantes zu berichten gibt.«

Elinor stampfte mit dem Fuß. »Auf gar keinen Fall gehst du alleine, Eddy. Du bist viel zu nett. Wenn sie dich nur anschaut, wird sie schon entzückt sein und bleiben wollen. Jetzt schauspielern wir wieder. Ich schreie und zanke und schimpfe, wetten wir, dann wird sie gleich fliehen. Du kannst mich schelten, wie du willst, Franny, ich will keine Gouvernante mehr.«

Franny unterdrückte ein Kichern und wies Eduard an, ihr den Gang hinunter zu folgen. Elinor lief ihnen mit schleppendem Schritt nach. Kurz vor der Tür zu Charlottes Salon schrie sie auf und stampfte mit dem Fuß auf die Marmorfliesen in der Eingangshalle.

»Eddy, du gemeiner Junge. Ich finde alles, was du sagst, albern.«

Ihre Stimme wurde lauter und hysterischer, als die Tür zum Salon aufging. »Du hast so krumm und falsch vorgelesen. Sag mal, bist du bei den Schafen im Stall groß geworden? Bist du wirklich mit mir verwandt? Schäme dich! Überhaupt finde ich alle Menschen dumm. Und eine neue Gouvernante kommt gar nicht infrage. Das soll sie gleich von vornherein …«

Sie hielt mitten im Satz an. Zwei Arme legten sich von hinten um ihre Schultern, weiche Haare kitzelten ihr Gesicht von der Seite, ein warmer Kuss wurde auf ihren Kopf gesetzt.

»Wirklich, meine süße Elinor? Ich kann gleich wieder gehen, wenn du möchtest!«

»Nein, nein!«, schrie Elinor. »Das kann nicht wahr sein! Miss Marie! Bist du es wirklich?«

Sie tastete aufgeregt mit den Händen. Maries Gesicht, ihre Haare, ihren Mund, ihre Nase, ihre Augen. Schließlich brach sie in Tränen aus, trat einen Schritt von Marie zurück, stemmte ihre Hände in die Hüften und stampfte wieder auf den Boden. »Und warum, darf ich fragen, hast du so lange gebraucht, Miss Marie? Wenn du doch gewusst hast, dass ich vor Trauer schier wegsterbe?«

»Du siehst recht lebendig aus dafür, dass du vor Trauer fast weggestorben wärst«, lachte Marie. Inzwischen hatte sie auch Eduard an sich gedrückt und hielt beide Kinder fest. Tränen flossen und Franny kam mit Taschentüchern angerannt. Charlotte, die ihren kleinen Sohn auf dem Arm hielt, winkte alle in ihren Salon hinein. Nach der freudigen Begrüßung wurden Plätzchen und Tee herumgereicht.

»Na, Elinor? Sollen wir diese Gouvernante behalten?«, fragte Charlotte.

»Zuerst muss sie erklären, warum sie erst jetzt kommt!«, beharrte Elinor.

»Das erzähle ich dir nach und nach, Elinor«, antwortete Marie. »Ich musste mir über viele Dinge Gedanken machen. Ich kam gestern schon und durfte bei Franny und Dickon übernachten. Wir haben uns fast die ganze Nacht unterhalten. Und dann bin ich hierhergekommen. Ich hatte irgendwo gelesen, dass eine junge Dame dringend eine Gouvernante braucht. Wie ich sehe, fehlt hier eine strenge Hand und etwas Erziehung.«

Alle lachten und scherzten. Dickon klopfte mit der Nachricht an der Tür, dass Maries Taschen auf ihr Zimmer gebracht worden seien.

»Aber bevor ich auspacke, habe ich noch etwas zu erledigen«, sagte Marie und stand auf. »Ich möchte schauen, ob Mrs Earling zu Hause ist, und falls ja, bin ich später am Nachmittag wieder da!«

Sie zog ihre Stiefel an, warf ihren Winterumhang über die Schultern, zog die Kapuze über die Haare und schritt hinaus in die kalte Winterlandschaft. Einige Jungen aus dem Dorf schmückten einen großen Weihnachtsbaum, der draußen neben dem Haupteingang von Birch Heights aufgestellt war. Sie machten gerade eine Pause und warfen lachend und johlend Schneebälle in die Luft.

»Birch Heights – zauberhaft und verhüllt in Weiß«, flüsterte sie. »Nichts mehr von der Dunkelheit zu sehen. Als ob Gott alles reinwaschen, zudecken, schmücken würde – und von vorne beginnen.«

Ihre Stiefel knirschten auf dem frischen Schnee. Sie stapfte durch das Waldgestrüpp. Hier war die Stelle, an der sie Frederik zum ersten Mal begegnet war. Nein, sie hatte beschlossen, ihre Gedanken nicht in diese Richtung treiben zu lassen. Sie hatte sich vorgenommen, neuen Eindrücken Raum zu schaffen, schmerzhafte Gedanken an die Vergangenheit aus ihrem Bewusstsein zu verbannen. Sie hatte seine Heiratsangebote aus gutem Grund abgelehnt und konnte nicht erwarten, dass er ein drittes Mal fragen würde. Weder Franny noch Charlotte hatte Frederik erwähnt, und sie hatte sich nicht getraut, nach ihm zu fragen. Vielleicht hatte er schon längst eine andere Frau kennengelernt, die besser zu ihm passte. Vielleicht war er gar nicht mehr in Birch Heights. Damit wäre die Sache ein für alle Mal begraben.

Sie ging auf die gewölbte Brücke und blieb stehen. Der Flut von Erinnerungen konnte sie plötzlich nicht mehr standhalten. Hier hatte er ihr seine Liebe erklärt, sie zärtlich berührt. Hier hatte sie ihn in jener Nacht wieder gesucht, aber nicht gefunden. Hier hatte sie nach ihrer Flucht aus den Höhlen das Blut aus dem Gesicht gewaschen. Gemischte Gefühle wühlten ihre Seele auf, als sie auf das gurgelnde Wasser hinunterschaute. Alles war still, nur das Wasser im Fluss blubberte träge und langsam vor sich hin. Die Schneeflocken fielen immer dichter und schneller. Marie warf ihre Kapuze nach hinten, um die Flocken auf ihren Haaren und auf ihrer Haut zu spüren. Auf einmal hörte sie Schritte auf der Brücke, die vom Dorf kamen. Sie drehte sich langsam um. Fast hätte er sie nicht gesehen und wäre an ihr vorbeigeeilt. Eine Wollmütze bedeckte beinahe seine Augen und sein Blick war nach unten gerichtet.

»Frederik?«

»Marie! Wie … was … was machst du hier?«

»Ich … schaue das Wasser an«, antwortete sie und drehte sich wieder halb zum Fluss hin.

»Ich war noch nie im Winter hier«, fuhr sie fort. »Im Sommer fließt es anders. Es rauscht und sprudelt ungehindert über die Felsen. Im Winter blubbert es nur. Es muss seinen Weg an den Eisschollen vorbeikämpfen. Man hört aber jedes Geräusch. Weil es keine anderen Geräusche gibt.«

Schon beim Sprechen kam es ihr, wie unpassend in diesem Augenblick eine Rede über die Geräusche und Bewegungen des Wassers war. Hier stand der Mann, dem sie ihr Leben zu verdanken hatte, der sie liebevoll gepflegt hatte, als sie sterbenskrank war, der in sie verliebt gewesen war – und alles, was sie über ihre Lippen bringen konnte, waren Beobachtungen über den Fluss. Sie schüttelte den Kopf.

»Es tut mir leid, Frederik. Ich bin so überrascht, dich plötzlich zu sehen. Ich habe einfach das gesagt, was mir gerade durch den Kopf ging. Wie dumm. Ich bin auf dem Weg nach Hipperclove und möchte schauen, ob Mrs Earling zu Hause ist.«

»Überhaupt nicht dumm«, widersprach Frederik. Er trat näher und stellte sich neben sie an die Brüstung. Zusammen blickten sie hinunter ins Wasser.

»Wenn ich …« Er setzte an, die Stille zu durchbrechen, aber sie kam ihm zuvor.

»Elinor braucht mich dringend«, unterbrach sie ihn hastig, »deswegen bin ich zurück. Du bist wohlauf, Frederik?«

»Ja, danke«, gab er zur Antwort, ohne sie anzuschauen. »Ich war gerade in Hipperclove. Franny und Dickon ziehen nach Birch Heights zurück, weil Frannys Rheuma schlimmer wird und die Treppe in ihrem Häuschen zu steil und schmal ist.«

Marie nickte. »Ich war gestern und heute bei ihnen. Sie haben mir davon erzählt. Lord Jake lässt jetzt im Erdgeschoss einen Raum einrichten, damit sie nur die Treppe zur Küche hinunter zu bewältigen hat.«

Frederik warf einen schüchternen Blick zur Seite auf Marie. »Ja und so wird das Haus leer. Lord Greenwold hat mich gebeten, das Haus seiner Mutter zu übernehmen. Er will es mir schenken als Dank für die Hilfe bei der Rettung der Kinder.«

»Oh, wirklich?«, stotterte Marie. Und bevor sie ihre Worte wieder hinunterschlucken konnte: »Allein?«

»Ich hoffe, nicht«, antwortete Frederik. Er drehte sich zu ihr hin und nahm ihre Hand. »Marie, wenn ich dich ein drittes Mal in Verlegenheit bringe, dann sage es mir gleich, und ich werde dich nie wieder mit dem Thema belästigen. Meine Wünsche sind unverändert. Zu meiner Liebe für dich, die ich dir damals offenbart habe, als wir hier auf der Brücke gestanden haben, kommt jetzt eine tiefe Bewunderung für deine Aufrichtigkeit, deinen Mut, deine Selbstlosigkeit hinzu. Du bist eine außerordentliche Frau, Marie. Hast du immer noch Vorbehalte, mein Angebot anzunehmen?«

Marie senkte ihren Blick und drückte seine Hand.

»Ja«, flüsterte sie durch Tränen hindurch. »Ich habe immer noch Bedenken, ob ich jemals für dich gut genug sein kann. Aber ich habe versucht, ohne dich zu leben, Frederik, und es geht nicht. Ich hatte mich zu sehr daran gewöhnt, Mrs Smith zu sein.«

Sie blickte zaghaft zu ihm hoch. Ein Strahlen breitete sich über sein Gesicht. Er ergriff ihre Hände, zog sie zu sich, drückte sie an sein Herz, wickelte sie in seine Jacke und vergrub sein Gesicht in ihren Haaren. So standen sie eine Weile wortlos, während die Schneeflocken immer dichter und schneller um sie herum fielen.

»Meine liebste Marie. So oft habe ich von diesem Augenblick geträumt. Wann darf ich dich zu meiner Frau machen?«

»Wir müssen Elinor fragen«, schmunzelte sie.

»Elinor?«

»Ich habe ihr gerade eben versprochen, dass ich keine großen Entscheidungen mehr ohne ihre Genehmigung treffen werde!«

Frederik lachte laut. »Dann nichts wie hin!« Er stieß Marie sanft von sich, zog ihr die Kapuze über die Haare, küsste sie und hakte sich bei ihr unter.

Sie verließen die Brücke und liefen Arm in Arm zurück nach Birch Heights.

Nicola Vollkommer

Wie Möwen im Wind

Paperback, 14 x 21,5 cm, 288 S.
Nr. 395.583, ISBN: 978-3-7751-5583-0
Auch als E-Book e

Lady Charlotte hat keine Wahl: Sie muss standesgemäß heiraten, damit die Macht der Familie erhalten bleibt. Doch dann öffnet sich die Tür eines alten Klosterturms und dunkle Geheimnisse reißen ihren Heimatort in den Abgrund.
Ein Cornwall-Roman von Nicola Vollkommer.

Nicola Vollkommer

Unter dem Flammenbaum
Wo meine Seele ihr Nest hatte

Paperback, 13,5 x 20,5 cm, 272 S.
Nr. 395.515, ISBN: 978-3-7751-5515-1
Auch als E-Book e

Eine Kindheit im Herzen Afrikas. Nicola Vollkommer erzählt von ihrer Familie, die zwischen die Fronten eines Bürgerkrieges geriet. Und von ihrem Vater, der durch seinen Einsatz vielen das Leben rettete. Ein Buch, das die Farben und Klänge Afrikas lebendig werden lässt.

Nicola Vollkommer

Menschen, die die Welt bewegen

Gebunden, 11 x 18 cm, 184 S.
Nr. 226.602, ISBN: 978-3-417-26602-3
Auch als E-Book e

Entdecken Sie das Geheimnis geistlicher Vorbilder! Nicola Vollkommer präsentiert zehn lebendige Portraits von Menschen wie Paul Gerhardt, C. S. Lewis, Irena Sendler, Margarete Steiff, Bernd Siggelkow, die Spuren hinterlassen haben. Mit herausfordernden Impulsen für die eigene Fußspur!

Nicola Vollkommer

Wie ich lernte, das Chaos mit Gottes Augen zu sehen

Gebunden, 13,5 x 21 cm, 168 S.
Nr. 226.575, ISBN: 978-3-417-26575-0
Auch als E-Book e

Speziell für Mütter: Andachten von Nicola Vollkommer, die weiß, wovon sie spricht! Wie gelingt es, die Kinder mit Gottes Augen zu sehen? Im Alltag so zu handeln, wie Jesus es tun würde? Hilfreiche Impulse für Mütter mit Kindern aller Altersstufen.

Bitte fragen Sie in Ihrer Buchhandlung nach diesen Titeln!
Oder schreiben Sie an: SCM Hänssler, D-71087 Holzgerlingen;
E-Mail: info@scm-haenssler.de; Internet: www.scm-haenssler.de